中国诗词意境论

陶型传 著

南方日报出版社
NANFANG DAILY PRESS
中国·广州

图书在版编目（CIP）数据

中国诗词意境论 / 陶型传著. -- 广州 : 南方日报出版社，2022.5
ISBN 978-7-5491-2487-9

Ⅰ. ①中… Ⅱ. ①陶… Ⅲ. ①诗词研究—中国 Ⅳ. ①I207.2

中国版本图书馆 CIP 数据核字(2021)第 255624 号

ZHONGGUO SHICI YIJING LUN
中国诗词意境论

著　　者：陶型传
出版发行：南方日报出版社
地　　址：广州市广州大道中 289 号
出 版 人：周山丹
责任编辑：刘志一　李　哲
装帧设计：肖晓文
责任校对：阮昌汉
责任技编：王　兰
经　　销：全国新华书店
印　　刷：广东信源彩色印务有限公司
开　　本：787mm×1092mm　1/16
印　　张：20.5
字　　数：330 千字
版　　次：2022 年 5 月第 1 版
印　　次：2022 年 5 月第 1 次印刷
定　　价：50.00 元

投稿热线：（020）87360640　　读者热线：（020）87363865

序 言

从二十世纪八九十年代，陶先生主讲“文艺学”，是较早主张“意象诗学”原则的。所指导的研究生学位论文，其中就有关于“《诗经》草木意象”的选题。在此之前，陶师治“古代文论”“诗话”“词话”，单是关于清代刘熙载《艺概》，就连续发表了一系列长文。

陶师所肆力专业研治，似乎又纯出于某种情趣智趣理趣。人民文学出版社编辑在二十世纪曾专约结集成书，出版一部刘熙载《艺概》研究专著，没想到为陶师婉言谢绝了。在出版物跟职称、职称跟待遇挂钩的时代，陶先生不去著书，而是将其思索发现，撰写发表为一系列文章。那个时代，“论文”还没有进诸有司管理系统，更没有什么“核心”“权威”“引用率”等论文等级分野。距离现今以物至则反、复不得不明诏大号“破唯论文”，那还早着世代呢。

抑有进者，作者在二十世纪的系列文章，到二十一世纪初，竟然成为有人稻粱牟利的资源。几年前网络发现，白下“中山文学院”某院长，把这些文章生吞活剥，排比成册，出版为专集，而且连各篇文章题目也懒得“创新”，一仍其旧：真乃剽词之钝贼者也！热心的读者们发现之后，或主张曝光这类专门盯着一家抄袭的匪夷所思行为，以示惩戒，俾欺世盗名者身败而名裂。陶先生知道后竟一笑置之：“救人一命，胜造七级浮屠啊。”

陶先生思维结构，一直处于“开放”状态。退休之后，静言思之，每有会心，欣然忘食，至于怡然命笔。师母提到老师曾处于这样一种“非常态”：“晚上半夜看‘量子’，一早起来钻到书房里写文字。”树五柳于陶门，开三径于蒋室。据陶先生告知，曾颇花费过一些时间，翻检“陶氏家谱”，寻绎到晋代，接上了“五柳大夫”陶渊明一系。其靖节先生家风，得微真有遗传乎？

量子物理学理论的发展，是一场给各个领域带来“新天地”的思维革命，艺术学领域也应不外乎是。作为物体，万物异质互联且同构；作为能量，世界同频以共振——共振是物体振动的宇宙自然现象，所有物体都在某一特定频率下振动，也就是都有一个共振频率。

作者这部给人丰富启迪联想的新著里，核心关键词当然是“意象”。意象，其实是中国文化艺术的基本结构单位，意义存在于结构当中。或者说，意义是结构赋予的。中国文字结构，通过取象来实现比类认知；传统诗词结构，通过意象组合来完成内在情感与外在景物同构的逻辑关联。过去读到艺术类作品中的山水景物，鉴赏者往往会说这是“借景抒情”云云，似乎总感觉隔了一层。现在看来，也就是没有进入“意象结构”单位的理解，不明白不同质的东西，在某种“力”的作用下，原是可以实现“同构”的。

这里似乎可以披露一个细节。这部新作，原来拟题为“意境蕴场深度游”，也就是说，该书还有一个关键词，曰“蕴场”。所谓“蕴场”，显而易见是挪用物理学“力场”的说法。盖作者看来，诗词的意境，是一个由景、物、人、事和情、志、意、理融和而成的诗性蕴场。这个诗性蕴场，不是一个固定不变的静态结构，而是一个随机播撒的虚幻时空。这个虚幻时空，存在于历代读者的想象、体验、感受、领悟之中。无论从意境本身连类生发的可能性来看，还是从读者接受具体化的异延性来看，这个虚幻时空都是原生态的、全息性的、无定质的、不断生发的，充分体现着“以不尽尽之”“在有限中见出无限”的诗性特质（新著“小引”）。实在地说，单元也好，结构也好，力场也好，都是为读者进入诗学艺术世界沟通多种路径——“艺道”。艺术而谈“结构”，“结构”而分“力”及“场”，是艺术分析分层分要素深入发展的体现。作者架构“蕴场”，上诉真宰，得以与造物者游。

超过意象结构的单位，是“句样”。句样在诗性言语里，往往就是所谓“名句”。例如，唐人杜甫《春望》“感时花溅泪，恨别鸟惊心”，结构组合关系，显然是经过诗人改造即加工扭曲的，从而使得后世人费解复费词。句样来源于当时社会流俗语，即老杜这样的“别扭结构”——曾经有位德国汉学大家，为了翻译这一名联，要我反复解释了两次——也不过是来自此前或当时的流行表达，例如：

唐代总章二年《李氏墓志》铭文：“朝风渐泠，夜月方明。看花落泪，听鸟心惊。山多寒色，树足秋声。”今人读杜甫《春望》诗句“感时花溅泪，恨别鸟惊心”，以缩为五言、添加因果关联而生费解。据此志所刻，各补动词“看”“听”，则主客关系，无须词费。即“以我观物，物皆著我之色彩”，尚未融化而臻于主客淆然不分境地。据此考杜甫《春望》“感时花溅泪，恨别鸟惊心”不啻句样，为当时习见语言结构。唐代总章二年《赵氏墓志》铭文：“朝风渐□，夜月方明。看花落泪，听鸟心惊。”唐代总章三年《王氏墓志》铭文：“朝风渐泠，夜月方明。看花落泪，听鸟心惊。山多寒色，树足秋声。”唐代咸亨元年《索行墓志》：“□□渐冷，夜月方明。看花落泪，听鸟心惊。山多寒色，□□□声。”唐代咸亨元年《赵氏墓志》：“朝风渐泠，夜月方明。看花落泪，听鸟心惊。山多寒色，树足秋声。”唐代垂拱元年《张护墓志铭并序》：“朝风渐冷，夜月高明。望峰落泪，听鸟心惊。山多寒色，树□□声。”显然，六句为当时墓志铭文套语，几类照抄填写。

唐人王昌龄《芙蓉楼送辛渐》：“洛阳亲友如相问，一片冰心在玉壶。”警策动人，端赖“玉壶”意象组合结构出色。壶冰（冰壶）、玉壶，唐时见惯道语。唐代乾封三年《靖彻妻王氏墓志》：“冰壶饰性，藻镜庄怀。”冰壶，即玉壶。唐代开元十八年《崔美墓志》：“玉壶有冰，遗孙谋也。”又唐代开元二十年《王韶墓志》：“夙夜在公，不改冰壶之节；旬时弊狱，唯施甘棠之政。”唐代开元二十六年《夏侯思泰墓志》：“所居官守，清如水镜，皎若冰壶。”冰壶、水镜对文，以喻清洁。开元二十七年《王惠忠墓志》：“公蕴珪璋之器，挺廊庙之材，有文武之锵锵，有风飙之洛洛。不以丝竹喧其耳，不以玉帛乱其心，仁山巇崿而自高，学海澄淡而激浚。虽位匪充量，冰壶之操靡渝；早擅家声，虚白之风不弭。”唐代天宝三载《袁君墓志》：“器等玉壶，冰净志冽。”唐咸亨元年《张晓墓志》：“玉壶比洁，霜钟齐韵。”唐咸亨三年《尹达墓志》：“玉壶低箭，金波上弓。”唐天宝十载《赵佺墓志》：“冰霜之操玉壶之色兮，神欺正直兮。”唐天宝十二载《姚希直墓志》：“洞识且明，果行将着。诗礼为钳键，信义为车舆。其清也玉壶成规，其直也朱丝可□。”唐天宝十二载《郑君夫人清河崔氏墓志铭并序》：“灼灼令质，言归于郑。风火相炽，冰壶交映。”唐总章二年《杨行祎墓志》：“冰壶迭彩，佐重泉而降祥；火齐相辉，赞武城而振响。”唐天宝元年《韩忠节墓志铭》：“仇香屈迹，梅福驰声。霜栢孤耸，壶冰自清。”唐永淳二年《安元寿墓志铭并序》：“押玉同贞，壶冰比洁。明以察政，黠吏无以匿其情；直以当官，邪人不能挠其法。”玉壶，往往与刑官身份相映照。武周万岁通天元年《成循墓志铭并序》：“议狱是司，得情衔恤。水镜无双，冰壶第一。”按玉壶有冰，贮冰心于玉壶，冰清玉润，以喻纯净高洁。上出唐代开元十八年《崔美墓志》“清白著称”，为相互写照。

生也有幸，尝侧闻先生传道授业。以为天地之间，物各有主；古今中外，不存界障；精骛八极，心游万仞。哲人往往以光阴为百代过客，以天地作万物驿站。人生蓬转，类等虚舟。人类以天地为逆旅，微生物包括病毒菌类则复以人体为逆旅。《庄子·知北游》：“山林与？皋壤与？使我欣欣然而乐与？乐未毕也，哀又继之，哀乐之来，吾不能御，其去弗能止。悲夫，世人直为物逆旅耳。”释家善下转语，道教作翻案文字，至于万物复以人的心境为逆旅、心境自以万象为过客。以喜先生文字，物论能齐；复承陶师之责，连缀数语，权充为“序”。固辞不获命，因念时下所谓“序言”，或借他人酒杯，浇自家胸中块垒——与原作及读者羌无干涉；或割裂原著，敷衍成篇——远不如读者直接去读原著。于是顺便补充几点与新著有关细节，于读者诸君，“知人论文”“知世论诗”“以意逆志”，或不无小补，斯亦不害圣人诗教之旨欤？

臧克和

辛丑春日

因树缘湖居

小　引

诗词的意境，是一个由景、物、人、事和情、志、意、理融和而成的诗性蕴场。这个诗性蕴场，不是一个固定不变的静态雕像，而是一个随机播撒的虚幻时空。这个虚幻时空，存在于历代读者的想象、体验、感受、领悟之中。无论是从意境本身连类生发的可能性来看，还是从读者接受具体化的异延性来看，这个虚幻时空都是原生态的、全息性的、无定质的、不断生发的，充分体现着“以不尽尽之”“在有限中见出无限”的诗性特质。可以说，诗词意境蕴场是一个包融有指称意义、再现意蕴、表现意蕴乃至哲理意蕴的人文小宇宙，其文化积淀深厚，连类生发无穷，象外之象难尽，韵外之致丰赡，风姿旖旎魅人，须解脱“套版思维”，“打通墙壁说话”，让心路四通八达，神魂海阔天空，方有可能进观它那其小无内、其大无垠的美感堂奥。

这里从不同角度所管窥的几个诗词意境蕴场，虽有深度漫游之意，但囿于个人视域、智识的偏狭，也只能聊作几块引玉的砖例。

陶型传

目　录

追源溯流说『桃夭』

——《诗经·周南·桃夭》的历史文化积淀

诗经·周南·桃夭

桃之夭夭，灼灼其华。之子于归，宜其室家。
桃之夭夭，有蕡其实。之子于归，宜其家室。
桃之夭夭，其叶蓁蓁。之子于归，宜其家人。

任何一个传统诗歌意象的意蕴，任何一首诗歌意境已经有和可能有的蕴场，都不是从天上掉下来的，也不是作者头脑中所固有的，而是诸多文化元素长期流变积淀的应时随机凝结。长期积累，偶然成型，是诗歌创作的心理路径；不断积淀，不断穿越，是诗歌发展的内在机理。因此，溯源探本，逐流追程，开发诗歌词语、意象、意境中应当有和可能有的历史文化积淀，是全面赏析、深切领悟其蕴场时空的一个重要方面。

一

《桃夭》是一首上古的祝婚歌。在男女结婚办喜事时，演唱或吟诵包含着祈祷、敬贺、赞美、祝福等多重意味的“喜歌”，有着悠久的历史传统，至今在有些地区特别是在部分少数民族地区，仍然相当流行。

祝婚歌，有针对女方的，有针对男方的，一般是兼而贺之。此诗三章，均指明“之子于归”，显然是针对女方。上古，“于归”指女子出嫁，“之子于归”，就是“这个女子出嫁”。子，在古代，多指男儿，或泛指儿女，但亦可单指女儿，如《诗经·大雅·大明》：“缵女维莘，长子维行。”《毛传》：“长子，长女也。”明陈与郊《文姬入塞》：“曹丞相因念令先君是绝代儒宗，夫人是名公爱子，不忍埋没这百草黄云之外。”这“名公爱子”，指的就是东汉文学家蔡邕的女儿蔡文姬。同时，“子”字在古代也多用于对老师和有学问有道德之人的尊称或美称，正如范宁对《春秋穀梁传·宣公十年》的注释所说：“子者，人之贵称。”由此可见，“之子于归”中的“子”，也包含着在喜庆场合对被祝贺对象的尊重和赞美。

诗分三章，均以“桃之夭夭”起兴，具有深厚的隐喻意蕴。但三章的着眼点有所不同。首章着眼于“华”，即花。“灼灼其华”，是形容桃树上的花像燃烧的火焰，无疑是隐喻婚礼上“之子”的容光焕发，光彩照人。次章着眼于“实”，即果实。“有蕡其实”的“蕡”，根植于“贲”字“文饰华美”的本义，加一草头，则指向植物之华美花果；在这里则特指大麻火把，因古人束麻蘸油制成火炬，点燃以照明，故寓意光亮华美。《周礼·秋官·司烜氏》：“凡邦之大事，共墳烛庭燎。”郑玄注：“故书‘墳’为‘蕡’。郑司农云：‘蕡烛，麻烛也。’玄谓：墳，大也。树于门外为大烛，于门内为庭燎，皆所以照众明也。”显然，“蕡”字有硕大与明亮二义。“有蕡其实”，是形容桃树上的果实肥大而有光泽，隐喻“于归”的“之子”早生贵子，而且子女健壮俊美。第三章着眼于“叶”。蓁蓁，茂盛貌，“其叶蓁蓁”，形容桃树枝叶繁茂，隐喻“之子于归”后开花散叶，人丁兴旺，家族发达。

《桃夭》三章分别以“宜其室家”“宜其家室”“宜其家人”收结，其中“室家”“家室”“家人”的变换，虽为押韵之需，但也有寓意层进之用。《左传·桓公十八年》：“女有家，男有室。”《孟子·滕文公》：“丈夫生而愿为之有室，女子生而愿为之有家。”女嫁有家，男娶成室，古人是有分别的。由此可见，首章“宜其室家”，落于“家”，祝福的焦点是女方，青春有家，如愿以偿；次章“宜其家室”，落于“室”，祝贺的焦点是男方，得配佳偶，多子多福；第三章“宜其家人”，落于“人”，祝愿的焦点是家族，子孙满堂，兴旺发达。

三章递进，花、果、叶与家、室、族对应，祝贺“之子于归”，宜女、宜男、宜族，婚姻美满，多子多福，家族兴旺，这就是这首祝婚歌的主题。

当然，以上解读，只能算是《桃夭》的字面意义，而要真正走进它的意境蕴场，还应当进一步开掘隐蕴在其字词、物象和意味中的历史文化积淀。尤其是对上古诗歌，深入体悟其中所凝冻的原始初民意识，显得更为重要。

二

追溯“夭”字和“宜”字的本源意义，可以加深对《桃夭》之多子多福、家族兴旺主题的理解。

“桃之夭夭”，夭夭是描摹桃树的态势，这没有异议。但具体指向何态何势，却众说纷纭，或曰“少壮”，或曰“屈曲”，或曰“冶容”，而且均有依凭。“少壮”说依凭郑玄《毛诗传笺》和朱熹《诗集传》。今人金启华等主编的《诗经鉴赏辞典》因之，“夭夭，言桃之少而好”。“屈曲”说依凭《说文解字》“夭，屈也”解释，今人黄典诚《诗经通译新诠》因之，“夭夭，屈曲貌”。“冶容”说依凭《广雅》《说文句读》《说文通训定声》等书，或曰容也、巧也，或曰庄貌、笑貌，大致指向姿容俊美，后人从者众多。值得注意的是，周啸天主编的《诗经楚辞鉴赏辞典》认为：“夭夭，即状其健美之姿。”可谓独具慧眼，一语中的。

何以称“健美之姿”说为独具慧眼？这应当从“夭”字的本源意义说起。甲金文中的“夭”字造型如下：

甲骨文“夭”

金文“夭”

古今诸家诠释，“夭”字本义所指大致有三：其一是指向顽强生长的草木，形容其“少好”“多姿”“美盛”。古人多持此说。其二是指向奔跑，认为甲金文的“夭”字，均象形双臂摆动而奔跑之人；金文下面加三“止”，当为奔跑起来多腿脚闪动之视觉印象。其三是指向舞蹈，四肢屈伸舞动，其取象当为祭祀中演舞跳荡的巫师。今人颇喜后两说。但不论其本意着眼点是草木还是人体，是奔跑还是跳舞，其中均有个“健美之姿”的意蕴内核。这个内核，是一个具有广泛连类张力的“格式塔”。就是它从一个角度或者说从一个方面，把草木、人体、奔跑、跳舞异质同构起来，把少、壮、屈、张、盛、美诸种审美因素，都融汇到“夭”字之中，并在这里凝结为“夭桃”的健美之姿，且用以隐喻指向那个青春少壮、夭矫美盛、充满生命活力、能够多生贵子的“之子”。

“夭”字的衍生现象也很能说明问题。在诸多注疏文本中，“桃之夭夭”的“夭”字竟异体频出。《毛诗》原文作“夭”，但《说文》解释“枖”字引文却作“枖”：“枖，木少盛皃。从木，夭声。《诗》曰：桃之枖枖。”《说文》解释“媄”字引文又作“媄，巧也。一曰女子笑皃。《诗》曰：桃之媄媄。从女，芺声。”《说文句读》旁征博引，说“妖”即“媄”之俗字，“媄，今字作妖”，又将“妖”字解释为“巧也”“妍也”“容也”“美好也”。由此可见，芺、媄、枖、妖诸字同出一源，皆由“夭”字衍生分化而来：从艸，则指向旺盛的草类；从木，则指向少壮的乔木；从女，则指向夭矫的女子。显然，这都是“夭”字“健美之姿”本义之多元内涵的异质同构分支性连类生发。虽就其本源意义来说，古人可夭夭、芺芺、媄媄、妖妖互相引征，但实际上，在字群的这一繁衍过程中，由于分工越来越细，衍生字只是分领了母体多重异质同构意义中的一部分，它们与母体本意之间有着总与分、类与种的明显差别。后世训诂者若忽视这种差别，将本源意义与分支意义同等对待，且认为注释愈具体愈单纯愈好，那就会阉割乃至湮没了本源的多元广蕴内涵。很明显，单以“屈曲”或“冶容”之义解“夭夭”，其体态健美、少壮有为、充满生命活力的丰赡意场就淡化迷失殆尽了。

“冶容”说还有一个问题，那就是模糊了“桃之夭夭”与“灼灼其华”“有蕡其实”“其叶蓁蓁”的分野。钱锺书先生在《管锥编》中，从视觉心理学的角度来说明这两者的差别，颇为精到：“观物之时，瞥眼乍见，得其大体之风致，所谓‘感觉情调’或‘第三种性质’；注目熟视，遂得其细节之实像，如形模色泽，所谓‘第一、二种性质’。见面即觉人之美丑或傲巽，端详乃辨识其官体容状；登堂即觉家之雅俗或侈俭，审谛乃察别其器物陈设。‘夭夭’总言一树桃花之风调，‘灼灼’专咏枝上繁花之光色；犹夫《诗经·小雅·节南山》：‘节彼南山，维石岩岩’，先道全山气象之尊严，然后及乎山石之荦确。修词由总而分，有合于观物由浑而画矣。”显然，“夭夭”是总言桃树的健美之姿，故三章通贯，与“花灼”“实蕡”“叶蓁”的三章分述不同，是不可混淆的。

《诗经·桧风·隰有苌楚》中的“夭之沃沃”，是“夭夭”作“健美之姿”解的最好佐证。该诗借“苌楚”（杨桃）起兴，以艳羡杨桃的“无知”“无家”“无室”来反衬人生的有感有觉、有知有识、多牵多累、多忧多苦，喟叹人生不如草木。其中反复赞美杨桃“夭之沃沃”，这“沃沃”是润泽而有生气的样子，而“夭”字的义场，则是取向体态健美、生气勃勃、无忧无虑、自在生长无疑；要不然，怎么能与人之多牵多累、多忧多苦构成强烈反差呢？

这里特别标举“夭夭”之“健美之姿”的多元底蕴，强调“之子”的青春、少壮、夭矫、活力，是为了彰显上古祝婚歌青春当婚、多子多福、兴家旺族的基本主题。这一底蕴，在诗中三出之“宜”字的本源意义中可以看得更清楚。

《桃夭》三章，每章前两句写桃树，是起兴，后两句写女嫁，是用意。在用意两句中，“之子于归”是点明事件，而“宜其室家”“宜其家室”“宜其家人”的联翩祝愿，则是这首祝婚歌的真正用意所在。而这个真正用意，就积淀在这个“宜”字的本源意义之中。

甲骨文中“宜”字的造型如下：

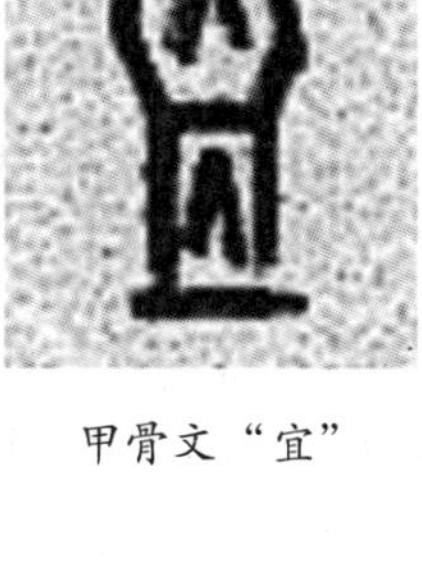

甲骨文“宜”

据专家考证，“宜”字的字源意义指向祭祀，即在俎器中装满丰盛的菜肴以进行祭祀仪典。《尚书·泰誓上》：“予小子夙夜祗惧，受命文考，类于上帝，宜于冢土。”孔传：“祭社曰宜。冢土，社也。”《诗经·鲁颂·閟宫》：“皇皇后帝，皇祖后稷，享以骍牺，是飨是宜，降福既多。”《礼记·王制》：“天子将出，类乎上帝，宜乎社，造乎祢。”郑玄注：“类、宜、造，皆祭名。”《汉语大词典》诠释“宜”字的第一、二义项，就是“祭名”和“菜肴”，皆得本源。特别值得注意的是，在殷墟书契和《周礼》《诗经》《左传》等文献中出现的“宜”字，不仅盘桓在菜肴、祭祀、俎器等义场之中，而且多与“社”字联系在一起，“宜社”“宜乎社”的词组频出。社，古代指“后土之神”，即土地神，俗称土地佬，显然，“宜社”就是祭祀土地神。

那么，上古初民为什么热衷于用丰盛的菜肴祭祀土地神呢？臧克和的《汉语文字与审美心理》一书中，在对“宜”字的原始义场作了充分的考释之后认为：“宜的本义为‘菜肴’，所以也就产生出祭祀概念的含义；而祭祀用于‘土地神’这一祭祀对象，仍然是与追求物产的丰饶满足生存繁衍的需要这一审美心理产生的基本文化历史背景相联系的。”一语中的。上古环境恶劣，人口稀少，生产力低下，劳动力是第一需求，为了生存和发展，人口繁衍，就成为初民最重要最急切的需求；而人口繁衍的需求日积月累，则积淀成为浓重而神圣的生殖崇拜意识。生殖崇拜包括“种（人自身）的繁衍”和“物的丰产”两大相互关联的方面，而土地神正是主管这两个方面的司法神，故而，“宜”字的原始义场中，也就自然地潜沉着上古人类深重的生殖崇拜意念。

《诗经·周南》中还有一首《螽斯》，是“宜”字中潜蕴着上古生殖崇拜意识的有力佐证。诗三章，均以螽斯（蝗虫）振羽群飞求偶时的“诜诜兮（连绵貌）”“薨薨兮（群飞声）”“揖揖兮（会聚貌）”比兴，然后分别引出“宜尔子孙，振振兮（众多貌）”“宜尔子孙，绳绳兮（连绵貌）”“宜尔子孙，蛰蛰兮（密集貌）”三个主题句。后世多以今逆古，解“宜”字为“使适宜”，则“宜尔子孙”成了“为子孙造福”，这显然与蝗虫振羽群飞求偶的比兴意义难以连类偶合。马瑞辰《毛诗传笺通释》说：“古文宜作㝖，窃为宜作多声，即有多义……‘宜尔子孙’，犹云多尔子孙也。”大致得之。如此，下句之“振振”“绳绳”“蛰蛰”，也就是用蝗虫的成群结队，来隐喻子孙后代的众多、连绵、密集，理顺而章成。

另外，上古所存“宜子”“宜男”等词语，也明显含有多子多福之义。《战国策·楚策四》：“楚考烈王无子，春申君患之，求妇人宜子者进之，甚众，卒无子。”后“宜子”遂成富有生育能力女子的专称。《北史·崔逞传》：“娄太后为博陵王纳甗妹为妃……婚夕，文宣帝举酒祝曰：‘新妇宜男，孝顺富贵。’”后“宜男”遂成祝颂妇人多子之词。这些，也都可以作为祝贺“之子”姿质健美，“于归”后定能多子多福、旺家旺族的侧证。

三

祝婚歌以“桃之夭夭”起兴，这与远古的桃崇拜意识有关。

《山海经》《列子》等文献中，记载着远古不少有关桃树的神话传说，其数量之多，及其神奇色彩，均远超其他树木。这一文化现象，令人不难想象到，在远古初民的原始思维中，曾萦绕着浓厚的桃崇拜意识；而后世长期流行的驱鬼辟邪的神木习俗，则让人不能不猜测到，远古曾流行过崇奉桃图腾的仪式。2015 年，版纳植物园发文称，在昆明发现了距今约 260 万年的桃核化石。这说明在文明未出现之前，桃花早已盛开在华夏大地之上。桃，早花，多果，花艳，果甜，养人，易植，具有维护原始人类生存的诸多有利条件，这对生存环境恶劣，维生能力低下，特别是在严冬饥寒交迫中勉强挣扎过来的原始人来说，无异于天降救命馅饼，故而早在人类以采集为生的时代，就已经深埋下桃崇拜的基因；否则，怎么能演绎出“二桃杀三士”的英雄悲剧呢？

在关于桃树的神话中，《山海经》中的“夸父逐日”，可以看作是“夭桃”意象的“出生证”。《山海经·海外北经》说：“夸父与日逐走，入日。渴欲得饮，饮于河渭；河渭不足，北饮大泽。未至，道渴而死。弃其杖，化为邓林。”《山海经·中山经》又说：“夸父之山……其北有林焉，名曰桃林，广员三百里。”清代毕沅注《山海经》指出，“邓”“桃”二字古音相近，邓林就是桃林。

夸父的“杖”为什么会化作桃林？这就要追溯夸父逐日中所积淀的历史文化内涵。“夸”字始见于金文，其上面是个“人”形，下面部分有人说是表声的“于”；但“于”旁还有个类似“弓”字的组成部分，有人理解为“杖”，实际上它指示的是一种丈量土地的工具。

臧克和在《说文解字的文化说解》中经过深入考证，认为在甲骨文、金文中，“夸”字所指对应于“规”，“父”字所指对应于“矩”，合而与“规矩”同源，“即以观测天体日象的运行，来划分时令时刻”。《列子》在说到夸父神话时，不是说他“逐日”，而是说他“欲逐日影”，一语道破玄机：所谓“逐日”，实际上是用丈量土地的工具来追测日影的移动以掌定时令。《山海经·大荒北经》称夸父是“后土”（大地）的后代，后演进为社神，掌管人口繁衍和五谷种植。这表明，夸父逐日神话的产生与原始农业密切相关，显然是古代先民致力于认识自然规律、利用自然为自己服务的一种人格化体现。夸父逐日，这是对原始农业创辟者的顶礼膜拜，而口渴难解以致渴死，则可能是象征着人们与农业的天敌——干旱所作的艰苦抗争。

夸父的“杖”化作桃林，并非意指桃树的自然产生，而是意味着对野生果树的驯化、培植。江浙一带出土的桃核化石证实，早在约7500年前的新石器时代，就有了人工种植的桃树。在一些外国人的记载中，中国就曾被叫作“桃花石国”。果木的种植，大致与原始农业发生于同一历史时期。“夸父”的意蕴指涉，可能隐括着测日影的工具及其掌定的时令规矩，也可能融蕴着创辟原始农业和种植业的某原始部族乃至某部族首领的化身；而对这一历史功勋的顶礼膜拜，则在原始思维中演化为夸父追逐日影和拐杖化作桃树的奇异神话。

温饱之后求长寿，“寿桃”“仙桃”的观念，也都是从多子多福的桃崇拜意识中演化出来的。秦汉以后，桃子的优良品种不断被培育出来。北魏杨衒之《洛阳伽蓝记》就提到，汉魏所建的皇家花园“华林园”中，就有“仙人桃，其色赤，表里照彻，得霜即熟。亦出昆仑山，一曰王母桃”。王母桃应当是道教兴起后人们把夭桃与神仙联系起来的产物。托名班固所写的《汉武内传》和《汉武故事》，是较早把夭桃搬上仙界的典籍。《汉武内传》说西王母降长安，送给武帝四只仙桃，见武帝吃后小心地把桃核收起来准备回去种植，就说，这桃子要三千年才结一次果，武帝只好作罢。《云仙杂记》首先把王母桃称作仙桃。诸多典籍都说吃了蟠桃能长寿成仙，于是桃子就成了长寿的象征——寿桃。由是，传统的民间祝寿活动，寿桃就成了重要角色。

四

在先民的桃崇拜、桃图腾、桃神话诸原始思维中，还凝结着一个根深蒂固的“神木”意识。这“神木”意识主要向两个方面播撒：一是以人身安全为心念的驱鬼辟邪功能，二是以生存理想为神驰的仙境福地象征。古代祝婚歌特喜以桃树起兴，祝寿礼总愿用桃果寄意，恐怕其深处也积淀着神祀的底蕴吧？

王充《论衡·订鬼》中，录有一段今本《山海经》中已亡佚的话：“沧海之中，有度朔之山。上有大桃木，其屈蟠三千里。其枝间东北曰鬼门，万鬼所出入也。门上有二神人，一曰神荼，一曰郁垒，主阅领万鬼。恶官之鬼，执以苇索而以食虎。于是，黄帝乃作礼以时驱之，立大桃人，门户画神荼、郁垒与虎，悬苇索，以御凶魅。”这样的驱鬼辟邪观念和仪式，一直延续了几千年，显然是桃崇拜意识的物质化、习俗化。

有一个关于大羿之死的传说，透露出桃树“神木”化的一些信息。大羿是尧帝的射师，因射九日有功，得天帝褒奖，但也遭人嫉妒。天帝误听谗言，把他放逐人间。后人有说大羿是被他的徒弟逢蒙用箭射死的。但也有传闻说大羿在人间居功横行，且有神性，人不能制约，是天帝派人用“桃木棓”打死的。并有人注曰：“棓，大杖，以桃木为之，由是以来，鬼畏桃也。”《周礼·夏官》中有“方相氏”一职，说他头蒙熊皮，戴着四只眼的假面具，玄衣朱裳，手执盾牌和桃木制的戈矛，于重要节令，率队挨户驱赶疫疠鬼怪。这一活动延盛于汉代，称作“傩”。《后汉书·礼仪志》说“大傩”结束，朝廷还专门制作桃杖、苇戟，赠给公卿、将军、列侯。扮傩仪式后来演变为假面喜剧，至今仍在西南某些少数民族地区流行，而“方相氏”则演变为丧葬时的“开路神”“显道神”。

贴门神辟邪之俗传续至今，已几经演变。六朝时，由门神演化出桃符。到唐末五代，贴画为符已改变为桃板制作。把桃符称作春联，并用纸书写，始于元代，流行于明代。朱元璋做皇帝后，曾下令官民之家都要用大红纸（明皇姓朱，朱即红色）书写春联。

桃树与仙境福地的机缘，可追溯到周武王伐纣之后。《史记·周本纪》说灭商后，周武王便公布了一项偃武修文的重大措施，“纵马于华山之阳，放牛于桃林之墟，偃干戈，振兵释旅，示天下不复用也”。由此桃林就有了天下太平、长治久安的象征意义。

然而天真的愿望毕竟犟不过残酷的现实，历史总是在艰苦的战乱中跋涉。于是从《诗经》时代，处于“乱离人不如太平犬”世道的人们，就不断地发出“适彼乐土”的呼喊。然而人间哪有乐土呢！直到东晋末年，才有陶渊明构想出的一个世外桃源：穿过“夹岸数百步，中无杂树”的桃花林，就进入“土地平旷，屋舍俨然，有良田美池桑竹之属”的福地，那里的人们“黄发垂髫，并怡然自乐”，自“避秦”以来，已享受了六百多年的太平幸福生活。自此，桃花林、桃花源就成为世外乐土和福地洞天的标志。

桃树与仙境福地的因缘，与道教密切相关。道教称神仙居住的地方为仙境，而仙境又总是少不了桃花的美景陪伴。如《桓真人升仙记》就说仙境里“桃树花芳，千年一谢，云英珍结，万载圆满”。隋唐时道教数百处洞天中，武陵桃花源是最著名的“神仙窟宅”。此时，桃林、桃花已成为道观、尼姑庵乃至名人、高士隐居之地的必备花木。这颇耐人寻味，本来是禁欲的港湾，却偏要用桃花的色相来装点，这是不是对禁而难绝之天性的“心理补偿”?

上古初民的意识天地，是被神灵所统治的世界，祝婚歌之“祝”，多有向神灵祷告、祈求之意；而所以喜用“桃夭”起兴，其更深层的根柢，则恐怕是与它根深而蒂固的“神木”观念分不开的。

五

不要一见到“夭”字，意念就滑向“优美”，也不要一看到“灼灼其华”，影像就呈现为“美丽的面容”，这都是以现今的观念去逆定初民的原始意识。在诗三百产生的年代，“夭夭”应当更多的是指向青春健美，“人面”与“桃花”也还没有直接叠印起来达到“相映红”的同构意识，这都是因为上古人们更注重女子的生育能力，宜男、宜家、宜族的“旺夫女”才是他们最重要的祈望。《诗经》中以“桃”起兴的诗篇有五首。《诗经·卫风·木瓜》的“投我以木桃，报之以琼瑶”，《诗经·魏风·园有桃》的“园有桃，其实之肴”，《诗经·大雅·抑》的“投我以桃，报之以李”，都是以桃树的果实寄意，与“冶容”无关。《诗经·召南·何彼秾也》的“何彼秾也，华如桃李”，《说文》“秾，衣厚貌”“华，荣也”的解释是赞叹贵族婚礼整体仪仗、彩饰、装束像一片盛开的桃李花林，秾繁而华美，并非直指赞美“冶容”。《桃夭》的“灼灼其华”，虽然“华”中也包含着面容，但像火焰般的“灼灼”，却主要是形容健美“之子”的青春光彩；而这青春光彩，只能是意指宜男多子，而非冶容色欲。

在诗歌中，真正把桃花与女子“冶容”挂起钩来，应当是六朝时期。曹植《杂诗》“南国有佳人，容华若桃李”，刘孝绰《杂诗》“此日倡家女，竞娇桃李颜”，都明显地将桃之“夭”对准了“容”和“颜”，这才是在诗歌中将“人面”与“桃花”异质同构的滥觞。

“人面桃花”的诗性蕴场开创于六朝，有其必然的历史文化因缘。从人文观念上看，人面桃花的萌动，是个体人生观念觉醒的体现。六朝以前的传统意识形态，并没有真正意义上的个体人生理念。儒家思想的旨归是治国平天下，所倡导的修身养性，也不过是为“治平”创造条件，做好准备。汉代的人文天空，更是被“大一统”观念所统制，学人的思想和精神都被圈禁在“独尊”和“经学”的牢笼之中。只有从中国思想史上第二次“离经叛道”思潮（第一次是春秋战国时的百家争鸣）中旁溢出来的充满个性色彩的魏晋风度，才鲜明地体现出个体人生意识那独特而恣肆的身影。从文艺观念上看，从先秦到六朝，显然有一个从“诗言志”“诗宗经”到“诗缘情”“诗欲丽”的转变，而在六朝诗坛本身，则涌动着一个从玄言虚境到宫体艳情的潮流，总体看来，这是文艺观念中传统神性光环逐步淡化而世俗情韵不断泛起的过程。如果没有这一观念的变迁，老庄思想就不会现实化为山水田园诗，诗意蕴场就不会播撒到色绮情靡的宫廷生活，女性美就不会与香艳的桃花在诗中结成那么亲昵的姻缘。

从思维方式上看，“人面”与“桃花”的同构，也体现着审美性异质相似连类思维的自觉。科学是同质归类，审美是异质连类。从同质归类到异质相似连类，是从认知心理到美感心理、从科学思维到艺术思维、从客观事物到主观情志、从物理属性到诗性意味的审美创造性积淀和穿越。从上古歌谣到六朝诗歌，有一个审美异质相似连类思维从非自觉到自觉的不断积淀不断穿越的过程，这是六朝审美自觉意识的一个实质性体现。由于有了这一审美心理—思维的变迁，天地万物万事万情万意，才都能够蜂拥而至地摇荡在诗性特有形式特有韵味的意境蕴场之中。也由于有了这一异质相似连类的自觉，桃花意象的意蕴，才从桃崇拜、桃神木的虚幻而神秘的天空，落到了已经具有“现代”色彩的现实而习俗的大地，于是，“人面”与“桃花”的多角度多层面的异质同构，桃花意象与女性美、女性命运的多角度多层面异质相似连类，也就多姿多彩、多蕴多味地舒张开来了。

自古以来，中华民族都把白里透红的脸色视作女性美的重要标准，桃花正适合这一审美情趣：粉红色，白而细嫩，红而适宜，既不是杏花的微红、梨花的无红，也不像荷花的浓艳、牡丹的多色，这与女性的容颜十分熨帖。于是，“艳如桃花”“娇若桃枝”就成为形容少女的流行语，“桃花面”“桃花腮”就成为女妆的专有名词。特别是在抒写恋情、婚姻、艳遇、相思的诗作中，桃花的冶容、姿质，更是被形容得淋漓尽致，“红粉腻”“夺眼红”“蛾眉笑”“玲珑姿”“娇弱醉”“香若雾”之类的温存语层出不穷；“满树和娇烂漫红”“窥窗映竹见玲珑”“花解怜人花也愁”“佳节清明桃李笑”“花之颜色人之泪”之类的深情赞美不断翻新。苏轼的《桃花》更曲进一层，“争花不待叶，密缀欲无条。傍沼人窥镜，惊鱼水溅桥”，用种种侧面烘托手法，把桃花的艳丽资质渲染到了极致。

桃花的开花时节，导引着它的诗意与春天、春色、春情、春意的旺盛生机结下不解之缘。尽管万紫千红才是春，尽管人们对百花各有所爱，但最常见的还是把桃花作为春天的象征。“无桃不成春”“占断春光是此花”“桃花落尽春归去”等诗性箴言，锁定了桃花在春光中的首席地位。“春风桃李”“桃花春意”“桃娇杏媚”“桃红柳绿”“桃夭舞东风”“桃花笑春风”，桃花与种种春色的关联丰富而浓郁。“桃花春色暖先开，明媚谁人不看来”“一树繁英夺眼红，开时先合占东风”“满树和娇烂漫红，万枝丹彩灼春融”“只恐东风能作恶，乱红如雨坠窗纱”，无论是报春、迎春、争春、闹春，都少不了桃花的倩影。春天万木争荣，生机盎然，也就自然地引逗着人们的桃花诗思，绽放出千姿百态的意境。不论是高歌“桃花满陌千里红”，还是低诉“日暮风吹红满地”；不论是追求现实的“寻得桃源好避秦，桃红又见一年春”，还是热衷幻想的“桃花流水窅然去，别有天地非人间”；不论是哀悼“况是青春日将暮，桃花乱落如红雨”，还是喟叹“二月春归风雨天，碧桃花下感流年”，都包含着丰赡的隐在意蕴，都渗融着人们对美好情缘、美好生活、美好前程、美好理想的真情向往和热烈追求。

当然，杜甫的《漫兴》名句“颠狂柳絮随风去，轻薄桃花逐水流”，也以善意的戏谑，映现出“人面桃花”诗韵中的“轻薄”一面。相对而言，女性是弱势群体，在长期封建伦理道德的愚弄和欺凌中，坠入烟花青楼的情景不断发生。于是，关于桃花的艳情诗也往往染上低俗的乃至肉欲的意味。虽然这类诗大多难见天日，但像“仙苑春浓，小桃开，枝枝已堪攀折”“桃花历乱李花香”“秀靥偷春小桃李”之类的意境中，虽然有冲破禁欲篱笆之意，但也有触碰轻薄底线之嫌，否则，“桃色新闻”也就不会从古闹到今了。

六

以上大致梳理了一下桃意象的历史流变过程，但要深入理解意象流变的基本规律，则还要借助李泽厚先生的“积淀”说和吴炫先生的“穿越”论。

李泽厚的积淀说，是在文化积淀和审美积淀两条线路上展开的。其审美积淀说主要体现在两个方面：一个是审美心理积淀，即自然环境养育和社会经验陶冶，积淀成人的审美心理、审美情感和审美态度；一个是审美形式积淀，即凝聚着情志意理的人的生命律动，积淀为可以想象、体验和感悟的艺术形式。

具体来说，审美心理积淀大致有三个层面：一是美感潜性积淀。这是在人类生成和发展历史中，由大自然长期养育而成的一种心物感应性能，它是人的心理活动穿越概念认知而进入审美感悟的必要心性条件。没有这种心性潜能，就没有审美感悟。面对“桃之夭夭”，所以能感应到嫁女的健美英姿、兴奋心情和青春活力，能将花容与人面“相映红”，感应到女性的姿容美和温柔情，就都是依凭这种由大自然长期养育而成的心物感应性能。二是异质连类思维能力积淀。这是在长期社会实践和审美实践中形成的一种不同于逻辑推演而以相似为纽带的连类生发张力，它是由心物感应拓展、升华为情志意理智识的必由之路。没有这样的能力，就没有审美思维。因由桃树是神话中逐日之神夸父的拐杖所化生的传说，就能生发出桃意象的神木意识、辟邪功能、仙寿情缘、桃园理想，这都是因由满足人类物质和精神的需要而长期积淀成的异质相似连类思维能力在原始时代和人生初醒时代的非自觉和半自觉冲动。三是相似媒质积淀。这是在长期生活与社会交往中积淀而成的，能够同频共振一切具有相似基调、基质、格局、模式之事物的种种情感基调和意理基质，是心物感应和异质相似连类不可或缺的媒介。没有这种情感基调和意理基质作媒介，个别的景物人事就不会异质同构连类生发出难以穷尽的意象蕴场、意境蕴场。人们之所以能够将敬神、祈福、爱美心性、理想憧憬等种种非同种同类的事物，融蕴到夭桃的形态和质性中去，就都是得益于这些相似媒质的同频共振张力。心物感应的天性潜能，异质相似连类的思维功效，非同种同类事物之相似媒质的连类认同，这都是审美心理智慧的核心机能。

审美形式积淀涉及语言、符号、体式、结构、方法等诸多方面，但这一切都集中体现在意象表现和意象组合之中。诗词意象是能够包蕴、体现和代表一切审美特质的最小单位。我们可以将意象分解为词语、物象、情志等要素，也可以从中分析出诸多体制、建构、表述的方式方法，但这些要素的质性并不就是意象的质性，方式方法如果不能有助于意象表现和意象组合，那也不能成其为诗性美感因素。只有通过审美再造，将要素和方式方法融熔为一个具有诗意表现性的整体，才能形成一系列只有审美创造才具有的特质。这个诗意表现性整体，就是意象和意象组合。因此，只有对意象表现的路数和意象组合的路数具有丰富的积淀和充分的把握，也就是只有对事物形态质性中所可能有之表现性的想象、体验、感悟，对事物相互关系中所可能有之表现性的想象、体验、感悟，都具有相当的广度和深度，才是审美形式积淀的机要所在。

任何事物，不论是自然景物还是社会人事，都有多种形态和多元质性，因此，它的表现性，也就是与人的内在生命律动同频共振的可能性，是极其丰富多彩的；如果再加上与其他事物组合中所增殖的相辅相成、同调和鸣的种种可能性，那就更是无穷无尽的。就拿"夭桃"意象来说吧，除了前面所说的桃花与仙境、生育、女性美等多方面同频共振外，其他还已经有、应当有和可能有的连类共振天地，也早被历代诗才开发得不胜枚举了。例如，描绘春色："正艳杏烧林，缃桃绣野，芳景如屏。"写春色诱人："桃花春色暖先开，明媚谁人不看来。"生发别趣："竹外桃花三两枝，春江水暖鸭先知。"惜艳遇不再："去年今日此门中，人面桃花相映红。”叹春意短暂：“桃李春风一杯酒，江湖夜雨十年灯。”忆往日胜事：“曾宴桃源深洞，一曲舞鸾歌凤。”陶醉田园风光：“榆柳荫后檐，桃李罗堂前。”感悟空静禅境：“杏树坛边渔父，桃花源里人家。”艳羡仙风道骨：“秀眉霜雪颜桃花，骨青髓绿长美好。”吟咏种种愁情：“风急桃花也似愁，点点飞红雨。”描绘依依惜别：“君行四月草萋萋，柳花桃花半委泥。”哀生离死别：“桃花落，闲池阁，山盟虽在，锦书难托。”怨人生厄运：“沉恨细思，不如桃杏，犹解嫁东风。”叹年华虚度：“况是青春日将暮，桃花乱落如红雨。”哭穷途：“玄都观里桃千树，花落水空流。”伤战乱：“年年战骨埋荒外，空见蒲桃入汉家。”思故乡：“西塞山前白鹭飞，桃花流水鳜鱼肥。”托慕高风：“夭红过眼随荣谢，菊秀兰香自占春。”烘染梅格：“醉折残梅一两枝，不妨桃李自逢时。”赞师传盛隆：“令公桃李满天下，何用堂前更种花。”喻依托浅弱：“莫听声声催去棹，桃溪浅处不胜舟。”讽品性轻薄：“颠狂柳絮随风去，轻薄桃花逐水流。”如此四通八达地连类生发开去，事物的表现渊薮还能有穷尽之时吗？一切事物的表现性都是如此。一个诗人，只有当他在这方面的积淀达到“胸中自有雄兵百万”，能“以万物为我”的时候，才有可能逼近信手拈来、头头是道、下笔如有神的审美创造境界。

在文学发展过程中，积淀本身也包含有创辟的意理，而创辟则不仅需要不断积淀精华，也需要不断去除糟粕。但由于李泽厚先生的阐释侧重于精华的历史积淀过程，因而有人认为他“没有变革，就没有创辟，也就无所谓积淀”，忽视了积淀中的变革机理。这批评虽有求全责备之嫌，但本身也有一定道理。因而，在阐发积淀说时，有必要再引进近年来兴起的“穿越”论。

把“穿越”作为一种发展观念提出来，并赋予它深刻理论内涵的学者是吴炫。其穿越论的哲学基础是“本体性否定”论；其发展观是“穿越道”，而不是变“器”不变“道”的“承载道”；其精神着力点在于张扬“原创”，强调“独在性”，崇尚“创造出来的个体”，而不是“天然个性”；其思想渊薮是对西方“超越”论和中国“超脱”观的批判与穿越，并努力将其进行现实材料的加工改造；而“尊重并不限于”的思想方法，则贯彻于其理论和材料化的一切过程，特别是文艺批评之中。这一切，或许都是对李泽厚积淀说的“补不足”和深化。审美积淀，无论是从“诗言志”到“诗缘情”到追求“神韵”的审美思想积淀，还是从四言诗到近体诗到长短句到戏曲词牌的审美形式积淀，无论是事物表现性的不断开发，还是异质相似连类思维能力的不断提升，其发展变化过程中，都贯穿着一个具有审美创造张力的轴心性“旋进机理芯”，那就是“穿越道”“穿越天然个性”的穿越发展机理。在审美领域，从审美创造性个体特别是意象表现的内在质性变化看，这个发展机理的最基本的穿越性，明显体现在以下几个方面：一是穿越词语指称意义。诗词中的词语功能，主要不在“所指”，而在“能指”；不在指称了什么，而在隐蕴着什么；不在能告知哪些东西，而在能让人连类到多少再现事物，感悟到多少表现意蕴。“桃之夭夭”的“夭”字，可以连类到青春健美之姿的再现意蕴；“宜其家人”的“宜”字，能够感悟到家族兴旺的表现意蕴；“无边落木萧萧下”的“落”字，可以连类到国势的衰败；“不尽长江滚滚来”的“滚滚”，能够感悟到历史变迁的势不可挡。这一切，都不是作为语言成分之词语的本体意义。一切诗性意象语言，都应当有这样的穿越性表现功能，这是审美意象语言对科学规范语言的穿越。二是穿越事物的物理属性。诗词中所描述的事物，不是为了让人们认识这些事物的形态、质性和功能，而是为了让人们透过这些事物的形态、质性和功能，连类到诸多社会人事，体悟到其中种种人的内在生命律动。“人面”穿越了桃花的形态；“寿桃”观念穿越了桃木的质性；“桃李不言，下自成蹊”穿越了桃树的功能；“况是青春日将暮”的意蕴，穿越了“桃花乱落如红雨”的意理种类和变化趋势。一切意象表现都是从物到心、从物到我的穿越，这是审美创造对科学认知的穿越，是美学对科学的穿越。三是穿越理性逻辑思维。诗词意象表现不走逻辑推演之路，其意理的拓展和升华，主要是通过穿越事物质料、穿越科学分类的异质相似连类来实现的。异质相似连类本身，就包含着拓展、抽象、概括和哲思。将桃木与夸父的拐杖、打死后羿的木棓、陶渊明的桃花源连类生发开去，就可以拓展升华出诸如神木、辟邪、仙境等种种奇幻的意境蕴场；将桃花与百花争艳的春天连类生发开去，就可以拓展升华为人生或社会的种种朝气蓬勃、兴旺发达的意境蕴场。人类头脑中已经有和可能有的一切意象蕴场、意境蕴场，都是这样穿越出来的，这是异质相似连类对理性逻辑推演的穿越，是审美意象思维对科学逻辑思维的穿越。可以说，审美积淀的内在旋进规律，都体现为对词语意义、物理属性、逻辑演绎的穿越，这都是“穿越道”的审美创造性“本体否定”。

在概念运用上，不取“超越”而特举“穿越”，这一方面是为了强调这是内质本体性“道”的穿越，而不仅仅是“器”的置换；另一方面也是为了避免产生将被穿越者完全弃置乃至“打倒”的误解。糟粕总会被历史剔除，这不在“穿越”论的意理本体之内。传统渗融在文化、文学的血脉、基因之中，只能穿越，不能弃置。“尊重并不限于”，不是应变策略，而是本体穿越发展的必然规律。诗性语言穿越科学语言，从告知走向表现，并不弃置词语的指称意义；没有指称事物，就什么都没有了。意象表现意蕴穿越事物的物理属性，不仅不弃置这些属性，而且只有依凭这些属性与社会人事及其内在情志意理在形态、质性和功能上的同形叠合、同性相认、同频共振、同调和鸣，才得以达到表现的目的；弃置事物的物理属性，就无所谓意象表现，无所谓审美穿越。异质相似连类不走逻辑推理之路，并不意味着抛弃逻辑理念，而是将其包容在具体而广泛的相似连类拓展升华之中，让人感而知之、悟而得之，而不让其直接跑到前台来亮相、定格；否则，就不是“以不尽尽之”的审美穿越性艺术表达，就没有“在有限中见出无限”的诗性韵味。“尊重并不限于”的伦理思路，具有相当普遍的应用价值，诸如“既亲和传统文化而又不依附传统文化”，“既注重现实而又不同于现实”，“既尊重认识规律而又穿越认识规律”等等，就都在审美穿越理念的精神涵盖之中。

积淀中有穿越，穿越中有积淀，这是文化、文学发展的哲思机理，如果将两者和合为积淀—穿越学说，或许会具有更完备更强大的理论价值和力量吧？

『在水一方』的人生悲剧格局

——《诗经·秦风·蒹葭》的异质连类时空

诗经·秦风·蒹葭

蒹葭苍苍，白露为霜。所谓伊人，在水一方。
溯洄从之，道阻且长。溯游从之，宛在水中央。
蒹葭萋萋，白露未晞。所谓伊人，在水之湄。
溯洄从之，道阻且跻。溯游从之，宛在水中坻。
蒹葭采采，白露未已。所谓伊人，在水之涘。
溯洄从之，道阻且右。溯游从之，宛在水中沚。

诗词主要是由意象组合而成的。一组“和而不同”的意象融合为诗词整体意境。无论是一个个意象，还是诗词整体意境，都是一团团穿越词语指称意义、具有无限生发张力、“含不尽之意见于言外”的蕴场。这个蕴场中都蕴藉着指称、再现、表现、哲思等多重意蕴。这多重意蕴，只存在于读者的想象、体验、感受、领悟之中，只有借助手挥五弦、目送归鸿、四通八达、海阔天空的审美思维——异质相似连类，才有可能充分展开。异质相似连类思维，是不同料、不同质、不同种、不同类事物之间的相似性连类生发，是形象思维、艺术思维、审美思维的基本程序、核心轴承，是走进意境蕴场、展开蕴场时空的必由之路。

一

《蒹葭》三章，各章均是类同的四个层次。

每章首二句均以蒹葭即芦苇起兴，展现一幅清晨河边秋景图：深秋清晨，河水荡漾，芦苇苍苍，白露结霜。这情景，在清冷寂寥中略带凄凉哀婉色调，对诗中所抒写的执着追求却可望难即的境况，有启动想象、奠基情调、气氛渲染和心境烘托的作用。

第三、四句展开中心意象：追寻者在河边徘徊，企慕、追寻河对岸的“伊人”。这“伊人”是追寻者由衷想得到的意中人。“在水一方”，是说“伊人”在河对岸，因受阻而不得，形成一种可望难即的困境。追寻者起早贪黑，追望不停，足见其对意中人爱之深、求之切的执着精神。但“伊人”却始终朦胧可望而阻隔难近，于是追寻者心中不免荡漾起无可奈何的意绪和失落惆怅的情致。

后面四句是分述“在水一方”可望难即的两种不同情景。“溯洄从之，道阻且长”，是说逆流追寻，道路漫长难尽，艰难险阻无穷，终不可达；“溯游从之，宛在水中央”，是说顺流追寻，虽行程顺畅，“伊人”也时时宛然可见，但却总是飘忽在河的中央，亦终不可得。这就是说，无论如何追寻，结果都是可望难即，于是追寻者的失落情绪也就越来越深重了。

全诗三章，每章置换几个字，这不仅发挥了重章叠句、反复吟咏的美感效果，而且具有将意境层层推进的作用。从“白露为霜”到“白露未晞”再到“白露未已”，是时间的不断推移，意味着追寻时间之长，表现出追寻者的执着。从“在水一方”到“在水之湄”再到“在水之涘”；从“宛在水中央”到“宛在水中坻”再到“宛在水中沚”；这都是地点的跳荡、飘忽，意味着伊人的虚幻、神秘、难觅；而伊人愈难以寻觅，则愈显得追寻对象的虚幻，愈显得追寻者情感的真挚。从“道阻且长”到“道阻且跻”再到“道阻且右”，则是反复渲染追寻过程的艰难，而愈艰难则愈彰显出追寻者的情之深、爱之烈。

重章叠句，一唱三叹，是上古民歌最常见的表达形式。它的美感价值，主要在两个方面：一是情感效应。诗歌重在以情动人。情感不等于理智，不是一次性概念告知所易于奏效，须反复感染方能动人心弦。二是音乐效应。上古民歌都是口头传唱的，是以声音和旋律来拨动人的心弦，激发人的情感，唱者须反复才能尽情，听者须反复方能动情。因此，重章叠句本身，就是在反复叠加情愫，层层推进感情，就是在不断强化美感效应。

二

以上解读只能算是字句解释，说得苛刻点，是尚未跨进诗性意境蕴场的大门。诗词主要是意象表现，意象表现是对词语意义的穿越，要走进诗词意境蕴场，就必须借助异质相似连类思维，穿越词语意义，进入意象、意境的再现意义、表现意义乃至哲理意义。对《蒹葭》来说，关键就在于如何看待“伊人”的寓意和如何走进“在水一方”的蕴场。

由于没发现这首上古诗歌有任何某时、某地、某人、某事的“本事”可考，故而后世解读者对其本义的阐发多所猜测，而且意见分歧。大致说来，前人解读的主要指向有三：一是劝人“遵循周礼”说。《毛诗序》云：“《蒹葭》，刺襄公也。未能用周礼，将无以固其国焉。”今人苏东天在《诗经辨义》中因其意，并阐发说：“‘在水一方’的所谓‘伊人’（那个贤人），隐喻周王礼制。如果逆周礼而治国，那就‘道阻且长’‘且跻’‘且右’，意思是走不通，治不好的。如果顺从周礼，那就‘宛在水中央’‘水中坻’‘水中沚’，意思是治国有希望。”二是“招贤”说。姚际恒的《诗经通论》和方玉润的《诗经原始》，都说这是一首

“招贤诗”，“伊人”即“贤才”，或曰“贤人隐居水滨，而人慕而思见之”，或曰“征求逸隐不以其道，隐者避而不见”。三是“恋歌”说。今人蓝菊荪、杨任之、樊树云、高亨、吕恢文等均持此说。如吕恢文说：“这是一首恋歌，由于所追求的心上人可望而不可即，诗人陷于烦恼。说河阻隔，是含蓄的隐喻。”

这些说法似乎都有道理，但又分歧很大，究竟应如何看待？

不妨再看看钱锺书先生的解读。在《管锥编》中，钱先生放眼古今中外，广引诗文稗说、神话释典，对“在水一方”进行了博古通今的“连类”阐释，颇为发人深思：

> “所谓伊人，在水一方。溯洄从之，道阻且长。溯游从之，宛在水中央”；《传》：“‘一方’，难至也。”按《汉广》：“汉有游女，不可求思。汉之广矣，不可泳思。江之永矣，不可方思”；陈启源《毛诗稽古编·附录》论之曰：“夫悦之必求之，然唯可见而不可求，则慕悦益至。”二诗所赋，皆西洋浪漫主义所谓企慕之情境也。
>
> 古罗马诗人桓吉尔名句云：“望对岸而伸手向往”，后世会心者以为善道可望难即、欲求不随之致。德国古名歌咏好事多板障，每托兴于深水中阻。但丁《神曲》亦寓微旨于美人隔河而笑，相去三步，如阻沧海。近代诗家至云：“欢乐常在河之彼岸”。
>
> 以水涨道断之象示欢会中梗，并见之小说。《易林·屯》之《小畜》：“夹河为婚，期至无船，摇心失望，不见所欢”（《兑》之《屯》同，《临》之《小过》作“水长无船”“遥心”“欢君”），又《屯》之《蹇》：“为季求妇，家在东海，水长无船，不见所欢”（《涣》之《履》同），又《观》之《明夷》：“家在海隅，桡短流深，企立望宋，无木以趋”；《古诗十九首》：“迢迢牵牛星，皎皎河汉女。……河汉清且浅，相去复几许。盈盈一水间，脉脉不得语”；《华山畿》：“隔津叹，牵牛语织女，离泪溢河汉”；孟郊《古别离》：“河边织女星，河畔牵牛郎，未得渡清浅，相对遥相望”；《搜神记》卷一一：“宋康王舍人韩凭娶妻何氏，美，康王夺之。凭怨，王囚之，论为城旦。妻密遗凭书，谬其词曰：‘其雨淫淫，河大水深，日出当心。’既王得其书，以示左右，左右莫解其意；臣苏贺对曰：‘其雨淫淫，言愁且思也；河大水深，不得往来也；日出当心，心有死志也。’”取象寄意，佥同《汉广》《蒹葭》。
>
> 抑世出世间法，莫不可以“在水一方”寓慕悦之情，示向往之境。《史记·封禅书》记方士言三神山云：“未至，望之如云；及到，三神山

反居水下，临之，风辄引去。……未能至，望见之焉”；庾信《哀江南赋》叹：“况复舟楫路穷，星汉非乘槎可上，风飙道阻，蓬莱无可到之期！”盖匪徒儿女之私也。释氏言正觉，常喻之于“彼岸”，如《杂阿含经》卷二八之七七一：“邪见者非彼岸，正见者是彼岸”，又卷四三之一一七二：“彼岸者，譬无余涅槃；河者，譬三爱；筏者，譬八正道”（参观卷三七之一〇五一、卷四三之一一七四，又《增壹阿含经》卷三八之三），亦犹古希腊神秘家言以“此处”与“彼处”喻形与神、凡与圣，比物此志尔。

钱先生将但丁探索人生、人类追求理想、男女思慕佳偶、帝王追寻仙山、佛教寓禅彼岸、哲人寓理形神等在科学观念中风马牛难相及的异质事物，都联袂到“在水一方”的意境之中，确实是一个“连类论艺”的典范。与前面的“尊礼”“招贤”“恋歌”诸说比较，在整体上显然是两种不同的解读思路。大致说来，前者是单相地认知、理解、归纳、抽象、概括，并致力于得出一个自认为是固有的、唯一的、正确的乃至终极的结论，从而完成了解答“这是什么”的阐释目标；后者则是在对词语意义之认知、理解的基础上，又借助某种相似性、雷同性、类比性，多相地连类、生发、拓展、升华开去，乃至向人们展开一个“一以寓万”的无尽天地。显然，后者不是在回答“这是什么”的问题，也不仅仅是在测定“这里有什么”，而是在努力探寻这里究竟已经和可能涵融着多少能令人动情畅思的场景和蕴致。不难意识到，前者是人们习以为常的、带有封闭性之实事求是的科学认知思路，后者则是穿越认知局限的、呈现发散性之异质相似连类的审美感悟思路。这样的两条思路，究竟哪一条才是诗词赏析的应有思路？究竟哪一条思路才能更有效地揭示出“意在言外”“韵味无穷”“在有限中见出无限”的诗性特质？这是值得深入思考和探讨的。

三

不管审美思维与科学思维是多么复杂，多么你中有我、我中有你，界限难以一一厘清，但有一个基本差异还是相当明显的，那就是“类”观念的不同。在汉语中，“类”字从来就有“相同”和“相似”两层意义的并列分立。科学思维以“相同”为机杼，是“同质归类”，因有相同的质性而划分为多层次的种或类，界限明确，不可混淆；否则，人们对天地万物就无法认知、传达、交流。审美思维是“异质连类”，不同种不同类的景、物、人、事、情、志、意、理，因形态或质性的相似，就可以进行由此及彼、一以寓万的连类生发，这是诗词意境创造最基本也是最核心的思维方式。一切诗词意象、诗词意境都是表现，都是表象显现，都是景、物、人、事之间以及景物人事与情志意理之间的异质连类：借景抒情，是景物与情志的异质连类；借事写意，是人事与意理的异质连类；借比喻、比拟、隐喻、象征、用典抒情写意，其喻体与被喻体都必定是不同种不同类的事物，同类之间根本就无所谓喻、比、拟、征；借体貌、表情、动作、行为、言语表现人的内在生命律动，也都可以看作是形与质、表与里、外貌与心理的异质连类。审美异质连类冲破了科学同质归类的规范，因此可以说，审美思维是对科学思维的穿越。诗词意象所描述的虽然是“这一个”“这是什么”，但诗词意境所蕴含的，绝不仅仅是“这一个”“这是什么”，更重要更丰富更深邃的，是它所隐括的再现意蕴、表现意蕴乃至哲思意蕴。这些隐蕴的东西，才是诗意的所在，才是诗歌蕴场的所在，才是诗歌所真正要表达的东西；而其所隐在的这一切，只有通过发散性的异质相似连类思维，才有可能将其充分生发出来。

将“在水一方”解释为追寻者隔河企望追寻对岸的“伊人”，即使将“伊人”具体化为贤人、友人、恋人，也并没有完全穿越语义层面而进入诗意天空。必须把“在水一方”看作是由追寻者、河水、伊人三者所组成的一种结构，这结构呈现为一种格局，代表着一种模式；而凡格局、模式，都不等同于任何一个具体事物，它包含着具有相似结构、相似格局、相似模式的一切具体事物，其涵容量是难以穷尽的。在异质相似连类思维中，只要格局、模式不变，我们不仅可以把“伊人”转化为贤才、友人、恋人，也可以转化为福地、圣境、仙界，还可以转化为事业、理想、前途；与此相应，“河水”就可以转化为高山、深堑、云汉，转化为宗法、礼教、纲常，转化为现实人生中可能遇到的各种各类、各形各色的具体障碍、阻隔；于是，“在水一方”的蕴场，就不仅包容着因受阻而爱情失落、贤才难得、知音难觅等种种具体人生情境，也包容着因缥缈虚幻而福地难见、圣境难通、仙界难达等种种虚拟妄想情境，还包容着因各种原因而未果的事业难成、理想破灭、前途无望等种种坎坎坷坷、跌跌撞撞的社会人生境遇。这就是说，凡人世间一切因艰难险阻和虚无缥缈而可望难即的境遇，都是它的再现意蕴，凡由这一切可望难即境遇所引发的一切内在情绪、情感、意念波动、心理活动，都是它的表现意蕴。这就是多角度、多层面、多形态、多质性的异质相似连类生发，也就是诗歌意境蕴场的真正时空所在。如果再将这些多角度多层次的连类生发全部综合起来予以升华，那就不难意识到，“在水一方”是再现了人类生存发展中的一个基本困局，是表现了人生中那种悲剧处境、悲剧心态、悲剧命运的一个艺术范型。显然，这就是进入了“在水一方”的哲思意蕴，而这个哲思意蕴是具有无限涵盖性的。由此我们也就能体悟到，审美异质相似连类思维是对科学思维的穿越，其张力是十分强劲、其天地是无限广阔的。

现在再回过头去看看“贤才难得”“知音难觅”“爱情失落”诸说及其争论，就会发现，它们都有对的一面，也都有偏废的一面。其对的一面，是指它们都还在“在水一方”整体格局所包含的具体情景之中；用接受美学的观点来说，它们都是在阅读过程中，不同读者对“在水一方”这一“启示性结构”的合乎特定情理的“具体化”。其偏废的一面，是指在无“本事”可考的情况下，争论这些具体化的孰是孰非是无的放矢，在审美个性化的视域中，强论它们孰高孰下也是没有意义的。但我们更应当认识到，读者的这种具体化，往往都只是对诗歌意境蕴场的某个角度、某个层面的关注和感悟，其偏废性是难免的。诗词意境不是一个可明码标价的固定物，而是一个多元而无定质的连类生发时空，其已经有、应当有和可能有的蕴场，应当是过往、现时、未来全部读者具体化的总和。因此，如果一个理论家对一首诗词意境的阐释，只停留在某种读者具体化的角度、层面、连类视域、深广程度，那就不能不说是囿于一隅而见木不见林了。

四

在科学上不同种不同类的诸多异质事物，为什么能连类成一个融熔谐和的意境蕴场？这里有一个审美生发、也就是异质连类的机理问题。这个机理，我们把它称之为“相似媒质”。一切审美意象蕴场、意境蕴场的开发，都依凭于相似媒质的相似性连类生发，都依凭于相似媒质的横向拓展和纵向升华。

审美连类的相似媒质，大致可归结为“意理基质”和“情感基调”两大类。“不尽长江滚滚来”，之所以能令人联想到时间流逝、年华虚度、时局动荡、历史变迁，就是由于它们都包蕴有一个“流逝”的意理基质；“枯藤”“老树”“昏鸦”“古道”“西风”“瘦马”，之所以能共同表现羁旅行役之苦，就是由于它们都包蕴着一个令人“忧愁”的情感基调。“在水一方”之所以既可以连类到艰险难达的现实处境，又可以连类到虚拟难近的精神幻境，既可以连类到贤才难求、治国难安、仙界难觅，又可以连类到爱情失落、功名无就、理想破灭，就是由于它们都有一个“可望难即”的意理基质，都有一个包融着无奈、惆怅乃至懊恼、哀怨等种种“失落情愫”的情感基调。这个“可望难即”的意理基质和“失落情愫”的情感基调，既是开启“在水一方”蕴场大门的机杼，又是框定“在水一方”蕴场视域的尺度。没有这样的相似媒质，就不能相似连类生成人类悲剧处境、悲剧心态的广袤蕴场；但也正是由于有了这样的相似媒质，“在水一方”蕴场也就只能局限于可望难即的格局和悲剧情调领地。意象意境蕴场，既是在有限中见出了无限，又是在无限中锁定了有限。

相似媒质，不论是意理基质，还是情感基调，都具有虚拟性、抽象性、涵盖性和稳定性等审美特质。其一，相似媒质是一种心理—思维现象，只存在于人的想象、体验、感受、领悟之中。“在水一方”中的“可望难即”格局和“失落情愫”基调，离开人的心理活动和情态意念，它们也就销形匿迹了。其二，相似媒质是抽象的，虽然能够连类到诸多具有同形构同质性的事物，但它不是这诸多连类事物中的任何一种。“可望难即”格局不等于“在水一方”“欲渡无舟”，也不等于爱情失落、事业难成，更不等于人类悲剧处境；“失落情愫”基调不等同于无奈、惆怅，不等同于懊恼、哀怨，更不等同于人类悲剧心态。其三，相似媒质虽然可以涵盖或者说隐括诸多事物，但不等同于这诸多事物相加的总和。“可望难即”的意理基质和“失落情愫”的情感基调，只是其可连类事物之诸多质性和情调中的一种相似性质素和情愫，只限定在因受阻而难达、因难达而惆怅的阀域内，绝不等同于它们之意理的总汇概括和情感的和合累加。其四，相似媒质虽然具有强劲的连类生发张力，但其基本模式却有很大的稳定性，不论时间、地点、大小、质料、色彩发生多么大的变化，其基本模式都不变。“可望难即”的格局和“失落情愫”的基调，之所以能够连类从“隔河企望”到“人类悲剧”那么多大大小小、层层叠叠的景物人事和情志意理，就是由于它之基本模式的稳定性。总之，诗词解读和赏析，必须对异质连类的相似媒质有一个基本而明晰的把握，否则，就会混淆事物属性与意理基质，把贤才难求等同于可望难即，混淆具体情感与情感基调，把爱情失落等同于失落情调，从而有意无意地抹杀了科学思维与审美思维、科学分析与审美赏析的差别。

通过相似媒质对万物万事进行异质连类，是锻炼审美眼光、感悟审美世界的必由之路。万事万物，本来都有自身固有的形色、质性、功能，因而也就都有自己的类别归属，但同时，也可以通过相似媒质也就是情感基调和意理基质的相似性，来重新建立万事万物之间的关系，从而结成诸多虚拟的审美类别。例如，梅花、松柏与钢铁意志和英雄性格，就可以联姻为“刚强”类；时间流逝、年华虚度、功名难就、历史变迁、朝代更替与江流滚滚，就可以联袂为“逝者如斯”类；爱情失落、科举落榜、事业难成、理想破灭、治国难安、仙境难觅与在水一方，就可以绾联为“可望难即”类；枯藤、老树、昏鸦、古道、西风、瘦马、夕阳西下与羁旅行役之苦、生计日蹙、前途渺茫，就可以聚拢为“日暮途穷”类；如果一朵浮云、一江春水、一束柳条、一片落花、一滴泪珠、一块伤疤、一段乐曲、一串舞姿、一个意象、一个场景、一首诗词、一篇故事，都能引发愁情悲绪，那就可以临时归结为“哀怨忧愁”类；如此等等，连类天地、连类可能性都是无穷的。同时，由于一种事物往往具有多角度多层面的形色、质性、功能，又可能会在不同的时空中与不同的事物发生各式各样的关联，从而也就会随机出现在种种不同的异质相似连类之中。这样一来，本来被科学思维经营得秩序井然的世界，也就是以天、地、人为三才，以自然、社会、人生为三纬，以过去、现在、将来为时序，以政治、经济、文化为空位，万物各得其所、各得其安、不可混淆、不得僭越的科学认知世界，就退居幕后，而以欢乐、哀怨、刚健、懦弱、生气勃勃、死气沉沉、委婉缠绵、宁折不弯、自由狂放、谨小慎微、水深林茂、瘦骨嶙峋、深沉悠远、浅薄鄙陋等相似媒质为机缘重新连类起来的，更为灵动自由、智慧幽默、丰赡多彩、情致动人的再造性世界，则姗姗地跳到了台前。这样的连类是难以穷尽的，这样的类别是无定质的，这样的世界就是审美世界，这样的眼光就是审美眼光，这样的心理就是审美心理，这样的思维就是审美思维。

五

《蒹葭》中，“在水一方”所昭示的人类悲剧意识，具有上古时代的特有原始人文素质。而随着社会的不断发展，这一悲剧意识也就不断地发生流变。但这一流变并非意味着悲剧意识的消退，而主要是人们对它的态度不断在变，变得越来越明朗、越来越明智了。

河水，作为“在水一方”中的障碍物，有一个从“道阻且长”到“既清且浅”的转化。臧克和在《钱锺书与中国文化精神》中认为：《蒹葭》“在水一方”的意境，是远古水神祭祀仪式的孑遗，后世诗歌中的“河水”意象，愈是接近祭祀的源头，便被夸张为“道阻且长”；而自汉代以降，离水神祭祀的源头愈远，便被描述得“既清且浅”，《古诗十九首》中的“河水清且浅，相去复几许，盈盈一水间，脉脉不得语”，即是这一新变型的范例。这说得很有道理。至于河水意象为何会发生由“阻且长”到“清且浅”的变化，原因大致有三：一是随着人类智识和能力的发展，大自然的威慑力，必然会有一个逐步减弱的趋势。二是随着社会文明的发展，社会制约因素逐步取代大自然的统治地位，于是“宗教渐歇，礼法萌焉”，敬惧自然险阻变为屈从礼法，神灵的难以追寻变为礼法的难以逾越。

人们还没有完全从大自然的桎梏中解放出来，又被投进了封建礼教的禁锢之中，所以作为自然险阻的河水虽然变得清且浅了，但面对社会礼法却只能徒叹奈何：非不能济渡，乃不可涉足也。三是审美表现的需要。魏晋南北朝是文学自觉的时代，对审美效能的追求也促进了河水意象的变型：极言“清浅易涉”，比之“道阻且长”愈见可望可亲而竟不可即之痛楚。因为与现实距离过于遥远的东西，人们也极容易打消那种种的向往，然近在咫尺，隔若天涯，此最是难以消遣者。这就是说，浅而不准渡比深而不能涉更有艺术表现力，意象形态的流变，体现着审美观念、艺术方法的沿革。

“伊人”，作为追求对象，是人类心目中理想“彼岸”的象征。一切宗教都讲彼岸，人类一切最美好的愿望、理想、幸福、欢乐也都在彼岸，人所创造的一切美妙幻境，如天堂、天国、神殿、仙界、极乐世界、五台灵鹫峰、海上三神山、月中蟾桂宫、天上凌霄殿、地上桃花源，也都是彼岸。这种彼岸观念反映到文学中，随着人类理性意识的不断增强，就有一个从神圣到幻灭再到“彼岸即此岸”的不断演化过程。

在上古“水神祭祀”时代，彼岸是神圣的。但到“河水清且浅”时，一个羸弱的女孩也敢大呼：“上邪！我欲与君相知，长命无绝衰！山无陵，江水为竭，冬雷阵阵，夏雨雪，天地合，乃敢与君绝。”显然人们已经开始敢与老天说“不”了。而到苏轼在《赤壁赋》中哀叹“渺渺兮予怀，望美人兮天一方”之时，则明显知道彼岸已经是“不可乎骤得”，只能“托余响于悲风”，无可奈何而又富有审美色彩地把自己的身心交给了“取之不尽，用之不竭”的清风明月，于是，神圣的“伊人”也就完全脱神入凡、去圣返俗了。

马卡连柯的《火光》，虽然是有意于给人们点亮一盏希望的灯，但其底蕴却是人类命运的悲剧，却是彼岸的幻灭：“火光”就在前面，就在船的前面，就在人生、人类的前面，但无论怎么努力，乃至牺牲，也还是只可望，只可想，就像那“宛在水中央”的“伊人”，始终不能达，不可得；于是，无论说是万能上帝的恩赐也好，说是大自然的运化也好，它们给人类所留下的余地，让人们所能够做的，就只有努力奋斗，“拼命划桨”。实质上，这“火光”，也就是“在水一方”可望难即的“伊人”，也就是永恒的人类悲剧困境。

海明威的《老人与海》，不仅是人类悲剧命运的生动写照，而且是彼岸即此岸意念的整体象征图式。老渔民圣地亚哥经过八十四天的生死搏斗，方捕到一条比船还大的鱼，但在归途中却被鲨鱼吃得只剩一个骨架；当他疲惫地走上海岸时，实际上是又回到了一无所获的原点。尽管作者把笔墨泼洒在老渔民与鲨鱼进行顽强搏斗的坚强意志、坚韧毅力和死不罢休的勇气上，努力在为对社会人生看得太透的现代人，寻找一条既不泯灭美好愿望又不忘却悲剧现实的精神出路，但骨子里却抹不掉挣扎哀鸣的阴影和苦魂。这种费尽力气转了一圈而又回到原点的“彼岸即此岸”结果，实质上是对人类悲剧命运之现实存在的大彻大悟。

有趣的是，臧克和在《钱锺书与中国文化精神》中，由此联想到了卡夫卡的《城堡》和钱锺书先生的《围城》：

> 虽然这两部巨著的中心意象都是“城”，但《城堡》的作者不过是悬象示意“城”可望可即却“无路可循”，《围城》的意蕴则在这一境界层面上获得了极大的深化：“城”可即可进，可进得此“城”又怎样？还不是想“突围”吗？此“城”亦可离可退，可逃得此“城”又怎样？还不是接近抑或原本无意中又陷入一“城”？“彼岸”的确即在“此岸”。

钱先生在《围城》中对“彼岸即此岸”的形象化生动演绎，充满智慧，是一种深邃洞察世态心理的讽喻性幽默。

六

《蒹葭》是《诗经》中最优秀的诗篇之一，其意境的主要特征是朦胧玄远。陈子展《诗经直解》说：“诗境颇似象征主义，而含有神秘意味。”究其所以，当与上古初民望祭水神仪式相关。

臧克和在《钱锺书与中国文化精神》中阐析“登高望远”的意境时，认为“在水一方”是“登高望远”之象的转型。这转型源自远古水神祭祀原型。登高望远语象的核心是“望”，“在水一方”意象中也包蕴着一个“望”的语象。在甲骨文中，这个“望”的语象，是站在高坛上跷着脚向远方眺望，应当是当时普遍实行的“望祭”仪式的取象。因为天地山川之神灵并不在现场，故而只能是“望而祭之”；如果说“登高望远”之“望”是“祭四方”，那么“在水一方”中的“望”则就更具体为“祭水神”了。正由于“在水一方”的意境发轫于上古的水神祭祀仪式，故而那“伊人”的影像会“宛在水中央”“水中坻”“水中沚”，跳跳闪闪，从而也就使整个意境充满扑朔迷离的朦胧神秘色彩。

从审美表达上看，这意境的朦胧神秘色彩，主要体现在事实虚化、意象空灵、整体象征这紧密相关的三个层面。

一般说来，抒情诗的创作是导发于对具体事物的感受和体悟，因而在其意境中总能看到一些实实在在乃至独特的景物人事。然而在《蒹葭》中，一切都被虚化了：追寻者是什么人？他为什么追寻？被追寻的是什么人？他为什么那么难逼近？一切都无迹象，甚至都无法确认他们是男是女。特别是“伊人”，音容体貌均无，且上游、下游、水中央、水草地飘忽不定。于是，整个意境中的人物、时间、事件、结果，都变得虚幻莫测、迷迷茫茫，充满神秘色彩；然而也正是由于这一事实的虚化，才奠定了意境的空灵而富有象征意味。

实际上，诗中所描述的情景，并非目之所存的现实人事，而是一种审美心象。这种心象，也不是曾经阅历过的某些真人真事的回忆，而是许多类似人事、类似感受所综合、凝聚、幻化成的一种典型化、格局化、模式化的心理情景。这种心理情景的最大特点，就是不沾不滞、似花非花、空灵蕴藉、连类难穷。“在水一方”，可望难即，就是这种“空而灵”的心理情景的艺术范例。在这里，由于追寻人物、事件、内容的虚化，那些看来是真景物的河水、险阻、逆流、顺流，乃至“一方”“水中央”诸多地点，也就都成了隐喻性意象，对它们均不可作何时何地、何山何水、何人何事、何因何果的特定考究和解读；否则，“含不尽之意见于言外”的诗性特质也就会被完全抹杀了。

《蒹葭》一诗的象征，不是某词某句用了象征辞格和手法，而是一组意象及其所合成之意境的整体象征。“伊人”“在水一方”“溯洄”“溯游”“道阻且长”“宛在水中央”，都是象征意象，而且共同构成了一个完美的象征整体。“在水一方”是人生常有的境遇，因“溯洄从之，道阻且长”所造成的现实困境，以及因“溯游从之，宛在水中央”所造成的虚妄幻境，也都是人生常有的境遇；人们会经常受到从追求的执着到受阻的烦恼再到失落的惆怅这一相对比较完整情感流的洗礼，更可能遇到逆流奋战多苦恼、顺水而下空欢喜这两种困境的情感冲击；读者既可以由此唤起爱情、家庭、友情的某些挫折及其难以磨灭的情感体验，也可以联想到事业、前途、理想诸多方面的遭际及其诸多难以穷尽的人生意味。王国维曾把这首诗与晏殊的《蝶恋花》“昨夜西风凋碧树，独上高楼，望尽天涯路”相提并论，认为它们“最得风人情致”，这评价显然是与其意象的空灵蕴藉和意蕴的丰赡无尽分不开的。

从具体事实的虚化，到意象表现的空灵，再到意境的整体象征，这是《蒹葭》意境的成功所在，也是创造性审美思维的常由常胜之路。

七

不要把异质相似连类思维完全看作是现代意识。其实，在以互渗律为主的原始思维中，异质相似连类是其基本形态，只是尚缺乏自觉认识而已。《诗经》中的比兴手法，就是异质相似连类意识的非自觉萌动。古人所一再强调的，汉赋所普遍采用的“连类”“举类”“依类”“触类”等铺陈方式，实际上都是指向异质相似连类，这是作赋思维方法的要津。

中国古代文论家对诗词意蕴的阐释，特别是对其用意的播撒，其中所体现的异质相似连类思维方式，有的已经达到了相当通透的水平。例如，刘熙载《艺概·诗概》中有几句对《诗经》某些作品的解读，言简意赅，对拓宽我们对异质相似连类思维的理解会有很大启发：

> “皎皎白驹，在彼空谷”，出乎外也；“我任我辇，我车我牛”，入乎内也；“雝雝鸣雁，旭日始旦”，宜其始也；“风雨如晦，鸡鸣不已”，持其终也。

“皎皎白驹，在彼空谷”，见于《诗经·小雅·白驹》。全诗以小白马起兴，抒写挽留、送别贤人的情景，充满切切留贤之意、殷殷送贤之情。刘氏认为，这里描述的虽然只是留贤送贤的情景事宜，但可以在“出乎外”的大范围内连类生发开去，使其成为出门在外谋事时一切待人接物重义亲和的楷模。可以说，这个“出乎外”，就是能够连类到一切重义亲和情景的那个最具涵盖性的相似媒质。

“我任我辇，我车我牛”，见于《诗经·小雅·黍苗》。全诗以对车马辇牛、威武征师的铺陈，颂扬召伯敬业兴邦、功显治平的伟绩。刘氏认为，这里描述的虽然只是召伯的丰功伟绩，但可以在“入乎内”的大范围内连类生发开去，使其成为入职从事时种种敬业立功、济世兴邦的范型。可以说，这个“入乎内”，就是能够连类到一切敬业兴邦伟业的那个最具涵盖性的相似媒质。

“雝雝鸣雁，旭日始旦”，出自《诗经·邶风·匏有苦叶》。诗中以鸣雁、旭日等景物，起兴女子一大早就在河边盼等意中人的情景，表现了她急于求爱结婚的热切愿望。刘氏认为，这里描述的虽然只是女子求偶之事，但可以在“宜其始”的事理范围内连类生发开去，使其具有一切行事均须诚心挚意、开个好头的普遍意义。可以说，这个“宜其始”，就是能够连类到做任何事都要慎重开头的相似媒质。

“风雨如晦，鸡鸣不已”，出自《诗经·郑风·风雨》。全诗以风雨、鸡鸣为意象，起兴女子夜等情人与其相会的情景，洋溢着久等的痛切和会面的喜悦。刘氏认为，这里描述的虽然只是男女情事，但可以在“持其终”的意理范围内生发开去，使其具有一切行事均须坚贞不二、至死不渝的普遍意义。可以说，这个“持其终”，就是能够连类到一切坚贞不渝之人事的相似媒质。刘氏在《艺概》中还说过："'风雨如晦，鸡鸣不已'，屈子言志之旨"；"文文山词有'风雨如晦，鸡鸣不已'之意"。这就是说，屈原赋和文天祥词中，都有一种坚贞不渝的精神品格。

这四个例子，具有广泛涵盖性："出乎外"与"入乎内"着意空间，"宜其始"与"持其终"着意时间，内、外、始、终，连类之时空包容殆尽；"出乎外"和"入乎内"着意形构，"宜其始"和"持其终"着意质性，形、构、质、性，连类之形神含蕴完备。这样的连类生发是无可穷尽的："入乎内"的兴邦媒质，是不是可以连类到家业兴旺、公司发达、国家强盛、世界和平等等？"持其终"的坚贞媒质，是不是可以连类到严于律己不贪不占、宽厚待人助人为乐、为人民粉身碎骨也情愿、为理想甘洒热血写春秋等等？显然，无论是文学创作还是作品欣赏，都离不开"手挥五弦，目送归鸿""言在口头，想出天外"的异质相似连类思维，而且这思维的连类时空和生发张力是无可限量的。

格式塔心理学"异质同构"说的实质，就是异质相似连类思维。可以说，"异质同构"说是从心理发生学的角度，对异质相似连类思维作出了极其深微的阐释。但也不要把对异质相似连类思维的观照，完全局限于格式塔心理学。西方纷繁复杂的后现代主义的审美观念，其实都是以异质相似连类思维为根基的，可以说都是异质相似连类思维的异延、播撒、分蘖、派生理念，都与异质相似连类有着难以分割的内在联系。后现代解构主义不是只知一味冲击和破坏的洪水猛兽，关键要看它解构了什么。解构僵固的科学主义和偏执的理性崇拜，打破逻各斯中心主义的困囿，这样的解构，本身就是一种穿越、一种建树。特别是它把本来应当是海阔天空、四通八达的审美思维，从像科学思维那样总是在致力于寻找"唯一正确"答案的固有轨道和模式中解放出来，意义相当重大。

解构主义代表人物德里达在《论文字学》中，创辟了"异延""播撒"等解构概念。"异延"用于阅读理解，则意味着意义总是处在空间上的"异"和时间上的"延"之中，而没有得到确证的可能。"播撒"在历时阅读中的意义，则仿佛播种人抓起一把种子漫撒开去，落向四面八方而无所谓任何中心，它不传达确定意义，却在无休止地瓦解着文本，显示着文本的凌乱和重复。这都证明着每一次阅读都是一次似曾相识的新经验、新体验，但永远也达不到终极性"本真"或"真理"的可能。

解构主义的另一代表人物保罗·德曼，在《盲视与洞见》和《阅读的寓言》中，认为一切语言都有隐喻、象征等修辞特征，它将逻辑"悬置"起来，造成语法义和修辞义、字面义与比喻义、隐喻与转喻之间的永恒矛盾与歧向张力，从而使其指称或意义变得变化莫测、难以确立，于是，这也就决定了文本自我解构的特征，决定了对文本的阅读只能永远处于意义的悬置不定状态。

解构主义的另一代表人物哈罗德·布鲁姆，在《影响的焦虑》和《误读图示》中，提出了“影响即误读”的理论，认为文学文本的意义是在阅读过程中，通过多元“能指”之间无止境的意义转换、播撒、异延而不断产生与消失的，原始意义的阅读根本不可能存在；由此而进，他把文学史归结为对文学前辈误读、误译和“修正主义”的影响史。

由“意识批评”转向解构主义的 J. 希利斯·米勒，在《传统与差异》中，认为文学语言基本上是关于其他语言或其他文本的语言，而不是关于文本之外的现实存在，因此它永远是多义的和意义不确定的，它们无法构成一个逻辑的或辩证的结构，而是“顽强地维持着异质的混杂”。在《小说与重复》中，他认为一部作品中事件和场景的重复，及其与其他作品在主题、动机、人物、事件上的重复与仿构，从而使作品有了与广阔外部因素的多样化联系，使文本内涵有了无穷的连类生发意蕴；而阐释的谬误，则主要体现在预先假设了意义是固定的、单一的、统一的和具有逻辑上的连贯性的。

不难看出，在以上解构主义对逻各斯中心主义的多角度穿越中，都隐蕴着一个基本的思维线路，那就是冲破唯科学主义所固有的“类”观念和“逻辑”理念的异质相似连类。尽管其中有不少偏激之处，但其解放思想的张力，特别是在审美思维方面的创辟，却是魅力十足的。

说到这里，忽然想到量子力学，想到量子纠缠中那个令人大开脑洞的实验：

> 将一批能发声的钟摆排放在一起，然后随意拨动它们的摆针。这时，摆针的摆动杂乱无序，所发出的声音也是嘈杂无章的。但仔细观察和聆听就会发现，摆针的摆速和声音正在逐步发生变化，有的一丝丝慢下来，有的一丝丝快起来；而变化的共有走向，则是摆速和声音之频率的渐渐趋同。经科学测试，到 1 分 04 秒这个临界点时，摆速和声音已基本一致；这时，还有些微差异的几个钟摆会加速追上，到 1 分 35 秒时，无论摆速还是声音，就都完完全全的整齐划一了。这时，看起来特别醒目，听起来特别悦耳。

没有任何别的事物接触，杂乱无章的钟摆为什么会趋同？其实，这趋同的媒介，就在于振动及其声音本身；而究其根源，则是量子能量波的同频共振。越来越多的物理学家发现和证实，我们所说的实体物质，根本就不是实体：“宇宙并不是牛顿物理学所说是由实体物质组装起来的，而是起源于（爱因斯坦、马克斯·普朗克、沃纳·海森堡以及其他人的研究）非物质能量波之间的缠绕组合。”所谓万物，包括人的意识，实际上都是振动形态；振动不仅是事物自身，而且是万物相互联系的纽带，人的意识也能够与物质发生相互作用；这振动及其相互作用，呈现为一种能量，人的意识也是一种能量的聚合；宇宙中普遍存在的最神奇能量，就源自量子的振动和纠缠。故而尼古拉·特斯拉断言：“如果你想知道宇宙的秘密，就用能量、频率与振动来思考。”

不难联想到，审美思维中那些难以捉摸的心物感应，那些难以穷尽的异质相似连类，都与量子振动量子纠缠中之能量波的同频共振有内在的必然联系。格式塔心理学派认为，外部事物、内在情感、人的知觉组织活动、艺术样式四者之间，存在着“根本的统一”；这个根本统一，体现在“都是力的作用模式”；当几个领域之力的作用模式达到“结构上的一致”时，就可能“激起审美经验”。显然，这个“根本的”“力的作用模式”，其实质就是量子振动量子纠缠中之能量波的样式，而它们“在结构上的统一”，也就是“异质同构”，实质上就是量子能量波之间的同频共振。这是否意味着，在审美领域，一切意象表现、一切心物感应、一切异质相似连类，都是根源于这个量子波之间的同频共振、同调和鸣？“在水一方”之所以能连类到贤人难求、爱情失落、功名无就、事业难成、理想破灭、人生悲剧等各方面、各层面之难以穷尽的具体情景，能激起与这些具体情景相应的种种惆怅、失落情致，就是因为它们之中，都有一个“可望难即”的相似媒质。我们不能直指这个能使诸多事物同频共振的“可望难即”，就是它们所共有的量子能量波，但可以说，这个“可望难即”是它们的能量波的一种共有样式，这种共有的能量波样式，就是种种形而下可望难即事物之统一性的根据。

有了某种共同的量子能量波样式，也就是有了相同或者因相近而在振动中趋同的振动频率，也就能发生量子能量波的同频共振，这也就源发了人的异质相似连类思维。诸多方面的科学实验已经证明，量子能量波的同频共振，是螺旋式推进的。就像龙卷风一样，只有旋转才有最强劲的聚合能力。我们所说的宇宙万物，实质上都是同频共振之量子能量波的旋转聚合；从微小的原子、分子，到无限的银河等星系，一切都是量子能量波旋转聚合的种种旋涡及其旋涡组合，每个旋涡都放射出自己独特的能量波样式，而且这些能量波会在相互缠绕、叠加、吸引、干扰中不断变化。这就是量子力学的宇宙观。

人的异质相似连类思维，只是人的能量波与某些事物之相似能量波的同频共振，也就是人的能量旋涡与其他相似能量旋涡的相互感应、相互纠缠、相互吸引、相互作用。人类之能量旋涡的这种感应能和作用力虽然是有限的，但也能够冲破科学认知和逻辑理性的困囿，而进入具有能量放射性特质的心物感应和异质相似连类通衢，这是“天轨”对“人律”的穿越。“在水一方”之所以不只是告知在河的那一边，而能把社会人生中一切可望难即情景都隐括进来，归根结底，就是心与物之能量波的相互吸引、叠加。不过应当进一步意识到，异质相似连类思维所隐括进来的，只是量子纠缠中那些同频共振的因素，所谓意象蕴场、意境蕴场，就还只是这些可以同频共振因素的连类生发，而量子纠缠、量子干扰中，还有很多人的智能所难以捕捉和感悟的东西。故而，当我们将意象、意境的连类思维，穿越特定诗句、特定诗词，放到诗人的生平思想、社会环境、文学史以及读者接受史中进行更广泛的同频共振考察时，就会像阐释理论、接受美学和解构主义那样，深感意象蕴场、意境蕴场的阐释时空、接受视野、异延天地，都是难以操控、无可限量的，而这也正是无定质、难穷尽乃至超鸿蒙、混希夷等诗性特质的体现。我们曾一再强调，意象蕴场、意境蕴场都是一些能将客观世界、主观世界、符号世界连通起来的“人文小宇宙”。而要追究这一切审美关联、审美穿越、审美生发、审美奥妙的根源，则是否可以说归根结底都应当聚焦于量子纠缠中那些能量旋涡的无限聚合张力？

『暝色起愁』的创辟与仿构

——从《诗经·王风·君子于役》的『日之夕矣』说起

诗经·王风·君子于役

君子于役，不知其期，曷至哉？鸡栖于埘，日之夕矣，
羊牛下来。君子于役，如之何勿思！
君子于役，不日不月，何其有佸？鸡栖于桀，日之夕矣，
羊牛下括。君子于役，苟无饥渴！

《君子于役》是一首意象生动、语言通俗的抒情小诗，属“思妇”题材，抒写一个普通劳动妇女对远行丈夫的忧思之情。朱熹《诗集传》说：“大夫久役在外，其室家思而赋之。”大抵不错，但后一句应改成“诗人以其室家相思之口吻赋之”，因为首吟此诗者不一定就是某个正在忧思的“室家”。

钱锺书《管锥编》认为，此诗为中国古代诗词“暝色起愁”意境之先导：

> 许瑶光《雪门诗钞》卷一《再读〈诗经〉四十二首》第十四首云：“鸡栖于桀下牛羊，饥渴萦怀对夕阳。已启唐人闺怨句，最难消遣是昏黄。”大是解人。白居易《闺妇》云：“斜凭绣床愁不动，红绡带缓绿鬟低。辽阳春尽无消息，夜合花开日又西”；此胡应麟推为“中后唐第一篇”者（《少室山房类稿》卷一〇五《题白乐天集》），亦即言日夕足添闺思。司马相如《长门赋》：“日黄昏而望绝兮，怅独托于空堂”；吕温《药师如来绣像赞》：“独虑成端，沿情多绪。黄昏望绝，见偶语而生疑；清旭意新，闻疾行而误喜”（《全唐文》卷六二九）；又可释日暮增愁之故。潘岳《寡妇赋》：“时暧暧而向昏兮，日杳杳而西匿。雀群飞而赴楹兮，鸡登栖而敛翼。归空馆而自怜兮，抚衾裯以叹息。”盖死别生离，伤逝怀远，皆以昏黄时分，触绪纷来，所谓“最难消遣”。韩偓《夕阳》：“花前洒泪临寒食，醉里回头问夕阳：不管相思人老尽，朝朝容易下西墙！”赵德麟《清平乐》：“断送一生憔悴，只消几个黄昏！”取景造境，亦《君子于役》之遗意。孟浩然《秋登兰山寄张五》云：“愁因薄暮起”，皇甫冉《归渡洛水》云：“暝色起春愁”，有以也夫！

钱先生这段话，至少表达了四层意思：一是《君子于役》开诗词意境中暝色起愁的先河；二是点拨了“日暮增愁之故”，即“独虑成端，沿情多绪”，“黄昏绝望”而“清旭意新”；三是认为黄昏起愁蕴场多元宽泛，绝非只是闺怨一端，即“死别生离，伤逝怀远，皆以昏黄时分，触绪纷来”；四是强调黄昏起愁切情深挚，“最难消遣”，故而成为后世诗词不断仿构的一个传统意境。

总体看来，钱先生在这里实际上提出了一个关于诗歌发展的重要问题，那就是意象流变中的创辟与仿构规律。不妨借助《君子于役》，把这个问题深入思考一下。

一

暝者，日落而天色昏暗也。暝色起愁，也就是黄昏起愁。黄昏为什么特别能起愁？这是首先要考虑的问题。钱先生所说“独虑成端，沿情多绪”“黄昏绝望”主要是从心理发生角度来说明问题。而一个相对比较普遍而稳定心理的形成，必有一个相对比较长久的历史积淀过程。因而在这里，我们有必要先简要探索一下黄昏起愁的历史文化渊源。

昏，指黄昏。《说文解字》：“昏，日冥也。”指太阳下山、大地昏黄时分。多家字书又云：昏，通婚。《诗经·邶风·谷风》：“宴尔新昏，如兄如弟。”这个昏，就是指结婚。黄昏所以能与结婚联系起来，与婚姻发展史是分不开的。

人类的婚姻制度，大致有一个从群婚到班辈婚到族外婚到对偶婚的过程。原始群婚是杂乱无序的，即《列子·汤问》所谓“男女杂游，不媒不聘”，《管子·君臣下》所谓“古来未有君臣上下之别，未有夫妇妃匹之合”。班辈婚，指的是在族群内按辈分划分为祖父母辈、父母辈、子女辈三个夫妻圈子，同辈夫妻共有，异辈不可逾越。族外婚，是禁止族内通婚，从而形成家族与家族、部落与部落之间广泛的姻亲关系。对偶婚虽有望门居、妇家居、男家娶的不同阶段，但总体上已是步向文明时代的婚姻制度。不难看出，从群婚到班辈婚到族外婚再到对偶婚，这是一个人类从愚昧逐步走向文明的过程。

在这个过程中，始终存在着不同程度、不同方式的抢婚现象，乃至抢婚制度。群婚虽然自由，但也会因色诱和情爱而时时发生抢先和争夺的情况。在班辈婚时期，抢婚是一种保持“生态平衡”的补充，并且使婚姻关系为“补不足”而逐步从部族内扩大到部族外，走向族外婚制。族外婚由抢婚开始，终成一个时期的婚姻潮流。在抢婚盛行时代，部族战争，家族械斗，女人被当作战利品抢来抢去是普遍现象。抢婚当然野蛮，但却抢出了优生优育，这是近亲繁衍多畸形智障者而远缘杂交出壮男靓女之经验教训的自然结果。

婚姻与黄昏挂起钩来，最早见于上古《仪礼》中的“士昏礼”之说。对此，《说文解字》云：“婚，妇家也。《礼》：‘娶妇以昏时，妇人，阴也，故曰婚’。”《礼仪·士昏礼》郑玄注说：“士娶妻之礼，以昏为期，因以名焉。”这都是对结婚与黄昏之关系的肯定。接着郑玄注又说："必以昏者，阳往而阴来。"这又把结婚上升到"阴阳交合化生万物"的哲思高度：昼为阳，夜为阴，黄昏为昼夜交接，即阴阳交合；男为阳，女为阴，所谓"昏以为期"，"阳往而阴来"，实际上是以昼往而夜来，寓意男女婚配，阴阳和合，生儿育女。这或许是后世思想家的伦理附会，但也切合远古人口稀少、生命危浅、族群繁衍是头等大事的实情。

男女交合是最神奇最私密的事情，故而从远古至今，男女幽会，大都发生在黄昏之后。所谓"月上柳梢头，人约黄昏后"，古今同情一理。后世关于远古"男女游交以昏时""抢亲以昏时""娶妻以昏时""婚礼以昏时""婚宴以昏时"等诸种拟说，均不是空穴来风。《诗经·陈风·东门之杨》："东门之杨，其叶牂牂。昏以为期，明星煌煌。"这可能是对黄昏后男女幽会情景的最早描绘。屈原《思美人》："指嶓冢之西隈兮，与纁黄以为期。"纁黄，即黄昏。《离骚》："曰黄昏以为期兮，羌中道而改路。"屈赋中的"美人"，多指向君王。这里的"黄昏以为期"，都是以结婚的"昏以为期"，来隐喻君臣交好。在先秦时代，"昏以为期"已经成为具有象征意味的典故。

从"鸡栖于埘""羊牛下来"看，《君子于役》所描绘的是上古农耕时代的生活情景。上古称男子娶妻为"有室"，女子出嫁为"有家"。这个"家"，甲骨文、金文的造型都是房屋中养着一头猪。现在若说家是猪圈，是骂人，但在上古，却意味着物质丰富，人畜兴旺，吉祥如意。所谓"二十亩地一头牛，鸡鸭成群猪肥肉。日出而作日落息，老婆孩子热炕头"，就是小农家庭的幸福生活美景。那时，丈夫外出耕种五谷，妻子在家饲养家畜，每到黄昏，妻子倚门望人，丈夫牵牛归来，一家人亲亲爱爱、和和美美。这种小农家庭温馨格局在中国延续了几千年。然而在这期间，男儿也常常被征兵打仗，派驱徭役，于是君子于役、不日不月、夫妻天隔、两地相思，乃至生离死别、怨愤交加的情境，就成为一种社会常态，而黄昏起愁、日暮增忧、苦苦相思、哀哀闺怨的诗性意境，也就成为一种不断创辟、不断仿构的审美潮流。

二

诗歌是人的内在生命律动的审美化表象显现形态。诗歌发展史，就其本体来说，是人的内在情志意理的表象显现进程史。诗歌是审美创造，有创辟，才有发展。因而，这个情志意理的表现进程史，实际上就体现为表现事物不断开发及其表现性能不断拓展的历史，简言之，也就是意象表现的不断创辟史。

诗缘情、诗言志、诗写意、诗寓理，这是古今通论，也是诗歌存在的意义所在。但人之情志意理的表达，至少有两大途径可走：一条是概念告知，一条是意象表现。日常交际，科学理论，主要是概念告知；艺术描绘，审美感悟，主要是意象表现。概念告知，总与本体、本真隔着一层，好、坏、高兴、痛苦、矛盾、和谐，一切概念，如果没有自己对现实情景的耳濡目染和体验感受，是不可能有真知灼见的。意象表现，则是在努力向人们提供能引发人之内在生命律动的事物和场景，让人们在想象、体验、感受中，重温、拓展和深化对情志意理的真知性领悟。因而，归根结底，意象表现是在引领着人们向人的内在生命律动的本真进军，向着对人之情志意理的真体验真感受进军。显然，诗歌形态的形象性、生动性，诗歌情味的原生态、全息性，诗歌意理的隐蕴性、感悟性，诗歌蕴场的无定质、无限性，这些最重要的诗性特质，都集中体现在意象表现之中。而诗歌中一切胸臆的直抒和意理的点拨，则都只是意象表现的辅助成分。严格地说，“生命诚可贵，爱情价更高；若为自由故，二者皆可抛”，通体概念直白，这不是诗，只是押韵的革命宣言。由此不难意识到，如果我们承认意象表现是诗性特质的集中体现，那么，我们就应当承认，诗歌发展史的本体性轴心线索和实体性显在轨迹，就集中体现在意象表现事物和表现性能的不断创辟和拓展之上。而以往的中国诗歌发展史，总是在表现怎样的情志意理以及为什么会表现这样的情志意理上做文章，却忽视了对如何表现情志意理，特别是意象表现理论和实践的开掘、梳理和阐述，这显然是偏离了诗歌发展史的本体性旋动轴心，可以说是一种“政治性偏见”。正是从这样的诗歌发展观念出发，我们才充分肯定了“暝色起愁”在诗歌发展史上开创闺思闺怨系列意象意境的先导性重要地位。

当然，肯定《君子于役》“暝色起愁”的开创意义，并非意味着那时就有了自觉的意象表现意识。诗三百产生于西周初期到春秋中叶，那时还没有自觉的文学观念，更谈不上自觉的意象表现意识。诗三百中用了不少草木虫鱼来起兴，但大都根源于上古的“泛灵”心理和原始的“互渗”思维，并非自觉的异质同构意义上的意象表现。后世这些草木虫鱼几乎都从诗境中消失，只有少数还作为典故存在就说明了这个问题。汉代人文，宗经、崇圣，偏执“诗言志”的重质轻文伦理，强调“政治教化”的专制观念，因而在其大一统的数百年间，只有少数民歌，而没有文人诗作，这也反证着那时文学自觉意识和意象表现观念的缺失。《君子于役》中的“鸡栖于埘，日之夕矣，羊牛下来”三个意象，都只是在“傍晚”这个时间节点上与闺思联系起来，与意象表现是情与景在形态和质性上的同构融合观念，显然还有相当的距离。这无疑意味着，从原始的诗三百到隆盛的唐诗，还有很长的路要走。

既然“诗言志”的意识早在先秦已经确立，“大一统”的汉代又特别予以强化，因而，自此以后这段很长的路，则应当主要是个“如何言志”的问题，主要体现为一个对诗性特质不断加深认识的过程。这不是统治者的政治意志，而是诗歌发展的自然律令。中华民族的文学自觉始于魏晋六朝，这已是定论。对意象表现是诗性特质集中体现的认识，也是在这个时期打开脑洞的。此时，文论、诗论的专著蜂起，虽然也偶有宗经、崇圣的余音，但“诗缘情”“诗赋欲丽”“以形传神”“巧构形似之言”，注重“神思”“窥意象以运斤”，追逐诗歌特有“滋味”，讲求诗性特有“韵律”等穿越“诗言志”和“政治教化”藩篱的新观念、新说法，却竞相破茧，层出不穷，成为六朝文艺思想的主流。显然，将这些观念、说法综合起来看，实质上就是一系列相互联系的关于诗性特质的自觉意识，也就是关于意象表现自觉意识的应时萌发和不断突进。

正是在这种诗性特质自觉意识、意象表现自觉意识的推动下，六朝诗坛接连不断地卷起一阵阵开发意象表现事物的风潮。从“理过其辞，淡乎寡味”的玄言诗走向“餐霞倒景，饵玉玄都”的游仙诗，是对诗歌语言概念堆砌的抛弃，对意象表现的新造，虽然图形写貌的只是一些虚无缥缈的神山仙境，但却是对老庄玄道之意象表现途径的开辟。随后风起云涌、铺天盖地而来的山水诗，“窥情风景之上，钻貌草木之中”，色彩纷呈，灵气融通，不仅将玄道佛禅蕴蓄得清新而多味，并且全面开创了以自然景物表现人生人情人性的通途。从此，借景抒情、情景交融，成为中国传统诗歌意象中最注重、最亮丽、最富有审美意味的表现形态；而与山水诗联袂萌生的田园诗，则以其“开荒南野际”“把酒话桑麻”的质朴田园风光以及“采菊东篱下，悠然见南山”的闲散意境，在“适意自然”的大潮中开辟了一片更贴近现实生活、“癯而实腴”、淡而有味的意象园地，以至于引发出后世散淡诗人的连绵仿构。南朝齐梁时期所兴盛的咏物诗和宫体诗，则应当看作是魏晋咏怀诗、晋宋山水诗的进一步现实化、生活化、世俗化。咏物诗不仅将山水诗放眼远眺、泼墨全景的扫描挥洒，聚焦为一角、一物的近观细雕，从而彻底改变了前期山水诗先写景、后抒情的情景分立格局，而且往往能以通体隐喻象征的手法，将咏物与寄情融为一体，酿造出字字写景状物而又句句抒情蕴意的情景交融新风貌，体现出意象表现的审美新水平。宫体诗，亦可称艳情诗，出于贵族子弟风雅人士之手，主要描绘宫廷生活和男女私情，特别是开辟了诗坛中婉约的女色美、爱情美新意境，标示着诗歌意念终于从汉代经圣神龛跌落到了世俗化的人生现实。在总体上，这是诗歌发展的必然趋势，虽不免偏侧于宫廷纨绔的奢靡纤巧，但却融写景、咏物、艳情、韵律于一体，至少在内容世俗化和形式审美化方面助推出了唐代富丽堂皇的诗歌艺术高峰。

在诗歌发展史论著中，人们往往把六朝山水诗、咏物诗、宫体诗也称作“流派”，这并不恰当。流派，应主要指向总体风格近似，且多与时期、地域、师承相关。若将六朝山水诗、咏物诗、宫体诗视同风格流派，那就与当时的太康体、永明体，宋代的婉约词、豪放词，明代的公安派、竟陵派等体式风格流派等量齐观，从而不仅模糊了流派的特质，而且遮蔽了六朝山水诗、咏物诗、宫体诗在诗歌发展史上开发意象表现事物、创辟意象表现领域的重大意义。六朝诗坛所不断滚动拓展的山水田园天地、物态物性意境、艳情生活场景，都是历代诗苑几个最大的意象表现系统及时空，它们不断创辟，统摄着大大小小、层层叠叠的诸多意象“开发公司”。这些“公司”所开发的意象领域，几乎囊括了天地万物，“暝色起愁”只不过是其中的一个小型“分公司”而已。

这个“暝色起愁”意象开发“分公司”，创辟有两个最重要的“子公司”：一个主要着眼于昏暗色调，所开发的意象共名为“黄昏”；一个主要着意于西沉落日，所开发的意象共名为“夕阳”。两者孪生，形质大处类同，小处有异。它们都开设有诸多“门市部”，所经营的意象，在不同的诗作中，根据各自不同的需要，又有诸多相近的名号，从而构成一个个意象家族。例如，暮、薄暮、傍晚、近夜、昏、昏黄、曛黄、落晖、斜晖、余晖、残照、暝、暝色、昏暝、晚霞、落霞等等，就是一个黄昏意象家族；落日、落照、残阳、落晖、日落、日沉、日暮、日昏、日斜、夕照、夕晖、斜阳、斜日、斜照、晚照等等，就是一个夕阳意象家族。意象开发滚动为家族形态，是普遍现象。例如，阴月、晴月、圆月、缺月、明月、朗月、皎月、半月、月牙、月光、月色、月容、月影、月宫、蟾宫、桂宫乃至铜锣、银盘等等，就是一个月意象家族；初秋、中秋、晚秋、寒秋、劲秋、清秋、衰秋、肃秋、金秋、秋霜、秋雨、秋色、秋意等等，就是一个秋意象家族。全部诗歌意象，就是由无数千姿百态的不同体系、不同种类、不同层次之意象家族构成的。可以说，天地万物，在六朝诗歌意象的流变过程中，几乎都初步滚动成一团团意象表现家族。这显然不仅仅是个风格流派问题。只有由此进一步认识到，这标志着中国诗歌真正走上了表象呈现、意象表现这一诗歌发展的必由之路，认识到这才是真正打开了诗性本体、诗性特质之大门并阔步向前推进的体现，才能真正确立六朝诗歌在中国诗歌发展史上的重要地位。

刘熙载在《艺概·文概》中说太史公文之所以成功，是因为“其秘要则在于无我，而以万物为我也”。大意是说，司马迁《史记》成功的主要秘诀，在于叙事“不参入断语”，而是“寓主意于客位”，也就是把自己的主观评断、思想感情，都隐蕴在对万千历史事实、人物事件的选取、描绘之中。这“以万物为我”的观念更适用于诗歌。将情志意理隐蕴于万物万事，这就是意象表现，就是诗歌最基本最重要的诗性审美特质。六朝山水、田园、咏物、宫体意象的联翩滚动，虽然还处于开辟阶段和发展前期，但已呈现出“无物不可写、无情不可寄”的宏观气象，这就是在中国诗歌发展道路上，六朝诗歌创辟了“以万物为我”之意象表现大格局的伟大历史功勋。“暝色起愁”意象家族的创辟和拓展，只是这个大格局中的一个小例子而已。

三

六朝诗歌的发展，不仅体现在对意象表现事物的开发，启动了“以万物为我”之意象表现的大格局，而且也开启了创辟各种事物之表现性的大门。一种事物，究竟能表现哪些情志意理，究竟有哪些表现途径和方法，究竟怎样才能达到更理想的表现效果，对这些事物表现性能的不断追求、创辟和出彩，更能张扬审美创造智慧，更能彰显意象表现时空的拓展和深化。

“事物表现性”是格式塔文艺心理学的一个重要概念。见花而心情愉悦，望海而心胸开阔，仰视天上的云就思念起远方的亲朋故旧，面对雪中的松柏就联想到意志坚定的英雄，这都是事物的表现性。意象表现的深广度，就体现在对事物表现性的不断拓展和深化之中。这个事物表现性的拓展和深化，离不开异质同构心理—思维机制。所谓异质同构，用中国习惯的传统话语来说，就是不同种不同类事物之间的相似连类。柳条与细腰，流水与生命，“浮云游子意，落日故人情”，这都是异质事物之间的相似连类。没有在异质事物之间进行广泛的相似连类的自觉意识，就不可能有对事物表现性的主动有效开发，就不可能有风起六朝而功显唐宋的意象表现诗潮。

六朝，这是春秋战国之后，中国历史上第二个人文观念的大变革时代。个体人性自觉、个体人生自觉、世俗文化自觉、文学艺术自觉、诗性特质自觉、意象表现自觉，这种种意识的自觉，共同酿成了对异质相似连类心理—思维方式的自觉，从而也就开启了并推动着对事物表现性的广泛创辟和深入开发。“浮云游子意”“白云隐逸情”的贴切同构，“白云抱幽石，绿筱媚清涟”的灵动拟人，松骨、竹节、梅格、兰心、菊意的人格象征，宫体诗中对女色美的精工细描，这都是六朝诗歌中将事物表现性发挥得淋漓尽致的笔墨。

《君子于役》中开启了三个意象，但在后世诗歌中，消失了两个，只有一个健在，其中就有个事物表现性问题。“鸡栖于埘”“羊牛下来”，因格局小，异质相似连类生发张力也就是表现性能有限，淘汰是必然的；而“日之夕矣”，则以其强劲的异质相似连类生发潜能，在其表现性的不断开发中，越滚越大，终至成为唐宋诗词中闪耀的意象表现明星。网搜发现，直接呈现黄昏、夕阳、落日字样的诗句竟然都超过1500句，其表现性所连类到的情志意理时空，就更是难以一一列举穷尽。就拿夕阳来说吧：

《君子于役》“日之夕矣”意象所开启的意蕴，主要是相思。由此连类生发开去，就有了离别之思，如温庭筠《梦江南》：“过尽千帆皆不是，斜晖脉脉水悠悠。”就有了相思之苦，如李白《忆秦娥》：“乐游原上清秋节，咸阳古道音尘绝。音尘绝，西风残照，汉家陵阙。”就有了故乡之念，如崔颢《登黄鹤楼》：“日暮乡关何处是，烟波江上使人愁。”就有了送别之情，如李叔同《送别》：“晚风拂柳笛声残，夕阳山外山。”就有了羁旅行役之苦，如马致远《秋思》：“夕阳西下，断肠人在天涯。”如此等等。

夕阳西沉，与人生的衰老异质相似。由此机缘连类生发开去，就生发出流光不待之憾，如李白《古风》：“黄河走东溟，白日落西海。逝川与流光，飘忽不相待。”就生发出生命短暂之叹，如韩偓《夕阳》：“花前洒泪临寒食，醉里回头问夕阳，不管相思人老尽，朝朝容易下西墙。”就生发出人生如寄之感，如刘长卿《长沙过贾谊宅》：“秋草独寻人去后，寒林空见日斜时。”就生发出孤独寂寞之愁，如陆游《卜算子·咏梅》：“已是黄昏独自愁，更著风和雨。”就生发出功名无就之叹，如刘琨《重赠卢谌》：“功业未及建，夕阳忽西流。”就生发出年华虚度之忧，如宋祁《玉楼春》：“浮生长恨欢娱少，肯爱千金轻一笑。为君持酒劝斜阳，且向花间留晚照。”就生发出暮年诀别之哀伤，如元稹《送卢戡》：“红树蝉声满夕阳，白头相送倍相伤。”就生发出前途渺茫之喟叹，如李白《代寄情楚辞体》：“送飞鸟以极目，怨夕阳之西斜。”如此等等。

斜阳晚照，夕阳余晖，其暝色的渐趋湮灭，最容易与世事的沧桑变化同频共振，于是通过隐喻象征，就连类到咏史之念，如孟浩然《登鹿门山怀古》：“探讨意未穷，回艇夕阳晚。”就连类到怀古之情，如王安石《桂枝香·金陵怀古》：“归帆去棹残阳里，背西风，酒旗斜矗。”就连类到风云变幻之感，如许浑《咸阳城东楼》：“溪云初起日沉阁，山雨欲来风满楼。”就连类到往事难追之问，如晏殊《浣溪沙》：“一曲新词酒一杯，去年天气旧亭台，夕阳西下几时回?”就连类到往事如烟、不堪回首之哀，如辛弃疾《永遇乐·京口北固亭怀古》：“斜阳草树，寻常巷陌，人道寄奴曾住。”就连类到历史无情、沧桑巨变之叹，如刘禹锡《乌衣巷》：“朱雀桥边野草花，乌衣巷口夕阳斜。旧时王谢堂前燕，飞入寻常百姓家。”如此等等。

当夕阳意象的意蕴，凝聚到太阳“下落”的意义之时，落日意象便突出了衰落、衰败、衰残的颓势，而通过异质同性、异质同频、异质同调的相似连类，国运衰微的象征意蕴就升腾起来。如李咸用《湘浦有怀》：“长汀细草愁春浪，古渡寒花倚夕阳。”这是含蓄蕴藉的历史变迁感。包佶《再过金陵》：“江山不管兴亡事，一任斜阳伴客愁。”这是胸臆直抒的国家兴亡情。刘长卿《秋日登吴公台上寺远眺》：“夕阳依旧垒，寒磬满空林。惆怅南朝事，长江独至今。”这是感慨安史之乱后唐王朝的衰微。辛弃疾《摸鱼儿·更能消几番风雨》：“休去倚危栏，斜阳正在，烟柳断肠处。”这是喟叹南宋小朝廷的风雨飘摇。朱敦儒《相见欢·金陵城上西楼》：“万里夕阳垂地，大江流，中原乱，簪缨散，几时收？试倩悲风吹泪，过扬州。”这是对宋王朝在战乱中日薄西山的哀号。如此等等。

显然，这种种对夕阳表现性的开发，都是以相似为机缘，在不同种不同类的事物之间展开的。由于一种事物的形态、结构、质性及其外部联系，往往是多视角、多层面的，因而它与其他事物异质同形、异质同构、异质同性、异质同频、异质同功的可能性，就会是多元的，其可变性是多端的，甚至可以说是难以穷尽的。这就意味着，事物表现性的开发天地是十分广阔的，而这也正是诗歌发展时空无限广阔的体现。

事物表现时空的广阔性，不仅体现在难以穷尽的异质相似连类，还体现在异质连类中的相反相成。有正有反，有亡有兴，喜极而泣，痛极生愤，这是物理、事理、情理、意理、心理、思维的辩证规律。事物表现性的开发，必定也会在相反相成的轨道上竞奔。不妨仍以夕阳为例：

“夕阳无限好，只是近黄昏。”这话鲜明地道出了夕阳意象两个相反相成的意蕴指向：“近黄昏”指向衰落、衰败、衰残的意境，“无限好”指向多彩、温和、愉悦的意境。因为要衰落，那余晖更加可贵；由于光色好，那衰落就更令人痛心。上面所举夕阳之表现性，侧重于前者，总体情感基调趋向悲哀；但夕阳的表现性还有另一面，落日熔金般的圆融、余晖的柔和温润、晚霞的绚烂光彩，又特别令人赏心悦目；由此生发开去，夕阳的表现情调就变得相当幽静、雅致乃至欢愉了。如“长江一帆远，落日五湖春”“落日在帘钩，溪边春事幽”“尽管夕阳已西下，余晖还在照云天”“千秋钓舸歌明月，万里沙鸥弄夕阳”“好看落日斜衔处，一片春岚映半环”“一道残阳铺水中，半江瑟瑟半江红”等等，显然都是对落日生悲的翻案文章。

生命短暂，人生坎坷，或怀才不遇，功名难就，或社会黑暗，理想破灭，种种困厄和痛苦，都牵动着人的心灵向着老庄的“无为”和“心斋”倾斜，于是，柔和的夕阳余光也就向着适意自然、隐逸闲淡的蕴场生发开去。像刘长卿“荷笠带夕阳，青山独归远”，“夕阳临水钓，春雨向旧耕”，严维“柳塘春水漫，花坞夕阳迟”，林和靖“秋景有时飞独鸟，夕阳无事起寒烟”等等，虽无深意，但诗境如画，其适意自然、散淡人生的愉悦感却溢于言表。至于李颀《送陈章甫》“醉卧不知白日暮，有时空望孤云高”，则颇有些“心轻万事皆鸿毛”的超世狂气；陶渊明《饮酒》“山气日夕佳，飞鸟相与还。此中有真意，欲辩已忘言”，虽是平常过话，却仿佛已经接近了“心与物化”“得意忘言”的心态境界；而王维《辋川闲居赠裴秀才迪》“渡头余落日，墟里上孤烟。复值接舆醉，狂歌五柳前”，则以高洁写清幽，在适意自然中，似乎又渗融进了“明心见性”“无生无灭”的佛教禅境。

意象表现是心与物的互动交融，其中审美主体的主导作用往往极其强劲，因而在事物表现性的开发中，就时时出现变相似连类为相反回荡、变哀怨情调为昂扬激情的状况。情急生变，物极必反，这是相反相成的心理动因，从而也使以衰败为基调的夕阳意象反生出种种豪情壮志。例如，在盛唐边塞诗的豪壮精神席卷诗坛之时，即使是诗风稳重沉着的杜甫，也能在《后出塞》中发出“落日照大旗，马鸣风萧萧”的高亢声音，而诗风淡雅、心系禅静的王维，则也能在《使至塞上》中欣赏起“大漠孤烟直，长河落日圆”，于苍凉孤寂中张扬了壮丽辉煌。如果说杨慎《临江仙》的“是非成败转头空，青山依旧在，几度夕阳红”，是在对历史兴亡的感慨中，沉淀出一种自然人生的永恒意味，那么，王昌龄《登鹳雀楼》的“白日依山尽，黄河入海流。欲穷千里目，更上一层楼”，则是在对天地无穷、人生有限的感悟中，洋溢着一股自强不息的奋发精神。辛弃疾《水龙吟》:“落日楼头，断鸿声里，江南游子，把吴钩看了，栏杆拍遍，无人会，登临意。”这是面对国势殆危，自己虽有满腔热血却报国无门的痛切哀号，愤懑之中饱含着难以遏制的爱国激情。毛泽东《忆秦娥》:“雄关漫道真如铁，而今迈步从头越。从头越，苍山如画，残阳如血。”这是在革命的危急时刻，面对那如同鲜血凝成的夕阳，透过那洒满苍山碧海的悲壮血光，所迸发出来的百折不挠的意志、力挽狂澜的信念、视死如归的血性和不可战胜的力量!

事物表现性的多元形态和无穷变化，令人联想到怀素的草书。刘熙载《艺概·书概》说:“怀素自述草书所得，谓观夏云多奇峰，尝师之。然则学草书者径师奇峰可乎?曰:不可。盖奇峰有定质，不若夏云之奇峰无定质也。”任何一个土石山峰，它再奇异，也都有固定的形态，只有天空中那不断变化着的云峰，才有难以穷尽的奇异形象。审美创造不是科学认知，连类无穷是它的本性。当某种事物的形态质性，在不同时代、不同社会、不同文化氛围、不同艺术园林、不同风格诗人、不同个性读者的视域中，与其他种种事物进行异质相似连类或相反相成生发之时，其异延的可能性是有定数、有定质的吗?显然不可能有，只有“无限”才是它们的共名。

四

强调创辟，不能忽视仿构。说只有创辟才有发展，说诗歌发展史实质上是审美创辟的累加史，这都很有道理。但这并不意味着仿构就无关发展，仿构对诗歌发展史来说没有价值。创辟与仿构是孪生兄弟。长期以来，简单地将仿构推向模仿乃至抄袭的冷宫，是极其片面的。

创辟本来就是为了让人仿构的。如果某种创辟没有任何人仿构，那它就没有意义，乃至不能成为创辟。对诗歌发展来说，创辟只是提供了开启发展大门的钥匙，提供了诗歌发展的机缘、机杼，而后世后人的仿构，乃至不断仿构、大量仿构，才是其发展的真正体现。仿构是濡染性涌动性群体存在，没有这样的群体性仿构，就没有诗歌园林、诗意天地，就没有六朝山水诗潮、咏物诗潮、宫体诗潮，就没有唐代诗歌高峰、中华诗性王国。诗歌发展史不是孤胆英雄史，倡导创辟，播撒仿构，这才是诗歌发展的唯物史观。

意象表现的创辟和仿构，都是多层次的。如果认定《诗经·君子于役》的“日之夕矣”，是暝色起愁诗性意境的原创，那么此后有关黄昏、夕阳的一切意象表现，就都是仿构；如果认定屈赋《离骚》中的“与缥黄以为期”（或《抽思》中的“曰黄昏以为期”），是明标黄昏意象的原创，那么此后一切明标黄昏（或暮、傍晚等“类黄昏”）的意象表现，就都是仿构；如果认为司马相如《长门赋》中的“日黄昏而望绝兮，怅独托于高堂”，是将黄昏与生命短暂同构共鸣的首创，那么此后一切以黄昏隐喻生命危浅的意象表现，就都是仿构；如果认为曹植《赠白马王彪》中的“原野何萧条，白日忽西匿”，开用夕阳表现人生寂寞孤独之感的先河，那么此后一切蕴含寂寞孤独意味的夕阳意象蕴场，就都是仿构；如果认为颜延之《秋胡行》中的“惨凄岁月宴，日落游子颜”，是最早将游子与落日挂起钩来，那么此后一切与游子思乡念人相关的夕阳意象，就都是仿构；如果认为陶渊明《拟古》中的“日暮天无云，春风扇微和”，是第一次用夕阳来表达适意自然之意的诗句，那么此后一切在夕阳意象中享受自然冲淡之美的诗句，就都是仿构。以此类推，不难意识到，一种事物的表现性有多个层次，每个层次上又有多个方面，而在每个层次及其各个方面上，都有一个创辟者和若干乃至无数个仿构者。这就是说：其一，意象表现性的创辟和仿构都是多层次多方面的；其二，意象表现性的创辟和仿构是相对的：在这个层面上它是创辟，但在更大的层面上它却是仿构；其三，创辟和仿构是你中有我、我中有你的，不能截然分开。

仿构中自有创辟，只是创辟的因素及其程度有所不同而已。毫无创辟因素，就不是仿构，而是抄袭。这仿构中的创辟，呈现在从意象表现内容到意象表现形式的各个方面，大致可从纵向不断具体深入和横向不断类同拓展两个视角去观照。《君子于役》中的“鸡栖于埘，日之夕矣，羊牛下来”三个意象，都是着眼原始的“昏以为期”，也就是以“傍晚”这个时间节点来兴起思情的，与鸡、羊牛、日夕的本体特征并没有直接关系，因而还很笼统，如果没有“君子于役，如之何勿思”的直陈点拨，那思情的具体内容是没有着落方向的。到汉魏时，诗赋中不仅明标黄昏和落日意象，而且黄昏着眼夕阳以其昏暗的光色染愁，落日着眼夕阳以其衰落的趋势喻愁，这愁情与夕阳之色暗、下落两大特征直接同频共振起来，情与景的交融越来越紧密，夕阳的表现性也就越来越深入了。显然，从暝色起愁，到黄昏染愁，再到落日喻愁，这是夕阳表现意蕴的不断纵向深入。六朝时，夕阳在曹植诗里见出了人生孤独感，在谢灵运诗里渗进了老庄佛禅玄道，在颜延之诗里蕴藉了羁旅行役之苦，在陶渊明诗里融合了适意自然情趣，在咏物诗里张扬了个体人生风度，在宫体诗中描摹了爱情生活风调，这不仅是夕阳表现意蕴的再度纵向深入，而且更重要的，这是夕阳表现意蕴在相同和相近层面不断横向地向现实生活情景拓展。不难想见，这横向拓展的视野是与社会人生天地一样广阔的，是与人的情志意理时空一样丰富的。事物表现性的不断纵向逐层具体深入，及其在各个层面上的不断横向连类拓展生发，无疑是在仿构中不断增殖着创辟因素，是意象表现不断走向“以万物为我”“以万事为我”“以万情为我”“以万理为我”的实际体现。

在诗歌发展过程中，事物表现性的纵向深入和横向拓展，大多具体而明显地体现在意象的组合之中。一种事物本身，其表现性再多也是有限的，但当它与其他事物联合起来时，此物与彼物的种种表现性就会发生多元纠缠、多意碰撞、互动交流、窃窃私语，其表现意蕴也就一步步从有限走向了无限。夕阳，虽有色调昏暗和趋势衰落两大表现走向，但昏暗的是什么，衰落的是什么，都很笼统，必须在与其他事物组合时，才能具体、明确、落实，才能在多元互动中增殖种种意象组合意蕴，从而大大拓宽意象的表现时空。杜甫既能在《后出塞》“落日照大旗，马鸣风萧萧”的诗句中，让夕阳与飘飘大旗、嘶嘶马鸣、萧萧寒风组合起来，从而酿造出一种在盛唐边塞诗中才能见到的壮阔雄浑意境，又能在《晚晴》“夕阳熏细草，江色映疏帘”的诗句中，让夕阳与细草相熏染，与江色、疏帘相映衬，从而酿造出一种在山水田园诗中才能见到的村野隐居意味；这不同的情趣，无疑来自不同的意象组合。王维既能在《送方尊师归嵩山》“瀑布杉松常带雨，夕阳苍翠忽成岚”的诗句中，将夕阳与山峦的苍翠联系起来，并特别突出了瀑布洒霰珠于杉松而又倏忽蒸腾为岚气的奇异景象，从而在适意自然中又融进了禅宗“生灭永恒”的意绪，又能在《使至塞上》“大漠孤烟直，长河落日圆”的诗句中，让落日与大漠、孤烟、长河并置，并特别强调了大与直、长与圆的对映，从而给荒远的边塞涂上一层壮丽的色彩；这不同的韵致，无疑也来自不同的意象组合。李清照在《声声慢·寻寻觅觅》和《醉花阴·薄雾浓云愁永昼》等词作中，善用暮色生愁的黄昏意象，且多与西风、过雁、薄雾、浓云、梧桐、细雨、黄花、淡酒等情感生活意象组合交融，从而酿造出诸多幽雅多姿的离别相思意境，呈现出鲜明的婉约词风；而辛弃疾在《永遇乐·京口北固亭怀古》和《摸鱼儿·更能消几番风雨》等词作中，则多用衰败喻愁的落日意象，且多与千古江山、金戈铁马、风雨飘摇、落红遍地等社会政治意味浓郁的意象组合呼应，从而酿造出诸多铿铿锵锵的壮志豪情意境，呈现出鲜明的豪放词风；这不同的风格，无疑也是得益于不同的意象组合。这种种不同情调、不同意味和不同风格的生成，似乎都应当被看作是意象组合形态及其关系意蕴在不断仿构中的创辟性魅力。

仿构不只是数量的增加，更是质量的增殖。质量，这个词的本义，就应当是质之量，即质的量度，质的程度。哲学上有量变、质变的说法，这个量变，就指的是质的量度变化。单纯的数量变化，与物性无关，是个抽象的数学问题，不是物理问题。所谓质变，内里都有一个质之量的不断变化过程。从诗歌发展史中的意象流变过程来看，如果说创辟是意象的质变，那么仿构就是意象之质的不断量变，就是意象中新的穿越性创辟性因素的不断增殖。没有质之量的不断增殖就没有质变，没有仿构中新的意象穿越性创辟性因素的不断增殖，就没有新的意象创辟。大处看，没有先秦两汉的诗性观念因素和诗歌创作经验的不断积累，就没有六朝诗性观念的自觉和意象表现天地的迅速拓展；没有对六朝兴起之山水诗、咏物诗、宫体诗的富有再创造性地大力仿构，就不可能有百花争艳、万紫千红的唐诗。小处说，在一切意象仿构中，无论是在连接到一个新事物、为意境建构增添了一粒新成分，还是在任何一个层面、一个角度上增添了一点新的意味，就都是或大或小地增殖了某种穿越性创辟性因素。尽管这些仿构中的增殖，在像“日之夕矣”“桃之夭夭”“在水一方”之类伟大的质变性创辟面前，看起来是微不足道的，但只有它们，才是汹涌澎湃之诗歌发展潮流的真正本体、实体，而那些站在台前享尽荣耀的伟大质变性创辟，只不过是仿构潮流十月怀胎，一朝分娩的婴孩而已。李泽厚先生倡导“积淀说”，吴炫先生倡导“穿越论”，开辟了艺术发展史论的新思路。我们可以借用他们的概念，称伟大的质变性穿越和创辟为“质穿越”“质积淀”，称仿构中的穿越性因素和创辟性因素的增殖为“微穿越”“微积淀”。显然，微穿越、微积淀是一个不间断的流，而质穿越、质积淀只是被理性认识所定位定性的质变性分野，没有微穿越、微积淀，什么“变”的积累都没有，何来伟大创辟，何来惊世质变！

总体上看，尽管六朝诗歌在各方面都还相当幼稚，但却像是在汉代已经荒芜许久的田野上，重新开垦出一片诗歌园地，并在诗性观念、诗意内容、意象表现、诗体语言各个方面，都提出诸多新见解，进行了诸多新实践，从而体现出更多的创辟性因素。唐代诗歌虽然被公认为中国诗歌的最高峰，各方面都相当成熟而丰隆，但沿着诗歌发展史的线路进行推究，却不难发现，唐诗的发展大多是在六朝创辟性萌动路上的成长性仿构，大多是六朝初步创辟的再创辟、再拓展乃至极度的发扬光大。历来崇奉韩愈文章者，都说他是“文起八代之衰”，但刘熙载在《艺概·文概》中却认为：“韩文起八代之衰，实集八代之成。盖惟善用古者能变古，以无所不包，故能无所不扫也。”这话用来说明唐诗与六朝诗的关系，也十分贴切。把六朝的诗文看作是“衰”，这恐怕是用西汉偏激的“政治教化”余光看问题的结果，显然有抹杀六朝诗歌萌发新的诗性意识、索求新的诗式形态、启动新的诗意蕴场之历史性创辟特质之嫌。“实集八代之成”的“集”，应当解释为全面仿构中的锐意再创辟。“以无所不包，故能无所不扫”，这是批判与继承的辩证关系，也是穿越与积淀、创辟与仿构的精神要义。透过唐诗的耀眼光芒，能看到六朝诗歌初生婴儿般的生命力，这才是历史发展的眼光。

五

“夺胎换骨”说，是北宋后期以黄庭坚、陈师道为首之江西诗派的一个重要诗歌创作主张。对此说的评价，古今多有分歧：或指责其注重模仿一面，乃至视同“剽窃”；或过分张扬其再创造一面，乃至誉为“创新必由之路”。其实，换骨法、夺胎法，都是既要模仿，又要创新，是在模仿中求创新。可以说，这是中国古代诗学中一个典型的仿构理念。

“换骨法”与“夺胎法”之说，首见于惠洪《冷斋夜话》。该书有诸多版本，现存四库通行本录文如下：

> 山谷云：“诗意无穷而人之才有限。以有限之才，追无穷之意，虽渊明、少陵不得工也。”然不易其意而造其语，谓之换骨法。窥入其意而形容之，谓之夺胎法。如郑谷《十日菊》曰：“自缘今日人心别，未必秋香一夜衰。”此意甚佳，而病在气不长。西汉文章雄深雅健者，其气长故也。曾子固曰：“诗当使人一览语尽而意有余，乃古人用心处。”所以荆公《菊》诗曰：“千花万卉凋零后，始见闲人把一枝。”东坡则曰：“万事到头总是梦，休休。明日黄花蝶也愁。”又如李翰林诗曰：“鸟飞不尽暮天碧”，又曰：“青天尽处没孤鸿”，然其病如前所论。山谷作《登达观台》诗曰：“瘦藤拄到风烟上，乞与游人眼界开。不知眼界阔多少，白鸟去尽青天回。”凡此之类，皆换骨法也。顾况诗曰：“一别二十年，人堪几回别。”其诗简拔而立意精确。舒王作与故人诗云：“一日君家把酒杯，六年波浪与尘埃。不知乌石冈边路，到老相逢得几回。”乐天诗曰：“临风杪秋树，对酒长年身。醉貌如霜叶，虽红不是春。”东坡南中作诗云：“儿童误喜朱颜在，一笑那知是醉红。”凡此之类，皆夺胎法也。学者不可不知。

这段阐释中有不少失误。说换骨法是“不易其意而造其语”，大致意思没错。主要的失误是关于夺胎法的。“窥入其意而形容之”一句，在现存《冷斋夜话》最早的两个版本——元至正版和日本五山版中都是“规模其意而形容之”，后来绝大多数引用《冷斋夜话》者也是如此。可以肯定，“规模其意”是正确的，“窥入其意”是擅改的。换骨法与夺胎法两者的主要差别，在于对原意的态度：“换骨”是“不易其意”，而“夺胎”则至少是对原意有所改变。何谓“窥入其意”？可以将其解释为“透识原意”，像孙悟空钻到铁扇公主肚子里一样，但这样一来，不就与换骨法的“不易其意”没有什么差别了吗？“规模”的基本意思可以说是指向“模仿”，但与今天我们偏于“蹈袭”的模仿义有所不同，它还包含有“规”与“模”的本义，也就是规格、模式之意，“规模其意而形容之”，意思就是按照原意的格局、模式予以再“形容”。形容，基本意思是描绘，但也包含有形象化加工之意，“规模其意而形容之”，实质上就是按照原有的格局、模式予以形象化加工再造。其实，夺胎法的“夺胎”，是借用佛教语，指的就是借他人之胎而转生出世。显然，这夺胎法说白了就是借壳生蛋，必定是要另出新意的。

如果这样的理解更接近夺胎法的本意，那么，上述《冷斋夜话》的例句就都用反了：顾况“一别二十年，人堪几回别”，与王安石“一日君家把酒杯，六年波浪与尘埃。不知乌石冈边路，到老相逢得几回”，都是表达分别太久之感伤，只是词语有变；白居易“临风杪秋树，对酒长年身。醉貌如霜叶，虽红不是春”，与苏轼“小儿误喜朱颜在，一笑那知是醉红”，都是说脸红因为醉酒，而不是春天来临，但借物用语却变化很大。惠洪说，这都是夺胎法，其实都更像是换骨法。郑谷咏菊“自缘今日人心别，未必秋香一夜衰”，意谓人们不再关心菊花，并不是由于菊花已经衰败，而是因为时过境迁；王安石咏菊“千花万卉凋零后，始见闲人把一枝”，意谓万花凋零后才把玩菊花，未免为时太晚；苏轼咏菊“万事到头都是梦，休休。明日黄花蝶也愁”，意谓等到菊花也衰败的时候，那剩下来的就只有无尽的哀伤了。显然，三者虽然都是咏菊，而且都是“规模”于“黄花衰败”这一共同格局、模式下，但具体内含却不断地夺胎转生：对菊花凋零的感受，从时过境迁的淡然，到感喟关注过晚，再到只剩下哀伤，这是情理的层层推进；如果说郑氏还是在为不关心菊花的“人心别”开脱，那么，王、苏二人就是反其意而“形容之”，即对“人心别”进行了拷问，并深表痛心。这明显是夺胎法，惠洪却说是换骨法，无疑是他对“夺胎”的理解出了偏差。

“夺胎”和“换骨”，都有模仿，也都有创新，但更注重的是创新，只不过换骨的创新主要体现在辞格方面，夺胎的创新主要体现在意蕴方面而已。夺胎的“夺”，换骨的“换”，都明显是在强调“推陈出新”之意。虽然还是十月怀胎，但那胎儿已经被递夺了，一朝分娩后所生下的孩子已经不是原来已经定格的孩子了；虽然那孩子还是有骨有血，但那骨血已经不是原来的骨血，乃至连性格也跟着起了变化。用诗歌发展的眼光看，这实质上就是前面所说的在仿构中进行创辟的意理。仿构《君子于役》，虽然还是“规模”暝色起愁的格局，但所起的愁，已经不止于夫妻相思，而拓展到思华年、思故乡、思故人、思故国等诸多不同的愁情；仿构落日意象，虽然始终不离衰落的格局，但却陆陆续续地开辟了年华虚度、生命危浅、国势衰微、理想破灭等一系列不同的意境。面对几乎被唐人开垦殆尽的诗歌大地和形容殆尽的诗意天空，走在模仿中创新、在仿构中创辟的诗歌发展道路，似乎是宋人势所必然的选择。黄庭坚与他倡导的“点铁成金”“夺胎换骨”诗歌创作理念，所以能备受推崇，长期享誉诗坛，其基本道理恐怕就在这里。那个将“规模”改为“窥入”的人，或许是觉得“规模”的“模仿”义，与黄庭坚的盛名不匹配；但他没想到的是，“窥”和“入”很难与“夺”和“换”挂起钩来，似乎对原意窥得越透，入得越深，离“夺胎”与“换骨”的创辟意义就越远，显然是弄巧成拙。王运熙、顾易生主编《中国文学批评史新编》说：“夺胎换骨，揣其大旨当是指吸收化用或翻用前人作品中意蕴而加以丰富、扩充、改造。”袁行霈主编《中国文学史》说：“所谓夺胎换骨，含义与点铁成金相似，不过前者重点在意即构思，后者重点在语即文字。”章培恒、骆玉明主编《中国文学史新著》说：夺胎换骨是“师承前人的构思和意境，使之焕然一新，成为自己的构思和意境”。这些说法虽然没有深入到“规模”的格局、模式意义，但大致都抓住了夺胎换骨法“在仿构中创辟”的精神实质。

“夺胎换骨”说虽然可以看作是在特定时代境遇下的一种诗歌发展理念，但主要还是一种学习诗歌创作的基本途径和具体方法。特别是对初学者来说，这是一条有所依凭、由易而难、由浅入深、由程式化走向个性化、由择优仿构走向有所独创的有效途径。不过，方法不等于目标，夺胎换骨的目标，终归还是为了突破藩篱，形成自己独到的风格。这一点，黄庭坚的《答洪驹父书》在谈论“点铁成金”时，也特别强调过：“至于推之使高，如泰山之崇崛，如垂天之云，作之使雄壮，如沧江八月之涛，海运吞舟之鱼，又不可守绳墨令俭陋也。”如此张扬创辟，怎么能将其倡导的“夺胎”“换骨”简单地定位于“模仿”呢？

“夺胎换骨”说产生在宋代，是有其历史的时代的必然性的。这个问题牵扯甚广，这里只能抄录钱锺书先生《宋诗选注序》中的一段话，算是一个启迪：

> 诗歌的世界是无边无际的。不过，前人占领的疆域愈广，继承者要开拓版图，就得配备更大的人力物力，出征得愈加辽远，否则他只是个守成之主，不能算光大前业之君。所以，前代诗歌的造诣，不但是传给后人的产业，而在某种意义上也可以说是向后人的挑衅，挑他们来比赛，试试他们能不能后来者居上、打破纪录，或者异曲同工、别开生

面。假如后人没出息，接受不了这种挑衅，那末这笔遗产很容易遗祸子孙，养成了贪吃懒做的膏粱纨袴。有唐诗作榜样是宋人的大幸，也是宋人的大不幸。看了这个好榜样，他们也偷起懒来，放纵了模仿和依赖的惰性。瞧不起宋诗的明人说它学唐诗而不像唐诗，这句话并不错，只是他们不懂，这一点不像之处，恰恰就是宋诗的创造性和价值所在。明人学唐诗是学得来维肖而不维妙，像唐诗而又不是唐诗，缺乏个性，没有新意，因此博得"瞎盛唐诗""赝古""优孟衣冠"等等绰号。宋人能够把唐人修筑的道路延长了，疏凿的河流加深了，可是不曾冒险开荒，没有去发现新大地。用宋代文学批评的术语来说，凭借了唐诗，宋代作者在诗歌的"小结果"方面，有了很多发明和成功的尝试，譬如某一个意思写得比唐人透彻，某一个字眼或句法从唐人那里来而比他们工稳，然而在"大判断"或者艺术的整个方向上没有什么特著的转变，风格和意境虽不寄生在杜甫、韩愈、白居易或贾岛、姚合等人的身上，总多多少少落在他们的势力圈里。

六

黄庭坚的"夺胎换骨"说只能说是狭义的仿构理念，如果放开眼量，把仿构现象放到克里斯蒂娃开创的"互文性"理论系统中进行考查，那就可以形成广义的仿构理念。互文性理论系统愈来愈开放，它的视野已经拓展为相互联系的三个大的层面：一是该文本与其他文本之间的互文性；二是该文本主体与其他文本主体之间的互动性（或称互射性）；三是该文本及其主体之文化背景与其他文本及其主体之文化背景之间的文化互涉性。只要我们承认仿构理念的实质是与互文性相通的，那么，仿构理念也就应当同样具有相互联系的文本互文、主体互射、文化互涉三大层面。

克里斯蒂娃在《符号学》中说："任何作品的文本都是像许多文本的镶嵌品那样构成的，任何文本都是其他文本的吸收和转化。"文本之间的互文性，最常见的是某文本中所引用、改写、吸收、扩展的其他文本的话语因素，但更重要的是那些不同程度地以各种多少能辨认和体悟的形式存在的其他文本的隐在结构和意味因素。互文性是一个从局部到整体、从形式到内涵的多层次存在。诗歌文本的仿构，也是如此。例如，在词语层面，最常见的是文典、事典的反复运用，其喻意的稳定性很强。在句式层面，五七言中有许多反复运用的常见句式，特别是对其中那些对偶句型的仿构，因为其连类事物、隐括情意的普适性很强，已经形成诸多不断被仿效的套路。在意象表现层面，存在着更重要的互文性现象。由于意象表现是诗性特质的集中体现，因而其表现符号、取象形态、组合形式的不断仿构和异延，表现内容的不断重复、拓展、深化，就成为诗歌创作中最普遍的互文性形态，就成为最能体现诗歌发展规程的互文性印迹。在这里，仿构理念与互文性理念是完全一致的。前面所举关于黄昏、夕阳、落日诸意象的创辟、仿制、拓展诸例，就足以说明这个问题。在表现方法层面，可以追遡到诗三百的赋、比、兴，如果说其后对“赋”的不断仿构，终于精炼出诗歌中丰富多彩的意象表现，那么其后诗歌中那些精到的比喻、比拟、隐喻、象征等艺术手法，就都是对“比兴”的反复模拟和再创造。至于在诗歌题材、内涵层面，就更是在重重仿构中拓展，在累累互文中穿越。汉乐府《陌上桑》模拟了赞美女、桑林戏、夸丈夫三种民间情趣；王维《辋川集》中流动着老庄玄言、六朝隐逸、佛界禅境多重血脉；苏轼和陶渊明诗一百多首，两者有广泛的视域融合，但互文来互文去苏轼却穿越陶氏忘我物化心态的“超脱”性，而创辟出一种“天地之间，物各有主”的万物对等理念；宋词中的爱情诉说，虽然始终不脱传统的凄美悲剧意识，但仿构来仿构去却仿进了诸多君臣疏离、不被重用、怀才不遇、仕途渺茫的社会人生意理时空。互文是仿构，也是创辟。解构主义者 J. 希利斯·米勒在《现代理论向何处去》中说：“一个文学文本自身并不是一个‘有机统一体’，而是与其他文本的关系，而其他文本反过来又是与另外文本的关系——文学研究就是文本互涉性的研究。”这就意味着，所谓文本存在，实际上是一个多元而复杂的文本互涉网络，所谓诗歌发展史，实际上是一场在互文中不断仿构、在仿构中不断创辟的审美表现性竞赛运动。

既然文本不是一个独立自主的有机统一体，那么文本互涉研究就不能只停留在文本网络本身，它必须由文本深入到更广阔的影响文本的世界中去，以寻求其中的内在机理，否则就可能在所涉文本的海洋中迷失自己，成为纯形式主义的空洞演绎。这个文本互涉的内在机理，首先就呈现为互涉文本之创造主体间的互动性、互射性，也称主体间性。这个主体间性的中心词应当是“影响”。这影响，既体现在历时源流，也体现在共时交际。它不是单向传承，而是共同参与、相互对话、双向交流。它不是单纯的接受，其中有理解、启发、吸纳、融合，也有批评、选择、对立、舍弃。这是一个主观世界与诸多主观世界的碰撞，一个多元交织的人文时空，一个由诸多层面诸多局部交接点共同连接而成的人文网络。中国古代文论很看重师承关系，这师承关系中，就集中体现着主体间的互动性、互射性。大处看，认为中国诗歌的现实主义传统源于《诗经》，浪漫主义传统源于《楚辞》；肯定唐诗既是挽救了六朝诗歌的衰败，又是集聚了六朝诗歌的成功；承认自宋以后的诗歌大多是宗唐的，只不过是各有得失而在总体上日渐式微而已；如此等等。具体说，“某某诗学某某人”的说法在古代文论中比比皆是，例析往往也相当具体。这无疑都是主体互射意识的萌动，其中隐蕴着不少规律性的东西可以提炼。但由于传统的师承说侧重于如何学习写诗，而较少上升到诗歌发展规律的高度看问题，偏重于政治道德教化的得失，而较少在心理学、思维学方面有所掘进，着重于语言形式的锻炼，而较少在意象表现方面形成系统的审美理念，因而必须进一步强调，主体是文本意义的源泉，因由主体间性才使文本的创辟与仿构有了多元互动互射的生命活力。因而，在深入研究中国传统文学的师承关系时，要重点关注主体间的交流何以成为可能和如何成为可能。

文化互涉性，意味着文本及其主体都是某种文化的表意性体系存在，它们是赋予该文本意义的“知识、代码和表意实践之总和”。这个互涉的文化，包括时间维度的历史文化和空间维度的周边文化。在这个纵横交错的文化系统中，互文理论将文本互文、主体互射、文化互涉三者交织成一个个多元互动、关系复杂、变化无穷的“人文小宇宙”，从而酿成了文本与文本对话、文本与主体对话、主体与主体对话的“复调交响曲”。这个人文小宇宙，这个复调交响曲，不是一个扁平的、固定的结体，而是一个由诸多局部的非完整的交接点，在渐远渐淡的无限时空中、在不断流动重组中交织起来的无线“云网络”。在中国古今文论中，一直强调的注重共时背景的社会观念，注重历时演变的源流意识，注重人文效应的“兴观群怨”说、“文以载道”说，注重意境蕴场的“文如其人”说、“诗无达诂”说，注重人格修养的“内圣外王”说、“诗外功夫”说等等，其中都包容有诸多互文、互射、互涉的文学、人文、文化视野。然而，由于个体人生意识长期处于被压抑的“妾媵”地位，政治教化理念就始终抢占着舆论的风头；由于自然科学观念长期处于被轻视的“编外”地位，社会科学也就往往丧失了它应有的客观真理性；由于片面张扬“天人感应”理想境界和“心诚则灵”内敛哲学，中华民族的世界观和人生观往往耽醉于虚拟的超现实玄境。毋庸讳言，这是特别值得认真反思的。

互文性理论的发展势头很猛，大有将结构主义、接受美学、解构主义、新历史主义、后现代主义中的合理因素都纳入囊中之势，从而也就使我们对文学发展之创辟—仿构理念、积淀—穿越理念的理解和阐释，有了更为多元的思维开放向度、更大胸襟的传统包容量度和更为广阔的理论探索视域。

“后妃之德”说并非谬论

——《诗经·周南·关雎》的政治教化用意

诗经·周南·关雎

关关雎鸠，在河之洲。窈窕淑女，君子好逑。
参差荇菜，左右流之。窈窕淑女，寤寐求之。
求之不得，寤寐思服。悠哉悠哉，辗转反侧。
参差荇菜，左右采之。窈窕淑女，琴瑟友之。
参差荇菜，左右芼之。窈窕淑女，钟鼓乐之。

诗歌蕴场中往往有相互关联的本事、本义、用意三个时空。本事，是指何时、何地、何人、因何事、因何故而首创了这首诗。诗三百是上古歌谣，经长期流传、修改、应用，才成为现存既定模样，大多无作者可考，因而也就难觅“本事”。后世所蜂起之“诗本事”，多为推测、附会、演义之说，只能算是一种有小说脾胃之读者的具体化。本义，是指诗歌文本所抒写的基本内容及其蕴场；用意，是指历来接受者对文本本义的异质连类生发。本义与用意两者的差别，举个例子就能看出大概。王国维《人间词话》中有个著名的“三境界”说：

> 古今之成大事业、大学问者，必经过三种境界：“昨夜西风凋碧树。独上高楼，望尽天涯路。”此第一境也。“衣带渐宽终不悔，为伊消得人憔悴。”此第二境也。“众里寻他千百度，蓦然回首，那人却在，灯火阑珊处。”此第三境也。

这里所引用的三段词句，其一见于晏殊《蝶恋花·槛菊愁烟兰泣露》，本义是抒写闺思之情；其二见于柳永《蝶恋花·伫倚危楼风细细》，本义是抒写相思之苦；其三见于辛弃疾《青玉案·元夕》，本义是抒写对意中人的执着追求。但王国维却用它们来寓意“古今之成大事业、大学问者”所必由的“三种境界”，这就是用意。从这里，我们是否可以意识到，用意是以本义为根据而又是对本义的异质连类性穿越？是否可以意识到，用意的异质连类生发时空是难以穷尽的？是否可以意识到，诗歌意境的蕴场时空、特有质性、价值功能都主要体现在用意？

“后妃之德”说，是《关雎》的用意，不是本意。

一

《关雎》是一首爱情诗，古今均无异议。鲁迅曾调侃地将“窈窕淑女，君子好逑”两句，译作“漂亮的好小姐呀，是少爷的好一对儿”，颇为幽默。陈子展、杜月村在《诗经导读》中说这“是一首男青年追求一个姑娘并渴望和她结为夫妇的恋歌”，十分贴切。但这个男青年并非普通老百姓，因为“君子、淑女，何尝为民间之通称？琴瑟、钟鼓，何尝为民间之乐器？”（朱东润《诗三百篇探故》）显然，诗中所反映的主要是当时贵族阶层的生活和意识，故其影响所及，可视作才子佳人风怀作品之权舆。

诗三百多用比兴手法，或侧重于比，所谓以此物喻比彼物；或侧重于兴，所谓先言他物以引起所咏之事；或比兴兼容，多有喻体与被喻体水乳交融、本意与喻意难解难分之意味和韵致。《关雎》是兼容，兴中有比，比中有兴。首章以水鸟和鸣，“君子”爱慕“淑女”之事起兴，确立男女情爱主题，冠领全诗；同时，也以关雎的双栖双飞、不离不弃，隐喻追求者的真挚情意和结合后的和乐美好。后几章反复以“参差荇菜，左右流之”“左右采之”“左右芼之”，映现那淑女划着小船在湖面上穿行、灵巧地采摘荇菜的窈窕身影，而这也正是令那“君子”辗转反侧、魂绕梦牵的心理影像；同时，通过对这左右采摘影像之一再重复的连类生发，又可以联想到那“君子”的多方追求、寤寐思服和百般殷勤，其隐喻情味是迷离难尽的。比兴不宜太直太露，否则易味浅韵淡。《关雎》之比兴，与所比兴的事、情、意之间的似有若无、若即若离、藕断丝连、缠绵悱恻，正体现着诗意应当是让人想象、体验、感而悟之、思而得之的审美特质。

《关雎》五章，从见到“君子好逑”，到“寤寐求之”“辗转反侧”，再到“琴瑟友之”“钟鼓乐之”，逐层推进，彰显出“君子”追求“淑女”的全过程。尽管古今论者都认为这是一首爱情诗，但对这过程的看法，却有不少歧见。或认为，这描述的是一个从一见钟情、日夜思念，到以演奏琴瑟、敲击钟鼓执着追求的现实过程；或认为，这描述的只是一个从一见钟情到“求之不得”，从而陷入寤寐相思，乃至幻化出隆礼结婚、夫妻和美等情景的心理过程。前三章没有分歧，分歧在后两章：“琴瑟友之”和“钟鼓乐之”。究竟是实实在在的浪漫追求方式，还是“悠哉悠哉，辗转反侧”中的“白日梦”？

现今论者多趋同“心理过程”论，认“琴瑟友之，钟鼓乐之”为“白日梦”。但“现实过程”论也并非毫无道理。琴、瑟、钟、鼓都是上古传统乐器，这些乐器及其乐曲，虽然主要操控在贵族阶层，但民间也未必没有“山寨版”。在上古男女欢爱还比较自由的时代，无论追求者是“谦谦君子”还是“蚩蚩群氓”，在“寤寐求之”仍然“求之不得”之时，在其“辗转反侧”相思得睡不着觉之时，想到并做到用山寨版琴瑟之音来表达自己的友爱之意，用山寨版钟鼓之乐去打动那窈窕淑女的芳心，也还是合乎此情此景的心理活动规律的，为什么

"琴瑟友之""钟鼓乐之"就只能是寤寐所想而不能是山寨式象征性所为呢？

其实，把"琴瑟友之"和"钟鼓乐之"看作是寤寐所想或是实际所为，区别并不大，因为两者都可以表达追求者的至爱深情。问题在于，不仅弹奏琴瑟，还动用了钟鼓，如此浪漫而隆重的恋爱行为，让人联想到现代求爱中的窗外楼下弹吉他、放烟火，夜总会中的高音喇叭唱卡拉、闹歌舞，这在上古时代真的具有现实的可行性吗？也许，还是把"琴瑟友之""钟鼓乐之"看作是隆重的婚姻仪式和美满的夫妻生活更贴谱吧？

琴瑟，指称乐器，亦可指代音乐，但在诗文中，更多的是用其音调的优美与和谐，来隐喻夫妻感情生活的和谐。"琴瑟友之"，其表层语义是用动听的音乐打动对方，其底蕴却是情投意合、愿结良缘。"友之"的"友"，虽可作友谊、友爱解，但这里的真意并不是做好朋友，而是要做恩爱夫妻。《诗经·小雅·常棣》有云："妻子好合，如鼓琴瑟。"显然，在诗三百产生的年代，琴瑟就有了夫妻好合的寓意。后世则更是常见。如宋苏轼《答求亲启》："许敦兄弟之好，永结琴瑟之欢。"明王錂《春芜记·感叹》："我年已逾桑榆，而尚未谐琴瑟。"清蒲松龄《聊斋志异·竹青》："且卿与仆，名为琴瑟，而不认一家，奈何！"琴瑟均指向夫妻生活。此外古代诗文中还见有琴瑟之喜、琴瑟之乐、琴瑟之恩、琴瑟之宠、琴瑟合同、琴瑟和好、琴瑟静好、琴瑟和鸣、琴瑟和乐、琴瑟和美等成语或准成语，都是指向夫妻感情。许多解读成语的文章，也都把夫妻琴瑟之好之类成语的源头，追溯到《关雎》的"琴瑟友之"。显然，这些都不能说是"误读"，而应当说是抓住了诗句的"诗心"，抓住了诗意的真谛。

钟鼓是上古的贵重乐器，钟鼓之乐是诗三百时代的礼仪雅乐，绝非一般人可有，更不是可以随便用于恋爱追求的。《墨子·三辩》云："昔诸侯倦于听治，息于钟鼓之乐。"可见钟鼓之乐是诸侯、王以上所享用的，自商代至秦统一中国，莫不如此，这已为专家考证和出土文物所证实。商代即有钟鼓之乐，主要是朝廷用于祭祀天地鬼神。周代建构了严密的礼乐制度，钟鼓之乐就成为等级森严的"礼仪之乐"：某一等级的人，只能享用某一等级的礼乐，其中乐舞名目、乐器品种和数量、乐工人数等都有明确限定，不容僭越。同时，这种礼仪之乐，也只用于王侯宗庙祭祀、诸侯朝会饮宴、贵胄婚庆典礼，不可滥用。史书上曾说周朝有"金奏""金乐"，指的就是钟、鼓、磬的合奏，其规格很高，只有天子、诸侯可用，大夫与士，只能用鼓。"金乐"交织成庄严而肃穆的音响，再配以鼓点，确有"至高至尊""威严庄重"的气象、氛围和功效。据考，《诗经》中的"周颂""大雅"以及多数"小雅"，都是用"金乐"演奏的。显然，上古现实中的"钟鼓乐之”，须有两个条件，一是特有的高贵地位，二是特有的隆重场合，不可能是一般的男女音乐欢会，而只能是王侯饮宴、贵胄婚庆。

由此可见，《关雎》一诗的本义，是抒写一个贵族男子对一个在河浜采荇菜姑娘的单相思无疑。中间“求之不得，寤寐思服。悠哉悠哉，辗转反侧”一章，极写相思心理之深切，是承前启后的转关枢纽：上承首二章之一见钟情和“寤寐求之”的现实情景，下启后二章之“琴瑟友之”“钟鼓乐之”的悬想美梦。全诗以荡漾的心理活动融贯，层进层深，情真意挚。方玉润《诗经原始》说，第三章“忽转繁弦促音，通篇精神扼要在此；不然，前后皆平沓矣”，颇有见地。

二

以上所说，皆属《关雎》的本义，而《毛诗序》所谓“后妃之德”说，则指向《关雎》的用意：

> 《关雎》，后妃之德也，风之始也，所以风天下而正夫妇也。故用之乡人焉，用之邦国焉。

此说盛行于汉，至宋代仍被肯定，如朱熹《诗集传》云：“周之文王生有圣德，又得圣女姒氏以为之配。宫中之人，于其始至，见其有幽闲贞静之德，故作是诗。”然而此后至今，则几乎是一致的否定之声，或谓“无确证”，或谓“牵强附会”。其实，“后妃之德”说，作为《关雎》的本义，确实牵强，但本义牵强并不等于用意也牵强，若视作用意，则还是可以言之成理的。

首先，诗三百的用意，是来自上古采风理政制度的初衷。

上古有采风制度之说，盛行于汉代，《史记·乐书》和《汉书·礼乐志》等典籍多有阐述，但后世争论颇大。否定者认为，周代采风制度是汉儒根据汉代乐府制度虚构出来的。其实，说夸大是事实，说虚构则未免武断。这不仅有大量先秦典籍可证，而且也得到1994年上海博物馆自香港抢救入藏的29枚战国楚竹书的有力佐证。该竹书有不少孔门后学记录整理的“孔子论诗”之言论，既有对诗三百的总论，又有对风、雅、颂内容及特点的概说，乃至还有对某些诗篇的点评。这里要特别提请注意的，是其中那些讨论到“采诗”“观俗”之事和“邦风”之用的篇章文字。如其中的三号简云：

> 邦风其纳物溥也，观人俗焉，大敛材焉。其言文，其声善。孔子曰：“其能夫！”

“邦风”即“国风”，汉人避刘邦之讳，改“邦”为“国”。“溥”通“博”，“纳物溥”即邦风中所容纳的事物很丰富。“人”即“民”，“观人俗”即观民俗世风。“大敛材”，指的是可以广泛了解社会情况和民众舆论。孔子由此得出“其能”的赞叹，恐怕就包含有“诗可以兴、可以观、可以群、可以怨”的广泛社会用意吧？这三号简的内涵，可与《论语·阳货》中的一段话相互印证：“子谓伯鱼曰：女为《周南》《召南》矣乎？人而不为《周南》《召南》，岂尤正墙面而立也与?”孔子要求伯鱼从“邦风”《周南》《召南》中了解世风和民情，认为不这样做就会在政治上无所措手足。显然，周代采风观俗以理政的社会风尚是存在的。

顺着采风观俗以理政的思路，“邦风”被采集整理的动机，很自然地就趋向了诗歌的用意：因有观风理政之“用”，上古社会散漫的歌谣才得以被采集、被整理、被编辑成了诗三百。这就是《诗经》用意初衷发生的源头。《关雎》被选为风诗之首，于是其“后妃之德”的用意，也就首先扑入了读者的眼帘。

民间风诗从被采集到被天子、诸侯、王公贵胄所用，或多或少，都有一个收集、选择、整理、修改、加工、协乐、配舞、诵读、演唱等实施过程。汉儒津津乐道的采诗、献诗、诗谏、诗教诸说，形态多样，不可能都是虚拟；所谓“公卿至于列士献诗、瞽献曲、史献书、师箴、瞍赋、蒙诵、百工谏、庶人传语、近臣尽规”等等，品类繁多，虽有浮夸，也不可能都是空穴来风。可以肯定，在这些形态和品类的实际进行过程中，都少不了不同程度的加工修饰。可以想见，《诗经》中所收编的那些风诗，不知道曾经被动过多少次大小手术，其原生态恐怕都难以再觅真容。整理、修改，就意味着新的血液的注入。由此可以说，风诗的采集、整理、修改、演奏过程，实际上是一个不断面对新读者、新想象、新感受、新领悟，也就是不断植入新的读者具体化解读和生发的过程，从而也就是一个其用意不断掺入、不断增殖、不断拓展、不断强化的过程。只不过这种掺入、增殖、拓展和强化，已经是很难再寻绎到具体而确实的轨迹了。

就《关雎》来说，倒是还留下了一些蛛丝马迹。日本著名汉学家青木正儿曾经有过一个说法，他在《诗经章法独是》一文中怀疑《关雎》可能是“两首诗误合而成”。他主要是从章法上考虑的：《诗经》本多叠咏体，常见的是三章叠咏，每章只是换韵易辞，大致重复；而像《关雎》这样，全诗五章，第二章与第四、五章跳格叠咏，中间多出一个与前后均不同格的第三章，确属三百篇仅见，这不能不令人怀疑其间有掺杂偶合。若从内容上看，或许更有说服力：前三章从一见钟情到“寤寐求之”再到“寤寐思服”乃至“辗转反侧”，情气流转，自然畅达，若视作一首情思绵长、余味难尽的单恋民歌，无疑也已经是颇具诗性韵味的独立篇章。后两章弹跳太大，确有些突兀之感，故而后世意见纷争；而且无论说“琴瑟友之”和“钟鼓乐之”是现实行为，还是梦幻想象，那隆重的贵族场景，也都与前面的民间环境和情调难以无缝对接和水乳交融。青木正儿视作“两首诗误合”，前三章可以看作是一首诗，后两章恐怕难以说是已有的现成诗章，而是在从采集到编入成书过程中，被修改添加进去的，说两者是“误合”并不一定恰当，可能性更大的是有意添加，而添加的时机，则无疑应当是在原诗进入天子或诸侯宫廷协乐演奏之时。

采诗、献诗的最后落脚点，是要在诸侯或天子的宫廷配乐配舞演奏。在宫廷演奏，其内容和形式就要有宫廷的要求和规格，这是所采集之风诗必经修改的根本原因。在内容上要合乎礼仪之教，于是就对《关雎》作了适当修改，挂上了弘扬“后妃之德”的牌匾，其“用意”也就登上了风雅正堂高位；在音乐上则要协和宫廷隆盛的威权贵格，配备上庄严的钟鼓之声，于是就不仅可能增添了“琴瑟友之”“钟鼓乐之”的篇章，或许连那个不明身份的单相思追求者，也不得不由一个“蚩蚩之氓”而提升为有德有才的“君子”了。

《诗经》将“周南”列为国风之首，是得益于周公的贤名政声。史料公认，周公是周初治世安邦的贤相，被文王分封于离王室最近的岐周故地周南，且仍在都城朝堂辅佐武王、成王，并首倡和制定了规范社会体制和人际关系的礼乐。“于是，德化大成于内，而南方诸侯之国，江、沱、汝、汉之间，莫不从化”；与此同时，也就在天子贵胄朝堂之上，“采文王之世风化所及民俗之诗，被之管弦，以为房中之乐，而又推之以及于乡党邦国，所以著明先王风俗之盛，而使天下后世之修身齐家治国平天下者，皆得以取法焉”。（朱熹《诗集传》）这种“后妃之德”式采诗理政理念，尽管挂着文王的旗号未免附会，上到修身齐家治国平天下的纲线也未免夸张，但借诸采诗制乐以“风化”天下的社会政治用意还是完全可征可信的。西汉，政治教化理念强劲，《毛诗序》说《关雎》是“所以风天下”“用之乡人”“用之邦国”，显然正是在张扬这种社会政治用意。

不要把“后妃之德”仅仅理解为后宫嫔妃的德行。后妃，可以连读为后宫嫔妃，但在上古，“后”字是用来指称君主、帝王的，如《尚书·汤誓》：“我后不恤我众。”孙星衍疏：“后者，《释诂》云：君也。”可见，后妃，应解释为帝王的嫔妃，亦有同时包容君王与其嫔妃的意味，于此，则“后妃之德”也就可以指向君王与其嫔妃之间的夫妇和合之美德。《毛诗序》在标举“《关雎》，后妃之德也”之后，随即指明这是为了“所以风天下而正夫妇”，正是在强调，要以“后”与“妃”之间合乎礼乐的雅正美德来风化天下之夫妻关系的用意。《关雎》全诗的抒情着眼点是那个单相思的君子，而不是那个采荇菜的淑女，其用意显然不应当只是着意于嫔妃；首章即彰明以结婚为目的的“君子好逑”，后两章又着力张扬婚礼之隆盛和夫妻之和美，更明显是侧重于张扬君王的美德。这一切都说明，诗的主要用意是在风化天下夫妻关系；而《毛诗序》所以只说后妃而不及君王，或许是在汉代“君权神授”的精神禁锢中，出于对直接指点君王的忌讳吧？

将《关雎》的用意定格于“风天下而正夫妇”，在当时是有一定理念根据和现实意义的。据《诗集传》所引康衡之言曰：“妃匹之际，生民之始，万福之源。婚姻之礼正，然后品物遂而天命全。”这就是说，男女匹配是人生的开始，是一切福祉的源头，只有男女婚姻、夫妻生活合乎社会规范、人伦礼乐，才能真正得宜于天地万物，享受到人生至福，因此，弘扬“后妃之德”以“风天下”“正夫妇”，就成为修身齐家治国平天下之普世教化的首要之举。在上古，这一理念是有相当重大的现实意义的。大量史料证实，诗三百产生的时代，民间婚俗正处在一个重要的由原始自由走向社会规范的过渡阶段，其时以封建礼教为基础的专偶婚制尚未稳固形成，虽然人们似乎可以由此享受到较多天然的恋爱自由，但同时也是造成人际矛盾频发、社会散漫混乱的一个重要原因。规范是势所必然的，这规范是周初礼乐制度的一个重要方面，从而也就酿成了以修正后的诗三百风化天下、以《关雎》之“后妃之德”来“正夫妇”的社会教化用意。

诗词蕴场时空主要在用意，这不仅体现在诗三百的采集、加工和应用之中，更充分地体现在诗歌的阅读、传播和流行之中。任何一首民歌，如果只对首唱者的情感和生活有意义，那它的出生也就意味着它的消亡。任何一首能够在历史长河中流行的诗歌，都必经不同时代之社会、政治、经济、文化、审美诸生态的制约和濡染，这是一个文本不断被阅读、本义不断被诠释、词语不断被活用、情景不断被具体化、意境不断被连类生发、蕴场时空不断被拓宽、用意不断被增殖的仿构、转换、链接、发展的过程。这就是诗歌的用意时空。由此我们不难意识到，诗歌的蕴场、特质、功能主要在用意，其时空是难以定质、无可限量的。

《关雎》用意蕴场的无限性，后世解读中很少有人涉及，只在周啸天主编的《诗经楚辞鉴赏辞典》中有一段述说，不当埋没，特转呈如下：

> “作诗必此诗，定知非诗人”（苏轼）。若下一转语，便有“说诗必此诗，定知非解人”。懂得这番道理，来看《关雎》诗中的单相思，又不仅是单恋而已。诗人于爱的对象“寤寐求之”式的执着追求，及其在现实中“求之不得”，便于理想（幻梦）中“友之”“乐之”的实现方式，均构成一种境界，一种超越本文的象征意蕴，从而能够兴发读者引

譬连类的联想。我们不由会联想到风诗中的其它作品如《汉广》《蒹葭》，联想到《离骚》，其中所写的“汉有游女，不可求思”的苦恼，“所谓伊人，在水一方”的迷惘，及“路曼曼其修远兮，吾将上下而求索”的执着劲头；不由会联想到古代神话对世界的浪漫征服和把握的方式；甚而联想到人类在漫长的历史中，不安现状，通过心灵与思辨追求美与自由、自我实现、自我完善的历程。诗情一旦与哲理结合，便给世代读者以回味无穷的审美愉快。这或许就是包括《关雎》在内的风诗名篇的艺术奥秘之所在。

当然，这里所列举的连类生发，还只能是从古到今《关雎》已经有和可能有之用意的点点滴滴。用意是不可穷尽的。不过周先生在这里提到的“引譬连类联想”，却触及了诗词用意联翩生发的心理—思维要津。本书前面几章已特别强调过，审美思维的轴心方式是异质相似连类，这也就是诗歌用意能够不断生发拓展的主要思维通渠。这里值得特别注重的意理是“异质”和“相似”两个概念：审美思维穿越了科学思维的类观念，不是在同质事物中连类，而是在不同种不同类的事物中连类，时空视域特宽特大；不是因由质性的相同而连类，而是因由不同种不同类事物之间在形态或质性上的某种相似、雷同、相近而连类，可能性难拘难限。这样一来，审美思维的连类天地就比科学的同质归类自由得多，因而其用意的拓展时空也就可以说是天马行空、四通八达了。这就是说，无论是创造诗词意境还是解读诗词意境，面对的虽然只是一草一木、一颦一笑，但在想象和感悟中荡漾的却是友月交风、山呼海啸；“手挥五弦，目送归鸿”“言在口头，想出天外”“思接千载，视通万里”“其大无垠，其小无内”“在有限中见出无限”，这就是审美思维，这就是意境蕴场，特别是其中的用意蕴场。

《关雎》的“后妃之德”说，张扬了诗歌的用意，虽然它还只是用意之冰山的特异一角，但也是不可视同谬论的。

三

强调《关雎》的“后妃之德”说只是意境蕴场的冰山一角，是因为诗词意境形质兼备，其中所已经有、应当有以及可能有的景物人事和情志意理，在历史长河的流动变化中，在历代读者的阅读接受具体化中，在天马行空的异质连类生发中，都是语言表述、概念抽象、逻辑演绎所永远无法穷尽的；在审美思维中，“后妃之德”与社会上普遍存在的爱情婚姻之美、品性道德之美，乃至社会风尚之美、政治清明之美之间，都没有不可逾越的万里长城与茫茫洪荒。强调《关雎》的“后妃之德”说是意境蕴场冰山的“特异”一角，是因为它只顺着诗歌社会教化功用的思路，走进了政治教化的单相渠道，而且让它登上了文艺社会化观念的极端：在自汉代开始近两千年的“天子专制”历史中，在历代文艺观念乃至整个社会意识形态中，政治教化始终高高在上且威严凌厉地独领风骚。其实，这种过分强调诗歌政治教化功能的理念，是相当偏狭的。

无可否认，上古确有不少采诗观风的由头，但绝不像汉人所说的那么普遍、自觉、健全、完善。即使天子、诸侯曾一度设置过有关采诗的官吏，王公、贵族曾让人搜集并排演过诗篇乐章，社会上也确实有人创制、演唱并进献过乐章诗篇，但其用意，主要都不在政治教化，而在怡情娱乐，在享受音乐、诗歌、舞蹈的美韵快感。正如《墨子·三辩》所说：“昔诸侯倦于听治，息于钟鼓之乐。”诗三百原本都是配乐演唱的，且多伴以舞蹈，其搜求、演奏的主要动因，显然是“息”是“乐”，也就是休闲养息、怡情娱乐，而不是“听治”，不是为了教化、理政。即使像朱熹《诗集传》那样，不仅完全肯定“后妃之德”说，还直接把它附会为“周文王之圣德”，也不得不承认：《国风·周南》是“采文王之世风化所及民俗之诗，被之管弦，以为房中之乐，而又推之以及于乡党邦国”。这“以为房中之乐”是说了一句大实话，而“推之以及于乡党邦国”，则更多是从充满治国平天下理念的头脑中生发出来的政治教化理想吧？至于“瞽献曲、瞍赋、蒙诵、百工谏”之类，即使真有，也多为讨点赏钱或混口饭吃，他们恐怕连政治为何物也懵里懵懂，何来“以风天下”的教化理念？独尊政治教化，显然是汉儒的偏激。

人们往往把汉儒以《毛诗序》为代表的诗学理念，视作对先秦诗学观念的集成和发展，这恐怕需要进行一些具体而谨慎的分辨。先秦诗论，总体上呈百家争鸣的多元状态，其中最重要的是儒道两家。儒家着眼社会功利和人格修养价值，重在抒情言志，修身养性，治国平天下；道家着眼诗性特质和审美心理，重在自然天成、质朴美和个体精神自由。汉代自武帝罢斥百家而独尊儒术之后，则排斥道家学说而独宗儒家经典。由此，“继承和发展了先秦儒家诗学思想”就成为汉代诗学思想的标牌。其实，说“发挥”了先秦的“诗言志”观念尚比较贴谱，而誉为“发展”了儒家文艺思想则令人颇有疑虑。人们往往责难孔子注重诗歌的社会功能而忽视其诗性艺术特质，这并不公平，因为孔子是思想家和社会活动家，不能强用文论家和诗人的天平来衡定他。汉儒总是打着孔子的旗号说诗，但孔子的诗歌多元功能论却被汉儒阉割后而统归于政教说。孔子的“兴、观、群、怨”

说是相当全面的诗歌功能论。兴，指向艺术所特有的审美异质相似连类心理—思维方式，能够连类到无限的客观世界和奥妙的主观世界，可以进观“精骛八极，心游万仞”“在有限中见出无限”的诗性特质，为什么只把它拘泥于表现手法和教化功能呢？观，指向艺术所特有的源于生活而又高于生活的意象—意境表达方式，能够隐括一切社会生活和人的灵魂，可以帮助一切读者认识世界认识自己，为什么只能专供统治者观察民风、治民理政呢？群，指向艺术所特有的潜移默化、感而悟之的人性—人情浸润方式，能够沁人心脾、动人情志，可以在唤发人之善性良知的基础上体恤万民的真情实意，为什么只能通过灌输政治理念来强拢人心呢？怨，指向艺术所特有的自我宣泄张力，能够让人们畅舒胸中郁结以恢复心态命态平衡，可以深入而扎实地助推社会安宁、人生幸福，为什么非要拉扯到讽谏朝政以附庸政治教化理念呢？显然，汉儒是把先秦的文艺观装进了政治化的笼子，把孔子的文艺多元功能论压缩为社会功能论，把“诗言志”说强扭着推向政治教化说，这虽然也是极力张扬诗歌的用意，但却同时是一种单相性阉割，一种本体性扭曲，一种视域性偏狭，一种思想性极端。

这一极端，在《毛诗序》中体现得最为显明。汉人诠释诗三百，宗经崇圣，重在张扬用意，偏离诗性特质、悖扭原诗本意之处颇多。特别是为了突出其圣德教化的主旨，而尊塑了作为圣德标杆的圣君文王和作为宣教圣德的贤臣周公，并设定了圣德教化策源地“天子之国”“周”及其近邻召公封地，于是出自《周南》《召南》之域的诗歌就尊享了风诗的首位，冠领了全部诗三百，以至于《周南》十篇之小序，竟均以圣德教化之意理统贯：《关雎》是“后妃之德”，《葛覃》是“后妃之本”，《卷耳》是“后妃之志”，《樛木》是“后妃逮下”，《桃夭》是“后妃之所致”，《兔罝》是“后妃之化”，《芣苢》是“后妃之美”，《汉广》是“德广所及”，《汝坟》是“道之化行”，《麟之趾》是“《关雎》之应”。尽管我们承认政治权舆的张力极其强大，但把十首题材、意象、情调、意味差别很大的诗歌之用意，都提升到政治化意识形态的高度，都统摄到政治教化的轨道之上，这样的“集成和发展”，着实令人有走火入魔的感觉。

无疑，这是汉初天下“大一统”文化精神片面膨胀的结果。短命的秦王朝只是搭起了一个“大一统”的脚手架，而实体的政治文化“大一统”大厦则是汉代建造的：政治体制上，张扬“君权神授”，奉帝王为神圣无边的“天子”，强化了一人独揽独裁独享的皇权专制；意识形态上，“罢黜百家，独尊儒术”，关闭了多元并立、和而不同的大门，强化了控制人们精神时空的思想专制；人文学术上，崇立圣贤，尊奉经典，将智识阶层全部困囿在读经治经的洞穴之中，强化了封闭知性、僵固学识的文化专制。这样的政治氛围、思想氛围、文化氛围、学术氛围，阉割了先秦原始儒学的诸多积极因素，对中华民族传统文明素质的消极影响是难以估量的。这也是滋生和发酵政治教化诗学的土壤和空气，整个汉代几百年，几乎没有文人诗作，这一重大的历史事实，足以说明许多问题。不妨举一个具体例子——

汉乐府相和歌辞中有一首《东门行》，原词为：

出东门，不顾归。来入门，怅欲悲。盎中无斗米储，还视架上无悬衣。拔剑东门去，舍中儿母牵衣啼："他家但愿富贵，贱妾与君共哺糜。上用沧浪天故，下当用此黄口儿，今非！""咄！行！吾去为迟，白发时下难久居！"

这显然是一首因穷困无生路而不得不"拔剑东门"的"造反有理"歌，但后来在被采集到宫廷乐府演奏时，却将"下当用此黄口儿"之后的夫妻对话，掺改如下：

"今时清廉，难犯教言，君复自爱莫为非。今时清廉，难犯教言，君复自爱莫为非。""行，吾去为迟。""平慎行，望君归。"

这不仅让妻子唱出了歌颂时政、崇奉"教言"的政教论调，且以反复手法予以强调，并改变了"拔剑"者声色俱厉的"咄"声和"白发时下难久居"的"造反有理"基调。这样的阉割，除了给诗歌戴上思想枷锁外，还能有精神自由、艺术真实和诗性特质吗？

当然，这并不意味着要全盘否定诗歌的政治教化作用。古今中外，历代统治者、社会管理者都会极力张扬文艺作品的政治教化意义，这是他们的职责，也是必然的、必须的，本身无可厚非。但不能忘记，诗词意象、意境都是主与客、形与质、虚与实的多元融合体，可以从诸多视角去透视它：不仅有政治的、社会的、文化的、人文的、人类的外部联系视域，也有意象的、意境的、特有意味的、特有音韵的诗性本体视域，还有语言的、心理的、创作的、接受的、建构的、解构的种种要素解剖、机理探究、思维方式等视域。这些视角、视域，各自在自己的位置上，都是最重要的，并没有宾主、高低、贵贱之分，只能在相互尊重、应时协调中互利共赢。"后妃之德"只是《关雎》政治教化作用的一个方面，而政治教化作用又只是《关雎》全部用意蕴场的一个方面，片面强调势必会走火入魔，越俎代庖也只能扼杀诗性特质，这已司空见惯。由此不难进一步意识到，在人类社会中，政治与艺术有着不同的但却都是不可替代的作用，两者是相辅相成的。政治的逻各斯中心主义思维模式，有时会有集中超强的能量，但也很容易造成理性的简化、抽象、空洞、片面、唯一、独尊、偏激、强制、独裁，而艺术的具体化、形象化、感性化特质，虽然有时也会有消极、散漫、疲软的弊端，但同时却恰恰是对逻辑理性弊端的弥补。可以想象，如果社会上不是弥漫着种种艺术形态所造成的现实氛围、人性氛围、情致氛围，社会政治和人的精神会不会变成没有灵与肉的僵固骷髅？无疑，肯定文艺的政治教化用意，并非一定要有统率与被统率的观念。

四

《毛诗》传本在开篇的《关雎》正文之前有一段序言，以"《关雎》，后妃之德也"起头，以"是，《关雎》之义也"收尾，中间五六百字谈到诗三百的起源、性能、内容、作用和分类等。后世对这篇序言的作者和建构争议颇多，但有两点意见还是大体一致的：一是将首尾两小节与中间部分分开，称首尾两小节为《关雎》的"小序"，而称中间部分为"诗大序"；二是认为中间的"诗大序"虽然包含着丰富而深刻的内涵，但其整体结构却缺乏统一性和连贯性，"不过是历代出自不同来源的注疏材料的松散综合"（美国汉学家宇文所安语）。

当然，将这个序言分割为"《关雎》小序"和"诗大序"是可以的，但必须意识到，这个"《关雎》小序"与"诗大序"之间是有着主旨性内在意理关联的，这个内在关联就是："诗大序"所阐释的关于《诗经》的起源、性能、功用、分类等内容，都是在探发"《关雎》小序"的内在原理，都是为了进一步阐明为什么会得出《关雎》的蕴意是"后妃之德"这一结论，实质上也就是从具体的诗例出发，在深层次的诗学观念上，来阐发"《关雎》小序"所说的"所以风天下而正夫妇"的政治教化理念。这是《毛诗序》的灵魂。正是由于没有深切意识到"《关雎》小序"与"诗大序"之间这种主旨性内在意理关联，所以人们就热衷于把两者截然分开；而也正是由于把两者截然分开，也就使两者之间以及"诗大序"自身，在整体结构上显得没有了统一性和连贯性。

故而，有必要重新探讨一下这个序言之整体建构的内在统一性和连贯性。

> 《关雎》，后妃之德也。风之始也，所以风天下而正夫妇也。故用之乡人焉，用之邦国焉。风，风也，教也；风以动之，教以化之。

这第一段，虽然一上来就彰明《关雎》的旨意是"后妃之德"，但其主要目的却是由此而及彼，引出"风天下"的教化意理，思维演进脉络相当清晰。而其结论则是："风，风也，教也"，这是以自然风的吹动力，喻指美德的教化力量；"风以动之，教以化之"，这就是"风天下"，就是诗教，也就是《关雎》《周南》《召南》乃至整个诗三百所以称之为"经"的政治教化意义。于是，接下来就是一层层地深入阐发这个政治教化理念。

诗者，志之所之也，在心为志，发言为诗。情动于中而形于言，言之不足故嗟叹之，嗟叹之不足故永歌之，永歌之不足，不知手之舞之足之蹈之也。

这第二段是从解说《关雎》升华到解说一般诗歌，属于用具体指代一般的"提喻"修辞方式。此段的主要内涵是：揭示"情动于中而形于言"这一诗歌产生的主观根源——"心源"，进而彰明诗歌的表现性特质。注重诗歌产生的"心源"及其表现性特质，这是中国传统诗论的核心理念。这一核心理念，是与西方注重外延和再现性诗歌理念的主要不同之处。阐发这一理念，似乎离诗歌的教化理念比较远，但从内在伦理上看，从诗歌源于内在情志，到诗歌的特性是表现，再到诗歌的功用是社会教化，这是一条合乎逻辑的顺理成章的思路，也就是从诗歌的缘起上说明了其政治教化的必然性；如果像西方文论那样，强调诗歌源于模仿自然，其特性是再现，那么，诗歌的功用论就会很自然地走到反映现实、认识客观世界的道路上去了。西方文论并不特别注重政治教化，其伦理逻辑上的基本原因就在这里。

情发于声，声成文谓之音。治世之音安以乐，其政和；乱世之音怨以怒，其政乖；亡国之音哀以思，其政困。故正得失，动天地，感鬼神，莫近于诗。先王以是经夫妇，成孝敬，厚人伦，美教化，移风俗。

这第三段通过多重排比修辞，主要是强调诗歌最具"动天地，感鬼神"的特有性能；正是因为有了这一特有性能，才被社会统治者和管理者所看重，因而也就很自然地被重用到了政治教化之中，同时也就被热衷社会政治视域的文论家们所特别强调。而所以要从"情发于声，声成文谓之音"说起，则是由于上古诗三百都是口头吟唱和配乐演唱出来的，诗与乐（大多还有舞）是一体的，诗歌的教化作用得到了音乐的融熔渲染，感染力就更为强劲。于是，《毛诗序》就从声音的特有效能方面强调了诗歌政治教化的必要性和重要性。

既然以上两段已经从诗三百的缘起和特性两个方面，说明了诗歌之政治教化作用的必然性和必要性，那么，下面也就直接地进入了对《诗经》之政治教化作用本身的透视和解剖。

故诗有六义焉：一曰风，二曰赋，三曰比，四曰兴，五曰雅，六曰颂。上以风化下，下以风刺上。主文而谲谏，言之者无罪，闻之者足以戒，故曰风。

这第四段是直接阐发“风”的主要“教化”意义。在《毛诗序》中，风，有多重指向：自然风、风诗、教化。这里结尾所说的“故曰风”之“风”与“一曰风”之“风”有所不同，指的是风化，也就是诗的教化作用。这个“风”与开端小序所说的“风天下”同义相应。这个“风”的要义有三：一是说《周礼》所归纳的诗“六义”，虽然后世多厘定其有内容和方法之分，但在总体上都具有风化也就是教化的意义；二是说这个风化虽然有“上化下”与“下刺上”两种类别，但都是诗教；三是说这个教化应当顺应诗性特质，“主文而谲谏”，注重文艺特点和隐喻方法。这就是汉儒诗教观念的主要义理，也即是《毛诗序》的文艺观。

至于王道衰、礼义废、政教失、国异政、家殊俗，而“变风”“变雅”作矣。国史明乎得失之迹，伤人伦之废，哀刑政之苛，吟咏情性，以风其上，达于事变而怀其旧俗者也。故变风发乎情，止乎礼义。发乎情，民之性也；止乎礼义，先王之泽也。

这第五段主要是为了阐析上段的“下以风刺上”。说政治教化是“上化下”理顺词当，但说“下刺上”也是政治教化就难以通顺，于是，就改“教”为“刺”，称“上化下”的诗章为“正风”“正雅”，称“下刺上”的诗章为“变风”“变雅”，这样一来，诗三百中那些自诉哀苦和讽刺朝政的作品，也就很顺当地纳入教化的范畴，获得了政治上的通行证；否则，政治教化就难以涵盖全部诗三百，而“大一统”的诗歌政治教化理念也就难以成立了。不过，政治教化必定少不了政治尺度，于是就给“下刺上”戴上了“发乎情，止乎礼义”的缰辔：承认“发乎情”的诗性特质，但这特质不能冲击“止乎礼义”的政治底线。

是以一国之事，系一人之本，谓之风；言天下之事，形四方之风，谓之雅；雅者，正也，言王政之所由兴废也。政有小大，故有小雅焉，有大雅焉。颂者，美盛德之形容，以其成功告于神明者也。是谓四始，诗之至也。

这第六段是从总论一般诗歌而又具体到专论《诗经》。主要是从所描述之事物的范围和所表达之情意的价值两个方面，来概括和评价诗三百的基本内容。所谓“四始”，指的是：风——一国一人之事，小雅——小范围的天下政事，大雅——天下大局政事，颂——美盛德以祭告神明之事；这四个方面，涵盖了诗三百所由生的全部时空，也包括了诗三百“风天下”“言兴废”“正得失”“美盛德”的全部政治教化内涵。所谓“诗之至”，意思是说《诗经》所传的三百多首诗篇，都是经过历史选择和圣人删减过的最美好最有价值的上古经典篇章。显然，这是对《诗经》内容的总括，也是对《毛诗序》的定位。

> 然则《关雎》《麟趾》之化，王者之风，故系之周公。南，言化自北而南也。《鹊巢》《驺虞》之德，诸侯之风也，先王之所以教，故系之召公。《周南》《召南》，正始之道，王化之基。是以《关雎》乐得淑女，以配君子，忧在进贤，不淫其色；哀窈窕，思贤才，而无伤善之心焉。是《关雎》之义也。

这第七段是从总评《诗经》，又具体到评说《周南》《召南》，紧扣“风”“化”“教”的义旨，强调两者是政治教化的创始、正统、根基和榜样；进而又具体到《关雎》，回到开篇的论题，具体解说“《关雎》，后妃之德也”的本义，从而圆满地完成了用一般原理来解读具体作品的阐释任务。

显然，这是一篇从原点主题出发，而又回到原点主题的伦理建构，其间内在意理阐发中的逻辑推演，是相当深入、顺畅而又周严的。然而宇文所安的学生斯蒂芬·范左伦却认为：《毛诗序》“大起大落和暗示的论证特点，突兀地从一个主题跳向另一个主题，在最不需要的地方使用连接词，这是一个连最富同情心的读者也会感到无可奈何的文本”。（转引自顾明栋：《〈诗大序〉的“后结构主义”诗论——兼谈中国古典文论的现代性》，《文艺理论研究》2018年第3期）果真如此吗？这只要看看其中的连词运用就清楚了。

先看段落之间的衔接问题。第四段开首“故诗有六义”之“故”，是“因此、所以”之义，表示第二段所揭示的诗歌的“情志心源”和第三段所强调的诗歌的“动人特质”，正是第四段直接概要诗歌政治教化功能的内在根据，其间的因果关系相当深切。第五段开首“至于王道衰”的“至于”，是承接上段的政治教化概说，而专门解释其中“下刺上”的特有因缘，其间对一般中的特别情况进一步作出解释的用意十分明显。第六段开首“是以一国之事”的“是以”，是“由此而可知”之义，表明由前面所阐明的诗学的一般原理，可以很好地解释《诗经》的具体内容和特质，其间从伦理到实体的过渡相当畅达。第七段开首之“然则”，是“这样一来就……”之义，是从总论《诗经》而具体到专论《周南》《召南》，乃至再具体到《关雎》，其间具体化的演进步伐分外清晰。这些连接词所表明的段落之间的意理演进，逻辑关系都很严谨，怎么能说是“突兀地从一个主题跳向另一个主题”呢?

再看每个段落中的连词运用。这七段的行文中间，共用了十个“故”字：“故用之乡人焉”“故嗟叹之”“故永歌之”“故正得失”“故诗有六义”“故曰风”“故变风发乎情”“故有小雅焉”“故系之周公”“故系之召公”。只要联系上下文想一想，就不难看出，这些“故”字的表因果关系，也都是十分明确、贴切而不可省略的，怎么能说是“在最不需要的地方使用连接词”呢?

透过层层逻辑演进，不难看出，政治教化理念是贯穿《毛诗序》始终的中轴线，是把“《关雎》小序”与“诗大序”联合为一个意理整体的灵魂，是把《关雎》论、《周南》《召南》论、《诗经》论、风雅颂论、变风变雅论、诗歌功能论、诗性特质论、诗歌心源论通联起来的一个主导思想。《毛诗序》是中国历史上第一篇系统而完整的诗论文论，即使撇开首尾“《关雎》小序”，单看中间的“诗大序”，也有诸如诗歌心性论、情志论、表现论、感染论、动情论、雅颂论、讽喻论，乃至不可违背的“发乎情，止乎礼义”论和统领全局的政治教化论等不少相当深刻的文艺思想。这些思想是对先秦特别是原始儒家文艺思想的继承和发展，也是统治中华民族文艺思想长达近两千年的主要审美观念，具有相当的丰厚性、圆通性和稳固性。事实就是事实，是不可否认，也否认不了的。至于其利弊得失，恐怕也只能借用老子“祸兮福所倚，福兮祸所伏”的话，来大而化之，统而言之了。

五

《论语》中有孔子对《关雎》的直接评价：“《关雎》，乐而不淫，哀而不伤。”对这两句话的解读，应当有情感表达、中和之美、中庸之道等多个层面。

认为文艺作品中的情感表达一定要有节制，这是“乐而不淫，哀而不伤”的基本意理。先秦原始儒学和汉儒诗学，虽然都特别注重“诗言志”，但也都承认情感在文艺表达中的重要地位和作用。《毛诗序》不仅肯定诗歌是“情动于中而形于言”的产物，而且强调“正得失、动天地、感鬼神，莫近于诗”，从而充分肯定了诗歌音韵情调的强劲动人力量及其在诗教中的特效作用。但也正由于此，出于对社会政治效应的考虑，也就在肯定诗“发于情”的同时，总是忘不了强调对诗中情感表达的节制。这种情感节制体现在诗歌创作、情感适度、审美效应等各个方面：情感表达者要从容不迫，温厚和平，意识到“情感高潮时没有诗”，“诗是激情过后的反思产物”；所表达的情感则要刚柔相济、强度适中，喜怒哀乐均不可过分；其效应则应含蓄不露，蕴藉多味，给人以典雅、静穆的美感。《关雎》抒写男女爱恋，夫妻感情，有一见钟情、执着追求，有寤寐思服、辗转反侧，还有琴瑟友之、钟鼓乐之，情感丰富，意象多彩，但却行文从容、情致温良、寓浓于淡、美感氤氲，在孔子眼里，这可能就是“乐而不淫，哀而不伤”的一些典范吧？

古人对“乐而不淫，哀而不伤”的诠释，大都着意于中和之美。《集解》引孔安国注：“乐而不淫，哀而不至伤，言其和也。”朱熹《集注》：“淫者，乐之过而失其正者也；伤者，哀之过而害于和者也。”《毛诗序》：“发乎情，止乎礼义。”曹植《赠丁仪王粲》诗：“欢怨非贞则，中和诚可经。”显然，这中和之美的精神实质，是又在情感表达要有节制、不可过分的基础上，提升到了合乎社会礼教的层面：不能“失之正”，不能“害于和”，必须“止于礼义”，要把它看作是一种人生和社会应当遵循的“经”；这些所谓“正”“和”“礼义”“经”，哪一个不打上了政治教化和道德教化的烙印？《关雎》之所以会被置于诗教的首篇，无疑是与它所体现的中和之美的教化精神分不开的。

到了《中庸》一书中，中和之美又有了升级：“喜怒哀乐之未发，谓之中；发而皆中节，谓之和。”朱熹《中庸章句集注》云：“喜怒哀乐，情也，其未发，则性也。”这就是说，中庸之“中”向内指向“性”，即人的情感渊源于人的天性、本性。这样一来，中和之美就与孔子的“仁爱”说、孟子的“心性”说联系起来。《吕氏春秋》在谈到音乐时说：“声出于和，和出于适。”何谓适？曰：“衷也者，适也。以适听则和也。”衷，本义为贴身内衣，引申为内心、中心、中正、忠诚、仁善、适当等义。这也就意味着，对音乐来说，“和”就是“适听”，“适听”就是合乎人的内心，也就是合乎孔孟所反复张扬的人的仁心、善心，归根结底，还是源于人的天性、本性。

“乐而不淫，哀而不伤”语出《论语·八佾》。《八佾》共三十六章，主要内容是谈论“礼”，强调礼的种种规定及其意义。特别值得注意的是第八章，其中涉及礼的根基：

> 子夏问曰：“‘巧笑倩兮，美目盼兮，素以为绚兮’，何谓也？”子曰：“绘事后素。”曰：“礼后乎？”子曰：“起予者商也，始可与言诗已矣。”

子夏对诗的理解，得到孔子的极力称赞，其间道理包含着两连跳的喻意：第一跳是从美人的“素以为绚”，到绘画的“绘事后素”，第二跳是从对绘画美的理解，跳到了对诗歌美的理解。关键在“绘事后素”的喻意。“绘事”即绘画，“素”指白底，“后”即先后之后，也包含有“‘素’比‘绘事’更重要”之意。

"绘事后素"，是说先有白底，然后才有绘画，而且只有底白，才能画出最新最美的图画；其喻意则是说，先有善美的品德，才有善美的诗歌，而且只有品德仁善，才能流溢出最善最美的诗歌。这是在肯定品德善美与诗歌善美之统一性的基础上，强调前者是后者的根基。孔子虽然没有直接说出"素"的寓意，但从其以"仁"为核心的思想体系来看，说它指向品德修养应当大致不错。德，包含"性"与"行"两端，故有"德性"与"德行"两词并行。《周礼·地官·师氏》："以三德教国子。"郑玄注："德行，内外之称，在心为德，施之为行。"可见品德是基于心性而形之于行为的。在孔子看来，这心性应当就是仁爱，这行为应当就是礼义。汉儒倡导诗教，张扬诗歌的中和之美，实际上就是强调以礼义、仁爱化天下，也就是以德化天下。由此可见，将《关雎》的内涵定位于"后妃之德"，"其思深矣"！

上升到哲思层面，"乐而不淫，哀而不伤"的中和之美就是中庸之道。中庸之道是"多元并存、和而不同"，其原理是"和实生物，同则不继"（《国语·郑语》）；没有多元、不同，就没有一切，没有并存、中和，就不能"生物"、发展。艺术创造中的中和之美，则不仅是多元融合，而且应当是多元因素均得到充分健美塑造后的更为融熔谐和。但长期以来，由于偏激的斗争哲学泛滥，中庸理念一直被打压在折中主义、妥协投降的冷宫。这显然是误解与偏激。其实，不仅"中"字中有"天下大本""执其两端""不偏不倚""无过不及"等深意，"庸"字中也大有文章。庸，本义为用，引申为常；因常，而又生出固定不变、长久、平常、平庸等义。《左传·昭公元年》："疆埸之邑，一彼一此，何常之有？"这个"常"就是固定不变之义。《尚书·咸有一德》："天难谌，命靡常；常厥德，保厥位。"这个"常"就是长久之义。老子《道德经》："道可道，非常道。"这个"常"恐怕兼有普适、固定不变和长久诸义。显然，在后世的字义延异过程中，"庸""常"只留取了平常、平庸之义，是走了偏锋；以此偏锋来衡定中庸之义，势必愈行愈远。二程说，"不易之为庸"，"庸者，天下之定理"。（见朱熹《中庸章句集注》）"不易"就是长久，"定理"就是普适；中庸，就是执持中道理性，坚守常规常道。唐代名相魏徵曾献策太宗："遭时制宜，质文迭用，应之以通变，通变之以中庸。中庸则可久，通变则可大。""可久""可大"，中庸之道是稳定发展的正道。刘熙载《艺概·文概》："韩非锋颖太锐。"《庄子·天下篇》称老子之术所戒曰："锐则挫矣。""锋颖太锐"，则必将濒临挫败的危险。今天，种种极化思想已经把世界搅扰得四分五裂，把人的思想搅扰得七横八竖，倡导中道理性，或许是一剂散热消肿的良药。

“欢怨非贞则，中和诚可经”，不是否定诗歌要抒发感情，而是认为更重要的是要树立多元融合、和而不同、中道理性、中和之美的世界观和方法论；不要一说到政治教化，就认定是对审美自由和文艺发展的戕害，因为正如福柯所说，政治权力“最终是形成了一张渗透入各类机制的稠密网络”，它无所不在，无孔不入，不以个人意志为转移，而且“既是压抑的力量，又是建设的力量”；不要一看到“《关雎》，后妃之德也”，就认为是在强行宣扬封建道德，因为其意理指向是强调“德化天下”，本意的有限不能拒斥用意的无限；不要一看到“发乎情，止乎礼义”，就把其意理压缩进周礼森严的等级制度，因为其精神实质是强调个人的情感宣泄必定也必须受到社会公众和公理的制约，正如卢梭所说“人生而自由，却无往而不在枷锁之中”；不要一说到“乐而不淫，哀而不伤”，就把它与“温柔敦厚”完全等同，因为温柔敦厚不仅只是中和之美的一个方面，而且也只是幽柔之美的一个侧面。总之，在这里，不仅要摒弃人们惯常的喜同恶异心理和极易热衷的极化思维，而且应当区分形上普适观念与形下具体意理的差别。关键不在“政治教化”，而在用什么样的政治进行教化；关键不在“止乎礼义”，而在止于什么样的礼仪。倒脏水不能倒掉有无限生命力的婴儿。只要根据时代的大势和现实的行情，因时因地而制宜，不断变通政治规则和道德规范的具体内容，仁、义、礼、智、信何时何地不需要？礼、义、廉、耻何官何长不应当？待人温、良、恭、俭、让有何不妥当？性情温、柔、敦、厚有何不可以？此乃四海咸通，天人共鉴，何况文艺！

六

不难意识到，我们在这里所张扬的诗歌意境蕴场的用意，及其他那连类生发的无限可能性，与当代西方流行的阐释学、接受美学、解构主义的指向是有相通之处的。读者面对诗歌的词语及其所指称的事物而走进它们所营造的意象意境时，所可能产生的一切想象、联想、类比、体验、感受、领悟，也就是在不同种不同类事物中，所可能发生的种种异质同形、异质同构、异质同性、异质同能、异质同情、异质同意等同频共振、同调和鸣现象，就都可以纳入阐释学的“视域融合”论、接受美学的“期待视野对象化”论以及解构主义的“异延”论、“播撒”论等中。这样一来，阐释学、接受美学以及解构主义的视域时空，不就与我们所说的，审美思维中经由异质相似连类所拓展开来的具有无定质和无限性的诗词意境用意蕴场“异说同构”了吗？

其实，中国传统文论中包含着丰富的切近或者说可以通向阐释学、接受美学乃至解构主义的经验性感悟，只是由于相对比较封闭的“大一统”文化体系的制约，尚缺乏深入的寻根性和系统性理论探讨而已。

在源头上，中国文字以象形和会意为主要出发点和着眼点的特质，从一开始就冲破了纯指称符号的阈限；而在其长期运用和不断发展过程中，经由同形叠印、结构类比、声频共振、意理和鸣等途径的不断连类生发，在指称告知内涵、隐喻象征时空上的不断滋生和分化，其中明显汇聚着诸多主体的先在视域融合与具体应用的个性化，包含着诸多符号形态的演变及其所指称的意理集团的分工性解构。无疑，只有这些视域融合、功用个性化和应用分工性解构，才是语言文字不断演变发展的实质。

代表先秦文艺观念总体性素质的孔子的“兴、观、群、怨”说，显然都是在穿越作品本意的用意功能上做文章：兴，指向审美异质相似连类思维特有的无限生发张力；观，指向在审美感知中领悟现实人文世界的丰赡启迪性；群，指向以共振和鸣来感化与协和群体的融通性社会功能；怨，指向以宣泄积怨与化解积弊来调整个体灵府与社会心理的特有生态平衡效用。这些素质，与自然、社会、人生处处多元关联，无疑都是站在作品本意的山头向远方骋望，大有在阐释、接受乃至解构的辽阔牧场上扬鞭跃马的思绪和意念，为什么非要把它锁进言志、宗经、教化的笼子里呢？

《周易》代表着先秦时代中华民族宇宙观的最高水平，它那包含着数、象、辞三个子系统的复合型卦符系统，是建筑在阴阳互动观念基础上的世界观、宇宙观，体现着人类“观象制器”的最高成就。西方现代“系统论”，曾先后盛行结构、建构、建模等学说。可以说，“观象制器”就是结构—建构主义，《周易》就是中国最早的系统建模，而且是融世界观、人生观于一体的宏观动态建模。其“立象尽意”“类比演绎”的总体思路，开辟了一条在个别示象中透视全体、既不脱离具体物象而又能达到“以不尽尽之”效果的思维方式；这是一种与概念指称逻辑推演不同而又与之并行互动的思维模式，它融感性与理性于一炉，融认知与表现于一体，说小了是对抽象逻辑理性之偏废的弥补，说大了是对独尊理性逻辑的解构。我们不仅要看到“立象尽意”“类比演绎”思维模式在艺术思维中的主导地位，而且应当充分认识到它在整个中国传统文化，乃至整个东方文明的形成与发展中的旋动轴心作用。

代表汉代文艺思想主要特征的《毛诗传笺》，虽然在“大一统”观念的制导下，突出了体现文化专制的政治教化理念，但同时也是对文艺“德化天下”之用意的充分张扬。朱熹的《诗集传》，虽然在整体上承继了“德化天下”的社会用意观念，但又把这“德化”纳入了“存天理，灭人欲”的程朱理学，在具体与深化的同时，似乎更进一步地走向了偏狭与禁锢；《诗集传》虽然将不少描写男女私情幽会而被汉儒挂上政教招牌的诗歌恢复了其爱情诗的本意，但同时又贴上了“淫奔”“放荡”等封条，这样的用意“异延”，恐怕只能说是用意蕴场的凝缩与倒退。显然，诠释本意再重要，也不能以此来否决和伤害用意。这似乎都可以让我们意识到逻各斯中心主义、政治专制主义的危害性。

与汉初“大一统”观念同构相应的汉大赋，其整体建构的基本思维通道是异质连类：《史记·屈原贾生列传》“举类迩而见义远”、《太史公自序》“连类以争义”、司马相如《封禅书》“依类托寓”、枚乘《七发》“离辞连类”、《周易·系辞上》“触类而长”，这说的都是艺术创造和作品阅读中的异质相似连类思维。它打破了科学思维的同质归类模式，借助情感基调或意理基质的相似，让审美思维能够在不同种不同类的事物中广泛地同频共振、同构和鸣，不断连类生发，从而使意象意境的蕴场可以从有限走向无限。很明显，审美思维的这种异质相似连类生发，就是诸种审美感知视域的不断融合，就是意境蕴场的不断异延，就是读者具体化的不断播撒。

从庄子的“心斋”“坐忘”，到《文心雕龙》的“神思”，一直到刘熙载的“无为之境”和王国维的“无我之境”，是中国传统审美心理学的探索轨迹，其不断深化的终极指向，似乎是要穿越人的智能局限，而让人具有无思无为而又无所不为的神能；从《周易》的“立象尽意”，到六朝画论的“以形传神”，到唐代文论的“兴象”说，再到王国维的“境界”论，是中国传统审美表象显现论的探索轨迹，其不断深化的终极指向，似乎是要穿越人的视域局限，而真正能够在一滴水中见出大千世界；从钟嵘的“滋味”说，到司空图的“味外之味”说，到严羽的“别趣”说，再到明清流行的“神韵”说，是中国传统诗论对诗性特有意味的探索轨迹，其不断深化的终极指向，似乎是要穿越人的感知局限，而走进那理性认知所难以涉足之隐秘而又微妙的无意识时空。

这种种本来都具有原生态、全息胚、隐蓄性、无限域潜质的意识和理念，已经流泻两千多年，只不过由于一直缺乏专门而深厚的自然科学、语言科学、心理科学、逻辑哲学等作基础，因而都不免有感性的朴素、概念的笼统和论说的简约。但不要就此而轻易地乃至把它们视同老气横秋、赏玩古董、望风扑影、仙海蜃楼，而要看到它们在中国长期“极端皇权政治中心主义”压抑下，还能不断挣扎、异延、穿越、创辟的顽强生命力，感受到它们身上那种不可磨灭、无可阻遏的人类直觉灵性，体悟到潜蕴在那些灵性中的能够融通古今中外多元理念的基因。打通八方墙壁说话，融通多元文化内核，这或许是中国传统文明发扬光大、拥抱世界的必由之路。

当然，中国文论与西方文论中的阐释、接受、解构理念，在立足点、视域界和功能性上，是有明显差异的。阐释—解构学理，若像西方那样，以词语和逻辑为立足点，是偏执了工具、抽象与演绎，其视域通向再现、认知与科学，其异延则得力于冲决约定俗成、解构逻辑定理、否定理性认识价值，其解放思想的功能十分强劲，但其割裂性、破坏性因素也大增；若像中国传统那样，以意象及其蕴场为立足点，是注重了想象、具体与悟性，其视域通向表现、感悟与灵性，其异延则得力于在表现中包容再现、在感悟中包容认知、在灵性中渗融科学，由是则其融合性、建设性因素也就大增。大致看来，中国传统意象—意境体系中的异质连类、用意生发、蕴场无限等理念所体现的异延性、播撒性，比西方现代概念—逻辑体系中的视域融合、先在视域、文本指涉等理念所体现的异延性、播撒性，似乎显得更涵容、切实、厚重、圆通、坚韧、持久，因而也就更具有建设性，更具有生命力。

神性与人性的祭仪融合

——屈原《湘夫人》的审美再造

楚辞·九歌·湘夫人

帝子降兮北渚，目眇眇兮愁予。袅袅兮秋风，洞庭波兮木叶下。

登白薠兮骋望，与佳期兮夕张。鸟何萃兮蘋中？罾何为兮木上？

沅有芷兮澧有兰，思公子兮未敢言。荒忽兮远望，观流水兮潺湲。麋何食兮庭中？蛟何为兮水裔？

朝驰余马兮江皋，夕济兮西澨。闻佳人兮召予，将腾驾兮偕逝。

筑室兮水中，葺之兮荷盖。荪壁兮紫坛，播芳椒兮实堂。桂栋兮兰橑，辛夷楣兮药房。罔薜荔兮为帷，擗蕙櫋兮既张。白玉兮为镇，疏石兰兮为芳。

芷葺兮荷屋，缭之兮杜衡。合百草兮实庭，建芳馨兮庑门。九嶷缤兮并迎，灵之来兮如云。

捐余袂兮江中，遗余褋兮澧浦。搴汀洲兮杜若，将以遗兮远者。时不可兮骤得，聊逍遥兮容与。

屈原《九歌》十一篇，是根据楚地祭神乐歌改编而成的，想象丰富，情调浪漫，鲜明体现出屈赋的基本特征以及诗人既善于继承又勇于创新的艺术精神。其中最著名的篇章《湘君》和《湘夫人》，是祭祀传说中湘江男女对偶水神的歌词。后世对这两首诗的阐释，一直存在许多争议。这些争议，大多既各有所得，亦各有所失。综合起来看，这所失大致体现在三个方面：或忽视了“祭祀仪式”，或忽视了“配偶神”，或忽视了“改编性”。其实这三个方面都很重要，只要将这三者都认识透彻，并体悟到它们之间的关系，特别是体悟到其中神性与人性的融合，许多争议也就容易化解了。

一

宋人罗愿最早认为《湘君》和《湘夫人》是男女对偶神之间的“相互赠答”：“二篇乃相赠答之辞”。（转引自蒋骥《山带阁注楚辞》）明人发挥了这一相互赠答说。如汪瑗《楚辞集解》：“此篇（指《湘君》）盖托为湘君以思湘夫人之词，后篇又托为湘夫人以思湘君之词……湘君捐玦遗佩而采杜若以遗夫人，夫人则捐袂遗褋而搴杜若以遗湘君。盖男女各出其所有以通殷勤，而交相致其爱慕之意耳。二篇为彼此赠答之词无疑。”其后，闵齐华《文选瀹注》又有进一步说明：“《湘君》一篇，则湘君之招夫人者也；《湘夫人》一篇，则妇人之招湘君者也。

前以男招女，故称‘女’，称‘下女’；后以女答男，故称‘帝子’，称‘公子’，称‘远者’。其中或称‘君’，或称‘佳人’，或称‘夫君’则彼此相谓之辞也。”今人游国恩先生曾在《论九歌山川之神》一文中，对闵氏之说大加赞赏，称其“要其觊破《湘君》《湘夫人》之作男女之辞，则诚千古不灭之卓识也”。

这种相互赠答说的最大问题，就在于忽视了祭祀的基本仪式。既然《湘君》和《湘夫人》是祭祀乐歌，那么，制约其内涵和特点的首要因素，就是当时祭祀的体制，包括祭祀对象、祭祀者和祭祀仪式等。二《湘》祭祀的对象是湘水神，这没有疑义。祭祀者是当地民众，这也没有问题。关键在祭祀仪式的基本形态。先秦是“巫风”祭祀时代，屈原所在的楚地尤其隆盛。据专家考证，在楚地巫风祭祀形态中，有一个特别重要的角色，那就是专职的巫觋，他是沟通祭祀者与祭祀对象，也就是人与神之关系的不可或缺的“中介”。祭祀的第一步，便是由巫觋装扮成尽可能接近所祭之神的模样，并布置好符合神灵生活环境特点的祭坛和祭室，然后则是举行伴有歌舞的降神、迎神、娱神、送神等一系列仪式。而在这整个活动过程中，巫觋一直是旋动仪式的主角、主演、主导。如果忽视了这个主角，对祭祀歌词的阐释，就必定会发生重大误差。试想，去掉巫觋所旋动的祭祀仪式，没有巫觋的彩饰装扮、载歌载舞，只有湘君与湘夫人的相互赠答、卿卿我我，那不就成了一首单纯的爱情诗，还与祭祀有什么关系？

在《湘夫人》中出现的“帝子”“公子”“佳人”“远者”诸称谓，诚如闵氏所说，都是指向湘夫人，但篇中所出现的“予”“余”，即“我”，却不是直指湘君，而首先是扮作湘夫人之巫觋的自称。这就是说，《湘夫人》全部故事的叙述者，不是湘君，而是巫觋，只有巫觋才是《湘夫人》的真正叙事抒情主体。正像巫觋是巫风祭祀仪式的旋动中心一样，巫觋也是《湘夫人》全部情节的旋动中心。当然，肯定这一基点，并不否定人们在二《湘》中可以看到男女赠答，看到真挚爱情，在《湘夫人》中看到湘君的追逐和失落，听到湘君的叙述口吻和痛惜心声。但在总体上必须首先明白，巫觋的祭仪活动及其诉说才是根本，才是本体，而所谓男女赠答、爱情追逐，只是这个根本的派生物、这个本体的异延体。两者的关系，不是相互排斥，有你就没有我，而是隐喻、象征。一句话，二《湘》是在祭祀湘水女神的仪式中，隐蕴着湘水男女对偶神的相互赠答和追逐。隐喻象征体与被隐喻象征体不是一回事，不能混淆，更不能颠倒。这一基本关系定位十分重要，因为它贯穿《湘夫人》整体建构始终，体现在诗篇的各个情节之中，如果忽视这一关系定位，那就势必顾此失彼，或者本末倒置。汪瑗说《湘君》是“托为湘君以思湘夫人之词”，《湘夫人》是“托为湘夫人以思湘君之词”，就都是把思者与被思者弄反了。

在屈赋《九歌》中，《湘君》《湘夫人》《河伯》《山鬼》诸篇都是祭祀山川之神的。据专家考证，祭山川之神大都采取“望祀”方式。望者，远眺也。在望祀仪式中，被祭祀之神是不到祭祀现场的，因而只能是“遥望而致其祭品”。《湘君》开篇云“君不行兮夷犹，蹇谁留兮中洲”，《湘夫人》开篇云“帝子降兮北渚，目眇眇兮愁予”，这湘君“留兮中州”和湘夫人“降兮北渚”，都意味着被祭之神没有来到祭祀现场。本来巫风祭祀仪式主要有两种情况：一种情况是被祭之神来到祭祀现场，那时，由巫觋装扮的仿被祭之神，就会铺排演出降神、迎神的礼仪，把真神接到祭坛、祭室，奉供祭品、载歌载舞以敬之娱之；当然，这并不意味着被祭之神真的现身祭坛，从而呈现真假神灵同时蹁跹于祭祀现场的情景，而只是所谓“神灵附体”，即被祭之神附身于巫觋而已，此时假扮真神以“迎神”的巫觋，遂摇身一变而成为神灵本身，而所说的话语也就是神灵的“代言”了。这种情况，朱熹《楚辞集注》对《九歌·东皇太一》“灵偃蹇兮姣服”注文中，早已有过明确解说：“灵，谓神降于巫之身也……古者巫以降神，神降而托于巫，则见其貌之美而服之好，盖身则巫而心则神也。”另一种情况是被祭之神不到祭祀现场，于是前一种情况的种种礼仪，不论是降神、迎神，还是娱神、送神，也就都发生了变化。这种变化，在《湘夫人》中可以看得相当清楚。

因为女神湘夫人不到位，降神礼仪没有了，故而《湘夫人》中的降神环节就只用“帝子降兮北渚”一句带过，而留下的则是隐蓄张力很大的“目眇眇兮愁予”。愁予，使我愁。这个“予”，就是装扮成女神湘夫人的巫觋。因为女神不来，祭仪何以进行？祭意何以能达？所以愁。于是，接下来，情节也就沿着抒发愁情和消解愁情的方向展开，迎神的礼仪也就不得不由“迎接”变成了“眺望”，由“欢会”变成了“追寻”。“登白薠兮骋望，与佳期兮夕张”：站到高处向远方眺望，一直望到夜幕降临，多么盼望女神能应约而来；“沅有芷兮澧有兰，思公子兮未敢言。荒忽兮远望，观流水兮潺湲”：望着沅江澧水流向远方，想到女神经常居留徜徉的地方，大有顺流追寻而去之意，遥思悬想，心神不免恍惚起来；“朝驰余马兮江皋，夕济兮西澨。闻佳人兮召予，将腾驾兮偕逝”：心神恍惚中，仿佛自己正在跨江渡水四处寻找，以至于觉得女神正在远方向他打招呼，而且那意思仿佛是要与自己一同飞腾远去。这些描述，这样的行为和心态，显然都是因女神降到了别处（“北渚”），巫觋在忧伤中对女神的眺望、追寻和希冀。这不应当直接说是湘君对湘夫人的追寻，因为在诸多关于舜帝与其二妃的传说中，在诸多关于湘水对偶神话的记载中，都没有发现因恋爱而追求或因离别而相思的情节，何来这般忧伤而急切的追寻？虽然有舜帝南巡而死苍梧时，二妃亦“追至”且“悲啼”“沉湘以殉”的说法，但这种追悼死人且殉节的滥觞，能拿来同构到求神赐福、充满美好憧憬的祭祀场面上吗？

在巫风祭祀仪式中，巫觋的活动主要在祭坛，但也往往会象征性地离开祭坛去迎接、追寻。无论被祭之神是到场还是不到场，这种迎接、追寻情节大多都有。就拿屈原《九歌》来说，除了《东皇太一》《云中君》《少司命》《国殇》中未见巫觋离开祭坛的迹象外，其余诸篇均不同程度地抒写了追寻情节：《大司命》的“踰空桑兮从女”，《河伯》的“与女游兮九河”，《湘君》的驾龙舟追逐情景，《湘夫人》的沿江渡水追随、悬想，《东君》整篇所描述的太阳神驾龙车掠空飞过祭坛、俯视歌舞盛况、驰马杳然东行等情节，《山鬼》整篇所描述的山鬼乘豹从狸、穿山涉险、迎神不遇等景象。无疑，这都是由巫觋所装扮的仿被祭之神，在表演追寻真神的歌舞仪式。正由于这种追寻仪式的普遍性，故而文献资料上也就出现了“追踪祭祀”的名目。望祭是“望而祭之”，追踪祭祀是“追而祭之”，两者同系联袂，都是由巫觋“扮而演之”，是不能够直指为他人或他神的。说追湘君的是湘夫人，追湘夫人的是湘君，那追太阳神、追山鬼的又是谁呢？显然，用“相互赠答”来直解追踪祭祀中的“追”和用“相互爱恋”来直解追踪祭祀中的“追”，都不是它的本体、本义，而都只能是读者的相似性连类“异延”，都只能是接受者的象征性隐喻“播撒”。

为了让被祭之神能高高兴兴地光临、欢会，并予以免灾、赐福，巫风祭祀中的娱神仪式是贯穿始终且丰富多彩的，如建造祭坛、装饰神室、摆设祭品、扮神模样、表演歌舞、赠送礼物等。在《湘夫人》这一祭祀湘水女神的祭词中，娱神礼仪主要体现在装饰神室和表演歌舞两个方面。从“筑室兮水中”到“灵之来兮如云”这一部分，共十六句，大肆铺陈神室装饰幽美多彩、温馨芬芳、堂庑富丽、神灵盈门等的情景，可谓极尽娱神之能事。布设神室，本应是迎神之前的事，这里却放在追神不得之后，这是不是由于望祭仪式被祭之神不到位的缘故？既然不到位，那就无须布设祭室，可为什么现在又大肆兴动且极力张扬呢？这或许可作如下两方面的解释：一是因追神无果，衷心忧惧，思前想后，觉得还是再设祭室且精心装潢，或许尚有得神灵欢心的希望，即使这次不来，以后也可能有降临的机会；二是与上句“闻佳人兮召予，将腾驾兮偕逝”相接，在幻觉中，巫觋心神恍惚，不由得做起与湘水女神幽会的白日梦来。巫觋装扮神灵是为了吸引真神来与之欢会，而欢会的最理想境界，则是神灵附体，巫、神合一，这时，巫觋就是神灵，他的话语和行为，就是神的意志和启示，如此，则祭祀的目的才能真正得以实现。《湘夫人》中对水中幽室之香艳温馨情景的极力铺陈美化，符合祭祀女性水神的特点，表面上看，很容易就会与男女爱情婚姻联系起来，但其深层的意识根基，却是上古巫风祭祀仪式中的巫觋与神灵的合体。

歌舞娱神在巫风祭祀中普遍存在，且贯穿始终。具体形式和程序，会因时、因地、因人、因事而有所变异，已难以考察，但多为音乐、歌唱、舞蹈、说白、表演交织，场面是相当热闹的。其歌舞，有独唱独舞、对唱对舞、领唱群唱、领舞群舞、群唱群舞，形式多样。其唱词，本有独、群、领、合的分别，但现今已无史料确证，只能根据现代人们对乐曲及歌词的基本理念和意识，来进行一些体悟性逆测。如《湘夫人》中，“帝子降兮”二句，“登白薠兮”二句，“沅有茝兮”四句，“朝驰余马兮”四句，“捐余袂兮”四句，有“予”“余”称谓和“登”“追”行动，可能是巫觋的领唱；“袅袅兮”二句，“鸟何萃兮”二句，“麋何食兮”二句，“九嶷缤兮”二句，“时不可兮”二句，有气氛渲染效用和心态点拨意味，则较适合于合唱；其余的就很难说了。如此来分辨唱词，今天看来可能已无多大意义，但设身处地地想一想，也许多少能有助于对当时祭祀仪式之动人情景的想象以及对施祭者虔敬之心的体悟。

《湘君》《湘夫人》的最后六句，都是送神歌词，这没有异议，但历来对其中之遗赠行为和物品的解读，却颇为曲折有趣。原先，明人汪瑗《楚辞集解》说，“湘君捐玦遗佩而采杜若以遗夫人，夫人则捐袂遗褋而采杜若以遗湘君”；闵齐华《文选瀹注》也说，“以男遗女，故有玦有佩”，“以女遗男，故有袂有褋”。后来发现，这与原本二诗意理不合：《湘君》是祭男神，若视为湘夫人追而祭之，则应是捐袂遗褋，而祭词中却为何是捐玦遗佩？《湘夫人》是祭女神，若视为湘君追而祭之，则应是捐玦遗佩，而祭词中却为何是捐袂遗褋？于是游国恩先生就在《论九歌山川之神》中解释说：“玦也佩也，男子之所赠也；袂也褋也，女子之所赠也。夫彼此既心不同而轻绝矣，故各弃其前此相贻之物，以示决绝之意”；还进一步对这“决绝之意”找到了理由：“盖是时民俗相传……舜崩苍梧，二女未从，此生人之至悲，夫妇之极痛也。是以祀湘神者，即以此歌之，言其终无会合之期，至于互相怨恨，而各弃其贻赠之物。”这样以曲解二妃追殉舜帝的传说，来强解所赠遗物与诗意的矛盾，不仅污损了二妃坚贞殉节的本义，而且莫名其妙地把湘君和湘夫人贬化为怨夫怨妇，因而即使曲尽绾合之能，也是很难令人信服的。

其实，这还是个忽视巫风祭祀特点的问题。抛开巫觋这个沟通人神关系的中介，把追寻神灵者视为湘君、湘夫人或其他什么人什么神，那就必定会造成与其所遗赠之物的矛盾。如果让巫觋回到旋动祭祀仪式的本位，那一切就顺理成章了。在《湘君》中，是巫觋扮演的仿湘君在追寻真神湘君，于是在送神时所遗赠的东西，就自然是仿湘君随身所佩戴的玦和佩了；而在《湘夫人》中，是巫觋扮演的仿湘夫人在追寻真神湘夫人，于是在送神时所遗赠的东西，就自然是仿湘夫人随身所穿戴的袂与褋了。显然，关键在于，不要被配偶神的“配偶”二字所忽悠，不是湘夫人在追寻湘君、湘君在追寻湘夫人，也不是另有别的什么人或神在追逐被祭之神，而只是巫觋所装扮的“假”被祭之神，在扮演、迎接、追寻、娱乐、恭送真的被祭之神。想明白这一点，一切疙瘩也就都解开了。

二

在近世对《湘君》《湘夫人》的解读中，一个最引人注目的观点就是“人神恋爱”和“神神恋”说，而且已被诸多专家所肯定。那么，如果按照上面的论述，强调以巫觋为旋动中心的巫风祭祀特点，是否就意味着对“神恋”说的否定？这是个很需要辨识的问题。

二《湘》“人神恋”“神神恋”说，明显是着眼于湘君与湘夫人是配偶神，肇启于明人汪瑗、闵齐华的男女“赠答之词”说。近世，“人神恋”“神神恋”说，又得到了楚辞研究名家闻一多、苏雪林、郭沫若、游国恩等人的修正和发挥。闻一多在《什么是九歌》中认为，《九歌》中除《东皇太一》《礼魂》《国殇》以外的八篇，都是“扮演人神恋爱的故事，不是实际的人神恋爱的宗教行为”，因而都是“审美的，诗意的”，从而把二《湘》的意境，浪漫地想象为人与神，也就是“湘君”与“女甲”，“湘公子”与“女乙”“相携狂舞”的恋爱剧。郭沫若则强调“神神恋爱”说，他在《屈原赋今译》的“九歌题解”中认为，“古时候祭祀神祇时正是男和女发展爱情的机会……故在祭神的歌词中叙述男女相爱，男神与女神相爱，或把男女之间的爱情扩大成为人神之间的关系，都是极其自然而现实的。”游国恩在《论九歌山川之神》中说得更明确，认为《湘君》《湘夫人》两篇“男女相悦之词”中，多有“拟两情邂逅之无缘者”“重申彼此遇合之难谐者”“相爱既深而终不获相遇者”等诗句，“凡此所云，岂不以湘君之与夫人，本为配偶之神，作者以人道拟之，遂故作此等艳语耶?”

后来，二《湘》“人神恋”“神神恋”说，遭到了一些人的批驳。如潘啸龙在《〈九歌〉二〈湘〉“恋爱”说评议》中就认为，“神恋”说“完全不符合湘君、湘夫人传说的神话背景，也不符合祭祀湘水之神的民俗”，二《湘》的内容

"根本不是湘君夫妇'交相致其爱慕之意',而是迎神巫者表达对神灵的思慕和祈愿之意——这恰正符合巫风迎神的'民俗',与'恋爱'之类风马牛不相及也。"潘先生的评议,指出上古山川祭祀的"望祀"特点,强调巫觋"在巫风祭祀中沟通人神关系"的关键作用,推翻了二《湘》是直接描述湘君、湘夫人相互赠答、相互追寻的恋爱说,从而揭示出巫觋假扮被祭之神以迎、寻、娱、送被祭之神的真实情景,这对确立解读二《湘》的理念根基是很重要的。但其文也存在两个问题:一是忽视了闻一多、郭沫若、游国恩诸先生论说中"扮演""拟""拟之"等用词的隐喻意味,二是完全抹杀了二《湘》中浓郁的象征性恋爱意蕴。

闻一多先生虽然把二《湘》想象为浪漫的恋爱剧,但同时指出,那是"扮演'人神恋爱'的故事",这"扮演"二字,无疑是肯定了这恋爱故事是"扮演"出来的,而所以是扮演"人神恋爱",而不是扮演"人人恋爱",其根基无疑还在于巫觋祭祀仪式。从巫觋祭祀仪式到现实的恋爱故事,这一过渡本身,就应当看作是一种隐喻。闻先生的论证着眼点,不在揭示其巫术祭祀根基,而在张扬其所"扮演"的爱情故事,但这并不意味着他否定了祭仪根基。或许是经过屈原改编后的二《湘》,去掉了原始"淫祀"祭歌中那些"亵慢淫荒之杂",才洗亮了其中贴近现实的爱情因素,但这个洗亮过程,不也正是一个隐喻性象征性的升华过程吗?同样,游国恩先生虽然认定二《湘》是"男女相悦之词",但在他的论说中,却多次用到"拟"字,且进一步强调,"湘君之与夫人,本为配偶之神,作者以人道拟之,遂故作此等艳语"。这就是说,是屈原"以人道拟之",二《湘》才从祭祀配偶之神,改制成了现实爱情"艳语"。显然,这个"拟之",就意味着隐喻象征,从"配偶之神"升华到"爱情艳语",就是一个具有审美再创造意味的隐喻象征过程。闻氏和游氏的不足,在于没有深入揭示巫风祭祀仪式中不可或缺的巫觋中介作用,从而不能充分彰明二《湘》中的爱情只是一种隐喻象征意蕴,于是便让人觉得二《湘》只是一种爱情诉说。但由此而完全否定二《湘》的"神恋"说,乃至完全漠视二《湘》中的爱情意蕴,则未免矫枉过正、顾此失彼了。

无论从巫风祭祀的源头上看,还是从歌词的诗性特质上看,二《湘》中的爱情因素都是抹杀不掉的。

荡漾在上古楚地巫风祭祀活动中的爱情因素,一直是相当浓郁的。远古人口稀少,生产力低下,人口繁衍为头等大事,生殖崇拜成普遍意识。那时,由于礼教未兴,性观念朴素,男女放浪、野合行为并无窒碍,甚至还受到鼓励。《周礼·地官·媒氏》:"中春之月,令会男女,于是时也,奔者不禁。"《列子·汤问》:"男女杂游，不媒不聘。”这种生活和意识状态，反映到原始祭祀之中，特别是在祭祀生育神、春神、爱神的活动中，就呈现为生育祈求、人神交合、男女恋爱的广泛渗透和多样存在。这种现象被后来的道学家们称作“淫祀”，而在其祭词中，也就像朱熹在《楚辞集注》中所说的那样，出现有许多“不能无嫌于燕昵”的“亵慢淫荒”之词。其实，在当时，也就是在那个思维是“互渗律”、意识是“泛灵论”、社会是巫术笼罩、人性是理智未开的时代，这都是很自然的事情，而这也正是巫风祭祀中爱情因素的源头。

到了屈原所在的战国中期，理性早已觉醒，于是经过政治的道德的种种社会礼教的洗礼，原始巫风祭祀中的那些“淫祀”因素，也就渐渐被汰除，而屈原对《九歌》的改写，也正是这种应运之举。不过这一改写，应当主要是去掉了那些不合时宜的非理性因素，即朱熹所说的“更定其词，去其泰甚”，决不能笼统地说是去除了其中的爱情因素；相反，经过改写，去掉那些过时的巫术因素和过分的性爱因素，反而洗亮并强化了更切合屈原所在那个时代的爱情情节和色彩。这在《湘夫人》的全部抒写中，都可以看得很清楚：一开篇就是期约不遇、愁情满怀的困境，接着便是长时间登高盼望、回想以往相会的处所、懊悔错过的表白良机，进而是“妄想生妄听”、恍惚中生发出“闻召”“偕逝”的幻象，乃至让心灵完全沉浸在建造新房、布置寝室、美化庭院、宾客盈门的白日梦之中。这一切，若不是装在“帝子降兮北渚”的降神开头和捐袂遗褋的送神结尾的套子中，哪里还能看出有巫风祭神的意思？这些生动感人的情节演进、情感宣泄、气氛渲染、色彩摹绘，怎能不让人一边阅读，一边在脑屏幕上闪现出种种现实的爱恋、追逐、欢会，乃至结婚的情景？显然，《湘夫人》中的爱情因素是相当浓烈的，说屈原在改写中注入了更多的现实爱情因素，应当是切合实际的，后世读者乃至文学家有时径直把它当作爱情诗来读，也是情有可原的。

当然，不能说屈原是把祭祀歌词径直改成了爱情歌词，他并没有忘记它的祭祀用意。据洪兴祖在《楚辞补注》中说，《九歌》的篇名，“一本自《东皇太一》至《国殇》，上皆有‘祠’字”；祠者，祭祀神灵或祖先的堂屋也。虽然不知楚人是否真的用屈原改写的《九歌》作过祭词，但从这个“祠”字看，其基本的祭祀性质并没有变。就拿《湘夫人》来说，其篇名及其“帝子”的称呼，本身已经说明了歌词文本与舜帝与其二妃之传说的关系，证明了它与楚人祭祀湘江水神的关系。而更能说明问题的，则是结尾的送神歌词。“捐余袂兮江中，遗余褋兮澧浦”，如果把《湘夫人》看作是一首湘君追逐湘夫人的爱情歌词，真的与祭祀无关，那么，当追寻不到时，湘君借着流水所遗赠的信物，只能是他自己所有的玦与佩，但现在所遗赠的却是女性所有的袂与褋，这恰恰说明，歌词中所直接描述的，不是湘君在追逐湘夫人，而是扮作湘夫人的巫觋在追逐真神湘夫人，这时，巫觋所遗赠的信物，也就只能是他假扮湘夫人时所用的衣服和饰物了。《湘君》的送神歌词也是这种情况。巫风祭祀结尾，巫觋以及虔诚的民众，将祭品和信物抛掷江中，以表示对神灵的亲好、敬祷、思念和希望，这是水神祭祀必有的仪式；祭湘君时遗赠湘君所喜欢的东西，祭湘夫人时遗赠湘夫人所喜欢的东西，这是必然的情理。屈原在改写二《湘》时，虽然洗亮并强化了其中的爱情因素，但没有把其中送神仪式的祭祀特质改掉，这正说明，他并无意改变二《湘》作为祭词的本意。可以说，二《湘》既是祭祀歌词，又是情意浓郁的爱情诗。

不要把祭仪与爱情完全对立起来，这两者在上古祭祀中往往是交织在一起的。上古时代，蒙昧未开，人类生活中有两种感情是特别浓烈、特别被看重的：一种是由男女天性和生殖崇拜的融合所酿成的性爱之情，一种是由蒙昧未开和神灵崇拜的融合所酿成的祭祀之情。这两种情感根植于人类的灵魂深处，在深广域、稳恒性和虔诚度上，都是其他喜怒哀乐之情所难以伦比的。两者虽然具有不同的感知质性，但在“爱”与“亲”的大格局中，却时时在发生着同形共构、同频共振、同调共鸣、同感共悟的现象。这种发生在感性情致层面的振荡融合现象，虽然长期被逻辑理性所轻视和挤压，但在神学和文学的视域中，却得到了充分的理解和张扬。可以说，一切具有神秘色彩和诗性特质的心物感应和异质连类，一切借景抒情、以形传神、联袂拓展、类比升华，一切比喻、比拟、隐喻、象征，都是以这种感性层面的同频振荡融合为生理—心理基础的，而这一振荡融合过程的一个明显特征，则是以“爱”和“亲”的情致为融合剂的，因而也就始终弥漫着“爱”和“亲”的情致氛围。这应当是我们面对《九歌》特别是二《湘》时的一个不可忽视的感应缘和观照点。

不要只意识到宗法祭祀仪式那肃穆、沉静的一面，还要想象到野众祭祀场面那亲昵、热烈的一面；不要把所有神灵都想象得那么冷漠，还有许多神灵是很有人情味的。就拿《九歌》来说，上面所说原始祭词中那些“嫌于燕昵”的“亵慢淫荒”之词，实际上就是远古时代“爱”与“亲”的自然无序流泻。经屈原改写后的《九歌》，虽然洗涤了那些“亵慢淫荒”的“泰甚”成分，但并非要洗掉其中一切“嫌于燕昵”的因素，而是为了让爱与亲的“燕昵”因素变得更现实、更丰富、更动人、更蕴藉、更含蓄、更富有诗意。试想，《河伯》中为何要大肆描叙追寻神灵遨游黄河的情景？《湘君》中为何要大肆铺陈驾龙舟追寻湘君的情景？《湘夫人》中为何要极力张扬“登白薠”“沿沅澧”“驰江皋”“济西澨”的情景？

《山鬼》中为何要极力张扬乘豹从狸、翻山穿林、不畏艰险、反复追寻的情景？显然，这都是借诸巫觋追寻神灵的由头，在极力渲染弥漫在人世间的爱与亲的深挚情愫。不妨深入体悟一下《湘夫人》中两个重要环节的隐在意蕴：在期约不遇之后，为什么会产生“鸟何萃兮蘋中？罾何为兮木上”的特异心理？为什么会产生“闻佳人兮召予，将腾驾兮偕逝”的白日美梦？这是不是内在深挚亲爱之情在反常情境中的反常心理幻化？在“筑室兮水中”之时，为什么要用荪、紫、椒、桂、兰、蕙、辛夷、薜荔、白玉、石兰等那么多美卉、香草、香料、贵品、雅物来装饰堂屋？这背后是否摇曳着洞房花烛、男女欢合的向往？毋庸置疑，由于与神交接和与人交接中亲爱之情的同频共振，祭歌中，用人际思慕之情来表达人神思慕之情就成为很自然很普遍的事情。例如，在汉代庄严的朝廷郊祀中还有“饰玉梢以舞歌，体招摇若永望”“神裴回若留放，殣冀亲以肆章”之类的亲爱之词，也还有“微感心攸通修名，周流常羊思所并”之类的相思之意。这样的歌词，这样的感情，已经很难区别是思慕神灵还是思慕意中人，而这中间的同频共振、同调和鸣，是否应当就是隐喻、象征等概念的应有之义？

《湘夫人》是祭词，也是一首诗。在阅读过程中，脑海里会不自觉地生发出许多关于爱情亲情的联想，这是它的诗性特质在起作用。诗的意蕴是在读者的想象、体验、感受、领悟中生发出来的，诗的蕴场有指称、再现、表现、哲思等诸多层面，对诗的体悟是随着时间、空间、人事、心境的转换而不断变化的，因而，诗无定质，人们可以从诸多角度对它进行解读。面对二《湘》，可以追根溯源，发掘其中与舜帝及其二妃之神话传说的历史关联；可以聚焦祭祀，探讨其中积存的远古望祭山川的巫觋仪式；也可以注重改写，体悟其中渗透的屈原的情感、意念和品格；也可以着眼连类生发，展现其中所蕴藉的爱情亲情因素；甚至可以强调阅读“异延”，张扬其中“读者具体化”“播撒”的种种难以预料的可能性。由此不难体悟到，在这些已经有、应当有和可能有的阅读理解思路中，存在着一个共有的心理—思维因素，那就是艺术思维特别是诗性意象思维中的异质同构性隐喻、象征意念。认识到这一点就会明白，二《湘》中的人神亲爱与现实中的人人亲爱是可以同构相合、同频共振、同调和鸣的，硬要把它们对立起来，非要争个你是我非，是没有意义的。

三

二《湘》蕴场的开发，除了不能忘记祭祀和爱情两因素以外，还有一个重要因素不能忽视，那就是屈原的改写。不能把二《湘》视同纯粹的诗歌创作、祭词改写，必须考虑原有文本的祭礼视域，不能像原创那么“独裁”；但毕竟是按照“我的先在视域”在进行再创造，因而对原有的祭祀因素和爱情因素就必定会有很大的重塑权。很明显，改写后的二《湘》，祭祀因素大大削弱了，其中几乎看不到任何巫觋活动的迹象，而爱情因素却大大增加了，无怪乎人们往往会直接把它看作是湘君与湘夫人的相互追恋。在这个再创造的过程中，最具能动力量的，无疑是当时屈原的可悲遭遇、情感波澜和心灵想往。不论是自觉的还是非自觉的，这些主体因素所凝结成的基本情结、基本情调、基本心念，必定会强劲地渗透在所改写的每一个字词章节之中。虽然这一切已经不可能一一予以开发和再现，但其基本因缘还是可以寻绎的。

较早的二《湘》研究，多从改写者屈原一方立说，以彰显其改写的用意。王逸《楚辞章句》注释《湘君》云：“言己供修祭祀，瞻望于君，而未肯来。”注释《湘夫人》又云：“言己……修设祭具，夕早洒扫，张施帷帐，与夫人期歆飨之也。”王逸把主祭者直接视为屈原自己，虽有不当，但多用诗人与怀王的君臣关系来比附，以张显用意，并没有错。朱熹在注释《湘君》时说：这是以“求神而不答，比事君之不偶”；在《楚辞集注·九歌序》中又说：屈原“更定其词，去其泰甚，而又因彼事神之心，以寄吾忠君爱国眷恋不忘之意”。在这里，朱熹不仅肯定了二《湘》中渗透着屈原“事君不偶”的遭际和“忠君爱国眷恋不忘”的精神品格，而且特用“比”“寄”二字来彰明其间的比兴寄托之义，因而，无论从作品内涵上看，还是从表达方法上看，都是非常到位的。解读二《湘》，祭祀根基、爱情张扬、改写用意三大要素都是不可忽视的，而从祭祀到爱情，再从祭祀和爱情到改写者的情意渗透，这中间的过渡桥梁，就是比兴寄托、隐喻象征。从心理学思维学的角度看，这比兴、隐喻的实质，就是祭祀仪式、爱情追逐、改写构想三者的异质同构；这寄托、象征的实质，则是祭祀情愫、爱情冲动、改写心境三者的同调和鸣。那么，这和鸣的“同调”是什么呢？不难看出，在《九歌》特别是二《湘》中，能使三者叠合起来的内在结体，是一个悲剧性建构，能将三者融合起来的基本情调，则是一个贯穿始终的悲剧性情调。这从太息、啡恻、劳心、流涕、悲、愁、怨、苦、怅、忧等一系列具有相似悲剧性情调的字眼在《九歌》中的反复出现，就可以看得很清楚。

而从整体构思的角度看，二《湘》的开头很值得注意：《湘君》的头两句是“君不行兮夷犹，蹇谁留兮中洲”，《湘夫人》的头两句是“帝子降兮北渚，目眇眇兮愁予”；一个是“留兮中洲”，一个是“降兮北渚”，都是神灵不来，这就意味着两者一开篇就设定了一个悲剧的格局。这个悲剧格局，其蕴场实际上是一个多重情意的异质同构：从祭仪层面看，是被祭之神不到现场，使巫觋的迎神、娱神活动全部落空，从而引发出巫觋的无限愁情；从爱情层面看，是期约不遇，幽会落空，满腔热情被一瓢冷水浇灭，造成追恋者的心情断崖式跌落，从而失落感深重得难以承受；从追怀往昔与怀王的君臣相得之关系的角度看，是信而转疏，直而被黜，乃至被流放汉北，从而在心理上凝聚成难以言表的哀怨情绪；从屈原始终坚守高尚人格的角度看，是美善遭妒，忠贞被谗，乃至又被流放到蛮荒的沅湘，从而在灵魂深处淤积成无从伸张的悲愤情结。这重重可悲因素，叠印为一个统摄全局的悲剧格局，从而使二《湘》的意境，自始至终笼罩着悲剧的氛围，跳荡着悲剧的音符。

这悲剧氛围、悲剧情致是多元而复杂的，有哀怨、忧愤，也有幽独、彷徨，而更不可忽视的则是哀怨中蕴含着坚执，悲愤中鼓荡着追求。无论是《湘君》还是《湘夫人》，乃至《河伯》《山鬼》，其主要篇幅，都是用在巫觋对祭祀对象的追寻上，其主要笔墨，都是泼洒在追寻的连续性、艰险性上，这是一种虽然无望却始终心神倾注、坚执不渝的精神：虽然神灵不来，但虔敬之心永在；虽然意中人爽约，但挚爱之心不变；虽然情意相得的君臣关系无可挽回，但眷恋之情永不磨灭；虽然生我养我的故土家园难以再回，但它却长存在我的心中；虽然满腔远大抱负无从施展，但那壮志豪情却始终没有消减；虽然美好的理想难以实现，但希望和追求却绝不放弃。这是一颗在悲剧中不断挣扎、不断探求的心。当然，在改写《九歌》时，这一切追寻，都已经以悲剧告终；然而也正是这已经注定的悲剧结局，则更彰显出执着追求者的忠信之心和高尚品格。

统摄《九歌》，特别是二《湘》的悲剧情调，其中已经蕴含和隐括的意境蕴场，以及可能异延和播撒的同构天地，都是丰赡而深远的。诗中所描述的一系列意象及其所展现的情境，极具想象张力、奇幻色彩、神秘意味，充满浪漫情调，虽然烟笼着悲剧气氛，却向人们展开了一个个更为思之难尽、味之无穷的审美感悟境界。诗中由巫觋所扮演的诸神形象，极尽追神、娱神之能事，都浸润着诗人的思想和情感，都带着诗人的理想和追求，都有着与诗人同频共振的哀怨心态、执着精神和高尚人格，可以说，这些神灵形象都是诗人用自己的灵魂塑造出来的。诗中所弥漫的悲剧情意，无论是相思苦恋却聚合无缘、痴情追求却一再失落、满怀亲爱却终归无奈，还是中正耿直却人生失路、理想远大却报国无门、上下求索却前途渺茫，显然都是屈原悲剧处境的写照，都晃动着屈原的幽独身影，都饱含着屈原无从诉说的满腔悲愤。屈原改写民间祭神歌词，实际上是在祭奠自己的遭际、理想和人格，是假借宗教体验来宣泄他内心那郁积难通的情结，假借神灵的启示来抚慰他那苦闷而破碎的心态，乃至由此而在祭悼中获得精神的超越和升华。无疑，这是灵魂的自我拯救。

当然，对《九歌》的悲剧情调，既不能视而不见，也不能过分夸大，因为这时屈原的处境、心态，既不像早期被重用时那么得意，也不像晚期写《离骚》时那么绝望，这个分寸必须把握好。郭沫若《屈原赋今译》说："由歌词的清新，调子的愉快来说，我们可以断定，《九歌》是屈原未失意时的作品。"这显然不符合《九歌》的基本情调。还是王逸《楚辞章句》说得贴谱："屈原放逐，窜伏其域，忧怀苦毒，愁思沸郁。出见俗人祭祀之礼，歌舞之乐，其词鄙陋，因作《九歌》之曲。"但屈原被放逐至少有两次，先是被怀王放逐到较近的汉北，后是被顷襄王放逐到荒远的江南沅湘，《九歌》究竟是哪一次放逐中写的？王逸所说的"忧怀苦毒，愁思沸郁"，显然是指向后者。但王夫之《楚辞通释》却认为是作于放逐汉北之时："《九歌》应亦怀王时作，原时不用，退居汉北，故《湘君》有'北征道洞庭'之句。逮后顷襄王信谗，徙原于沅湘，则原忧愈迫，且将自沉，也无闲心及此也。"汉水在江北，源于陕南，汉北指的是汉水中上游，而洞庭在江南，屈原身在汉北，缘何事、绕何路能经过洞庭？不知王夫之为何会有此误解。只有放逐沅湘时再"北征"，方能"道洞庭"，这恰恰说明，写《九歌》时，屈原已经被顷襄王流放到了沅水湘江的中上游，"汉北时作"说显然不能成立。

至于放逐沅湘后，屈原是否还有"闲心"改写祭祀歌词，这恐怕要对当时屈原的处境作具体分析。屈原被放逐江南达十八年之久，若说后期下定必死决心后，已无"闲心"改写民间祭祀歌词，尚说得过去；但在前期，也就是在屈原被流放沅湘之动议产生和付诸实施的前后，却正好有诸多因素能促成他改写祭祀歌词的动因，只不过那动因不是"闲心"，而是痛心。屈原是公元前304年被怀王疏黜到汉北的，三年后赦归。两年后，即公元前299年，怀王被秦王骗扣咸阳。第二年，不顾怀王能否回归，顷襄王即位。这时，顷襄王及其佞臣子兰等，虽憎恶屈原，但可能是由于顾忌怀王还活着，而只是将其"冷藏"着。又过了两年，即公元前296年，怀王死于咸阳；也就是在这一年，屈原被放逐到沅湘。显然，屈原被放逐沅湘以及他改写民间祭祀歌词，都与怀王之死紧密关联：由于怀王已死，顷襄王才毫无顾忌地将屈原流放到荒远的沅湘中上游；为祭悼客死他乡的怀王，屈原才就地取材，改写了民间祭祀歌词，借以寄托深切的哀思。由此可见，屈原改写《九歌》的直接动因，就是借助对祭祀歌词的再创造，来倾诉自己对怀王的追怀、追悼，来宣泄自己内心所淤积的痛苦、哀怨；而改写的时间，则应当是在被放逐江南之初：即使不在怀王死当年，也不会超出怀王周年祭；时间太长，屈原对怀王的追悼，就不会有像现在《九歌》中那样的烈烈激情了。

《九歌》的祭祀名义以及弥漫其间的悲剧情调，已经从全局上彰显出“追悼”的用意和氛围，而细读二《湘》，则可以更具体更深入地感受和体悟到诸多追悼怀王的情愫。改写的动因是寄托，寄托的哀思是播撒的。例如，湘君的“留兮中洲”，湘夫人的“降兮北渚”，被祭之神都不到位，是否渗融着怀王被秦王扣留而客死北方的意味？怀王本来是主张联齐抗秦的，后来却不听屈原等人的劝告，变国策为联秦抗齐；当初屈原与怀王君臣情义相得，后来怀王却信谗而将屈原发配汉北，这是否都异质同构在湘君与湘夫人期约不遇的遭际之中？湘夫人“驾飞龙兮北征”“鼂驰骛兮江皋，夕弭节兮北渚”，湘君“朝驰余马兮江皋，夕济兮西澨”，这是否都同频共振着屈原对怀王的百般追思和怀念？“闻佳人兮召予，将腾驾兮偕逝”，紧接着就是“筑室兮水中”，并极尽装饰的香艳与华美，这是否隐蕴着屈原在深情痛悼、心神恍惚中，仿佛与怀王又一起“腾驾”到君臣极其和美境界的韵味和情致？当然，这一切都只能看作是潜意识的非自觉渗漏。

《湘君》中有一段祭词特别值得潜心体味：

> 采薜荔兮水中？搴芙蓉兮木末？心不同兮媒劳，恩不甚兮轻绝。石濑兮浅浅，飞龙兮翩翩。交不忠兮怨长，期不信兮告予以不闲。鼂骋骛兮江皋，夕弭节兮北渚。鸟次兮屋上，水周兮堂下。

大意是说：薜荔爬在墙上，怎么能到水中采摘？芙蓉开在水面，怎么能到树梢上折取？心意不同媒人也是徒劳，恩情不深轻易就会断绝。一个是潜水中的石濑，一个是高空中的飞龙，相交不忠诚已经留下长久哀怨，期约不守信却又说是没有空闲。但我却一直在追寻着你，盼等着你，就像那鸟儿在你的屋顶上栖息，就像那溪水在你的堂庑下周流。在这些明为巫觋的倾诉中，在这些假借湘夫人对湘君的诉说中，显然渗滤着屈原对往昔君臣关系的反思。反思中，虽有对怀王亲秦国策的不满，有对怀王信谗奸佞、疏黜忠直的抱怨，但仍然流溢着情谊绵长的怀念，怀抱着一颗忠贞不渝的知遇之心。特别是其中的“轻绝”一词和“告予以不闲”一说，更能见出分寸：“轻绝”是对发配汉北的轻描淡写，远不是对远逐沅湘的深恶痛绝；“告予以不闲”更像是给怀王的“怒黜”寻找托词，笔下尚忍留着旧情余温。这样的反思、抱怨，绝不像写《离骚》时那么激愤，更不像要沉江时那么决绝；这样的追怀、余温，不可能是对情同水火的顷襄王所发，而只能是对怀王往昔恩义的反刍。《九歌》是屈原在放逐沅湘初期为追悼怀王而作，这一点应当可以肯定。

《湘君》和《湘夫人》的结尾只有一字之差：一个是“时不可兮再得，聊逍遥兮容与”，一个是“时不可兮骤得，聊逍遥兮容与”。“不可再得”，明显是说怀王已死，君臣相得的美好时光不会再来了；“不可骤得”，则是进一步强调今后这样的美好时光不会再突然降临，不要再存有任何幻想了。这是同调和鸣，反复以强化。对祭祀中的巫觋来说，这是宣告百般追神娱神的失败；而对被远放沅湘、正在祭悼怀王的屈原来说，则意味着一切美好希望的破灭。这破灭的希望，包括一直切盼怀王能从秦国回来重振朝纲，包括君臣能恩义重续情投意合，包括楚国能再度奋发图强称霸天下，也包括屈原自己今后的前途和全部理想。这时的屈原，应当已经清醒地意识到自己已无可挽回的悲剧命运，他是在祭悼怀王的亡灵，也是在祭悼自己和楚国的厄运，自此以后，他就被投进了一个没有出路和希望、只有痛苦和绝望的惨痛深渊。二《湘》的最后一句都是“聊逍遥兮容与”，表面看来，这似乎与深重的悲剧情调和悲剧结局相抵牾，于是有人就把这“逍遥兮容与”的权利轻易地转送给了被祭的神灵，认为虽然神灵不来，但虔诚的祭祀者还是要遥祝他自由自在、从容愉快。其实，这看似相抵牾的情调，恰恰反映出屈原在祭悼怀王结束时，应有的一种反常合道心理：只要怀王还活着，自己也没有被放逐荒远，那就还有希望，这希望日夜悬吊着屈原的心，像一块沉重的磐石，窒压得他透不过气来；现在怀王“远逝”了，自己已落到深渊之底，希望彻底破灭，令人窒息的磐石也好像没有了，悬吊着的心也落到了实地，于是，屈原的灵魂反而感觉轻松了许多，似乎可以缓口气了；虽然这轻松，这“逍遥兮容与”，未免有些自我解嘲，而且是暂时的，随后就只剩下永无天日的苦难，但毕竟是一种合乎生命制衡规律的自我维护，一种经过祭悼洗礼后的心灵解困，一种经过审美宣泄后的精神舒脱。这一宣泄后的暂时精神舒脱，在那特定的情景下，是巫觋的，是湘君的，也是屈原的。

四

《湘夫人》在艺术上的一个显著成功之处，是其内在心理活动和心态变化的深刻性与合律性。

诗歌意境是多层面的，表层是对景物和人事的描述，内层则是一个涌动着的情感流，而在情感流中，又蕴融着情、志、意、理等多个层面。这些情、志、意、理，有的是生理的，有的是心理的；有的是感性的，有的是理性的；有的是本意的，有的是用意的；有的是历史积淀的，有的是阅读异延的。这一切，蜿蜒弥漫，层进层深，没有尽头。但同时，一首诗歌又是一个有机整体，因而必定会有一个能够将这多元因素融熔谐合起来的“轴心”，也就是“大一”。刘熙载《艺概》所谓“必有‘一’在其中，斯能用夫‘不一’者也”，这个“能用夫‘不一’”的“一”，就是“大一”，就是统摄诗歌整体的“轴心”。论者一般把这个“大一”指为“情贯”和“意聚”，这大致不错，因为或主要以情感融贯，或主要以意理凝聚，而大多是兼而用之，这是能使诗歌意境的多元因素缩联成一个有机整体的基本路数。但人们往往忽视了，在“情感流”和“意理芯”的背后，还有一个共同的制动机杼，那就是心理活动链。有心理活动链，方能导引景物人事的不断转移，方能导引心态的不断变化，方能导引情志意理的不断生发，这是诗歌意境展开、蕴场扩散的必由之路。因而在一首好的诗歌中，心理活动的深邃度、跌宕性和冲击力是很重要的，不管这心理活动的变化态势是怎样的，都不仅要有动人心弦的表现性能，而且都要合乎心理张弛的必然规律。在这方面，《湘夫人》是有一定示范意义的。

在艺术表现上，《湘夫人》是《九歌》中最夺人眼球的一首。它人事情节婉曲而动人，心理活动跌宕而深切，心态变化诡异而合律，这是一种既放得开又收得紧的美感建构。全诗以巫觋祭悼为借体，用湘君的口吻，抒写他到约会地点时，不见湘夫人后的一系列心理活动，以及由此所导致的心态变化。其整体建构的主要内在机杼，就是那由期约不遇所造成的失落心态，这失落心态不仅层层推进，而且越旋越深。

“帝子降兮北渚，目眇眇兮愁予。”这开篇两句，是开启全诗意境的闸门。从后文“朝驰余马兮江皋，夕济兮西澨。闻佳人兮召予，将腾驾兮偕逝”来看，似乎是湘夫人事先已与湘君约定好，两人要到某处相会，所以湘君“朝驰”“夕济”地急急赶来。也有人认为这“召予”“偕逝”，只是湘君的妄想幻象，并非真有此事。但不管是事实还是妄想，湘夫人没来到预约地点，而是降临到了“北渚”，这对湘君来说就是期约不遇。由是，乘兴而来的湘君，仿佛一下子跌入冰窖，心态顿时陷入茫然忧伤，无限失落。正是这突如其来的失落感，推动着他的行为、心理活动和心态，不断向前突进，从而展开了全诗的意境。

“登白薠兮骋望”，这是湘君期约不遇时应有的第一反应：在一片长满白薠的高地上向四周眺望追寻。明知湘夫人已“降兮北渚”，不会来了，却忍不住还要登高张望、期盼，这种行为，这种心理，是情感真挚深切的自然流露。从“与佳期兮夕张”来看，似乎是与湘夫人约好了，要在这天晚上相会，但湘君一直眺望到夜幕降临，湘夫人也没有来。于是，湘君的失落心态沉到了谷底：“鸟何萃兮蘋中？罾何为兮木上？”深感自己的机遇和命运，就像那鸟儿不夜宿树林而错投到水草中，就像那渔网不撒在水里而悬挂在树上，这是一种因追寻失败、盼等无望所造成的极度懊丧心态。

“沅有芷兮澧有兰，思公子兮未敢言”，芷、兰，是用香草喻指湘夫人，沅、澧，是作为湘水女神的湘夫人经常出没的地方，这意味着湘君在回想往昔与湘夫人在沅湘际遇和交往的情景。盼等失败，希望破灭，剩下来的只有回忆，这是一个合乎情理的心理活动转移。“思公子兮未敢言”，是假借男女初恋时的羞涩情景，来虚拟湘君曾错过了许多向湘夫人表白爱意的良机，从而彰显出一种极度懊悔的心情。这一情趣横生的虚拟情景，将心理活动从眼前推向远方，将心态从懊丧推向懊悔，曲折而深致。于是，失落感进一步加重，导致了心态的失常：“荒忽兮远望，观流水兮潺湲”，情志恍恍惚惚，眼睛痴愣愣地望着远方，心神随着流水而去，不知飘向哪里，就像那迷路的麋鹿跑到了不知谁家的庭院里，就像那深渊的蛟龙被困在某个水边的浅滩上。

回忆之中，湘君那恍惚的心神又辗转到反复追寻湘夫人的情景：“朝驰余马兮江皋，夕济兮西澨。”这可以说是湘君怀着兴奋心情急速赴约的现实情景，也可以设想为期约不遇后虚幻的心灵追逐，或许后者更切合湘君当时的恍惚心态。现实中已经失落，深挚的恋情却仍然执着不放，于是就弹跳出积压在心底的美好愿望：“闻佳人兮召予，将腾驾兮偕逝。”钱澄之《屈诂》云：“闻佳人召者，妄想生妄听也。腾驾偕逝，言随召者飞腾而去，喜极欲速至也。”说“召予”“偕逝”是“妄想”，合理；但把这妄想仅仅局限在“闻召”而“喜极欲速至”之时，就片面了，因为在期约不遇之后，心态极度失落、心神极其恍惚之时，湘君的脑屏幕上，更容易一再闪现出那曾令他“喜极”而又突然失去的美妙“妄想”；特别是那“腾驾偕逝”，一起飞向那只有两个人的世界，更是一切热恋中的情侣所日思夜想、心牵魂绕的白日梦。

正是这“腾驾偕逝”的白日梦，生出了“筑室兮水中”以下长达 16 句的奇幻景象。那极尽铺陈、装饰之能事的华丽温馨室、香艳温柔乡，是心情懊丧时的幻象、神志恍惚中的憧憬，是巫术娱神的灵气、真挚爱恋的情波、美好理想的闪光，是极度失落的补偿、执着追求的回报。如此绚丽的景象，似乎与诗境的悲剧情调和湘君的懊丧心情相左；其实不然，绚丽的幻象，正是心情失落到极点时，常常不由自主地逆向绽放出来的奇花异果：愈是即将获得的好东西突然失落，愈让人感觉懊丧，而愈是懊丧，就愈觉得那失落的东西更加美好；理想的挫折，造成精神上的恼恨，而愈是恼恨，就愈会促使心灵向理想执着追求；现实中没有得到，则寄寓于想象、幻想，而想象、幻想，则把那已经失落或难以得到的东西，幻化得更加完美无缺，更加绚丽多彩。物极则必反，相反更相成，这体现出心灵的辩证法，也充分彰显出极度失落心态的强劲制导力量，彰显出深度恍惚心神的多彩幻生潜能。这就是说，奇异幻境的创设与强化，是在更深的层次上，对湘君、实际上是对屈原内心世界中幽美领域的披露和张扬，也是在更深的层次上，契合了生理—心理活动的生态制动—趋衡规律。

由期约不遇启动的失落心态，经由盼等—懊丧、回想—懊悔、神志恍惚、痴迷梦幻等一系列心理活动和心态变化，最终获得了宣泄—解脱后的暂时“逍遥容与”，这就是《湘夫人》的深层心理建构。这个深层心理建构，步步旋进，越旋越深，将景物转换、人物行为、情志意理和谐地融为一体，着实起到了整体建构的轴心作用；这种深层心理建构，既根植于巫风祭祀降神、迎神、娱神、送神的基本礼仪，又饱含着真挚爱情那生死不渝的执着情愫，同时也极为深切地揭示出屈原追悼怀王、告别往昔，从而从从容容地迎着更深重的苦难继续前行的心路历程。

五

《湘夫人》在艺术上的另一个值得注意的特点，是在情景交融方面为后世提供了多种精到的范例。

胡应麟《诗薮》云：“‘袅袅兮秋风，洞庭波兮木叶下’，形容秋景入画；‘悲哉秋之为气也，萧瑟兮草木摇落而变衰。憭慄兮若在远行，登山临水兮送将归’，模写秋意入神，皆千古言秋之祖。”前例见诸屈原《湘夫人》，后例见诸宋玉《九辩》，都是通过描述秋天的景象来表达悲愁的感情。以秋兴愁，诗三百中未见，虽然《蒹葭》之“蒹葭苍苍，白露为霜。所谓伊人，在水一方”，是借霜露以起兴可望难即的惆怅心情，但还不能说是已经有了以秋兴愁的明确意识，而楚辞中的以上二例，才是真正打开了借诸秋景来抒写悲愁之情的大门。自此而后，抒写秋天、秋景、秋感、秋思、秋情、秋意，就成为贯穿中国诗歌史的一个重大“悲秋”主题。这个主题，不但在不断积淀、拓展、分化中，播撒为感时、伤别、思乡、怀人等诸多分支，而且在表现领域和表现手法上，也不断创辟、穿越、精进，如汉乐府《长歌行》以“常恐秋节至，焜黄华叶衰”来悲叹人生厄运，杜甫《登高》以“无边落木萧萧下，不尽长江滚滚来”感喟国政颓势，柳永以“多情自古伤离别，更那堪，冷落清秋节”来抒发离别之苦，卢纶《晚次鄂州》以“三湘秋衰逢秋色，万里归心对明月”来表达思乡之意，刘长卿《长沙过贾谊宅》以“秋草独寻人去后，寒林空见日斜时”来蕴藉怀人之情，如此等等，都达到了相当高的艺术水平。

秋天之所以能够成为表达悲愁之情的主题意象，是因为它的景、物、质、性、气、色，都与悲情愁意有着同形叠印、同构重合、同调和鸣、同频共振的关联，无论是秋风淫雨、冷露寒霜，还是高天淡云、落叶枯草，都可以与悲愁之情进行多角度多层面的相似连类。这就是心物异质同构。不过，不要把对这同构的认识，仅仅停留在用“借景抒情、情景交融”两句来予以概括，而应当由表及里，进一步作出具体而深入细致的分析、认知和理解。就拿情景交融中的景物来说吧，有的像“枯藤老树昏鸦”一样，景物是原态白描，但却是经过作者选择和重组的；有的像“常恐秋节至，焜黄华叶衰”一样，其中夹杂了“恐”“衰”之类点拨情调的字眼；有的则像“白发三千丈，缘愁似个长”，不仅极其夸张，而且借助“通感”，让愁也有了长度；有的则像“晓来谁染霜林醉，总是离人泪”那样，为了表现离别之苦，竟认为秋叶是离人的眼泪染红的，把事物的性质都改变了。这说明什么？其一，说明在情景交融中的物象，是一个从原态到选组到微变形到大变态，乃至到完全生造的渐变系列，由此可以想见，其表现性能也就相应地随着物态的变化而有所不同；其二，说明情与景的交融，虽然总体上都可以称之为文艺心理学家所说的“移情于景”，但其中心与物的交融形态却是一个系列变量：一个从物象形态不变的天然契合，到物象或其组合形态略变的初步人工契合，再到物象或其组合形态大变的强度人工契合，终至物象或其组合形态是生造的完全人工契合的量变系列。而最具特色的，则是这个量变系列的两端：一端是景物完全是原态的，几乎看不出有任何加工痕迹，这样的情景交融应当称之为“融情入景”；另一端是景物完全是生造的，现实中根本不存在，这样的情景交融应当称之为“因情造景”。《湘夫人》中情景交融形态的突出特点，就是在融情入景和因情造景这两端，都提供了相当典范的先例。

同是以秋兴愁，宋玉的“悲哉秋之为气也，萧瑟兮草木摇落而变衰。憭慄兮若在远行，登山临水兮送将归”，以“气”论说秋天的质性，将其与离别、送行之忧伤直接连类，而且明确昭告是“悲”情，这显然是经由加工、重组和点拨的移情于景无疑。屈原的“袅袅兮秋风，洞庭波兮木叶下”则不同，既没有“情字”的点拨，也没有与现实中的任何人事情感相连类，只是自然景物的如实白描，但同样蕴藉着韵味十足的失落伤感之情，这显然应当属融情入景。

《湘夫人》中不作任何加工的秋风、水波、落叶白描，所以会令人感觉其中隐蕴着浓浓的悲情，这里有两个因缘：一是前两句“帝子降兮北渚，目眇眇兮愁予”，已经制造了一个期约不遇的悲剧情境，且点到了“愁”字，让人已经大致感知到抒情主人公所应当有的悲哀心情；二是秋风、水波、落叶本身的形态和质性，在心物感应中，自然而然地会导致物态物性与悲情愁意的同频共振，这就是心与物的异质同构，或者说是情与景的异质相似连类。秋风习习，不仅宣告霜秋已经到来，而且直接让人觉得凉意透心；水波荡漾，似若期约不遇者的心态起伏、情感跌宕；落叶纷纷，犹如失落心态不断下坠，兴奋情绪顿时变成了忧伤；而秋风荡水波，秋风扫落叶，落叶随水波，水波漂落叶，三者交织，相生共长，一起将湘君的也是屈原的情绪、心态、心境，一步步地推向了痛苦的深谷。这或许只是非自觉的心物感应，但确确实实是情与景的同频共振、同调和鸣。

大致说来，景物经过加工的移情于景，是心与物的人工契合，景物保持原态的融情入景，则是心与物的天然契合。中国古代诗词，绝大多数是景物经过不同程度加工的移情于景，这反映了个体人生总是在人与自然、人与社会的重重矛盾、相互制约中生存着，而诗词意境也就总是在情与景、心与物的相互制约、不断摩荡中，方能得以充分展现。但在老庄崇尚自然、注重个体人生哲思的导引下，在佛禅观念的影响下，中国古代诗苑也产生了许多顺应自然、融情入景的诗词，这在山水田园诗中体现得最为鲜明。像陶渊明“采菊东篱下，悠然见南山。山气日夕佳，飞鸟相与还”那样适意自然、悠然自得的“心远”情境，像王维“木末芙蓉花，山中发红萼。涧户寂无人，纷纷开且落”那样空山无人、水流花开的“超脱”意境，都是心中无挂碍、水墨不着色之融情入景的名句名篇。这类诗歌的诗境、诗意，至少在抚慰人生创伤、平衡人生心态方面，具有保养个体人生生态和稳定社会群体生态的重要意义。

《湘夫人》中的心物交融，最突出的特点还在因情造景方面。这主要体现为如下两种情况——

一是用反常的造景，来展现极度恍惚的心态。“鸟何萃兮蘋中？罾何为兮木上？”“麋何食兮庭中？蛟何为兮水裔？”这都是假想的违背现实的反常景物，但却是在期约不遇、眺望到夜幕降临也不见意中人的情况下，极其失落、懊丧心情的最具可能性的反应，因而是因情造景无疑。王逸认为这是比兴，以喻“所愿不得，失其所也”。这是从表现手法上看问题，当然有道理。但更应当把这个比兴看作是一种特定的心理现象，一种在既极度懊丧又极度向往的心理交织时，从迷离恍惚中生发出来的“幻觉”“幻象”。美国学者勒内·韦勒克和奥斯汀·沃伦在《文学理论》一书中说：“在原始社会，巫师可以自动地进入一种精神恍惚的状态，或者他也可以被动地被某些祖先或图腾的精神力量所支配，而处于‘心神迷乱’的状态。”可以说，《湘夫人》的前半篇，从“帝子降兮北渚”，到湘君望断秋水，到追寻至夜幕降临，到懊悔往昔错过良机，一直到“荒忽兮远望”，都似乎是为了要把湘君的心态一步步推向“心神迷乱”的境地。如果我们想象到巫觋在虔诚祭悼时的情景，体悟到他在进入神灵附体时的心境，就会相信，这种“心神迷乱”的状态，正是巫风祭祀所极力追求的心理境界。明白了这一层，后面“闻佳人兮召予，将腾驾兮偕逝”的幻听幻觉，乃至再后面那“筑室兮水中”的白日美梦，也就都成为自然而然、合情合理的心理现象了。

二是用绚烂的幻境，彰显灵魂深处的向往。前面说过，“筑室兮水中”16句所极力铺陈张扬的华美、香艳、温馨，是心神恍惚绽开的奇花，是恍惚心神对失落世界的逆向美化。这无疑是因情造景，但应当改一个字，称作因情造境。具体景物改变形态或质性，宜称造景；具体景物不变，但其组合整体的形态或质性发生变异则宜称作造境。因情造境不像“白发三千丈”“载不动许多愁”那样，直接让愁有了长度和重量，也不像“鸟宿蘋中”“罾为木上”那样，直接改变了事物的习性和功用，而只是将诸多具体事物组成一个新的境界，这些具体事物本身没有变化，而且也大都是现实存在的，但由它们所组成的意境，却是虚幻的，现实中并不存在的。湘君“筑室”所用的材料，荷盖、荪壁、紫草、芳椒、桂栋、兰橑、辛夷楣、薜荔、蕙櫋、白玉、石兰、杜衡、百草，乃至所装饰的室、坛、堂、房、屋、庭、门等等，都是原物原性不变，但所组合而成的整体意境，却是一个现实中不存在的、充分理想化的心灵梦幻。显然，只有这个极具聚集和装饰之能事的整体虚幻意境，才能将祭祀的灵异境界、爱情的温馨境界、诗人的理想境界，融熔为一个含蓄而又深邃的诗性蕴场。

因情造境一般是情感深重激越和神志惝恍浪漫的产物，表现力很强。神话视界、梦境、非现实悬想，都容易导致因情造境。屈原的《远游》，上天入地，“涉青云以泛滥游”“役使百神”，其中融汇了诸多上古神话素材，造境重楼叠嶂，寄托幽深玄妙，充分彰显出屈原对理想“上下求索”的执着精神。辛弃疾《破阵子·为陈同甫赋壮词以寄之》，只有首尾两句是写实，中间五句都是泼墨“沙场秋点兵”“赢得生前身后名”的梦境，激情烈烈，场面雄阔，从而造成现实与壮志的强烈反差，充分表达出诗人报国无门、理想破灭的愤懑心情。白居易《长恨歌》，深切叹惋李杨真挚爱情的毁灭，于是在结尾处创设了一个“但教心似金钿坚，天上人间会相见”“在天愿作比翼鸟，在地愿为连理枝”的幻境，既缥缈又空灵，既奇谲又险峻，竟赢得了百代读者的同情心。显然，因情造境大多有两个条件，一是情深义重，二是心神恍惚，《湘夫人》中的因情造境正是这两者的交融。

悲愤中的人格完善精神

——从屈原《离骚》的整体建构说起

离骚

帝高阳之苗裔兮，朕皇考曰伯庸。摄提贞于孟陬兮，惟庚寅吾以降。皇览揆余初度兮，肇锡余以嘉名。名余曰正则兮，字余曰灵均。纷吾既有此内美兮，又重之以修能。扈江离与辟芷兮，纫秋兰以为佩。汩余若将不及兮，恐年岁之不吾与。朝搴阰之木兰兮，夕揽洲之宿莽。日月忽其不淹兮，春与秋其代序。惟草木之零落兮，恐美人之迟暮。不抚壮而弃秽兮，何不改乎此度？乘骐骥以驰骋兮，来吾道夫先路！

昔三后之纯粹兮，固众芳之所在。杂申椒与菌桂兮，岂惟纫夫蕙茝！彼尧舜之耿介兮，既遵道而得路。何桀纣之昌披兮，夫唯捷径以窘步。惟夫党人之偷乐兮，路幽昧以险隘。岂余身之惮殃兮，恐皇舆之败绩。忽奔走以先后兮，及前王之踵武。荃不察余之中情兮，反信谗而齌怒。余固知謇謇之为患兮，忍而不能舍也。指九天以为正兮，夫唯灵修之故也。曰黄昏以为期兮，羌中道而改路。初既与余成言兮，后悔遁而有他。余既不难夫离别兮，伤灵修之数化。

余既滋兰之九畹兮，又树蕙之百亩。畦留夷与揭车兮，杂杜衡与芳芷。冀枝叶之峻茂兮，愿竢时乎吾将刈。虽萎绝其亦何伤兮，哀众芳之芜秽。众皆竞进以贪婪兮，凭不厌乎求索。羌内恕己以量人兮，各兴心而嫉妒。忽驰骛以追逐兮，非余心之所急。老冉冉其将至兮，恐修名之不立。朝饮木兰之坠露兮，夕餐秋菊之落英。苟余情其信姱以练要兮，长颇颔亦何伤？擥木根以结茝兮，贯薜荔之落蕊。矫菌桂以纫蕙兮，索胡绳之缅缅。謇吾法夫前修兮，非世俗之所服。虽不周于今之人兮，愿依彭咸之遗则。

长太息以掩涕兮，哀民生之多艰。余虽好修姱以鞿羁兮，謇朝谇而夕替。既替余以蕙纕兮，又申之以揽茝。亦余心之所善兮，虽九死其犹未悔。怨灵修之浩荡兮，终不察夫民心。众女嫉余之蛾眉兮，谣诼谓余以善淫。固时俗之工巧兮，偭规矩而改错。背绳墨以追曲兮，竞周容以为度。忳郁邑余侘傺兮，吾独穷困乎此时也。宁溘死以流亡兮，余不忍为此态也！鸷鸟之不群兮，自前世而固然。何方圜之能周兮，夫孰异道而相安？屈心而抑志兮，忍尤而攘诟。伏清白以死直兮，固前圣之所厚。

悔相道之不察兮，延伫乎吾将反。回朕车以复路兮，及行迷之未远。步余马于兰皋兮，驰椒丘且焉止息。进不入以离尤兮，退将复修吾初服。制芰荷以为衣兮，集芙蓉以为裳。不吾知其亦已兮，苟余情其信芳。高余冠之岌岌兮，长余佩之陆离。芳与泽其杂糅兮，唯昭质其犹未亏。忽反顾以游目兮，将往观乎四荒。佩缤纷其繁饰兮，芳菲菲其弥章。民生各有所乐兮，余独好修以为常。虽体解吾犹未变兮，岂余心之可惩?

女嬃之婵媛兮，申申其詈予。曰鲧婞直以亡身兮，终然殀乎羽之野。汝何博謇而好修兮，纷独有此姱节?薋菉葹以盈室兮，判独离而不服。众不可户说兮，孰云察余之中情?世并举而好朋兮，夫何茕独而不予听。

依前圣以节中兮，喟凭心而历兹。济沅湘以南征兮，就重华而敶词。启《九辩》与《九歌》兮，夏康娱以自纵。不顾难以图后兮，五子用失乎家巷。羿淫游以佚畋兮，又好射夫封狐。固乱流其鲜终兮，浞又贪夫厥家。浇身被服强圉兮，纵欲而不忍。日康娱而自忘兮，厥首用夫颠陨。夏桀之常违兮，乃遂焉而逢殃。后辛之菹醢兮，殷宗用而不长。汤禹俨而祗敬兮，周论道而莫差。举贤而授能兮，循绳墨而不颇。皇天无私阿兮，览民德焉错辅。夫维圣哲以茂行兮，苟得用此下土。瞻前而顾后兮，相观民之计极。夫孰非义而可用兮，孰非善而可服。阽余身而危死兮，览余初其犹未悔。不量凿而正枘兮，固前修以菹醢。曾歔欷余郁邑兮，哀朕时之不当。揽茹蕙以掩涕兮，沾余襟之浪浪。

跪敷衽以陈辞兮，耿吾既得此中正。驷玉虬以椉鹥兮，溘埃风余上征。朝发轫于苍梧兮，夕余至乎县圃。欲少留此灵琐兮，日忽忽其将暮。吾令羲和弭节兮，望崦嵫而勿迫。路漫漫其修远兮，吾将上下而求索。饮余马于咸池兮，总余辔乎扶桑。折若木以拂日兮，聊逍遥以相羊。前望舒使先驱兮，后飞廉使奔属。鸾皇为余先戒兮，雷师告余以未具。吾令凤鸟飞腾兮，继之以日夜。飘风屯其相离兮，帅云霓而来御。纷总总其离合兮，斑陆离其上下。吾令帝阍开关兮，倚阊阖而望予。时暧暧其将罢兮，结幽兰而延伫。世溷浊而不分兮，好蔽美而嫉妒。

朝吾将济于白水兮，登阆风而緤马。忽反顾以流涕兮，哀高丘之无女。溘吾游此春宫兮，折琼枝以继佩。及荣华之未落兮，相下女之可诒。吾令丰隆椉云兮，求宓妃之所在。解佩纕以结言兮，吾令蹇修以为理。纷总总其离合兮，忽纬繣其难迁。夕归次于穷石兮，朝濯发乎洧盘。保厥美以骄傲兮，日康娱以淫游。虽信美而无礼兮，来违弃而改求。览相观于四极兮，周流乎天余乃下。望瑶台之偃蹇兮，见有娀之佚女。吾令鸩为媒兮，鸩告余以不好。雄鸠之鸣逝兮，余犹恶其佻巧。心犹豫而狐疑兮，欲自适而不可。凤皇既受诒兮，恐高辛之先我。

欲远集而无所止兮，聊浮游以逍遥。及少康之未家兮，留有虞之二姚。理弱而媒拙兮，恐导言之不固。世溷浊而嫉贤兮，好蔽美而称恶。闺中既以邃远兮，哲王又不寤。怀朕情而不发兮，余焉能忍而与此终古。

索藑茅以筳篿兮，命灵氛为余占之。曰两美其必合兮，孰信修而慕之？思九州之博大兮，岂唯是其有女？曰勉远逝而无狐疑兮，孰求美而释女？何所独无芳草兮，尔何怀乎故宇？世幽昧以眩曜兮，孰云察余之善恶。民好恶其不同兮，惟此党人其独异。户服艾以盈要兮，谓幽兰其不可佩。览察草木其犹未得兮，岂珵美之能当？苏粪壤以充帏兮，谓申椒其不芳。欲从灵氛之吉占兮，心犹豫而狐疑。巫咸将夕降兮，怀椒糈而要之。百神翳其备降兮，九疑缤其并迎。皇剡剡其扬灵兮，告余以吉故。曰勉升降以上下兮，求矩矱之所同。汤禹严而求合兮，挚咎繇而能调。苟中情其好修兮，又何必用夫行媒。说操筑于傅岩兮，武丁用而不疑。吕望之鼓刀兮，遭周文而得举。宁戚之讴歌兮，齐桓闻以该辅。及年岁之未晏兮，时亦犹其未央。恐鹈鴂之先鸣兮，使夫百草为之不芳。何琼佩之偃蹇兮，众薆然而蔽之。惟此党人之不谅兮，恐嫉妒而折之。时缤纷其变易兮，又何可以淹留？兰芷变而不芳兮，荃蕙化而为茅。何昔日之芳草兮，今直为此萧艾也。岂其有他故兮，莫好修之害也。余以兰为可恃兮，羌无实而容长。委厥美以从俗兮，苟得列乎众芳。椒专佞以慢慆兮，榝又欲充夫佩帏。既干进而务入兮，又何芳之能祗。固时俗之流从兮，又孰能无变化。览椒兰其若兹兮，又况揭车与江离。惟兹佩之可贵兮，委厥美而历兹。芳菲菲而难亏兮，芬至今犹未沬。和调度以自娱兮，聊浮游而求女。及余饰之方壮兮，周流观乎上下。

灵氛既告余以吉占兮，历吉日乎吾将行。折琼枝以为羞兮，精琼爢以为粻。为余驾飞龙兮，杂瑶象以为车。何离心之可同兮，吾将远逝以自疏。邅吾道夫昆仑兮，路修远以周流。扬云霓之晻蔼兮，鸣玉鸾之啾啾。朝发轫于天津兮，夕余至乎西极。凤皇翼其承旂兮，高翱翔之翼翼。忽吾行此流沙兮，遵赤水而容与。麾蛟龙使梁津兮，诏西皇使涉予。路修远以多艰兮，腾众车使径侍。路不周以左转兮，指西海以为期。屯余车其千乘兮，齐玉轪而并驰。驾八龙之婉婉兮，载云旗之委蛇。抑志而弭节兮，神高驰之邈邈。奏《九歌》而舞《韶》兮，聊假日以婾乐。陟升皇之赫戏兮，忽临睨夫旧乡。仆夫悲余马怀兮，蜷局顾而不行。

乱曰：已矣哉，国无人莫我知兮，又何怀乎故都？既莫足与为美政兮，吾将从彭咸之所居。

诗词意境是一个景、物、人、事、情、志、意、理多元融熔谐和的艺术整体。如果说多元是“不齐”“不一”，那么，要成就一个多元融熔谐和的整体，“不齐”中就必须有“大齐”，“不一”中就必须有“真宰”。清人刘熙载的《艺概》中就曾这样说过：

《国语》言“物一无文”，后人更当知“物无一则无文”。盖“一”乃文之真宰，必有“一”在其中，斯能用夫“不一”者也。

昔人言为书之体，须入其形，以若坐、若行、若飞、若动、若往、若来、若卧、若起、若悲、若喜状之，取不齐也；然不齐之中，流通照应，必有大齐者存。故辨草者，犹以书脉为要焉。

“不齐”中必有“大齐”，“不一”中必有“真宰”，一切诗词意境都是如此，这是普遍规律。但诗词是艺术品，艺术品就应当有艺术品的特有质性，就应当有艺术品的特有审美品位，这是特殊规律。因此，对艺术品的解读，就不能满足于对艺术普遍规律的泛泛之见，更不要以为，只有从具体作品中见出切合一切艺术作品乃至万事万物的普遍规律，才是审美解读的最高水平，这是逻各斯中心主义的偏执。更重要的是，要尽可能充分地阐发作品所体现的艺术的审美的特殊规律。那么，从作品的整体建构来看，从“不齐”与“大齐”的自身素质和相互关系、“不一”与“真宰”的自身素质和相互关系来看，究竟是怎样的素质、怎样的关系，才是高水平、高品位的？而针对屈原《离骚》的整体建构来说，在这方面又体现出怎样的特色？这是本文所首先要思考的问题。

再进一步看，在诗词意境的整体建构中，这“大齐”“真宰”又体现在哪里、体现为什么呢？这个问题自然很复杂，不同作品会有不同情况，但概括起来，主要体现在两个方面，那就是“情感融贯”和“意理凝聚”。这大致不错：如果说景物人事是意境整体的体格，那么，情感流就是意境整体的跳荡血脉，意理链就是意境整体的灵动精气，艺术作品的生命，诗词意境的蕴场，就在这血脉的流动之中，就在这精气的凝聚之中。那么，针对屈原的《离骚》来说，这血脉的成色和精气的品位又是怎样的呢？这就是本文所要深入思考的问题。

一

天地万物，既多姿多彩，又都能自成一体，就是因为它们都是“不齐”与“大齐”的统一，都是“不一”与“真宰”的统一。艺术作品当然也不能例外。但必须更进一步意识到，艺术作品与现实事物，在“不齐”与“大齐”、“不一”与“真宰”的统一性上，是有很大不同的。艺术虽然根植于现实存在，但它毕竟是经过艺术加工和审美再造的产物。如果对诗词意境整体建构的阐释，仅仅停留在“不齐”与“大齐”统一、“不一”与“真宰”统一的水平上，那就是抹杀了艺术与现实的差别，根本没有接触到艺术的审美特质。那么，在这方面，诗词意境整体建构的审美特质是什么呢？简括地说，就是在经过艺术加工再造后，“不齐”与“大齐”在审美强化后又达到了更高水平的对立统一，“不一”与“真宰”在审美强化后又达到了更理想水平的融熔谐和。显然，在这个艺术加工再造过程中，包容着一个审美强化规律。

审美强化规律，体现在艺术创造的各个方面，其基本精神，即无论是景物人事描述，还是情志意理表现，都应当比现实存在更集中、更强烈、更鲜明、更生动。单从意境整体建构的角度看，则集中体现为“开”与“合”的强化，即既要撒得开去，又要合得起来，开与合的程度与成色，就在很大程度上决定着意境整体建构的审美程度与成色。而就《离骚》的整体建构来说，这个开与合的强化程度和成色，在刘熙载的《艺概·赋概》中曾有过一个很简精的表述：

> 《离骚》东一句，西一句，天上一句，地下一句，极开合抑扬之变，而其中自有不变者存。

“极开合抑扬之变”，是说《离骚》的整体建构“开”到了“极”处，“自有不变者存”，是说《离骚》的整体建构“合”得根基扎实。如果说开到极处如同大海的惊涛骇浪，那么，合得扎实就是统摄惊涛骇浪的定海神针。既开到极处，又合得扎实，两者高度统一，就是意境整体建构的理想成色。

整体建构的开合强化，可从两个角度观照：一个是多元融合、和而不同的角度，一个是对立统一、相反相成的角度。而无论是从哪个角度观照，都应当是开放强化与统一强化的协调并进，都应当是开与合的互利共赢。

诗词意境都是一个个多元融合体，因而其审美强化，首先明显体现为对其多元构成要素的强化。这在《离骚》的海量意象群体中，体现得尤为鲜明。所谓“东一句，西一句，天上一句，地下一句”，既是指形式，也是指内容。《离骚》

是由三大意象群构成的：自然景物意象群、社会人事意象群和神话传说意象群。在这三大意象群中，都闪动着天上、地上、人间“三经空间”的诸多现实的和虚幻的事物和影像，都联动着过去、现在乃至未来“三纬时间”的诸多有意味的能动人的事典和文典，可谓“六合之大，万类之广，耳目之所览睹，上极苍苍，下极林林，催心裂肠”（明蒋之翘《七十二家评楚辞》所引黄汝亨语），极尽多元丰赡、绚烂多彩之能事。这三大意象群，不仅自成一体，各自都有自己的指称意蕴、再现意蕴、表现意蕴乃至哲思意蕴，而且通过相互关联、映照、比兴、寄托、隐喻、象征，在象与象、情与情、意与意之间，又缩合着诸多链索想象、同频情调、共振意理，极尽异质生发、连类无穷之能事。这一切，显然使《离骚》的整体意境建构，不仅充满浓墨重彩的影像描绘，如火如荼的烈烈激情，云飞雾腾的浪漫气氛，抑扬顿挫的夸饰语言，而且融熔为一个激情谐和流贯、志意深邃凝聚的意境整体，从而处处都彰显出思绪委婉、波澜汹涌、气象万千、规模宏大、气势磅礴乃至惊心动魄的雄阔壮丽美感。如此张到极处、扬到极致，而又收得紧密、合得扎实的宏阔蕴场，无疑是前无古人、后无来者的。

但这种着眼多元融合之要素强化的视角，单凭直觉就可以意识到，其伦理内涵似乎比较单薄。因此，应当再进一步，透视到多元融合的对应强化规律。这就是说，在对构成诗词意境之多元因素的强化中，还包容着对内在诸多对应关系的对立强化。这种对立强化，不仅体现为开与合的统一，而且往往具有开得愈广阔而合得愈深切的美感效应。在《离骚》意境建构的审美强化中，这种深层次的对应强化，更是大气、丰隆而多彩。

有人不理解《离骚》“东一句，西一句，天上一句，地下一句”的极开放结体，“怪其文升天乘云，役使百神，似若仙者”。对此，刘熙载在《艺概·赋概》中辩驳说：“此但得其文之似，尚未得其旨。屈之旨盖在‘临睨夫旧乡’，不在‘涉青云以泛滥游’也。”“涉青云以泛滥游”，是《离骚》结体极其开放的一面，如果只有这一味的开放，而没有收合一面，那就成了一盘散沙，谈不上什么审美建构。“临睨夫旧乡”，则是收合那“涉青云以泛滥游”的一个重要因素。《离骚》的抒情结构，是以“上下求索”和“高举远逝”为中心线索的，而求索、远逝之后，却常常被“忽反顾以流涕”“忽临睨夫旧乡”“蜷局顾而不行”所扭转、收结。反顾者，回头看也；旧乡者，祖国也。如果说反复求索、不断高举是大开，那么，不停地反顾祖国、不忍离去就是大合。显然，这个反顾中，包蕴着祖国命运、政治抱负、人生前途等诸多深切的情志意理，是屈原的心魂所在，也是《离骚》意境建构极其开放而又能极其凝聚的一个重要机杼。如此开放的“升天乘云、役使百神”，如此张扬的“上下求索、高举远逝”，经“反顾旧乡”一点拨，就紧紧地收束为一个极形散而又极神聚、开与合“皆诣其极”的审美整体，这里面不仅体现出开与合、散与聚、不齐与大齐、不一与真宰的对立统一强化规律，而且包蕴着放与收、肆与敛、抑与扬、变与贯、文与质、形与神等诸多其他相关联方面的审美对应强化机理。

刘熙载在《艺概·文概》中说：“屈子《离骚》之旨，只‘百尔所思，不如我所之’二句，足以括之。”这“百尔所思”和“我所之”指的是什么？刘氏的《艺概·赋概》中有一个很好的诠释：“赋家主意定，则群意生。试观屈子辞中，忌己者如党人，悯己者如女媭、灵氛、巫咸，以及渔父别有崇尚，詹尹不置是非，皆由屈子先有主意，是以相形相对者，皆若沓然偕来，拱向注射之耳。”《离骚》抒写了屈原的志意，这就是“我所之”的“主意”；同时还抒写了其他人的心意，那就是“百尔所思”的“群意”。这些群意，有党人的嫉妒和诬陷，有怜悯者的劝其回头、妥协或退隐，还有人独善其身而不置可否，如此等等，都围绕着屈原展开，从不同的角度打压他、规劝他、影响他，但屈原的志意却始终不变。正由于屈原的“主意拿得定”，故而种种群意也就成了对屈原主意的“拱向注射”——对比、反衬、映照、烘托。单从“意”的层面看，屈原的志意是群意的大齐、真宰；单从人物形象看，屈原则是其他人物形象所“拱向注射”的大齐、真宰；若从质与文的关系看，屈原的形象、屈原的志意，则是《离骚》全部表现方法和艺术特点的大齐、真宰。显然，这里不仅有开与合、散与聚、形与神的对立统一强化，还有主与宾、内容与形式、多层次的对比烘托手法等更多角度更多层面的相反相成，其中，审美强化的因素、机理和效应是十分明显的。

中国古代文论，特别善于从对立统一、相反相成的视角看问题。据初步统计，仅刘熙载的《艺概》中，就出现过真与幻、正与变、雅与俗、疏与密、结实与空灵、沉着与飘逸、极炼与不炼、水深林茂与瘦硬通神等一百多个对应范畴。而特别值得注意的，是他已经初步意识到了审美创造中的对立强化规律。例如，他在《艺概》中推崇屈原、庄子、太史公、李白、韩愈、杜甫，就是由于看到了他们在审美对立强化方面的突出特点：屈原赋是“极开合抑扬之变”，庄子文是“猖狂妄行而蹈乎大方”，太史公文是“疏与密皆诣其极”，李白诗是“言在口头，想出天外”，韩愈是“文起八代之衰，实集八代之成”，杜甫诗是“但见性情气骨，不见语言文字”。如此等等，显然都不仅是从对立统一方面看问题，而且别具慧眼，透视到了其中所包蕴的在对立强化中获得更理想审美创造境界的艺术特质。这似乎昭示出这样一种理念：既然一切现实事物中都包蕴有相反相成的机理，那么，经过审美再造的艺术品，就应当进一步体现出愈相反愈相成的品位。这样的哲思，是不是更接近艺术美的特质？

在中国古代文论的大海边拾贝，常常会发现一些令人深思的论断，如“破而愈完”“纷而愈治”“婉而愈劲”“节而愈通”“飘逸愈沉着”“婀娜愈刚健”“雄健弥复深雅”“结实弥复空灵”“守骏莫如跛”“轻身莫若长力”“务益不若务损”“势如斜而反正”“丑到极处便是美到极处”“洞达正不容针”“茂密正能走马”“寓情于景而情愈深”“寓意于情而意愈至”“真景逼而神境生”“以不尽尽之”“有法而无法”“有为而无为”“无为而无不为”“透纸者方能离纸”“不工者，工之极”“以无所不包，故能无所不扫”“以空诸所有，故能包诸所有”等等。这些颇为奇异而奥妙的审美格言，似乎都超出了客观现实和人类思维的常规，却正如苏轼所说，这都体现出审美创造的一个特质——“反常合道”，合的是审美创造愈相反愈相成之道，合的是审美对立强化之道，合的是艺术美特有质性之道。可以说，这里处处闪耀着审美辩证法的光芒。

近些年来，一分为二、对立统一的观念似乎不那么时髦了，人们蜂拥着走上了多元融合、和而不同的思维轨道。其实，两者是在不同的层面上进行哲思，绝不是非此即彼、水火不容的。多元融合是结构—建构主义的思想方法，是从多元因素的质性和关系上来解析事物的结体和构建的规律；一分为二是一种人们最常用的基本思想方法，是从事物内部矛盾运动的角度来把握事物发展变化的规律。多元融合、和而不同，一分为二、对立统一，这都是人们习以为常的思维方法，不管你认识何种事物，或解决何种问题，两者都可以因目标不同而单用或兼用。如果因为以往在运用一分为二、对立统一方法时出现过不少简单化、机械化、教条化、僵固化的弊端就否弃它，那就只能说是因噎废食。

二

在意境建构中，单纯地追求“不齐”“不一”并不难，难在要让这“不齐”合情合理地展开，要让这“不一”能够组合成一个融熔谐和的统一体。这就是追求“大齐”、注重“真宰”的意义。说大齐、真宰，主要体现在情感融贯和意理凝聚，这大致不错。不过在艺术创造领域，则应当特别强调情感融贯，因为科学论证和艺术表现都要求意理凝聚，但科学论证却要尽力避免情感的干扰，而艺术表现则始终离不开与情感的热烈拥抱：情感不仅是审美创造的动力，而且是艺术表现的内容、意境建构的融合剂、美感动人的重要因素。

由于意境都是多元意象的组合体，而各意象又都有自己的情致，故而意境整体的情感融贯，就必须有一个能够统摄各意象情致，并将它们融合为一个合乎情感—心理活动基本规律的情感基调。例如，融贯李清照《声声慢·寻寻觅觅》的情感基调是晚境孤苦，尽管其间物象不断转换，具体情感内容不断推移，抒情主体的愁苦深广度不断提升，但贯穿始终的晚境孤苦基调不变。融贯李商隐《锦瑟》的心理情态是“无端”“茫然”，尽管其间由庄生蝴蝶梦境，到望帝泣血心境，又到沧海明珠泪境，再到蓝田暖玉烟境，象境层层叠叠，情境朦朦胧胧，神智惝惝恍恍，蕴场渺渺茫茫，但蕴藉其中的“无端”“茫然”情态心境基调却始终未变。

那么，融贯《离骚》的情感基调是怎样的呢？

概要地说，就是怨愤、绝望、坚执。《离骚》大致可划分为三大段：首段主要是抒写“忠而遭谤、信而被黜”的怨愤；中段主要是抒写“上下求索”、终无可解的绝望；末段主要是抒写矢志“远逝”、宁死不渝的坚执。而其中最震荡人心的，则是怨愤之情的激烈，绝望之心的抗争，远逝之志的高蹈。

《离骚》是一首“金刚怒目”之作，怨愤激情贯穿始终，感荡云霄。怨君王直言不讳：“桀纣猖披”“捷径窘步”“不察余情”“不察民心”“信谗激怒”“厥美骄傲”“康娱淫游”“信美无礼”“违弃改求”。屈原与楚王曾有过一段“君臣和美”的经历，在被黜后的很长一段时间里，也一直怀有“求合于君”的殷切期望，但在这《离骚》中，对君王真面目的撕扯竟如此不留情面，足见其怨愤之情的激烈程度。至于对蔽美称恶、祸国殃民的权奸，如子兰、上官大夫等，就更是全面揭露，反复直斥，烈烈愤怒之情凝聚笔端，溢漫全篇。即使对那些伪装忠贞、竞进贪婪、伶牙妖巧的小人，原本不屑一顾，现在也怒斥为“毒舌”的“鸩”鸟、“无实而容长”的“萧艾”、“干进务入”的“粪壤”。似这等刚直无忌、言辞激烈、情绪亢奋、张扬恣肆的激情浪波，不仅《诗经》未有，后世也难见可与比肩。元人范梈的《木天禁语·家数》，曾用“激烈愤怨”四个字来评论《离骚》的“词气”，十分中肯。

如此激扬高亢的情感流，竟有人视而不见，还有人虽有见却“贬抑之”。清人沈德潜就曾用“温柔敦厚”来说《离骚》，竟盛推其“如赤子婉恋于父母侧而不忍去”的幽柔之情，这恐怕不只是歪曲了屈原晚年的君臣观念，也是对儒家“温柔敦厚”文艺观的狭义偏执。也曾有人用文人“怀才不遇”的哀怨、弃妇的“孤苦哀鸣”来阐发屈原那不可遏制的呼号，漠视亢奋一面而属意伤感，这不仅是低估了屈原激情浓度及其内在广深情怀，而且昭示出一个用燕雀之眼来观瞻鸿鹄之志的落差。当然，自汉代的刘安、司马迁以来，有不少人看到并肯定了《离骚》的激烈亢奋的“忿怼”之情，但同时也有不少人虽然看到了，却是站在批判的立场上。例如，班固在《离骚序》中说：“今若屈原，露才扬己，竞乎危国群小之间，以离谗贼。然责数怀王，怨恶椒兰，愁神苦思，强非其人，忿怼不容，沉江而死，亦贬洁狂狷景行之士……谓之兼诗风雅，而与日月争光，过矣。”班固并不否定屈原对黑暗势力的抗争，但出于对封建统治、传统礼教、中庸之道、中和之美的考量，而采取了激烈排斥的态度。这一态度还得到后世不少回应。如北朝颜之推的《颜氏家训》，就曾因《离骚》的“露才扬己，显露君过”，而将屈原置于“自古文人，多陷轻薄”的长长名单之首。唐代诗人孟郊，也在《旅次湘沅有怀灵均》的诗中，批评屈原的激情忿怼：“三黜有愠色，即非贤哲模。”“死为不吊鬼，生作猜谤徒。吟泽洁其身，忠节宁见输。”其实，不问曲直，不论是非，单以“忠节”定夺楷模，反而见出颜、孟等人贤哲观念之狭隘，从而更能反照出屈原激情亢奋背后的刚正不阿和博大胸怀。

《离骚》言辞激烈，情绪高亢，与当时诗人的绝望处境、绝望心态是分不开的。这绝望体现在诸多方面：怀王已客死于秦，顷襄王与屈原有怨隙，早就打消了屈原与楚王重归于好的希望；被远放于沅湘蛮荒之地，没有任何重被召回的迹象，这又消解了屈原重回朝堂的可能；“世幽昧以眩曜兮，孰云察余之善恶。民好恶其不同兮，惟此党人其独异”，“时缤纷以变易兮，又何可以淹留。兰芷变而不芳兮，荃蕙化而为茅”，“固时俗之流从兮，又孰能无变化。览椒兰其若兹兮，又况揭车与江蓠”——如此昏庸麇集朝堂、腐恶沆瀣一气的时政，哪里还能让屈原葆有使楚国重振朝纲、繁荣昌盛的理想？面对强秦，或妥协投降，或连连兵败，乃至连国都郢城都丢失了，如此无可挽回的局面，怎能不叫屈原痛断肝肠、绝望号呼呢？清人费锡璜在《汉诗总说》中说：“《离骚》……千古绝调，必成于失意不可解之时。惟其失意不可解，而发言乃成千古。”这“不可解”三字，确实深入到了屈原绝望心态的腠理。

《离骚》下半篇以“上下求索”为纲，浪漫幻境联翩而出：女嬃见责而就重华，重华不闻而叩阊阖，叩阍不答而求女，求女不成而问卜求神，问卜不合而终至“远逝”。这个从“求索”到“远逝”的过程，实际上是一个从怀抱希望到深陷绝望的过程，是一个从努力“想解”而终归于“不可解”的过程。这大半篇的虚幻意境，无疑是一种不可零星切割的整体性象征。这整体性象征，至少有如下相互连带的三层意蕴：其一是象征什么。历来对叩阍、求女、问卜的解读，有“求贤”“求君”“求通君侧之人”“求女谒”诸说，而以潘啸龙先生的“求合于君”之说最为切近。但尚须再增进一层意识。诗境的象征意蕴，往往具有“手挥五弦，目送归鸿”的难尽时空，连类生发的思路不能在具体分析的路途打住。屈原的“路漫漫其修远兮，吾将上下而求索”，无疑是聚焦于“求合于君”，但求合于君又是为了什么呢？显然，在其求索的广深之处，隐括着他的处境、前途、希望、理想，隐括着楚国的朝政、国势、危局、命运，乃至包含着对战国末期秦国日强、六国日弱之大局的深忧远虑。其二是求索的结果如何。屈原上天入地，叩阍求女，问卜拜神，稽古量今，探求之意志和途径，均可谓穷尽其可能，但结果呢？女媭相劝、重华赠言、天帝不语、高丘“无女”、宓妃“无礼”、哲王“不寤”、灵氛“劝留”、巫咸“劝去”，一切努力，一切挣扎，一切求索，均告失败：不是没有个人活命之路，而是没有“中正之道”可走！只要他与朝政腐恶势力妥协，就有希望，但他坚执“志不可易，道不可改”的信念，于是也就把自己逼上了一条唯一可行的路，那就是“远逝”。其三是下定了必死的决心。“远逝”何意？论者多回避这个问题。偶有涉及者，或谓“远赴他国”，或谓寓意“报秦之志”，或谓隐讽“顷襄王西迎妇于秦”，恐怕都是无稽之谈。就诗中所描述的“远逝”经过来看，一则曰“道昆仑”，二则曰“至西极”，三则曰“诏西皇”，均指向缥缈玄远的西方极地，那不就是人们悬想中神仙居住的地方吗？不就是指向中国神话所谓的“西天”、西方基督教所谓的“天国”、印度佛教所谓“西方极乐世界”吗？说穿了，就是一个字：死！也就是屈原所说的“依彭咸之遗则”“从彭咸之所居”。显然，虽然不能肯定《离骚》是屈原的绝笔，但说屈原在写作《离骚》时，已经打消了一切幻想，下定了必死的决心，应当是没有问题的。

《离骚》最后对远逝行程及其仪仗的描述，是极其绚烂而隆盛的，那心情似乎也是极为愉悦的：“抑志而弭节兮，神高驰之邈邈，奏《九歌》而舞《韶》兮，聊假日以媮乐！”这情景，真有些乘云升天、飞仙成神的气派。但这痴醉如梦的幻境，却被“忽临睨夫旧乡”打破了，于是“仆夫悲余马怀兮，蜷局顾而不行”，远逝的脚步似乎骤停下来：祖国，这着实是屈原最揪心的东西，就是这个屈原最不忍诀别的“旧乡”，曾多次打断他的“远逝”之念，硬生生地把屈原那必死的决心拽住了！如果诗作就此戛然而止，那就意味着爱国激情是《离骚》的意蕴顶点，也是屈原精神的最高境界。然而并非如此，紧接着的一个豹尾——“乱曰”，就把这境界又翻进了一层：

> 已矣哉，国无人莫我知兮，又何怀乎故都？既莫足与为美政兮，吾将从彭咸之所居。

“莫我知”，就是宣告“上下求索”的完全失败；“莫足与为美政”，就意味着美好理想的彻底破灭。既然如此，那他怀念故乡的心，报效祖国的意，还有什么可能？还有什么意义？这就是屈原在《涉江》中所说的：“世溷浊而莫余知兮，吾方高驰而不顾。”这“高驰”就是“远逝”，这“不顾”就是“又何怀乎故都”。既如此，则只有一条路可走，那就是以死殉国，以死殉志，以死明心，以死明志！单用政治的眼光看，这似乎是弃大节而从小我：宁死也不再报效祖国，这还了得！但从当时社会政治和个体人生的实际情况看，在决不肯与腐恶势力妥协而又绝无“中正之道”可走的情况下，以死殉国、殉志、明心、明志，既不泯“临睨旧乡”之情，又有“伏清白”而坚执“耿正”之意，这不正是屈原的爱国精神在高得无以复加的情况下，其人格品质的再度“高举”“高蹈”，再度升华、完善吗？这是屈原对自己人格之高尚品质的高度自信，是对自己高尚人格、坚贞品质的坚守执着，至死不渝！

历来评《离骚》者，无不惊叹于它的“极开合抑扬之变”。如：吴景旭说它“凿空不经人道”（《历代诗话》）；陈继儒说它“笑啼无端”“言语无端”（转引自《七十二家评楚辞》）；鲁笔说它“下半篇纯是无中生有，一派幻境突出”（《楚辞达》）；吴世尚说它“颠倒杂乱，脱离重叠，恍恍惚惚，杳杳冥冥”，“尘世仙乡，片晷千年，尺宅万里，实情虚景，意外心中，无限忧悲，一时都尽，而遂成天地奇观、古今绝调”（《楚辞疏》）；高似孙则说，“士之有所激而奋者，极天地古今之变动、山川草木之情状……其言往往出于危激哀伤之余，而其气有不可过者”（《子略·贾谊〈新书〉》）……不过，即使《离骚》的词语、篇章、景物、情愫、思绪、灵异、幻境、蕴场，狂放恣肆到极端程度，读起来却仍然起伏跌宕、铿铿锵锵，气顺而情畅，这是为什么呢？道理就在于“不齐”中“必有大齐者存”。这“大齐”，首先就是上面所说的融贯《离骚》始终的情感基调——从怨愤激情，到心态绝望，再到人格高扬。正如陈深《批点楚辞》所说：“《离骚》凡字二千四百七十六，可为肆矣。然气如纤流，迅而不滞；词如繁露，贯而不糅。”

大致说来，情感流本身包含两个层次：外显的是情态、情致、情调，内在的则是心态、心境、心理。外显情态是具体多样的，变动不居的，具有鲜明的个性特点；内在心态则是相对抽象的，比较稳定的，具有一定普遍意义的。这两个层次是表里关系，在心理学意义上永远是协调一致的。在诗词意境建构中，情感的外显情态虽然可以变化多端、丰富多彩，但不能超出特定内在心态的可能性及其阈限；这也就是说，其情绪、情愫、情致、情态、情调的变化，都必须合乎情绪升降、情感流泻、心理活动的必然规律，否则，在情节发展、意境建构上，就会出现让人感觉不舒服的生扳强扭、不合情理的断层和裂痕。对于外显情态与内在心态的和谐关系，早在两千多年前的《礼记·乐记》中，就有过一个对音乐中情感流的概要分析："乐者，音之所由生也，其本在人心感于物也。是故其哀心感者，其声噍以杀（心情悲哀，乐声就急迫短促）；其乐心感者，其声啴以缓（心情愉悦，乐声就舒展和缓）；其喜心感者，其声发以散（心情欢喜，乐声就振奋奔放）；其怒心感者，其声粗以厉（心情愤怒，乐声就壮烈激昂）；其敬心感者，其声直以廉（心情敬谨，乐声就耿直方正）；其爱心感者，其声和以柔（心情仁爱，乐声就和美温润）。"这里所说的哀、乐、喜、怒、敬、爱六种感情，是对人之复杂情愫的粗略分类概要，大致相当于我们这里所说的融贯意境整体的情感基调，实际上指的也就是意境情感流的内在心态；而"噍以杀""啴以缓""发以散""粗以厉""直以廉""和以柔"六种具体情致表现，则无疑是那六种内在心态之丰富多彩的外显情态。显然，不同意境情感流中会有不同的外显情态，也就是会有不同的情感基调，而同一个内在心态中，也就是同一个情感基调中，又可以包容着诸多异彩纷呈的具体情致、外显情态；这样一来，也就给意境情感融贯之"大齐"中的"不齐"和"不齐"中的"大齐"，都留有了既有方有圆又自由开放的审美创造余地。婉约词，虽然"只合十七八女郎，执红牙板，歌'杨柳岸、晓风残月'"，但委婉优柔、回肠九曲的多元深邃情致，也还是永远也倾诉不尽；豪放词，虽然必须"关西大汉，铜琵琶，铁棹板，唱'大江东去'"，但刚健雄阔、志高心远的昂扬意气，也还是永远也不能鼓荡穷尽。而且可以进一步体悟到，如果这意境情感流中的具体情致、外显形态，能够自由开放到极致，也就是张扬到最理想的程度，而同时又能扎扎实实地协和在特定的情感基调、内在心态之中，那么，这样的意境情感流就是审美成色最高的情感流，由这样的情感流所融贯的意境整体建构，就是审美成色最理想的意境建构。《离骚》的意境整体建构，虽然呈现为古今罕见的奇异、幻化、激越、狂放，但在愤激、绝望、亢奋之情感基调、内在心态的激励和制约下，却将审美创造的自由开放精神发挥到了无以复加的地步，这就是在情感上的"极开合抑扬之变"，也就是其情感流之外显情态与内在心态极其和谐的体现，也就是《离骚》的整体建构极其合乎心理活动规律的体现。

《离骚》极其亢奋、张扬的情感基调，是由诸多因素凝铸而成的，大致说来主要有如下三点：一是人生现实遭遇：忠而被谤，信而见疑，终身被流放，万般求索无可解，只有怨愤、绝望和抗争；二是楚地文化风格：僻处"荆蛮"，巫术盛行，少修治而多朴野，重感情而少理智，养成"雅多自贤、颇有狂态"的体性；三是审美幻化思维：原始思维余绪，审美迷狂心境，与巫风氛围、神话意识的融合，造成了自我人格幻化的奇异诗境。只有将这几个方面综合起来进行观察考量，方有可能探得《离骚》意境“极开合抑扬之变”的奥妙，探得《离骚》意境整体建构美的真谛。

三

意境建构中的意理凝聚效应，是历来文论所首肯的。所谓“诗言志”“志者，文之总持”“百尔所思，皆由志之所之”“意司契而为匠”“意犹帅也”“意在笔先”“理扶质以立干”“言文而不及理，是天下无文也”“文以识为主”“形散而神聚”“贯一为拯乱之药”“物无一则无文”“只有一在其中，斯能用夫不一”等等，都是从不同角度强调意理凝聚在审美创造中的重要意义。那么，凝聚《离骚》意境整体的意理基质是什么呢?

解读《离骚》的意理，人们总是喜欢围绕着忠君、爱国、励精图治、举贤授能、联齐抗秦等议题做文章，都是一色的政治视角。对诗词内涵的评价，是不是都必须甚至只能放到政治视域看问题？这很值得思考。不过，思想意识比政治观念大，政治观念只是思想意识的一个方面；人格品性又比思想意识大，思想意识只是人格品性的一个方面。某个方面即使十分重要，也还只是一个方面，不等于全局，不等于整体。杜甫诗聚焦忠君爱国，李白诗张扬个性自由，陶潜诗醉心适意自然，苏轼诗崇尚对等理念，各有其主，各得其所，为什么都一定要在政治上定是非、论高下呢?《离骚》是一首抒情长诗，其流贯始终的情感基调，其反复呼告的志意心声，其融熔意境整体的意理基质，明显看得出，不是在辨析政治上的功过得失，而是在倾诉自己的怨愤，袒露自己的灵魂，张扬自己的人格。总体看来，荡漾在《离骚》意境蕴场中的种种情志意理，只宜用“屈原的人格精神完善”来予以总括。

《离骚》中所体现的人格完善精神，贯穿始终的主要有如下四个方面。

一是锐意修能。这是孕育和融合全诗多元情志的主观能动力量，是屈原人格完善的先决条件和必由之路。《离骚》一开篇，即高扬屈原的“内美”和“修能”：

> 帝高阳之苗裔兮，朕皇考曰伯庸……名余曰正则兮，字余曰灵均。纷吾既有此内美兮，又重之以修能。扈江离与辟芷兮，纫秋兰以为佩。

这里所说的“内美”，主要指向承续氏族之传统美德，即名“正则”字“灵均”的内在寓意；而“修能”，则指向后天的主观能动修为。不重视修能，即使有传统内美基因，也难以保持和发扬光大。这个修能，不限于习惯所说的道德修养，它包括人的眼界、胸襟、学养、思想、品格、道德、才性、技能等全部知识、智慧和能力。《离骚》中反复说到的“佩”“服”各种香草，以及多次说到的“不改初服”，都是锐意修能，坚持修能。

这佩服香草的比兴意蕴，贯穿《离骚》全诗，不仅是牵动意境蕴场跌宕旋进的转关枢纽，而且是整个蕴场处处都蕴藉着难尽的象征性内涵的关键。《离骚》诗境，每有延伸、提升或转折，几乎都穿插预设有佩服香草的诗节诗句，这种以修能融贯始终的意境整体建构，无疑是诗人一生锐意修能、奋力自强精神的鲜明体现；反复将香草与“椒”“椴”等恶卉对举，构成美与丑的强烈对比，不仅撑起了意境内在建构的骨架，而且使美者更美，丑者更丑；以“滋兰九畹”“树蕙百亩”，并使其“枝叶峻茂”“俟时将刈”，寓意大力培养人才，足见其一心为国家、励精图长治的“耿正”之心；当出现“时俗从流”“缤纷其变”“兰芷不芳”“荃蕙化茅”的严重局面时，诗人则强调“岂其有他故兮？莫好修之害也！”足见其深谙坚持修能的重要性；当诗人立志“法夫前修”，列举尧、舜、禹、汤、文、武之圣德时，又以“紧”“贯”“矫”“索”种种香草，来起兴坚执传统圣贤美德之意，并发誓不从“世俗之所服”，充分彰显出他遵从前贤、正道直行的“修能”规范和“美政”实质；他虽然忠而被谤、信而见疑，长期流放、苦海无边，乃至呼告无门、投江而亡，却始终感念“佩之可贵”，坚持“修吾初服”，“独好修以为常”，乃至“虽体解犹未变”，“虽九死其犹未悔”。这样的修能意志，这样的品性高蹈，怎能不养成“可与日月争光”的人格精神呢？

大力倡导人格修养，以德治国，是中华民族传统人文精神的一个重要特征。对这个人文特征的哲思，主要体现在“反求诸己”的民族心理倾向和“内圣外王”的社会人生观。刘熙载的《持志塾言》说到了这一传统：“孔子曰：‘君子求诸己。’孟子曰：‘行有所不得者，皆反求诸己。’程子言：‘学者为气所盛、习所夺，只可责志。’责志，即是求己功夫。”这就意味着，做人做事无论成败得失，归根结底都取决于自己；特别是在遇到挫折时，更应当回过头来在自己身上找原因；一句话，“做强自己”永远是最重要的。《持志塾言》中有两个很好的比喻：“长木横负之而行，则径窄；顺负之而行，则径宽。宽窄乃其所自为也。”“木入水则浮，金入水则沉。浮者自浮，沉者自沉，水无与也。舍分量而问位置，枉为物外而已。”为人，做事，是重于“物内”“物己”，还是重于“物外”“物人”？是重于“问分量”，还是重于“问位置”？中国传统人文，无论是孔孟仁学、老庄道学，还是程朱理学、陆王心学，都是强调“物己”“物分量”，也就是要“反求诸己”，从自我修能入手，努力充实做大自己。于是，在对“持家、治国、平天下”的哲思中，也就有了曾被誉为“真正学问、真正经济”的“内圣外王”理念。大意是说，只有通过内在修为，具备了圣人的至德至智至能，然后施之于外，方能成就“王天下”之政。尽管何谓“圣”、何谓“王”因时而变，一味地想“王天下”也为免太张狂，但其中所包蕴的锐意修能、努力做大做强自己的内涵，无论何时何地，无论对个人、对国家、对民族，却永远是具有主导全局、注重根基、放眼长远之积极意义的。

二是中正浩然。“文以识为主”。锐意修能、做大做强自己的首要任务，就是增强见识。在《离骚》汹涌澎湃的倾诉洪流中，所潜蕴的见识基质是什么？诗人已自道之：

跪敷衽以陈辞兮，耿吾既得此中正。

“跪敷衽以陈辞”，是恭恭敬敬、诚诚恳恳地向天地神灵发誓。王逸注：“耿，明也”，谓“中心晓明得此中正之道”。由于识见高远，故能洞明古今治乱兴亡之机理；以此修设宪令，方能深得绳墨纲纪之中正。身居三闾大夫，政坛举足轻重，既得洞明之见、中正之道，故而也就有了为君王“道夫前路”的理政才能和刚毅自信的耿正浩气。

不过《离骚》所蒸腾出来的耿正浩气，已穿越了政治的藩篱，而以富有“神性”的诗意，回荡在更辽阔的天地之间。论屈原，论《离骚》，为何总要归结于忠不忠君？忠不忠君就是恒定理念、人格高下的最终尺度吗？无疑，这里有一个不可或缺的先决条件，那就是要看王政是否中正。《离骚》虽然说到“恐美人迟暮”“恐皇舆败绩”，并指“九天为证”，愿“道夫前路”，颇有尽忠之意，但弥漫《离骚》全篇的，却是对楚王的怨、愤、恨：怨“灵修数化”“哲王不寤”；愤其“不察衷情”“信谗齌怒”；恨其“溷浊不分”“忠耿遭逐”。显然，诗人钟爱的是中正之道、美政理想，而不是君王；而且由于忠得极深，对昏王恶政的怨愤也就愈烈。于是，深爱与深恨交迸，遂酿成《离骚》这一激情烈烈之千古绝唱。

说到忠君，往往与爱国扯到一起，这显然是统治者的观念。其实，忠君未必爱国，爱国未必忠君。而且爱国的“国”，本来就有二义：一是指向祖述渊源、生养之地；一是指向政治机器、国家政体。《离骚》中屈原再三回首的“旧乡”，不忍离去的“故都”，无疑是指向生我养我的故土家园，而不是已经腐败透顶的王政；否则，他也就无须“从彭咸之所居”了。这就是说，屈原的爱国精神也是中正的。不仅如此，当“求索”无出路，“求合”即丧志之时，他为了永葆中正，最终还穿越了这本来不忍舍弃的“旧乡”“故都”，而“远逝”“高蹈”，以死殉志，在更高的层次上弘扬了宁死不渝的浩然正气。荡涤《离骚》始终的烈烈激情和求索精神，绝不仅仅是为自己辩护，也不是传统忠爱观念所能够圈囿的，而是以坚执崇高人格为着力点，在出真入幻的更广阔视域，探求社会人生的真谛。这广思深探，曾高举“怀疑一切”的旗帜，打破天、地、人、神的种种权威，爆发为意境邃远、锐气冲霄的《天问》。鲁迅《摩罗诗力说》说《天问》“怀疑自遂古之初，直至百物之琐末，放言无惮，为前人所不敢言”。这超达见识，浩然正气，比之孔孟的“圣贤”观、董仲舒的“天子”说、宋明理学的“纲常”论，究竟是哪个的精神境界更高远、更宽宏大量？值得深思。

论说诗意的天空穿越政治理念，不是本文所能承受之重。这里只想借助王国维的两段话，来引发一点思考。王氏在《论哲学家与美术家之天职》中说：“夫哲学与美术（指文学艺术）之所志者，真理也。真理者，天下万世之真理，而非一时之真理。其有发明此真理（指哲学），或以记号表之者（指文艺），天下万世之功绩，而非一时之功绩也。唯其为天下万世之真理，故不能尽与一时一国之利益合，且有时不能相容，此即其神圣之所在也。”说哲学与文学都志存真理，当然值得怀疑，但强调它们的精神境界，都能够穿越时空，不受一时一国的局限，却正是真理的品格所在，也是文学艺术可以超凡入圣的地方。由此，王氏进一步认为，文学家应当用“诗人之眼”看世界：“‘君王忍把平陈业，只换雷塘数亩田’，政治家之言也。‘长陵亦是闲丘陇，异日谁知与仲多’，诗人之言也。政治家之眼囿于一人一事，诗人之眼则通古今而观之。词人观物，须用诗人之眼，不可用政治家之眼。”门缝里看政治家，将诗人神圣化，都是以偏概全。但哀叹平定天下之功只换得数亩田，与长歌皇皇君王也总归于一丘黄土相比，境界之差异还是相当明显的。如果说政治家之眼是讲求现实、追求功利的，诗人之眼则应当是注重理想、超脱功利的，则还有一定道理。形象大于思想，文学应当穿越政治。王氏笃信并张扬普适理念，要求文艺家的眼界能超时空、超功利、抒写“人类全体之感情”、表达“天下万世之真理”，虽然未免天真、虚幻，但悬作理想，还是崇高而俊美的。

三是纯洁坦荡。司马迁《史记·屈原贾生列传》中有几句对屈赋的评价，值得重温：

> 其文约，其辞微。其志洁，其行廉。其称文小而其指极大，举类迩而见义远。

志洁行廉，是从心地与行为两个方面，称赞屈原的心灵美。其要旨，就是崇尚心地纯真，品性洁美，心胸坦荡。微，含蓄深邃。文约辞微，称小指大，类迩义远，指向屈赋“含不尽之意见于言外”的基本特征。而这志洁行廉，也就是屈原纯洁坦荡的品性，就是渗融在《离骚》中的重要言外之意。

“举世皆浊我独清，众人皆醉我独醒”，这话虽有些绝对，但却鲜明地彰显出当时楚国社会风气的腐恶和屈原处境的凶险。正如《离骚》所反复描述：“世俗工巧”，“周容为度”，“竞进贪婪”，“兴心嫉妒”，“偭规改矩”，“背绳追曲”，阴谋泛滥，诡计横行。这样的政坛风气、社会时俗，不仅造成了“举世好朋”、结党营私、“灵修数化”、“路幽途险”的浑浊政治局面，而且滋长了“妒贤称恶”、是非不分、“浑浊蔽美”、残害忠良、正气不伸、国器日衰的严重后果。屈原的纯洁坦荡品性，正是在与这社会浊流的撞击中彰显出来的。“宁溘死以流亡兮，余不忍为此态也”，这正是他“出淤泥而不染”、决不同流合污的严正态度。即使女媭警告他，“姱节”必“纷独”，“刚直”终“亡身”，他也坚持“修吾初服”“方圆难周”；即使明知自己刚正不阿，“不量凿而正枘”，面临着“菹醢”的凶险，他也仍然“清白死直”“不改其度”。屈原这种决不“与世推移”的品格，其底蕴就是坚贞的心地纯洁美、品格率真美。正是由于他不贪不妒、不朋不党、志洁行廉、坦坦荡荡、正道直行、无私无畏，刺痛了权奸，惹怒了昏王，才有了终身被放逐的悲惨遭遇。屈原的悲惨遭遇，是浊世对贤良的吞噬，是贪腐对廉洁的吞噬，是阴毒对纯真的吞噬，是昏暗对光明的吞噬。

在王权专制政体中，这种吞噬是必然的，每时每刻都在阴暗处发酵着，虽见不得阳光，却能够铄真生惑、积邪成妖。由是，人们悄悄地变得“聪明”起来：注重“城府”，善于“韬光”，崇尚“计谋”，热衷“权术”；把廉洁讪谤为“清高”，把纯真嘲讽为“幼稚”，把朴实指责为“无能”，把诚挚贬斥为“愚蠢”。以至有人给这种“聪明”贴上“厚黑学”的标签，推广于社会：要官运扶摇、财运亨通，就必须“心黑如煤炭，皮厚似城墙”；而其理想境界，则是“心黑得无色，皮厚得无形”，这不就是将韬光养晦、阴谋诡计玩到炉火纯青的地步了吗？鲁迅先生曾多次提醒我们：“瞒和骗”是中华民族传统的“国民性痼疾”。漫长而严酷的专制统治，偏执而厚重的礼教钳制，已经把以瞒和骗为本色的“城府说”“阴谋论”“厚黑学”，积淀为统治阶级的“心理定势”、社会民众的“精神创伤”，乃至成为中华民族的“集体无意识”。显然，若不从根本上改造这样的人文土壤，是很难提振中正浩然之气、培育纯真洁美之灵魂的，而任何改革开放的举措，也会因此而举步维艰。

由于人心难测，世风难控，人类走进那向往已久的心灵纯真、品性洁美的时代，恐怕只是一个遥不可及的美妙幻影。但它毕竟是一种“诗意的天空”“人格的理想”，不能泄气。或许像现在这样，狠抓反腐、倡廉、公开、公平、公正，是抓住了牛鼻子，只要恒心不懈，坚持到底，谁说像屈原那样的纯洁灵魂会永远沉葬在荒远的汨罗江呢？

四是以死殉志。《离骚》是屈原以死殉志的宣言。吴世尚《楚辞疏》说“《离骚》反复千余言，原不过自明其本身之所在耳”，即“所谓天不变此心亦不变，天变此心亦不变也”。刘熙载所谓“其中只有不变者存”，这“不变者”，就是屈原锐意修能、中正浩然、纯洁坦荡的高尚人格，而以死殉志，则是为这一高尚人格的完善，画上了一个完美的句号。

关于屈原之死，最流行的观点是“殉国”。古人汪瑗、王夫之早有此意，近世郭沫若、游国恩又予以阐发和倡导。后来此说遭多人驳论，已成非主流观点。不过，不管《离骚》是否作于秦将白起攻陷楚国郢都之时，都应当肯定，屈原之死中包含有一定的殉国因素，他的爱国精神是不可否定的。但必须进一步认识到：屈原所殉的国，究竟是指向当时的政治体制，还是生我养我的故土家园？他还有希望回到楚国政坛吗？即使能回去，他还能施展自己的政治抱负吗？如果不改变自己的心志，除了走向死亡，他还有别的路可走吗？想透彻了这些，打消了传统忠君爱国观念的制约，就不难体会到，关于屈原之死，还是潘啸龙在《从汉人的记述看屈原的沉江真相》中说得最为恳切：“屈原之所以投江，从根本上说，是楚王朝庸君谗臣排挤、摧残、迫害的结果。屈原痛君不明，不忍见到楚国的前途败送在‘倒上以为下’‘变白以为黑’的旧贵族党人手中；加之长期放逐，身心交瘁，再无重返朝廷、实施理想‘美政’的一线希望。为了保持清白峻洁的操守，捍卫自己所毕生追索的理想，他因此庄严宣告：‘世溷浊莫吾知，人心不可谓兮。知死不可让，愿无爱兮。明告君子，吾将以为类兮。’终于带着不尽的遗恨，怀石自投汨罗江中——这就是诗人在绝命前的《怀沙》中，对于自己为何沉江所作的愤懑自白。”这“知死不可让，愿无爱”的“爱”，是不是指向故土和生命？这愿“以死为类”的“类”，是不是指向自己所坚执的那“清白峻洁”的人格精神？显然，这穿越爱国情怀、穿越自我生命的崇高意志，才是屈原以死殉志的精神实质所在。

《离骚》通篇“自明其本身之所在”者，也就是其“反复致意”者，大要凝聚在以下五句之中：“余既不难夫离别兮，伤灵修之数化”——怨愤君王多变；“余固知謇謇之为患兮，忍而不能舍也”——坚执耿直心性；“陟升皇之赫戏兮，忽临睨夫旧乡”——不忍离开祖国；“知前辙之不遂兮，未改此度”——坚执美政理想；“既莫足与为美政兮，吾将从彭咸之所居”——决意以死殉志。由于情感激烈，这些志意多有复沓、回旋，但这主流意脉是贯注始终的。阅读全篇，不难感受到，在往复盘旋的咏叹、错综激荡的思绪中，始终伴随着一种极度矛盾的痛苦心情，那是一个去与留、生与死纠缠难解的死结：去而不忍，留而不能；死而不忍，活而不能。不忍的是“旧乡”难舍，“美政”难弃，不能的是“方圆难周”，“异道”难行。他也有过听从“悯己者”的劝告，产生过“留而求合”的活思想：“悔相道之不察兮，延伫兮吾将反，回朕车以复路兮，及行迷之未远。”但他很清楚，不能希图楚王回心转意，更不能设想奸佞党人会改邪归正；如若自己真的要“留而求合”、委曲求全，那就意味着放弃中正纯洁的人格，放弃励精图治的理想，而走上与世推移、趋邪从恶的歧途：“世人皆浊”，我则“淈其泥”“扬其波”；那就意味着放弃“初服”、妥协投降：“众人皆醉”，我则“餔其糟”“歠其酾”。这是一条事业和人格皆万劫不复之路！于是，在走投无路、万般无奈的情况下，他选择了死：“宁赴湘流，葬于江鱼之腹中”，也决不“以身之察察，受物之汶汶”，也决不能“以皓皓之白，而蒙世俗之尘埃”。“虽体解吾犹未变兮，岂余心之可惩”“亦余心之所善兮，虽九死其犹未悔”，这就是屈原以死殉志的誓言。屈原的死，是在万不得已的情况下，对昏君恶政的以死控诉，是对美政理想和纯然正气的坚贞死祭，标志着屈原高尚人格的最终完善。这种人格完善精神，才是统摄《离骚》多元意理的精神基质，才是包含爱国精神而又穿越爱国精神、包含生命意义而又穿越生命意义的崇高人文品格。

对文学作品内容的批评，不能总是以归结到某种社会政治理念为标的，而是应该善于从个体人生角度看问题。个体人生观念是社会政治理念的出发点和归宿，脱离了个体人生根基，社会政治理念就会丧失长治久安的生命力。漫长的王权独尊政体，积淀了丰富的专制政治理念和实施经验，同时也遮蔽、压制和窒息了个体人生意识。统治者强调社会政治理念是必然的，是合乎身位的；但民众考虑最多的，还是个体人生的生活、健康和幸福指数。但在中国传统文化中，并没有专门的系统的个体人生学。鲁迅先生曾多次说过，在专制政体中，由于缺失个体人生理念，人们“往往会把统治者的思想，当作自己的思想”。即使在智识阶层，也是以统治者的话语为主流。孔学的着力点是“仁者爱人”，当孟子把它推进到“仁政”理念时，其中“仁”与“爱”的普遍人性意义就被冲淡了；特别是当政治斗争激烈的时候，还可能被视同瓦解斗志的腐蚀剂。儒家特别注重“修身、养性”，当汉儒把它直接挂到“治国、平天下”的战车上时，其“修”和“养”的人格修为价值，就被溶解到了政治教化的阈限之中；无怪乎西汉的知识分子，宁肯老死在“大一统”的经学樊笼里，也不肯抛掷一首抒发个人情志和性灵的诗作。史学家们一直称颂的“民为邦本”理念，当它被绑架为维护现时统治的舆论信条时，那个“本”，实质上已经偏离了个体人生的底蕴；魏徵“水能载舟，亦可覆舟”的谏言，其用意与“以人为本”的现代理念，恐怕还隔着数重山。应当树立一个透底的观念：不论怎样的政治体制，如果不是为了纷纷纭纭个体人生的福祉，它根本就没有必要产生；即使超常规地产生了，也不会长命。这或许就是张扬屈原人格完善精神的意义所在吧。

无我之境与无为之境

——从陶渊明《饮酒》（其五）说起

饮酒（其五）

结庐在人境，而无车马喧。
问君何能尔，心远地自偏。
采菊东篱下，悠然见南山。
山气日夕佳，飞鸟相与还。
此中有真意，欲辨已忘言。

自王国维的“无我之境”说一出，论诗者相从如流，且都提到陶渊明的《饮酒》（其五）。但究竟何谓无我之境，《饮酒》（其五）何以是无我之境，大多只是点到而已，很少深入地说出个所以然来。既然是无我之境的典型例证，为何不用无我之境的义理来深切地解剖它呢？按理说，用一种卓有见地的理论，来解读与之相应的诗词，应当能收到既使作品解读深微精湛又使理论阐发透彻明达的双重效果，何乐而不为呢？这或许与对无我之境的理解不够深切有关。从《饮酒》（其五）说到无我之境，其间牵扯到诸多问题，如王氏无我之境与西方审美静观心理、中国传统虚静心态，乃至与极具理想的无为之境，究竟有何异同？如此等等，似乎都应当再进行一些深入的思考。

一

首先要弄清楚《饮酒》（其五）的意境内涵。

“结庐在人境，而无车马喧。问君何能尔，心远地自偏。”这四句展现的是审美忘世心态。

“人境”即人间，“车马喧”指向富贵荣华。封建时代，从政做官是知识分子的唯一出路，车马盈门、荣华富贵、光宗耀祖是天经地义的观念。但陶渊明却反其道而行之。“结庐在人境，而无车马喧。”这“而无”二字一反转，一下子就切断了“人境”与“车马喧”，也就是人生与社会功利的关系，陶渊明弃官归隐行为的违世悖时、离经叛道特质也就弹跳出来了。

不是说陶渊明退到“南野”开荒，躲进“南山”种豆，这实实在在的“地偏”，才造成了“无车马喧”。只要心里放不下、忘不了功名利禄、荣华富贵，单是地偏，心态就会更加不平衡，所以诗人进一步强调：“心远地自偏。”是“心远”，并非真的地偏。结庐在人境，身处“你方唱罢我登场”的闹市而不见闹、不觉闹、不知闹，这才是真正的“忘”、真正的“无”。所以，这“心远”是心灵上的“忘世”、心灵上的“无我”，这是贯穿全诗的精神实质。

渊明自谓：“守拙归园田。”这“拙”字，是他人品诗品的最鲜明传神写照。在隐逸诗人中，只有他才能真正承受这“拙”字桂冠。“返朴”方能“归真”，这个“拙”，就是“朴”，就是“真”。卖弄清谈、笑傲山林的魏晋风度，虽亦鄙弃世俗，崇尚个性自由，往往不过是用另一种方式追求人生的虚荣罢了。王维退居辋川别墅，似乎是半官半隐，也还是免不了不肯真正放弃“官欲”“隐欲”之嫌。对比陶渊明，他所不足处，就是这灵魂深处的拙、朴、真。陶氏能从当时风靡的魏晋风度中脱颖而出，将“心”真正“远”到“忘世”的境地，显然正是得力于“守拙”这一缕纯真执念。

“采菊东篱下，悠然见南山。山气日夕佳，飞鸟相与还。”这四句展现的是忘我物化心态。

虽然是写景，但若用借景抒情的套路来解读，恐怕要患贫血症。这里的菊花、南山、夕照、飞鸟，不见奇，难说丽，不是壮伟，亦非幽柔，似乎都是信手拈来，看不出作者选择、加工的神思妙造，如何论说写景的艺术美呢？若要品味其中的情感内含，不觉哀，不显喜，不是隐喻，亦非象征，如何论说情感的丰赡动人呢？或许应当转移一下着眼点，把注意力从感情移向心态。诗人不是触物生情，而是观物得意，这不是喜，也不是悲，而是深进一层，感悟到事物的天然韵律。

如果说前四句是说诗人的心灵从浊世中跳脱出来，进入虚静心态，那么这中间四句，则展现出心灵的一种去向，即诗人以虚静之心观物，结果心凝形释，全身心地化到自然中去了。有版本把“悠然见南山”中的“见”字作“望”字。苏东坡说“见”字比“望”字好，很有道理。因为诗人当时对周围景物，不是有意识地观看，而是无意识地照见，不是眉开眼笑、心情激动地赏悦山光水色，而是在心平气和地默思冥会大自然的纯真韵味。在这种观照中，物是自在的，心是宁静的，心与物的交会不是在感官刺激的表层上，而是在潜意识的生命律动之中。菊花在东篱旁开放，南山在岚气中悠然，傍晚的太阳更加柔和，飞鸟在夕照中归巢，一切都是那么质朴，那么自在，那么和谐。这就是自然韵律，这就是生命韵律。于是，在不知不觉中，自然的律动化作了诗人的生命律动；或者说，是诗人在凝神观照中走了“神”，这“神”飘散到大自然的天然韵律中去了。无疑，这就是古人所说的“忘我”“物化”心态。

在解读《饮酒》（其五）时，由于在情景交融上难以展开思路，故而有不少人就在意象的象征意味上大做文章：有的从爱菊、采菊中开凿晚节高洁，有的在南山上看到延年益寿，有的从“山气日夕佳”中引出晚境无限好，有的从“飞鸟相与还”中想到辞官归隐，乃至“夫妻双双把家还”的欣慰。虽然这些“韵外之致”不能完全否定，但必须强调，应当把这些“读者的撒播性具体化”放到适当的地位上。首先，无我之境总是以展现宁静的自然心境为本体，它不应当也不可能有明显的情感、意志和心念的张扬，如果将这些似有实无的理性象征意味强加进来，将诗人主观的自我表现意识凸显出来，那就不是“无我”而是“有我”了。其次，无我之境总是以总体心态心境说话，不宜肢解，如果既强调高洁之志、益寿之愿，又凸出晚境之美、归隐之乐，那就会遮蔽乃至污染“物化”心态，使意境失却统一的心理情态基调，而诗的主题也就支离破碎了。应当说，菊花、南山、夕照、归鸟的那些象征意味，在这首诗里，都是积淀在诗人的潜意识之中，只是无我之境的潜在素质成分，构成了陶氏无我之境特有的健康高洁质地。但若把它们凌驾到“物化”心态之上，那就是不顾大局、有失大体了。

“此中有真意，欲辩已忘言。”这两句着眼言与意的关系，展现的是忘言非自觉心态。

魏晋时代，在一场言、象、意关系的大辩论中，青年玄学家王弼认为：“言者所以明象，明象而忘言；象者所以存意，得意而忘象”；“存言者，非得象者也；存象者，非得意者也”；“得意在忘象，得象在忘言”。（《周易略例》）这“得意忘言”的精义，就是陶氏这两句诗的用意：以“忘言”而明其“得意”，而且得的是“真意”。

是何“真意”？从“此中”二字来看，当是诗人在东篱采菊时，见南山、夕照、飞鸟归巢，从中所感受到的自然韵律、自然情调、自然意味以及由此所体悟到的生命真谛、人生真谛。但诗人没有说出，也不应说出、不能说出，因为这里有一个“只可意会，不可言传”的道理：既然“得意”必须“忘言”，如果用言语道断，那就不是“得意”，更不是得“真意”了。

“只可意会，不可言传”，虽有些神秘，但不可否认。老子早就说过，“道可道，非常道”，能够用言语道断的道，并不是普世、普适、永恒的规律。庄子在《天道》中倡导“心斋”“坐忘”，认为“天地有大美而不言”，真正的美感是言语传达不了的。陶氏与佛禅大师交往甚密。禅宗认为语言文字不能表达禅理，强调“不立文字”“我心即佛”，认为“让感官和意识的注意力转移到心上”，“以心传心，皆会自解自悟”。（铃木大拙语）这些，都是“此中有真意，欲辩已忘言”的潜在意蕴场。

“只可意会，不可言传”体现着审美思维的特质。言语行为主要体现着人的自觉意识的运行轨迹，因而“忘言”就是让思维在非自觉状态中运行；这样一来，“忘言”就与“审美静观”说，与艺术创造中的直觉、灵感、顿悟关联起来。严羽《沧浪诗话》说，诗歌创作要“不涉理路，不落言筌”。这“不涉理路”，就是不要用理性逻辑进行推演，这“不落言筌”，就是不要用词语概念进行抽象概括。陶渊明在“采菊东篱下，悠然见南山”时，就是由于进入了这种对自然、对人生的非自觉感悟状态，才创造出了如此含蓄蕴藉的无我之境。

从忘世虚静心态，到忘我物化心态，再到忘言非自觉心态，这就是《饮酒》（其五）的“心远”轨迹，也是无我之境之特质的基本体现。

二

对王国维的无我之境，应当在理念上有一个更深切的理解。王国维在《人间词话》中说：

> 有有我之境，有无我之境。“泪眼问花花不语，乱红飞过秋千去”“可堪孤馆闭春寒，杜鹃声里斜阳暮”，有我之境也。“采菊东篱下，悠然见南山”“寒波澹澹起，白鸟悠悠下”，无我之境也。

如果只从王氏所举例句的表层形态来看，似乎凡能明显见出移情于景的诗句，就是有我之境，否则就是无我之境；由此，不少人认为，有我之境与无我之境的差别，只不过是个诗句中的情志是显还是隐的问题。这看法显然是只停留在无我之境的浅层，而未入实质。

总体看来，无我之境至少有四大特征：一是取物成象自然质朴，难见再造痕迹，难得绚烂色彩；二是心物交融天然契合，难见移情痕迹，难得人工雕饰；三是情志意理平朴幽隐，难见情字裸露，难得志气泄肆；四是观物心态虚静物化，难见自我张扬，难得怨愤激荡。但必须进一步意识到，第四条是主、是本。物象自然质朴者未必都是无我，“鸡声茅店月，人迹板桥霜”即是；情景交融天然契合者也未必都是无我，“袅袅兮秋风，洞庭波兮木叶下”即是；情志意理隐曲者更未必都是无我，“沧海月明珠有泪，蓝田日暖玉生烟”即是。审美主体心态的虚静物化，决定了意境中物态之质朴、情景契合之天然、意理内含之潜隐，这是不可主从错位、本末倒置的。对无我之境的隔靴搔痒之见，多为耽于表层、舍本逐末之误。

还是再看看王氏《人间词话》中的说法吧：

有我之境，以我观物，故物皆著我之色彩；无我之境，以物观物，故不知何者为我，何者为物。

这是心理学的观照角度。理解的关键，是弄清楚“以我观物”与“以物观物”的不同。通俗地说，以我观物，就是带着自我的正在兴发的情志意理观物，就像我们平时所说的，戴着有色眼镜去观看事物；其结果是使景物的形态、质性乃至组合方式，打上了主观烙印，发生了不同程度的改变，因而呈现为“物皆著我之色彩”。“以物观物”中的两个“物”，后者指的是客观事物，前者则指的是主体的物化心态。以物观物，就是以虚静物化心态观物；其结果是使心物交融浑化无迹，于是呈现出“不知何者为我，何者为物”的状态。

以物观物的物化心态，大致有两个层次：一是虚静，二是物化。虚静心态，直白地说，就是心从世俗中走出来，其基本含义就是无功利：置功名、利禄、富贵、权势于度外，弃个人穷达、祸福、得失、成败于不顾。这也就是“结庐在人境，而无车马喧。问君何能尔，心远地自偏”所体现的忘世虚静心态。物化心态，直白地说，就是心向自然化进去，其基本含义就是在以忘世虚静心态观物时，心境不知不觉地化到大自然中去了。也就是说，大自然的韵律成了我的生命的韵律，自然韵律就是我的心、我的生命。这也就是“采菊东篱下，悠然见南山。山气日夕佳，飞鸟相与还”所体现的忘我物化心态。

“不知何者为我，何者为物”是一种非自觉心态，在心灵进入虚静物化之时，也就是在我的情志韵律与自然韵律完全融为一体之时，才能出现这样的心理状态。审美创造在进入想象体悟高潮之时，演员在完全进入角色之时，都可能有这样的体验和感受。庄子在“心斋”“坐忘”中，所产生的“梦蝴蝶栩栩如生”，不知是“庄生化为蝴蝶”还是“蝴蝶化作庄生”的迷幻情景，刘熙载在《艺概》中所说的，审美神思中所呈现的“内不有己，外不见人”“超鸿蒙，混希夷”的玄幻感受，也都是指向这样的心理状态。这也就是“此中有真意，欲辩已忘言”的非自觉物化心态。

不能把虚静物化心态等同于心物感应、情景交融。一切意象表现都是心物感应、情景交融的产物，但只有无我之境才体现为心态的物化。有我之境是经过不断地移情于景，乃至因情造景，不断地对事物进行加工再造，才达成了特定的情景交融，这个过程，实质上是“我化”，是物化为我，体现为美学上所说的“自然的人化”；无我之境则自始至终都是物态即我体、物性即我情、自然韵律即我生命律动的物我天然契合，这才是抒情主体心态的物化，才是我化为物，才能真正呈现出“不知何者为我，何者为物”的心物浑融状态，也就是美学上所说的

“人的自然化”。

王国维的《人间词话》中还有两句话，是对无我之境的更深入透视：

> 无我之境，人惟于静中得之。有我之境，于由动之静时得之。

这是从创作心理运行过程的特点，来看有我之境与无我之境的不同。

“由动之静时得之”，是说从总体上看，有我之境的创造，是一个从动态到静态的心理过程。这个过程，主要有四个环节：其一，审美创造主体是带着强烈的主观感情观物，这是主体的“心动”。这一点很重要，因为一切有我之境中所包含的情志意理，归根结底都是审美创造主体所移入的，没有这个移入，就没有“我”，就无所谓有我之境。其二，主体情志的移入，造成了物象的“动”。由于诗人所选择的物象，不可能与所要表达的感情完全同形重合、同调和鸣，故而往往要适当改变物象的形态或质性，以使心物情投意合，这是意象中的“物动”。其三，情景交融是一个心物互动的过程。大多数情况下，是通过对景物的选择、改造、新造、重组，来达到情景的交融，但有时也会通过适当改变原初所要表达的情志来达到交融的目的。这是情与景的人工契合，其心物互动是贯穿意境创造始终的。其四，经过心与物的反复互动，最终达成了情与景的和谐交融，一定程度地达到了诗人表达某种情志意理和某种审美意味的诉求，从而使物象的形态、所表达的情志、情与景的交融方式，都得到了相对的平衡、定位，这是意象意境的“归静”；从诗人的心态看，由于在意象意境创造中，其原本难以抑制的情感得到了宣泄，从而也得到了心态的暂时平衡乃至愉悦，这是审美心态的“归静”。总之，有我之境的创造过程，是一个从心动、物动、心物互动，到意象意境得以定位归静、主体心态得以宣泄归静的过程，这就是“由动之静时得之”。

“惟于静中得之”，是从总体上看，无我之境的创造，自始至终是在静态中运行的。这个静，主要体现在如下几个方面：其一，审美主体的观物心态是虚静的，这是产生无我之境的关键。只有观物心态是超功利的、虚静的，呈现为自然、质朴、平淡的，才能与自然景物形成天然的一致，才能自然而然地“物化”到自然景物中去；否则，就不可能“无我”。其二，由于主体的心态与自然景物天然一致，不需要对景物进行任何改变和再造，因而物象都呈现为原形原色、原汁原味的自在状态；有时甚至像《饮酒》（其五）中的景物篱菊、南山、夕阳、飞鸟一样，连选择、重组的痕迹都见不到，仿佛都是目击道存、信手拈来。这是物象的原态之静。其三，既然主体情志与物象的感觉情调都无须做任何改变就能一拍即合，亲密无间，那就是心与物的天然契合。这显然就是情景交融过程中不动声色、不知不觉地静态默化，自然天成。其四，由静态默化而自然天成的意境，自然也像有我之境一样，最终也都达成了物象形态、主体情志及其交融方式的定位和平衡，只不过这不是有我情志与加工景物的交融，而是忘世无我心态与天然景物的交融；也不是原本难以抑制的激情得到宣泄后的平衡和愉悦，而是虚静物化心态，在与自然韵律的交接、体悟中，获得了适意自然、陶醉自然的平衡和愉悦。总之，无我之境的创造过程，是一个从心态到物态到交融形态都在静态中行进的过程，这就是“惟于静中得之”。

王氏从动与静的角度来观照意境创造的心理过程，得益于西方美学中的审美宣泄论，即认为审美创造的心理动因，在于对被压抑之欲望和情结、未得实现之愿望和理想的想象性象征性宣泄，而宣泄的潜在性意识，则是自觉不自觉地在寻求心结的解脱以恢复心态的平衡，并进而获得精神的自由和愉悦。当然，这一审美宣泄观念，对有我之境的“由动之静”说比较贴谱，但难以解释无我之境的“惟于静中得之”。无我之境的创造，全得益于抒情主体之心态的虚静物化。王国维学贯中西，其关于无我之境“惟于静中得之”的说法，恐怕更多的是导源于中国传统的虚静理念。

三

心态的无我之境，也就是心态的忘世、忘我、虚静、物化，有“暂时心态”和“人生心态”两种情况，这两者有明显差别。这差别，从王氏所举的两个无我之境的例子中，就可以看到：

> “采菊东篱下，悠然见南山”“寒波澹澹起，白鸟悠悠下”，无我之境也。

“采菊”两句见于《饮酒》（其五），不仅这两句本身体现了忘我物化心态，而且整首诗都是忘我物化心态的写照，这已如前述。“寒波”两句见于元好问的《颖亭留别》，其中四句云：“寒波澹澹起，白鸟悠悠下。怀归人自急，物态本闲暇。”就整体来说，这首诗是抒写诗人羁旅行役、“怀归自急”的心情，绝不是无我。但“寒波”二句，写秋水在微风中荡漾、白鸟在天空中上下的“闲暇”状貌情态，却是天然自在、悠然自得的无我之境。显然，这只是诗中局部的无我之境，只是诗人的暂时意念；而且这局部的暂时的无我，是服务于诗的有我主旨的：用无羁无累的自然律动，来反衬人生羁旅行役、思乡伤别的苦衷。这种以暂时的无我心念来反托有我心情的诗作，即使在激情浪漫的诗人中也时有所见。李白的诗作极尽个性张扬、恣肆狷狂之能事，但也有“相看两不厌，只有敬亭山”

的忘我物化时刻。古人在人生失意之时，用这种一时的忘世忘我意念来化解自己的痛苦心情，就更是屡见不鲜。苏轼在因乌台诗案而被贬黄州时，就曾有“敲门都不应，倚杖听江声”“小舟从此逝，江海寄余生”“回首向来萧瑟处，也无风雨也无晴”“惟江上之清风与山间之明月，耳闻之而为声，目遇之而成色，取之不尽，用之无竭，是造物者之无尽藏也，而吾与子之所共适”等诸多忘世虚静意念，但他却从来也没有真的想遁世出家。

作为终生之追求和理想的无我心态，实际上是一种人生观和世界观。陶渊明就应当作如是观。像《饮酒》（其五）这样“心远”的意境，没有适意自然的人生哲思是创造不出来的。陶氏不为五斗米折腰，辞官归隐田园，这是他一生穿越功利观念的壮举；他自谓“少无适俗韵，性本爱丘山”，这是把适意自然看作是人的天然本性；他痛惜“误落尘网中，一去三十年”，这是把浊世官场视同囚禁人身自由的牢笼；他欣喜于“久在樊笼里，复得返自然”，这是把适意自然看作是个体人生的自由解放；他“开荒南野际，守拙归园田”，这才是真正的忘世、忘我、虚静、物化心态，才算是步入了人生的忘我心态。

显然，是否能创造出无我之境的诗篇，关键不在虚实、隐显、曲直、浓淡等种种艺术构思和表现方法，而在于抒情主体究竟有没有无我之心。有无我之心，不用强求就能自然而然地“流”出无我之境；没有无我之心，恐怕连创造无我之境的念头都不会产生。

当然，也不要把审美创造中的忘我物化心态看得太神秘、太绝对。凡凝神于想象、幻想，凝神于思念、陶醉的时刻，都有可能进入这种“内不有已，外不见人”的非自觉的忘我物化“神游”状态，只不过由于这是艺术构思的必由之路，因而在审美创造中来得更普遍、更沉溺罢了。但即使是艺术家，也首先是个现实的人，因而他的非自觉忘世物化心态也只是暂时性、阶段性的。心理学家认为，人的心理—思维是一个永无止息的“意识流”，在诗人进行沉醉性想象时，只不过是对这个自觉意识流的暂时性“垂直切断”，这时，意识活动就会处于独立的自由状态；而当自觉意识恢复时，你就会觉得刚才那个自由状态仿佛是在做梦，心里感到无比的舒坦，这就是精神自由、审美神游的愉悦。陶渊明首先也是一个现实的人，只不过由于他把适意自然作为终生追求，坚执“守拙归园田”，所以不仅在进行审美创作时，而且在日常观物、日常生活中，也呈现出更多忘我的虚静物化心态。这就是说，在他的一生中，因适意自然，而出入审美静观、获得精神自由、享受审美愉悦的时间、广度和深度，都是别的诗人所难以比拟的，否则，他也就不可能创造出像“悠然见南山”“良苗亦怀新”，乃至“桃花源”“无弦琴”等前无古人、后无来者的忘我物化境界。我们说陶渊明这样的人生态度和实践，是一种个体性审美化人生哲学，应当是当之无愧的。

不要只看到适意自然的消极一面，因为那不过是对适意自然的政治视角和社会功利观照，还有个体人生、道法自然、审美化人生哲学等诸多观照角度，不可以偏概全、一叶障目。适意自然特具个体人生意义，它最合乎人之天然本性，在“结庐在人境”“误落尘网中”时，或许是解脱生存苦恼、获得精神自由、享受审美愉悦的一种优选途径。任何政体，如果真心要以人为本，那就应当把个体人生意义始终放在优先地位。亲和自然，是由人与自然的亲缘关系决定的，它是人类社会发展的必由之路，也是人类避免衰亡、继续生存、长治久安的当务之急和万年大计。任何政治、经济、文化纷争，在这个问题面前都应退居次席。作为人生哲学，其适意自然的圆通潜能是难以估量的。冯友兰先生认为，“天地境界”是高于功利境界和道德境界的人生境界。其实，适意自然就是指向天地境界，指向中国传统的天人合一境界。适意自然、虚静物化的审美化人生哲学，至少是在精神层面上极力瞻仰并努力接近这个天人合一的最高人生境界的。如果说陶渊明的一味适意自然还未免“逃世”之嫌，那么，苏东坡的适意自然就有了“兼美”的味道：他虽然也有过“小舟从此逝”“也无风雨也无晴”的想法，但那只是一种即时心念和精神状态，从没想真正实行，反而无论进退擢贬，都始终是个颇有政绩的好官；他深谙“万物对等”理念，似乎并不在意月亮是晴圆还是阴缺，流水是往还是未往，人生是做主还是做客，处世是“朝堂知政事”还是“倚杖听江声”，不管怎样，他都能从容对待，泰然处之，而且自在适意，旷达通脱，这是否就是冯先生在天地境界中所欣赏的“以出世之心，做入世之事”的人生境界？这是不是昭示出一条能够使个体人生和积极用世得以互利共赢的人生道路？如此说来，陶渊明与苏东坡，究竟是谁更高出一筹呢？

四

在阐释无我之境时，几乎都会从中国传统的“虚静”说上寻找根源，这说明中华民族对虚静说的审美心理价值，已经有了普遍的意识。这是好的。情重功利，心多杂念，必将影响心智情缘的发挥，更何况心神需要高度凝聚的审美创造。《庄子》中有两个寓言故事，颇能说明这个道理。一个是说操舟的“以瓦注者巧，以钩注者惮，以黄金注者昏”；于是得出结论，“凡外重者内拙”。这就是说，功利得失的考虑越大，聪明才智就越少，乃至完全丧失。另一个是说射箭的

“列御寇善射”，在平地上能百发百中，但让他站到悬崖边上，却“伏地”“汗流至踵”，何谈射！这就是说，技艺再娴熟，若被成败、得失、生死搅乱了心智，那就什么也谈不上了。

具体到审美领域，虚静心态不仅能够排解观照事物本真时的种种障隔，而且在探察事物深层微密、感应事物天然情调、拓展意象连类天地等方面，更能见出其特有功能。陆机《演连珠》“镜无蓄影，故触物则照”，《文赋》“收视反听，耽思傍讯，精骛八极，心游万仞”；刘勰《文心雕龙》“水停以鉴，火静而朗”，“寂寞凝神，思接千载，悄然动容，视通万里”；司空图《二十四诗品》“素处以默，妙机其微”；皎然《诗式》“有时意静神王，佳句纵横，若不可遏，宛若神助”；苏轼《送参寥师》“欲令诗语妙，无厌空且静，静能了群动，空故纳万境”；曾巩《清心亭记》“虚其心者，极乎精微，所以入神也”；洪亮吉《北江诗话》“静者心多妙，体物之工，亦唯静者能之”。如此种种美言赞语，说的都是关于虚静心态的审美特质及其特有功能。

虽然虚静说颇得审美心理要领，但若把虚静说完全定位为审美心理学，则有失大体。虚静说，应当是中国人文哲学中与天人合一观念相关联的重要学说。如果说天人合一理念展现的是中华民族人文精神的理想境界，那么虚静说就是进达这一理想境界的心理修养线路。可以说，中国传统的虚静学，研发的是个体人生道德入圣的修养功夫，开启的是洞明万物本真的认知心法，拟述的是审美想象创造的心智法门，总括为一句话，虚静说探索的是通达人文精神理想境界的心理控制论。

虚静说主要导源于老庄哲学，但由于那时尚无文艺的自觉意识，故而把虚静概念真正引入文艺观的，是已经有了文艺自觉意识的魏晋南北朝。老子是虚静说的总设计师，他提出了“致虚极，守静笃”的精神修养主旨，认为“有”生于“无”，万物生命总根在“无”，虚静心态是回归“无”、并由此而通向“万有”的必由心路，只有人的心理也进入“虚极”“静笃”的状态，方能通晓天地万物之本源——“常道”。无疑，这样的虚静观，是远远超出审美视域的道德观、生命观、人生观、宇宙观。

人们用来阐释审美虚静说的最常见理据，就是庄子的“心斋”说。庄子把老子的虚静说演绎得相当深入具体，强调“致虚守静”必须做到“心斋”。何谓“心斋”?《庄子·人间世》假托孔子与颜回的对话，说得十分精要：

回曰：“敢问心斋。”仲尼曰：“若一志，无听之以耳，而听之以心；无听之以心，而听之以气。听止于耳，心止于符。气也者，虚而待物者也。唯道集虚。虚者，心斋也。”

郭象注曰：“遗耳目，去心意，而符气性之自得”，“虚其心，则至道集于怀也”。深得要领。若用现今的话语来说，“无听之以耳”，就是不要只听凭感官的感觉，因为“听止于耳”，感官的感觉只停留在事物的感性表象；“无听之以心”，就是不要只听凭心智的理性认识，因为“心止于符”，心智的理性认识只停留在符号性概念。这就是说，庄子认为，感官感觉和心智理认都不能抵达事物的本真、本源。那怎么办呢？“听之以气”。气，在中国古代指的是化生天地万物的元质，它无形无色，无方无体，但却能蕴融一切，化生一切；故而庄子认为，应当让这个仿佛“虚无”的元质元气来“虚而待物”，方能抵达事物的本源，进逼事物的本真。因此，他特别强调“唯道集虚”。这个“唯道集虚”，至少有三重义理：一是强调以“气”来“虚而待物”的目的是抵达事物的本真、本源，获得天地万物的“常道”“至道”；二是从客观存在的角度看，这本真、本源、常道、至道，都聚集、蕴融在“虚”“无”之中；三是从主观认识的角度看，只有心态极虚极静，这本真、本源、常道、至道方能“集于怀”，也就是说人的心灵方能真正通达。这虽然有些像“量子纠缠”一样虚玄，但其间沟壑、渊薮，却似乎有着令人倾心向往乃至舍身一探的魔力。

“物化”说最早见于《庄子·齐物论》：“昔者庄周梦为胡蝶，栩栩然胡蝶也。自喻适志与？不知周也！俄而觉，则蘧蘧然周也。不知周之梦为胡蝶与，胡蝶之梦为周与？周与胡蝶，则必有分矣。此之为物化。”王国维对无我之境“以物观物，故不知何者为我，何者为物”的心理描摹，显然是肇发于这只迷离惝恍、似有若无的“胡蝶”。不过，其中“以物观物”这一概念，则可能是从邵雍的《观物内篇》中直接挪用过来的：

> 圣人之所以能一万物之情者，谓其圣人之能反观也。所以谓之反观者，不以我观物也；不以我观物者，以物观物之谓也。既能以物观物，又安有我于其间哉？

邵雍是北宋著名理学家、哲学家、数学家。他认为天地万物的生成变化，都是源自“太极”，并且都是按照“先天象数”展开的。他认为这先天象数是可以修达的，从而创演了一整套修达的“心学”：“先天之学，心也”，“先天学，心法也”。因而，他特别注重“观物心理”“观物心法”，并由此提出一整套相当宏观的“以物观物”心法，如倡导“反观”“无我”“不蔽于物”“不蔽于我”，强调“以物观物则明”“以我观物则暗”，反对观物时加入主观情感和意志等。显然，这不是审美学，而是力图把认识论、修养论、生命观、人生观、宇宙观统统归结于心性修养论的人文哲思。

把认识论、修养论、生命观、人生观、宇宙观，统统纳入虚静物化的心理视域，确有以蛇吞象之累，而相术学说则又假借它的法门，生出诸多观天、算命、相面的巫秘八卦，于是长期以来，人们只能把它闭锁在所谓唯心主义冷宫，而只在崇尚想象的审美理念中还保留了它的一席之地。其实，倒脏水不能把孩子也倒掉，虚静物化说中的心理控制论内核，还是颇具探底性深邃度的。如果把倒置的本末再倒回来，让虚静物化学说，成为支撑治国平天下之"内圣外王"路线、执两极而用其中之"中道理性"、锻炼而复归于自然之"天人合一"理想的心理修养调控理念，或许还可能是一个具有相当实践价值的程序呢！

五

人们往往把王国维的无我之境说，等同于西方美学领域的审美静观说，这是有很大偏差的。

在西方美学中，最深刻最系统阐述审美静观理念的是康德。而近代以来，在这方面对中国美学思想影响最大的，则是叔本华的意志美学。他在《作为意志和表象的世界》中说："在审美的静观方式中，我们发现两个不可分割的组成部分：其一是客体的知识，不是作为个别事物，而是作为柏拉图式的理念，即作为该事物全体族类的永恒的形式；其二是观照者的自我意识，不是作为个人，而是作为'纯粹的无意识的认识主体'。"显然，这里面晃动着两个不同之"我"的身影：一个是现实的有意志有感情的个人，一个是"纯粹的无意识的认识主体"。后者就是审美静观之我。

在中国，最早使用审美静观概念的是王国维。他在《人间词话乙稿序》中说："原夫文学之所以有意境者，以其能观也。"这"能观"，指的就是富有艺术创造性能的审美静观。王氏的静观理念，主要是从叔本华那里来的，他在《叔本华与尼采》等文章中，译用《作为意志和表象的世界》中的话，多次用到"静观"概念。在《红楼梦评论》一文中，他还用"欲之我"与"知之我"，来拟定叔本华的"现实意志之我"和"审美静观之我"："兹有一物（指文学艺术）焉，使吾人超然于利害之外，而忘物我之关系。此时也，吾人之心无希望，无恐怖，非复欲之我，而但知之我也。"这个"知之我"，无疑是指向"审美静观之我"的。

中外论者，都认为审美静观心理的基本特征是“超功利”，这大致不错。叔本华是这样说的，王国维也是这样说的。叔本华在《作为意志和表象的世界》中强调，在审美过程中，审美主体发生了微妙变化，导致一种“自身否定”，即由现实的我，转变为一个“认识的纯粹主体”，“纯客观的直觉的观照者”，乃至可以说是变成了“照亮事物真正面目的一面纯净的镜子”，他的现实的情感和意志已经进入了一种“净化”状态。这个审美净化状态，无疑是超功利的。王国维在《红楼梦评论》中则说：“唯美之为物，不与吾人之利害相关，而吾人之观美时，亦不知有一己之利害。”在《孔子之美育主义》中又说：“无欲则空乏，无希望，无恐怖，其视外物也，不以为与我有利害关系，而但视为纯粹之外物。此境界唯观美时有之。”超利害，就是超功利。显然，这“超然于利害之外”的“无欲之我”，就是叔本华的“意志完全客观化”的“认识的纯粹主体”。

说审美静观心理是无欲的、超功利的、虚静的，没有问题。但若把这种审美的超功利心理，等同于现实的超功利虚静心态，混同于无我之境的虚静物化心态，那就可能是失之毫厘，差之千里了。审美静观心理和人生现实心理都有虚静的时刻，但两者并不是一回事。人生现实虚静心态是一种人生态度，审美静观虚静心理则是一种审美态度。在现实生活中，有了无功利的虚静心态，并不意味着就已经进入了审美静观心理；主体在进行审美想象的高潮时，必定是进入了审美静观虚静心理，但并不意味着这个主体就一定具有虚静无我的人生态度。有人生现实无功利心态的人，可能有助于进入审美静观心理，有助于进行审美创造，但不能说在现实生活中缺少无功利心态的人，就难以进入审美静观心理，难以进行审美创造。这无须论辩，只要看看诗坛历史现实即可：很少适意自然心态的李白、杜甫的诗作，并不比向往桃花源、醉心辋川别墅的陶潜、王维的诗作数量少、质量差，这就足以说明问题。

更不能随意地将物化心态也视同审美静观心理。前面一再说到“以物观物，故不知何者为我，何者为物”的心理状态，是物化心态，也就是我化为物的“人的自然化”心态；这个物化心态，是创造无我之境时的心态，并非创造有我之境时“以我观物”的“自然的人化”心态。这两者是不能同时并举的。但审美静观心理则不然，一切审美创造都是它导演的。这就是说，有我之境和无我之境都是它导演的，“以我观物”和“以物观物”都是它的功能，“自然的人化”和“人的自然化”它都能操控。审美静观是艺术创造的普遍的基本心理，如果把物化心态等同于审美静观，那就意味着审美静观不能“以我观物”，不能创造有我之境，那它还有什么普遍的美学意义呢？

其实，作为审美静观的特质，超功利的虚静只是它的形态，而进行不同于理性认知的审美创造，才是它的主要性能。这个审美创造性能，用王国维在《红楼梦评论》中所译介的叔本华的理念来说，就是主体在“意志于最高级之完全客观化”时，“得有美之预想”，并“伴以非常之巧力”，遂“于特别之物中认全体之理念”，简言之，就是“彼于静观中所得之理念，寓诸一物而再现之”，“彼于理由结论之长河中，拾其静观之对象而使之孤立于吾前”。王国维把这个用静观即“离充分理由之原则而观物之道”所得的东西，也就是用“非常之巧力”所“表出之”的“美的预想”，称之为“实念”：

> 科学上所表者，概念而已矣。美术（按：指文学艺术）上之所表者，则非概念，又非个象，而是以个象代表其物之一种全体，即所谓实念者是也。（《叔本华之哲学及其教育学说》）

王氏这个“实念”，应当看作是对叔本华所说“理念”的意译。叔本华在《作为意志和表象的世界》中说：文学中“美的景物”，是“作为个别事物”，“来纯粹的表现它的族类的理念”。这个理念，虽与柏拉图用的是同一个符号，但其内涵，已经不是被供在神龛、作为万物之本源的“绝对理念”，而是一个既具“直观性之形”又具“代表性之质”的形神一体，实质上近似于格式塔心理学所说的“完形”，近似于近代美学所说的“在鲜明个性中见出充分共性”的“典型”。在王氏的文论诗论中，常见“物之一种之全体”“完全之知识”，以及“意境”“境界”“本真的图画”“永恒的形式”，乃至“人类全体之感情”“天下万世之真理”等说辞，其中都包含有“实念”的意味。

这就是审美静观之创造性的集中体现。审美静观中必有超功利的虚静时刻，否则它就不能设身处地地观物观我；但心态的虚静，并不一定就是审美，更何况是富有创造性的审美。叔本华把审美静观比喻成“照亮事物真正面目的一面纯净的镜子”，是不准确的。“镜无蓄影，触物即照”，这不假。但有什么照什么，而且是原态原样地照，即使照得再深微、明澈，也还是跳不出再现性认识论范畴。而审美静观却是对认识论的穿越，穿越了现实性再现，进入了审美创造性再造。没有这个穿越，就没有创造，也就没有美，没有美感。审美静观与虚静心态的这一重要差别，在理论上是决不可含混的。

六

中国古代人文思想中，还有一个“无为之境”，它与无我之境有联系，但差别很大，不可混淆。

作为宇宙观、人生观的无为之境，源自老子以“道”为本体的哲学体系。其思想以自然主义为底色，以清静无为为机杼，以理想的有为为目标，通过弃圣去智、“损之又损”的“无为而化”，来复归作为万物之本的“常道”，从而达到“无为而无不为”的境界。这个“无为而无不为”，是人生和社会和谐有序、圆融通达的“达天”境界，也是人之智能无施不可的无为之境。这是贯穿中国古代文化观念始终的一个理想化人文追求。

作为审美观念的无为之境，历来文论多有涉及，而以清人刘熙载的《游艺约言》说得最简明、透彻。“无为之境，书家最不易到；若到，便是达天”，这是肯定无为之境是审美创造的最理想境界。“文章书画，有神品、逸品。神，无方无体；逸，无思无为”，这是强调无为之境的特质：看不出有什么规矩和方式，看不出有什么心力和作为，一切都是浑然天成。“不毁万物，当体便无；不设一物，当体便有”，这是阐发审美创造进入无为之境时，那种神思畅达、浑然天成的心智状态：并不用费尽心机地去甄别应当改变和去掉哪些东西，也无须呕心沥血地去设想应当葆有和增色哪些东西，只要一进入无为之境，不管你面对的是何种题材、体式，也不管你是要创造何样的意象、意境，一切应当没有的便都会销声匿迹，一切应当具备的便都会纷至沓来。这便是无为而“达天”，无为而“通神”，也就是老子的“无为而无不为”。这样的理想境界，《庄子》中的轮扁斫轮、庖丁解牛、佝偻承蜩等寓言故事，将其描摹得十分诱人。

不过，刘熙载所倡导的进逼无为之境理想境界的通道，显然不是老子的弃圣去智、“损之又损”的“无为而化”，而恰恰是相反的“有为而化”；也不完全是庄子的“既雕既琢，复归于朴”，因为庄子的“既雕既琢”，恐怕主要还是在“听之以气”“虚而待物”的“心斋”中做文章，眼光虽锐利深邃，视域却局限于“心法”。当后世人们用苏轼的“锻炼而复归于自然”来解读庄子的雕琢归朴之时，实际上已经将无为之境说纳入了社会人生实践的轨道。从《艺概》来看，刘熙载心中的“雕琢”“锻炼”，着力点在“学力”，注重识、诚、品、行：“文以识为主”；“才学识三长，识为尤重”；“诗品出于人品”；“文以行为本，在先诚其中”。因而，对如何进行雕琢、锻炼，他则主张读书与实践并行：一方面要

“多读书”“多穷理”，“学之所入浅，体之所安深”，另一方面要“深入虎穴”“实事求是”，“必如深入闾阎，目击其事，直如疾病之在身者无疑”。

值得注意的是，对雕琢、锻炼的过程，刘氏在《艺概》中提出了“三个阶段”“两次飞跃”的理念：

> 学书者，始由不工求工，继由工求不工。不工者，工之极也。《庄子·山木篇》曰：“既雕既琢，复归于朴。”
>
> 词之为物，色香味宜无所不具。以色论之，有借色，有真色。借色每为俗情所艳，不知必先将借色洗尽，而后真色见也。
>
> 古乐府中，至语本只是常语，一经道出，便成独得。词得此意，则极炼如不炼，出色而本色，人籁悉归天籁矣。

“不工→工→不工”“真色→借色→真色”“不炼→炼→不炼”“天籁→人籁→天籁”，这都体现为“锻炼复归自然”的三个阶段及其两次飞跃。很明显，从不工到工、从真色到借色、从不炼到炼、从天籁到人籁的第一次飞跃，是从童蒙的天真进到了人工的艺术再造，是人工美穿越了生活美；再从工到不工、从借色到真色、从炼到不炼、从人籁到天籁的第二次飞跃，则是从人工再造进到了自然天成，是自然本色美穿越了人工美。这个自然天成的自然本色美，就是理想的审美无为之境。

“锻炼复归自然”的三阶段、两飞跃说，古人多次说到。如严羽在《沧浪诗话》中说：“学诗有三节，其初不知好恶，连篇累牍，肆笔而成；既识羞愧，始生畏缩，成之极难；及其透彻，则七纵八横，信手拈来，头头是道矣。”潘德舆在《养一斋诗话》中也说：“诗有三境，学诗亦有三境。先取清通，次宜警炼，终尚自然，诗之三境也。先爱敏捷，次必艰苦，终归大适，学诗之三境也。”王国维在《人间词话》中，借用诗词名句意境，阐发得更为生动有味：“古今成大事业大学问者，必经过三种境界：‘昨夜西风凋碧树，独上高楼，望尽天涯路。’此第一境也。‘衣带渐宽终不悔，为伊消得人憔悴。’此第二境也。‘众里寻他千百度，蓦然回首，那人却在，灯火阑珊处。’此第三境也。”无疑，这里所说的第三节、第三阶段、第三境界，都是指向无为之境。

审美创造是否达到无为之境，关键在于有没有达到自然天成。无私无畏、无方无体的逸境、神境，就是自然而然、无施不可的自然天成。刘熙载《艺概·文概》说：“从来足于道者，文必自然流出”；“陶渊明为文不多，且若未尝经意”。《游艺约言》又说：“作书当如自天而来，不然则所谓‘为者败之，执者失之’也。昔人谓‘好诗必是拾得’，书亦尔尔。”《艺概·诗概》还说：太白诗“佳处”，在“机会与造化争衡，非人工可到”。还说：“东坡、放翁两家诗，皆有豪有旷；但放翁是有意要做诗人，东坡虽为诗，而仍有夷然不屑之意，所以尤高。”这里所说的“自然流出”“拾得”“自天而来”“未尝经意”“夷然不屑”，显然都包蕴着自然而然、自然天成的意思。

自然天成的基本特征是不见人工雕饰痕迹。《艺概·书概》说：“书有分数，非难；有无分数的分数，为难。”又说：“神仙迹若游戏，骨里乃极谨严。”这就是自然天成的审美特质。这个特质，刘氏称之为“泯形迹”。《艺概·文概》说：“《文心雕龙》谓‘贯一为拯乱之药’，余谓‘贯一’尤以‘泯形迹’为尚。”又说：“治胜乱，至治胜治。至治之气象，皞皞而已。文或秩然有条而辙迹未泯，更当跻而上之。”泯形迹，就是要泯灭一切人为的痕迹。《艺概·书概》中所一再张扬的“有法而无法”“无法者，法之至”“不工者，工之极”“至治胜治”，都是这个意思。艺术创造都是人为的，但结果却要泯灭一切人为痕迹，这就是美感的理想境界。刘氏在《艺概·诗概》中评价杜甫诗歌时说：杜诗“当有者尽有，当无者尽无”，“有者，但见性情气骨也；无者，不见语言文字也”。“不见语言文字”，就是泯灭一切人为痕迹；“但见性情气骨”，就是达到了最完美的表现效果。显然，“泯形迹”就是审美造诣最理想的无为之境。我们看陶渊明的诗语，“采菊东篱下，悠然见南山”“山气日夕佳，飞鸟相与还”“开荒南野际，草盛豆苗稀”“暧暧远人村，依依墟里烟”“甚念伤吾生，正宜委运去”“应尽便须尽，无复独多虑”等等，均似信手拈来，遂成独到，道理就在这里。

不难意会，审美无为之境的实质，就是审美造诣的天人合一。“锻炼而复归于自然”，就是经过长期锻炼而达到了自然境界；这个自然境界，一是指自然而然、自然天成，是谓“人能之至”，二是指自然境界、天然之道，是谓“天道”。通过“人能之至”而达“天道”，就是“由人复天”，就是天人合一。天人合一是中国传统文化的核心理念和最高理想，它在整体上确立了中华文明的基本质性和走向，是传统人文科学各个领域的纲领，因而，无为之境，实质上就是人之智能在无限充实后的“达天”，就是人的精神获得了真正的自由，就是哲学上所说的“必然与自由”那个自由。

如果说王国维的无我之境，是心理活动的暂时性审美的自然化，那么，刘熙载的无为之境，则是心性智能的长久性修养的自然化，后者的涵盖性比前者大得多。由于两者都是心理—精神层面的天人合一，因而在审美领域内，都有超功利、忘我、虚静、非自觉等心理特征，但其差别也是很明显的：作为客观的艺术意境，无我之境只指向美感境界中的一种，而无为之境则指向一切美感理想境界；作为主体的审美心理，无我之境只指向审美静观中的忘我物化心态，而无为之境则指向一切审美静观心态的理想境界。显然，无为之境指向人人所向往的无施不可乃至无所不能的“神境”。不过，这神境是永远也不可能完全达到的，人们只能在偶然的灵感、顿悟中感受到它的一些机缘，在庖丁解牛、佝偻承蜩的想象中闪现出它的某些幻影，人类永远只能艰难地跋涉在通往无为之境的路途之上。

「行到水穷处，坐看云起时」

——王维《终南别业》的玄禅意境

终南别业

中岁颇好道，晚家南山陲。
兴来每独往，胜事空自知。
行到水穷处，坐看云起时。
偶然值林叟，谈笑无还期。

今人论王维诗，虽多聚焦于其中的禅意，但真正触及其奥妙者难得一见。古人论及王维诗中之禅意者虽不多，但赵铁岩一段话，却颇耐人寻味：“右丞通于禅理，故语无背触，甜澈中边。空外之音也，水中之影也，香之于沉实也，果之于木瓜也，酒之于建康也。使人索之于离即之间，骤欲去之而不可得，盖空诸所有而独契其宗。”“空诸所有”，是说其“通禅”的心境，是真正合乎既空寂且平静之禅理的；“独契其宗”，是说其诗境中的禅理，是精准契合禅理之宗旨的。故而，王维那些通禅的诗歌，能够做到“语无背触”——遣词造句没有违背抵牾禅意的地方，“甜澈中边”——甜美的禅意浸透了诗情韵味的里里外外。如此，则水到渠成地成就了王维诗中那如同空中荡漾之音、水中摇曳之影的禅象禅境，产生了令人索之于离即之间、欲去之而不可得的艺术魅力。仔细咀嚼一下王维移居辋川别墅以后的诗作，可以体悟到，赵铁岩的这些论断都是颇中肯綮的。

这首《终南别业》，可以当作王氏辋川全部诗作的总序来阅读。“中岁颇好道，晚家南山陲”，开篇即直白相告，诗人晚年移居到了终南山下的辋川别墅；移居的主要原因，则是因为“好道”；而好道的“道”，则无疑是指向玄禅之道，这也就是王维辋川诗作的特质。但这玄禅之道究竟体现在哪些方面，又是怎样体现出来的，那就要在细细咀嚼该诗余下六句的同时，联系其他辋川诗作来进行深入的分析和领悟了。

一

禅宗，汉传佛教宗派之一，兴于南北朝，始于菩提达摩，盛于六祖惠能，中晚唐时成为汉传佛教主流。禅宗在坚持佛教基本立场、观点和方法的同时，又吸收了中国传统思想特别是老庄自然主义哲学和适意自然人生态度以及儒家心性学说的核心理念，从而形成了一套独特的宗教哲学理论和修行解脱观念。其核心思想是“不立文字，教外别传，直指人心，见性成佛”；强调佛就在心中，涅槃就在生命过程之中，理想就在现实生活之中。这样一来，禅宗就把佛教一直追求的虚幻“彼岸”世界，转移到切近的现实的“此岸”世界，强调“佛法在世间，不离世间觉”，要求在日常生活中发现穿越意义，抵达理想精神境界；要求从流动不居、变化无常的生命中体悟禅境，从青山绿水、烟岚云霞的自然中体察禅味，从行住坐卧、日常生活的机缘中体验禅悦，从而实现生命的解脱和超越，获得精神的自由。

王维“移居南山陲”的诸多诗作，就是将佛法从彼岸移到此岸、将“外索”变成“内修”的成功实践，就是在自然山水、日常生活中深切体悟到玄禅之境、玄禅之理、玄禅之味、玄禅之悦的艺术典范。这一切，大体都已经隐蓄在《终南别业》这个“类总序”之中。

“兴来每独往，胜事空自知。”这个颔联中包蕴着诸多信息。“兴来”“独往”“胜事”“空”“自知”中，都有穿越词语意义的诗性言外意蕴，而以“胜事”的意蕴最具整体涵盖性，若轻轻滑过，其中的禅敬意味、禅悦情致就可能流失殆尽。“胜事”之“胜”，在这里是优越、美好之义。《荀子·强国》：“其固塞险，形执便，山林川谷美，天才之利多，是形胜也。”《初刻拍案惊奇》：“登上此亭，江山多在眼前，风帆起于足下，最是金陵一个胜处。”无疑，王氏“移居南山陲”，就是相中了它的“形胜”，他“兴来每独往”，就是兴致勃勃地在赏游其中的“胜处”。这“胜”字还常常特指优美的山林和古迹。柳宗元《永州崔中丞万石亭记》：“见怪石特出，度其下必有殊胜。”《警世通言·俞伯牙摔琴谢知音》：“只因览胜探奇，不顾山遥水远。”《徐霞客游记·游九里湖日记》：“峻壁环锁，瀑流交映，集奇撮胜，唯此为最。”显然，王氏心目中的“胜事”，指的就是遍览辋川别墅的奇山异水，体悟其中的玄道禅意，享受其中的禅趣禅悦。王维晚年的山水田园诗，特别是《辋川集》中那些“虽小却好”的即景诗作，都渗融着诗人对禅境、禅理、禅意、禅味的深微感悟，这就是王维在“事”之前加个“胜”字的真正用意。

具体来说，这胜事，在这首《终南别业》中，就是“行到水穷处，坐看云起时”“偶然值林叟，谈笑无还期”。在其他辋川诗作中，就是移居终南时，望“分野中峰变，阴晴众壑殊”“明月松间照，清泉石上流”；徜徉辋川时，看“菱蔓弱难定，杨花轻易飞”“绿竹含新粉，红莲落故衣”；往孟城坳、华子冈时，览“古木余衰柳”“连山复秋色”；去文杏馆、栾家濑时，观“不知栋里云，去作人间雨”“白鹭惊复下”；喜鹿柴、北垞时，见“复照青苔上”“明灭青林端”；乐白石滩、竹里馆时，得“浣纱明月下”“弹琴复长啸”……显然，这种种“每独往”的山水，种种“空自知”的感受，本来都是平平常常乃至琐琐细细的景色，都是清清淡淡乃至似有若无的韵味，但在王维心目中，却是胜景、胜物、胜机、胜缘、胜境、胜事、胜情、胜意、胜理、胜悦，并潜心营构，把它们熔炼到清纯质朴的诗韵之中。为什么会有如此愉悦的心境？无疑，是因为诗人的心灵，就是通过观照这些平常事物，穿越这些日常生活，而获得了禅缘，走进了禅境，真切地感悟到不在来世、不在天国，而就在身边且无所不在的富有人生意味的禅机、禅理、禅悦。

就拿“行到水穷处，坐看云起时”来说吧，这里面就包含着禅宗的一个“无生”理念。穷者，尽也，起者，始也，穷而再起，尽而再始，这就是一个穷尽复通、连绵不断、生生不息的哲思。佛教萌生于救人脱离苦海的慈悲之心，而让人脱离苦海的通道，则是去欲守空、修养佛心；但挡在这修养佛心面前的最主要障碍，则是贪生惧死之念、生命短暂之恨。为了破除这大障大碍，佛教大乘张扬来世的极乐世界，小乘执着今世的苦行积善，禅宗则致力于向内心诉求，倡导“无生”观念。这“无生”观念的实质，就是认为世间的一切“法”，都在有、住、异、灭的迁流变化之中，因而一切事物都是在不停地流变，都只是流动，都是没有实体的，都是空的。这就是说，生生灭灭都是过眼云烟，都是短暂的，乃至是不存在的，只有无生无灭才是永恒的有、永恒的住、永恒的存在，而佛心就是这个永恒之心。正如《大般若经》所云：“一切诸法，自性本空，无生无灭。缘合为生，缘散为灭。”禅宗就是借助这样的禅理，通过无限扩张个体心灵的时空和作用，来努力泯灭有限与无限的矛盾，期及摆脱个体生命的局限，消解生命短暂的苦恨。禅宗经典《景德传灯录》中曾这样描述过通达“无生”境界的心理状态：“心境明，鉴无碍，廓然莹彻周沙界，万象森罗影现中，一颗圆光非内外。”大意是说，人心明净透彻，无障无隔，就能周遍天地万物，在万象纷纭复杂、变化多端的影像映现中，得佛光照耀，从而达成泯灭内外之别的心灵圆融，实现精神的超越。王维就是在对终南山水、辋川烟云的心领神会之中，感悟到了这“无生”的禅理，并将其泛化到了自然、人生的诸多方面。

例如《终南山》：

太乙近天都，连山到海隅。
白云回望合，青霭入看无。
分野中峰变，阴晴众壑殊。
欲投人处宿，隔水问樵夫。

诗中的颔联、颈联四句，分别描述了白云的分与合、青霭的有与无、峰野的定与变、阴晴的同与殊，而且认为这些对应关系是不断变化的，只有这个不断变化才是不变的。这是不是包含着生灭变化不居，只有无生无灭才是永恒的禅理？王维看到了这些无定居的对应变化，但并没有任何喜怒哀恨的特别反应，仍然照常地“隔水问樵夫”，找地方睡大觉去了。这是不是意味着，在他的心目中，这“连山到海隅”、无边无际的种种对应变化，都是自然的人生的普遍禅理、常道，无须大惊小怪？

再如《汉江临泛》：

楚塞三湘接，荆门九派通。
江流天地外，山色有无中。
郡邑浮前浦，波澜动远空。
襄阳好风日，留醉与山翁。

诗的中间四句，分别包含着内外、有无、浮沉、动静四种对应变化关系，不仅具有接三湘、通九派的无限广阔性，而且呈现源远流长、倏忽万变、惊天动地的恢宏气势，但诗人却“留醉与山翁”，无惊无诧，有的只是泰然观赏，这是不是仿佛步入了“万象森罗影现中，一颗圆光非内外”的禅定、禅悦？

不要因为禅宗要求从“青青翠竹，郁郁黄花”中发现禅机，从“饥则吃饭，困则打眠，寒则向火，热则乘凉”中体会禅道，就认为禅宗只是消极的顺随自然，无进取之心。其实不然，禅道中蕴蓄着真诚而积极的个体人生执念。“独坐幽篁里，弹琴复长啸。深林人不知，明月来相照。”虽然“独坐”“人不知”未免孤傲，但其中那追求精神解脱、张扬情志高洁、象征胸襟光明的情怀，却是很明显的。即使在“空山”之中，“秋暝”之时，诗人也欣欣然于“明月松间照，清泉石上流”，昭示着他的心胸似朗月、清泉，志意若松柏、坚石；同时也欣欣然于“竹喧归浣女，莲动下渔舟”，因为他意识到，在寂静的秋山下，四处还跃动着川流不息的生机，就像那“偶然值林叟，谈笑无还期”一样，在无所不在的禅缘中，于不经意中就可以感受那潺潺流动、生生不息的生命真谛。

王维这“胜事”的情致意味，不禁令人联想到了朱熹的《春日》，该诗一开篇就冠有一个“胜”字：

胜日寻芳泗水滨，无边光景一时新。
等闲识得东风面，万紫千红总是春。

这首诗的蕴场至少有四个层面。第一层是描绘美好春光。第二层是象征一切美好事物、美好情境、美好理想。在这里，读者都可以因同频共振、同调和鸣，而连类生发具有相似美好境遇的个人具体化感受。而诗人自己的具体化连类事物，则体现为该诗意境蕴场的第三、四层。第三层是赞美儒学思想。启动这层意蕴的钥匙是“泗水滨”，这是孔子设堂传授弟子、创立儒学的圣地；朱熹也就是在这“胜地”研修儒学、创辟理学的。由是，诗中所描述的美好春光，就都可以异质连类到儒学的美圣光环：寻芳，意味着探求儒学之奥；光景无边，意味着儒学光辉普照大地；东风，意味着儒学催生万物的魅力；万紫千红，意味着儒学的丰赡多彩。这都是诗人的心之所向，情之所往。第四层是抒发自己创辟理学的兴奋心情。这兴奋心情，宣告着当时朱熹的理学研究，已经有了重大突破，所谓春光无边，所谓万紫千红，实际上就是忍俊不禁地在张扬他已经获得了儒学真谛，已经建构起一个相当完美的理学体系。朱熹是孔孟之后最有成就的儒学大师，其思想对后世影响很大。

王维用“胜”字来点染他在山水中所感受到的“禅理”，朱熹用“胜”字来张扬他在儒学中所体悟到的“天理”，虽然有深广度和价值观的很大差别，但隐蕴在其中的愉悦情、美盛意，却都是相当深切的。

二

当然，将佛教的涅槃从彼岸拉回到此岸，还只是菩提觉悟的场境转移，而不是菩提觉悟的心理法门。知道禅机就在山水田园日常生活之中，但要发现它并走进去，却是一个艰难的心理过程。可以说，一切佛法都聚焦于这个菩提觉悟的心理过程，但各流派又有所不同。禅宗的心法不像大乘那样高求超凡入圣，也不像小乘那样深笃苦行修炼，而只是强调在现实人生日常生活中“明心见性”。“明心见性”，是禅宗的核心宗旨和心法，这在王维的山水诗中也可以看得很清楚。

禅宗的“明心”，首先是要求心地空静，这是“见性”的先决条件；也可以说是“见性”就在“明心”之中，因为只有“静”，才能“了群动”，只有“空”，才能“纳万境”。“诸法皆空”，本来就是一切佛宗的涅槃法门，故而佛门也称“空门”。正如《华严经》所云：“法性本空寂，无取亦无见。性空即是佛，不可得思量。”禅宗以“无生”“无念”为宗，实质上是把万物万事的客观世界看空了，把千头万绪的主观世界看空了，从而认为“心空，则无欲，无欲则无痛、无执、不生、不死、大休、大息，达到永恒的涅槃”，于是也就特别强调“心空则一切皆空，一切都将永恒”，这无疑是坚执了佛法的根本。或许王维的心境并未达到无生、无念、大休、大息的程度，但其山水诗中那种清心寡欲、淡泊人生的平常心，那种适意自然、醉心禅静的意境，却是跃然纸上、无所不在的。他诗中的“空”字特多，如“空山不见人”“空翠湿人衣”“空山新雨后”“夜静春山空”等等，均是明写物态，实指心境之静。《终南别业》“胜事空自知”的“空”字，可解作“白白地”“无意义”，因为诗人的心是无欲、无念的，故而虽知是胜事，却又有“胜与不胜，与我何干”的平常心。

意静才能心空。王维诗中对“静”的感应，更是令人称赏。说到王维的心静，人们总喜欢用“晚年唯好静，万事不关心”“晚知清净理，日与人群疏”“一悟寂为乐，此生闲有余”等诗句来佐证，其实，这类诗句多为直抒胸臆，虽强于概念告知，却弱于意象隐蓄，诗味比较淡薄。只有像《鹿柴》那样，以空山“不见人”，只能偶然听到“人语”声，来反衬空山的寂静，以“深林”不见日，只有“返景”能短暂地投射到深处的“青苔”上，来烘托深林的幽暗死寂，这才能见出诗人心态空静的程度；只有像《鸟鸣涧》那样，身处空山夜静之时，能悠闲地将心神凝滞到簌簌下落的小小桂花之上，能想象到月光飘洒过来惊醒睡梦中的山鸟，从而在幽谷中响起断断续续的叫声，这才能让人深切体悟到诗人那颗对空静十分敏感，而且感应得十分深邃的心灵；只有像《辛夷坞》那样，独处“涧户寂无人”的山中，能够静静地看着芙蓉花发红蕾，又静静地看着它纷纷开花、纷纷花落，既不因花开而喜，也不因花落而悲，这才能鲜明彰显出诗人那忘世无我、全身心地投入自然韵律的禅静之心。

有人用孔孟的心性论来解释禅宗的明心见性说，恐不恰当。重要的是何为“见性”的“性”。禅宗强调空静，用意肯定不止于让人追求孔子那“仁者爱人”的“仁”和孟子那“推己及人”的“善”。从王维的山水诗来看，其中随处可见的心性，倒是穿越了现实社会存在，而更接近庄子所崇尚的自然天性，并趋向于老子“道法自然”的“道”。从王维诗中所用的典故，就可以明显见其端倪。如《戏赠张五弟諲》：“我家南山下，动息自遗身。入鸟不相乱，见赠皆相亲。云雾成伴侣，虚白待衣巾。”“入鸟”一联，用《庄子·山木》典故：“入兽不乱群，入鸟不乱行。鸟兽不恶，而况人乎？”无疑，这是冥合庄子的“齐物”观念。“虚白”一词，出《庄子·人间世》：“瞻彼阕者，虚室生白，吉祥止止。”晋司马彪云：“室，喻心；心能空虚，则纯白独生也。”显然，此典是用“纯白独生”来彰明其清净之极的心境。再如《山中示弟等》：“山林吾丧我，冠带尔成人。……缘合妄相有，性空无所亲。安知广成子，不是老夫身。”“吾丧我”，语见《庄子·齐物论》，取忘我物化之意。“广成子”，老子别号，诗人自喻。“缘合”“性空”皆佛禅用语。如此喜用老庄典故，足见王维心仪的禅宗理念，都是指向自然天性、自然韵律的。可以说，禅宗是被中国传统文化融化了的佛教，这个融化，主要体现为佛教空寂理念与老庄自然主义两者极富实践可行性的融合。

情倾自然天性，意注自然韵律，这是王维辋川山水诗的显著特征。一般说来，抒情诗虽然注重意象表现，即所谓“一切景语皆情语”，但其结句，却往往像“随意春芳歇，王孙自可留”那样，是用直抒胸臆的方式来明确表达情志。然而王维的那些终南辋川小诗，其结句却大多落墨在对自然景物和天趣人事的白描之上。请看这些结句：

不知栋里云，去作人间雨。（《文杏馆》）
返景入深林，复照青苔上。（《鹿柴》）
彩翠时分明，夕岚无处所。（《木兰柴》）
隔浦望人家，遥遥不相识。（《南垞》）
湖上一回首，青山卷白云。（《欹湖》）
跳波自相溅，白鹭惊复下。（《栾家濑》）
家住水东西，浣纱明月下。（《白石滩》）
逶迤南川水，明灭青林端。（《北垞》）
深林人不知，明月来相照。（《竹里馆》）
涧户寂无人，纷纷开且落。（《辛夷坞》）
月出惊山鸟，时鸣春涧中。（《鸟鸣涧》）
靡靡绿萍合，垂杨扫复开。（《萍池》）
日暮飞鸟还，行人去不息。（《登高台送黎拾遗》）
坐看苍苔色，欲上人衣来。（《书事》）
山路元无雨，空翠湿人衣。［《阙题二首》（其一）］
牛羊自归村巷，童稚不识衣冠。［《田园乐七首》（其四）］
花落家童未扫，莺啼山客犹眠。［《田园乐七首》（其六）］

这些结句所描写的，不管是自然景物，还是人事生活，都有一个基本特点，就是景物的原态、原色、原频、原律、原韵、原味，没有变形，没有夸饰，看不出加工再造，看不到比兴象征，景物是自由自在的，人事也是自由自在的。这就是天地万物的自然天性、天然韵律；而就其精神实质来说，其指向也就是老子“道法自然”的“道”，也就是禅宗“明心见性”的“性”。

不过，把“明心”的“明”解释为空静，把“见性”的“性”解释为自然天性，并没有真正彰明禅宗的特质。关键在于如何“见性”。各有各的禅悟法门，这才是见出佛教不同流派之所以不同的机要。一切宗教的原始用意，都是为了解脱人生的无穷烦恼，但怎样解脱，却各有各的法门。禅宗认为，烦恼产生于对万事万物的“有区别”观念：执念于有区别，就有了生死、寿夭、高下、得失、贫富、贵贱等的是非、好坏之分，于是也就会因为种种不得意而生出种种烦恼。佛教的所谓成佛，道教的所谓成仙，基督教的所谓升天堂，显然都是教人怎样去消除烦恼而获得幸福，但它们所指引的法门，却都离不开要在现实的“有区别”的身心痛苦中长期坐化、苦行、磨炼、挣扎，教人用此生的痛苦，去换取虚幻的来世欢乐，这听起来就令人畏惧，更何况去实行。由是，禅宗别开思路，不仅将彼岸拉回到此岸，而且提出了一个与人们习常的“有区别”意识相反的“无区别”观念：所谓“无生”，实质上就是禅宗的“无区别”世界观；所谓“无念”，实质上就是禅宗的“无区别”人生观，认为只有这个内外都无区别的境界，才是一个真正永恒的境界，而这也正是禅悟的指向。正如当代佛教大师宗萨蒋扬钦哲仁波切在《正见》中所说：“如果你认为，并非一切和合或造作的事物都是无常，你认为有某些基本的元素或概念是恒常的，那么你就不是佛教徒。”那么，怎样才能突入这个“无区别”的永恒境界呢？为此，禅宗进而又提出了一个让人觉得并不那么繁难的禅悟方法，那就是“顿悟”：以“无生”也就是“无区别”的观念照见万物，凭“无念”也就是“无区别”的心态触发禅机，让顿悟引领灵性火花，于刹那间有所突破，打开一扇扇新的灵魂窗户，从而获得那种似有若无而又令人神往的永恒意味。这便是禅宗一再强调的“即心是佛”“平常心是道”。王维《酬黎居士淅川作》“著处是莲花，无心变杨柳”，运用佛典，说的也是这个意思。这个建筑在“无区别”观念基础上的“顿悟”入禅法门，直接跳过了“有区别”的世事纠缠和心意纷扰，就像一脚将足球踢过艰难的中场而直奔球门，使佛心禅性既不像老庄之道那么玄虚，也不似西方极乐世界那么缥缈，简捷得仿佛就在眼前，随处可入，随时可悟，就看你有没有随缘而生的禅机，有没有任运而悟的禅智。这样一来，禅宗就以其独到的切近而玄妙，招引了不少“粉丝”，一举成为中晚唐最流行的宗教，顿悟性禅修也就得到了更多人的尝试，乃至播撒为一种令人喜参乐玩的智力游戏。

王维的山水田园诗中，无论景大景小，境深境浅，几乎无不隐蕴着“著处是莲花，无心变杨柳”的禅机顿悟。在《终南别业》中，“兴来每独往”，这就是时时兴起的禅心冲动，禅机感应，禅缘呼唤；“胜事空自知”，这就是随处可见的顿悟频发，禅性频闪，常道突入。“行到水穷处”，仿佛生机已完全耗尽，但“坐看云起时”，似乎生机又重新开始了，万物就是这样的无生无灭，因而禅缘禅机也就无所不在、无穷无尽；“独往”“水穷”“空自知”，似乎只有孤独寂寥，但却能“偶然值林叟”，而且“谈笑”风生，竟至忘记了“还期”，禅心就是这样的随缘、任运、自性！在《鹿柴》中，“空山”“深林”能听到“人语响”，却找“不见人”，但未曾预料，那夕阳的余晖，却能将“返景”投射到密林深处那难见天日的“青苔上”，你不觉得禅机是无所不在，魅力是十分诱人的吗？在《文杏馆》中，没想到那飘飘洒洒去“人间”“作雨”的云气，竟都是从“杏梁”“茅宇”的“栋里”生发出来的，你看禅性禅理的机变究竟能有多么美妙？在《辛夷坞》中，向山涧俯视，“涧户寂无人”，只有花儿在“纷纷开且落”，这是否就是古人常说的“山中无人，水流花开”？是否就是禅宗所一再张扬的“无生无灭的永恒世界”？在《书事》中，“坐看苍苔色，欲上人衣来”，小雨中，苍苔吃饱喝足，直腰伸臂，生机勃勃，仿佛想要爬到人的衣服上来，若非禅机偶发，“君从何处看”，方能“得此无人态”？在《阙题二首》（其一）中，“山路元无雨，空翠湿人衣”，本就“无雨”，又加“空翠”，却无来由地把人的衣服打湿了，这是造物者的特异功能吗？自然天性、天然韵律究竟蕴藏有多少奥秘？可以说，在中国传统诗坛上，王维的终南辋川山水诗，是将佛门禅悟观与庄子心斋说相融合，实践禅宗顿悟法门，适意自然韵律，进逼无生无念永恒境界，并且与审美创造性顿悟和合相生，从而酿成既深得禅理又极富诗性韵味的典范。

易中天说：“禅，不是心灵鸡汤，它的意义就在于‘没意义’。”这话幽默地触到了禅宗的腠理；但必须对这个“没意义”有一个正确理解。这个没意义，不等于毫无价值，因为即使只对个体人生的排除烦恼、调节心态平衡有一定作用，也不是毫无价值；说不定从更长远的人类发展来看，禅理中所融蕴的自然天性观，还预示着人类社会的终极归宿呢！说得切近些，这个没意义主要指的是，在参禅时主体不能有先入为主的意志、意念。所谓无生、无念，强调的就是这个。这从王维的辋川山水诗中也能看得很清楚。其一，诗中的禅机禅理，都是潜蕴在对自然景物的描摹之中，很少见到有情志意理的胸臆直抒；即使是诗的结句，也是意象表现，很少像常见的那样“篇终直陈其意”。其二，诗中的景物，都是原态、原色、原性、原味的白描，几乎见不到雕琢、夸饰、象征、移情的痕迹。其三，诗中多有对客观事物之矛盾对应、奇异多变的描述，如有无、分合、异同、真幻、内外、动静、浮沉等等，但诗人却泰然观之，淡然处之，很少流露是非、褒贬之意。这很重要。因为有是非、有褒贬，才有喜怒哀乐之情，这是一切抒情诗赖以是此非彼、褒此贬彼的生发由头；王维看到了“区别”，看到了变化，却跳过了那些是是非非、褒褒贬贬的由头，正说明他在观物进行审美创作时，并没有先入为主的主观意志、意念，一切都取决于随缘顿悟，灵光偶发。其四，即使在酬友、送别、思乡、怀古等“必有情思”的作品中，也是少见肯定性断语，而多用疑虑性问句，如《酌酒与裴迪》：“世事浮云何足问？不如高卧且加餐。”《积雨辋川庄作》：“野老与人争席罢，海鸥何事更相疑？”《送别》：“春草年年绿，王孙归不归？”《杂诗三首》（其一）：“常有江南船，寄书家中否？”《杂诗三首》（其二）：“来日绮窗前，寒梅著花未？”《戏题盘石》：“若道春风不解意，何因吹送落花来？”如此等等，淡泊情志是显而易见的。

不过，透过这一主体淡泊情志的层面，我们应当更深入地体悟到禅悟对唯科学主义、唯理性主义的消解，这才是“没意义”的实质。如前所述，禅宗“不立文字，教外别传，直指人心，见性成佛”的法门中，包含着两个要点：一个是直接跳过“有区别”之万有世界的禅悟方法，一个是致力追求“无区别”之永恒境界的禅理时空。这禅悟方法，不依凭佛教经典，不可用概念指称告知，不能走理性推演思路，而要在“教外”求得顿悟佛性，既不可说，也不能说，颇近于庄子所说的“虚而待物”，“无听之以心，而听之以气”，乃至令人想到了物我混沌的原始思维、荣格的集体无意识、弗洛伊德的潜意识；这禅理境界，就是六祖惠能所说的“无念为宗，无相为体，无住为本”，颇近于庄子《逍遥游》中所说的“至人无己，神人无功，圣人无名”，乃至令人想到老子“万物生于无”的“无”、庄子“唯道集虚”的“无何有之乡，广莫之野”。总之，禅宗的禅悟之法和禅理时空，都不是可传授的知识，也不是可演义的理论，它“不涉理路，不落言荃”，只可意会，不可言传，只是一种心灵感应，一种灵光闪现，一种智慧火花，一种“无用之用”，一种“没意义”的意义。这个“没意义”，指的就是非知识、非理论、非理性、非逻辑，因而在客观上，或有某些消解科学主义可能违背自然天性、理性主义可能违拗天然韵律之弊端的功能，或有某种开阔人的心胸、启迪人的智慧、让心灵在更广阔的天空自由翱翔的功效。

三

王维的山水诗，代表着中国古代山水诗的最高峰。究竟应当怎样看待它的艺术成就？值得深思。古人多赞叹其意境“澄净”“幽玄”“清远”，赞美其色相如“秋水芙蕖，倚风自笑”，“真一片水墨不着色画”，称道其读之有“启道心，浣尘虑”，“身世两忘，万念俱寂”的效应。这说得都很贴切，但又觉得还没有道出“最高峰”的特质。恐怕更应当站在文学发展史的高度看问题：究竟从哪里能看出它体现了中国诗歌发展史上的“最高峰”？古人所说的那些意境美、色相美、效应美，都对，但又都不是王维山水诗所特有，而其所特有的，则在于把最玄远的老庄“道法自然”的宇宙常道、最玄秘的禅宗“无生无念”的永恒境界，用最富有情景水乳交融特质的意象，用最富有幽深难测隐在蕴场的意境，颇具诗性特有意味、特有韵致地表现了出来。可以说，这在中国诗歌发展史上，是前无古人、后无来者的。

要充分认识这个问题，须简要梳理一下从六朝兴起玄言诗到产生唐代王维山水诗的流变史：这是一个经数百年的发展演变，终于把“只可意会，不可言传”的玄禅之道意象化、诗意化的过程。

老庄思想，在中国文化中占有非常重要的地位，但由于其哲思的玄远渺茫，因而在其审美表达史上，就有一个起步晚、探索时间长的发展过程。总体说来，这是一个玄言诗逐步消亡，山水田园诗逐步兴起、发展、昌盛的过程，是一个玄禅意念与诗性特质逐步融合的过程，是玄禅思想的审美表现从概念堆砌逐步走向成熟之意象表现的过程。

汉代，老庄思想耽囿于经学，虽曾一度得宠于政治，却从未登上诗歌殿堂。六朝初期，诗界刮起一片“玄风”，方导发出一大批“玄言诗”。《文心雕龙·时序》云：“自中朝贵玄，江左称盛，因谈余气，流成文体。”显然，玄言诗是魏晋名士清谈风气的产物，其内容不外“易”“老”“庄”，其表达则都是词语概念的堆砌与演绎，几乎看不到“诗缘情”“诗欲丽”的诗性特质，故而被钟嵘《诗品》斥评为“理过其辞，淡乎寡味”。

西晋太康时期，以张协为首的“八杰”，以倡导“形似之言”，描摹自然景象，开启了山水诗的闸门，但在整体上大多是先写景、后写意的情景分叙结构，离情与景的直接交融还很远。其后以郭璞为代表的游仙诗，描绘“餐霞倒景、饵玉玄都”的道教神山仙境，似乎是给玄言诗涂上了一层“象形景致”，但道教仙境毕竟只是老庄思想的“旁门左溢”，因而离“道法自然”的真谛也就愈来愈远了。只有到了谢灵运、鲍照的山水诗，才称得上是将山水景物与老庄自然之道结合了起来，称得上是情与景、意与象的初步直接融合。《文心雕龙》所说“窥情风景之上，钻貌草木之中，吟咏所发，志惟深远，体物为妙，功在密附”，指的主要就是谢、鲍等人的山水诗。

谢灵运的山水诗，取景大处落墨，尺幅之中千岩竞秀，万壑争流，云石花卉无一遗漏。特别是在景物的拟人化方面，如“白云抱幽石”“绿筱媚清涟”“连峰竞千仞”“息阴倚密竿”“海鸥戏春岸，天鸡弄和风”等等，将“抱、媚、竞、倚、戏、弄”等人格性动词赋予自然景物，主体的情意也就直接渗融到物态景象中去了，这是谢灵运山水诗对后世影响最大的地方。鲍照的山水诗善于截取景中一角、一物，细加雕画，从而将谢灵运的广角远景变成清晰的近景，将大片江山变成玲珑的片云半石，这一特点，从他那些如《白雪》《春咏》《咏秋》《咏白雪》《咏双燕》之类的诗题上，就可以看得很清楚。谢、鲍的山水诗，特别是谢诗对山水的人格化、鲍诗对一景一物的精雕细描，是六朝诗歌从山水诗过渡到后期之咏物诗、宫体诗的桥梁。这一过渡的重大意义，在于它是诗歌发展的必由之路，是中国诗歌发展史上最重要的飞跃阶段，是诗性特质真正被认识，并由此而逐步走向成熟的过程。然而，这个过渡的意义却一直被忽视，乃至被贬斥为"形式主义""唯美主义""脱离政治""悖反诗言志传统""造成六朝诗歌一片靡靡之音"等等，在精神实质上，这是对诗性特质的全面否定，应当予以认真的拨乱反正。

具体来说，这里至少有两个问题应当重新认识。

第一个需要重新认识的问题，是关于"巧构形似之言"的。《文心雕龙》最早指出六朝诗歌追求"形似"的总体特点："自近代以来，文贵形似。"钟嵘《诗品》则反复用"巧似"品评诸家诗，如说张协诗"其源出于王粲，文体华净少病累，又巧构形似之言"；说谢灵运诗"杂有景阳之体，故尚巧似，而逸荡过之"；说颜延之诗"其源出于陆机，尚巧似"；说鲍照诗"其源出于二张，善制形状写物之词……贵尚巧似，不避危仄"。显然，"巧构形似之言"，是六朝诗人的普遍追求，是六朝山水诗、咏物诗、宫体诗的普遍特点。

怎样评价六朝"巧构形似"的诗歌潮流？从中国文学发展史上看，可以说，没有六朝"巧构形似"潮流的长期锻炼，就不可能有光辉灿烂的唐诗。刘熙载说韩愈之文是"文起八代之衰，实集八代之成"，这是力挽狂澜的洞识。这里可以仿构一下：唐代诗歌是"诗起六朝之衰，实集六朝之成"。这不是虚夸。六朝从玄言诗到游仙诗到山水诗到田园诗到咏史诗到咏物诗到宫体诗的流程，从各方面看，都体现着当时社会文化艺术发展的必然趋势和基本规律。从人文根基看，是个体人生意识的不断觉醒，是社会长期动荡中对心身安宁时空的不断探寻，是清谈自我向审美自我的不断迈进，是对汉代"独尊儒术"大一统观念的纠偏，是对"诗言志"理念意识形态化的纠偏，是对汉代诗学过分强调"政治教化"作用的纠偏；从文学观念看，是文学自觉意识的不断提高，是"诗缘情"理念的提出并在长期实践中的不断拓宽和深化，是"诗赋欲丽"理念的提出并在长期实践中的不断绽放和丰富，是人生各种情志的不断得到深切表现、各种艺术方法和技巧的不断得到创辟；从诗性特质看，是人的内在生命律动的逐步得到全面表现，是情志意理的表现从"巧构形似"逐步向意象化的过渡，是意象表现天地的逐步被开垦、“事物表现性”的逐步被开发，是“异质相似连类”思维自觉性和水平的不断提高，是情景交融和谐程度的逐步加深、情景交融方式方法的逐步拓展，是“含不尽之意见于言外”诗性特有韵味的逐步增强；从诗体形式看，是诗句从四言为主向五七言为主的过渡，是抒情诗歌的格式、声律、偶俪不断优化的过程，是从汉魏古体诗中演化出隋唐近体诗的必由路径。

能否充分认识六朝诗歌在文学发展史上的重大意义，关键在于对艺术本体论是否有一个明晰而深刻的认识。总体上看，诗歌政治学、诗歌社会学、诗歌文化学、诗歌人类学、诗歌接受学、诗歌阐释学、诗歌功用学等，都属于诗歌的外在联系论，而诗歌“言志”说、“缘情”说、“欲丽”说，诗歌意象论、意境论、蕴场论，诗歌分类学、体式学、韵律学，乃至诗歌审美学、诗歌思维学、诗歌心理学、诗歌创作论、诗歌结构论、诗性语言论、诗性意味论等，则基本上都可以纳入诗歌的内在本体论。外在联系与内在本体有必然关系，不能截然分割，但也有质的差别，不能混为一谈。六朝的诗论潮流，几乎全部聚焦于诗歌的内在本体，因为在这之前，特别是汉代，已经把诗歌的外部联系说得很多了，有的还有些过头。中国诗歌的种种本体理念，中国诗歌的种种特有质性，中国诗歌鲜明的意象表现方法，中国诗歌特有的格律形式，都是在这一时期被一一提出并逐步走近成熟的，唐诗的繁荣和高蹈，可以说只是六朝诗歌潮流借助盛世气象的水到渠成。必须充分肯定六朝诗歌、诗论，在中国诗歌史、文学史、诗论史、文论史上的重要地位、关键作用和伟大贡献。任何事物发展，本体质性都是根据，外部联系只是条件，条件必须通过本体才能起作用。历来统治者都强调诗歌的政治性和社会功利，这是职责所在，势所必然，总体上无可非议。但若由此而漠视乃至压制诗歌的本体特有质性，就必定会戕害诗歌的发展。汉代过分强调诗歌“政治教化”作用的恶果，就是使其文人在立朝近三百年间，几乎只知道低着头耕耘经学的大地，而不知道抬起头来仰望诗意的天空。发展是硬道理。本体就是生命，外联只是条件，外联的意义，主要在于如何使诗性本体能够快速而健康的发展。本体被压扁了，还能有像样的外部联系和社会功利吗？

第二个需要重新认识的问题，是关于“庄老告退，山水方滋”的。这句话出自《文心雕龙·明诗》。由于用语过简，曾引起不少误解。这里的“庄老”，不能理解为老庄思想，因为在中国传统文化中，老庄思想从来就没有告退过。也不能把“庄老”理解为当时盛行的谈玄风气，因为玄风到隋初才见消减。只能把这里的“庄老”理解为玄言诗，就像只能把这里的“山水”理解为山水诗一样。也不能把“告退”与“方滋”理解为时间上的断崖，因为东晋及南朝宋时期的诗歌发展，既是一个玄言诗从昌盛到消退的过程，也是一个山水诗从兴起到昌盛的过程，这是一个几乎同时发生、此消而彼长、长达一百几十年的逐步演变过程。

更不能把“庄老告退”与“山水方滋”看作是前因后果的关系。与其说是玄言诗的消退为山水诗的发展腾出了地盘，不如说是山水诗的兴起占领并改造、扩大了玄言诗的领地和视域。为什么？因为玄言诗“理过其辞，淡乎寡味”，既违拗玄道“只可意会，难以言传”的特性，又背离“意象表现”的诗性特质，而山水诗则不仅以自身的自然之体和自然之律切合了老庄“道法自然”的根基，而且以具体生动的意象表现张扬了诗歌应有的“意在言外，隐蓄无穷”的诗性特质。这就是说，玄言诗与山水诗的此消彼长，意味着玄道哲思选择到了更好的表现途径，诗性特质选择到了更好的表现形式，此乃诗歌发展内在本体规律的必然。这层义理，其实早已被诸多文学发展史家所看到。如王瑶先生在《中古文学史论》中说：“他们发现以玄言来说理，反不如用山水来表理更好，更有文学的效用，因此山水诗便兴起了。‘庄老’并没有告退，而是用山水乔装的形态又出现了。”罗宗强先生在《魏晋南北朝文学思想史》中说：“刘勰所说的‘庄老告退，山水方滋’是不确切的。老庄之人生境界进入文学，乃是山水进入文学的前奏，山水意识只是建立在老庄情趣之上的。”缪钺先生在《诗词散论》中说：“刘勰谓谢诗‘庄老告退，而山水方滋’，亦非知言。盖谢氏诗中，庄老不但未告退，并可谓以庄老诗至此始成功。”葛晓音先生在《从玄言诗的兴衰看玄风与山水诗的关系》中说：“‘庄老告退’如仅指文学中玄言成分的消退，确乎不错，如果理解成思想界玄风的告退，则又未必然了。……山水诗在宋初大行于世以后，玄学佛学仍然契合无间，而且更加兴盛。玄谈之风直到隋初才稍见革除。”

从谢灵运的山水诗，到陶渊明的田园诗，再到王维的山水田园诗，都是以老庄“道法自然”哲思为根基的，都是玄道与佛禅相契合的产物。只不过它们所含之“道”的成分有所差异而已。谢灵运出身世族豪门，家族玄学传统源远流长，后期又深受佛教影响，他本人则既崇玄笃佛，又尚道好隐，并将其一股脑地泼洒到沸沸扬扬的山水之中，因而其中的玄思，就呈现为集玄、道、佛、隐于一身的多元融合状态。陶渊明不幸生于险恶的晋宋之交，愤世辞官，家贫难资，只能“开荒南野际，守拙归园田”，因而其笔墨就都泼洒在“种豆南山下，草盛豆苗稀”的枯瘠田园生活上，而其玄思，虽因与佛教大师往来而带有佛禅意味，但主要是沉潜于老庄的自然常道观念。王维则得幸于有唐之初盛，且高官富隐，游精闲贵，其辋川别墅，山水佳胜，田园肥美，故而其诗境与谢氏山水诗相比，则如海市蜃楼之与崇山野林，与陶氏田园诗相比，则如园林别墅之与山野草房。但不管有怎样的差异，在总体上它们都是玄道佛禅的艺术表现，而其差异，则体现为这一表现的与时俱进，从而不断地得以拓展、充实和深化。

玄道佛禅之艺术表现的深化过程，主要体现为玄禅与诗性特质的融合程度。具体来说，则集中体现为玄道佛禅的意象化程度，而意象化的程度，则体现在意象成分多寡和情景交融深度两个层面。谢灵运的山水诗，篇幅较长，呈记游—写景—言理三段结构模式，在景物铺陈之后，都有一个谈玄论道的直抒胸臆尾巴，可以看作是由景生情的意理升华，这样一来情与景之间就有了隔离之感；虽然其景象阔大而繁富，但难以做到景景见情，情景直接交融的浓度较淡，故而也常常得到后人“有篇无句”“颇以繁芜为累”的批评。陶渊明的田园诗，质朴平易，呈一派“茅草房＋老庄心”的气象，虽然因耽于农事而非悠游山林，诗中叙事写意句颇多，时有直抒胸臆之嫌，但情景交融中的虚静物化心态、意事契合中的忘世无我心镜，却表现得特别深切，这在老庄思想的诗歌表达史上是无与伦比的。苏轼说陶诗“癯而实腴”，并非虚言。前面说过，王维山水田园诗的景物白描成分最多，这无疑是意象化程度高的体现。苏轼说他“诗中有画、画中有诗”，这又是情景交融极其浑化的体现。特别是他将连禅宗自己都认为不可言传的禅机、禅缘、禅境，表现得那么极易让人心领神会，确实是禅道与诗性特质融熔谐和的典范。就拿《终南别业》来说吧，“兴来每独往”，意境中仿佛闪动着《世说新语·雪夜访戴》中王子猷“乘兴而来，兴尽而归”的身影，参禅随缘任运的心态跃然纸上；“胜事空自知”，令人想到陶渊明“此中有真意，欲辩已忘言”的心境，只是那“真意”已化作随时随地冥然顿悟的禅缘愉悦；“行到水穷处，坐看云起时”，似乎是乘着变幻多端、“无方无体”的云气，灵魂已潜入禅宗那“无生无灭”的永恒境界；“偶然值林叟，谈笑无还期”，在种种不可预知的偶然机缘之中，显然常驻着一颗玄道禅道所共同崇尚的“无欲无念”的平常心。至于《辋川集》中的诸多小诗，那些近乎“内不有己，外不见人”的纯景物描绘，其意象意境中所潜蕴的禅思、禅味，则更是非“神而明之”所难以悟得的。

从谢灵运的山水诗，到陶渊明的田园诗，直到王维的山水田园诗，是一个漫长的玄道佛禅思想得以逐步深切的文学表现过程。诗言志，诗缘情，诗写意，诗寓理，人的一切情志意理都有一个文学表现的过程。这个过程，大致上都体现为从直抒胸臆到意象表现、意象化程度不断增殖、情景契合不断浑融、情志表达不断深切、诗性特质不断张扬、意境韵味不断强化的过程。这是诗歌发展，也是文学发展的内在本体律动。我们的文学史研究和阐述，是不是应当以这些内在本体律动为轴心线索，深入开发诗性的、文学的本体质性？

四

在《终南别业》中，“行到水穷处，坐看云起时”两句，备受后人推崇。或说它“自在流出”，“奇句惊人”，或说它“水穷云起，尽是禅机”，或说它是“无言”“神境”，有“不可穷之妙”。这一切，显然主要得益于“云起”这个变化多端、含蕴无穷的意象。将“云”这一事物的表现性开发到如此幽深邃远的境地，绝非一寒之冰，肯定有一个长期积淀、不断穿越的历史过程。这个过程，可大致梳理如下——

《诗经》中的“云”，共出现八次，两次指“云汉”，即天河，与云无关。其余六次如下：

> 上天同云，雨雪雰雰。(《信南山》)
> 英英白云，露彼菅茅。(《白华》)
> 鬒发如云，不屑髢也。(《君子偕老》)
> 出其东门，有女如云。(《出其东门》)
> 齐子归止，其从如云。(《敝笱》)
> 诸娣从之，祁祁如云。(《韩奕》)

前两者的“同云”（云一色）、“白云”，只是描述了同云而雨、白云生露两种自然现象，云本身并未隐蕴情志，难以称得上是意象表现。后四个“如云”，分别形容黑发多而美、女子美而众、随从众多、侍妾众多，均是打比方，虽也算是意象表现，但均属形似的以物比物，与意象表现的以物喻心尚有一段距离。一句话，《诗经》中的云，其表现性还远未得到开发。

《楚辞》中的云，出镜率较高，且有了鲜明的表现性：

> （1）霰雪纷其无垠兮，云霏霏而承宇。
> 哀吾生之无乐兮，幽独处乎山中。(屈原《惜诵》)
> （2）眇远志之所及兮，怜浮云之相羊。
> 介眇志之所惑兮，窃赋诗之所明。(屈原《悲回风》)
> （3）愿寄言于浮云兮，遇丰隆而不将。
> 因归鸟而致辞兮，羌宿高而难当。(屈原《思美人》)
> （4）何泛滥之浮云兮，猋壅蔽此明月。
> 忠昭昭而愿见兮，然霠曀而莫达。

愿皓日之显行兮，云蒙蒙而蔽之。（宋玉《九辩》）

例（1）用云霏霏渲染被放逐山中的艰难处境和悲哀心情，是以景染情；例（2）借浮云喻比高远的志向，是以云喻志；例（3）借浮云寄托思君念国的心意，是以云寄意；例（4）用浮云遮蔽日月象征奸佞小人蒙蔽君王，是以云寓理。这都是云之形态质性与人之情志意理的异质相似连类，显然，《楚辞》中的云意象，真正拉开了云意象之表现性的大幕。

云意象之表现性的全面展开是在六朝时期。随着咏怀诗、山水诗、田园诗、咏物诗的依次兴起，云意象的表现性也沿着两条主题线路，不断向着深广方向推进：一条是表现游子思妇的离愁别恨，另一条是表现出世隐逸的玄远心境。

浮云与离别直接挂钩，始见于苏、李诗：

俯观江汉流，仰视浮云翔。
良友远别离，各在天一方。（苏武《古诗》）
仰视浮云驰，奄忽互相逾。
风波一失所，各在天一隅。（李陵《与苏武诗》）

应玚的《别诗》，开融行役之苦、思乡之恋、念亲之哀于一炉的先河：

朝云浮四海，日暮归故山。
行役怀故土，悲思不能言。
悠悠涉千里，未知何时旋。

徐干的《杂诗》，开启了闺妇思念远方丈夫的主题：

浮云何洋洋，愿因通我词。
飘摇不可寄，徙倚徒相思。
人离皆复会，君独无返期。

此后张协的“流波恋旧浦，行云思故山”、刘琨的“浮云为我结，归鸟为我旋”、汤惠林的“妾心依天末，思与浮云齐”等，也都是围绕这一题意展开。

一种诗歌风尚的形成，当然与其特定时代、社会、文化条件相关。魏晋南北朝时期的个体人生自觉，强化了人们追求个性解放、爱情自由的意识，于是离愁别恨、两地相思也就成为此后历代诗歌的一个长盛不衰的主题。但这主题为什么会首先取象于浮云呢？这就要在云的表现性上找原因了。云的形态、质性，与离愁别恨可能有的异质相似关联实在太丰富了：由云的漫天飘流，同构到游子的漂泊无定，抒写羁旅行役之苦；由浮云的高飘远逝，同构到游子的远游难归，抒写思乡念人之愁；由浮云的时聚时散，同构到人事的悲欢离合，兴发命运坎坷之哀；由浮云的倏忽消散，同构到岁月易逝，兴会年华虚度之恨；由浮云的高远难及，同构到功名难就，宣泄理想破灭之悲；由浮云的悬变难测，同构到富贵虚幻，寄寓人生如梦的喟叹……

由此，我们不难窥视到这样一条规律：诗歌发展、意象流变的历史进程，是一个不断探求客观事物之表现性、不断拓展这些表现性之广度和深度的过程。这是一个文学自觉程度、诗性特质自觉程度、异质相似连类思维自觉程度不断提高的过程。显然，这是诗歌发展的一条重要的内在本体轨迹。

汉末六朝长期的社会动乱，导致探寻个体人生意义的玄学愈来愈兴盛，于是，崇尚自然主义的老庄哲学和皈依彼岸的佛道禅理联袂而动，竭力将人心向“滓秽尘网，锱铢缨绂，浪迹山林，放荡清谈”的方向导引，而诗歌则由于得到山水的滋润，其中的云意象也就有了一个新的主题：表现出世隐逸的玄远心境。追求精神自由是这一主题的核心意象，这在陶渊明诗的云意象中得到了鲜明体现，例如：

望云惭高鸟，临水愧游鱼。(《始作镇军参军经曲阿》)

云无心以出岫，鸟倦飞而知还。(《归去来兮辞》)

“惭高鸟”“愧游鱼”，都是向往身心自由无疑。“云无心以出岫”的“无心”二字，下得绝妙，不仅扣紧云随风自在的特质，而且深得老庄玄道的精髓，从而将陶渊明沉醉自然的心境和盘托出。这个“无心”之“无”的深度，可用陶诗《饮酒》（其五）中“心远”的远度来注解：以“结庐在人境，而无车马喧”寓“忘世”，以“采菊东篱下，悠然见南山”寓“忘我”，以“山气日夕佳，飞鸟相与还”寓心境“物化”，以“此中有真意，欲辩已忘言”寓心态“忘言”，忘世、忘我、物化、忘言（非自觉心态）四个层次，愈旋愈深，将陶渊明沉醉自然的心境揭示得无比深邃而透彻。

齐梁间的陶弘景，是道教思想家、医学家。他隐居茅山，梁武帝礼聘不出，人称“山中宰相”。齐高祖萧道成曾下诏，问他山中有什么，他以诗答曰：

山中何所有？岭上多白云。

只可自怡悦，不堪持赠君。

自此以后，白云就成为隐逸闲静、超然物外、高洁淡远、精神自由的情感符号。像“临水登高望白云”“白云生处有人家”“山顶白云自逍遥”等等，兴会者层出不穷，历世不绝。

品赏吟唱隐逸的“白云”，总觉得比那些吟咏离愁别恨的“浮云”来得有味，这恐怕是因为浮云是着意于云和人事的形似，而白云则是着意于云和人事的神通，后者的意境比前者更朦胧玄远，更含蓄多藏。皎然《白云歌寄陆中丞使君长源》云：“万物有形皆有著，白云有形无系缚。黄金被烁玉亦瑕，一片飘然污不着。”这“无系缚”“污不着”，点明了白云的神，也点明了隐逸者的神，但未免直露。陶弘景只说“岭上多白云”，看似轻淡，实则空灵，“白”字“多”字后面还藏着许多东西，令人有思之不尽、味之无穷之感。

随着唐宋时代中国诗歌高潮的到来，云意象的表现性也获得了不断的创辟和拓展。一种新思潮的涌起，就意味着某些新的意象表现领域的被开垦，云意象家族也就不断地开花散叶，而且意蕴也愈来愈超旷，技艺也愈来愈精湛。如唐代全面实行了科考取士，云意象就增殖了青云、桂云、蟾宫云、云霄、云路、云程、云霞、云光、云裘等孪生新兄弟；唐宋爱情诗、婉约词兴盛，云意象就增殖了春云、秋云、晴云、阴云、喜云、愁云、浓云、纤云、巧云、彩云、雾云等孪生新姐妹。特别是唐代边塞诗的异军突起，云意象的增殖就更是风起云涌：长云、连云、重云、阵云、横云、飞云、高云、沉云，极尽边塞云的形态；黄云、紫云、黑云、乌云、赤云、火云，极尽边塞云的色调；风云、雨云、雪云、烟云、奔云、狂云、云山、云水、云天、云海，形容尽了边塞烽火的雄浑气象；寒云、冻云、愁云、惨云、恨云、壮云、怒云，则点染透了边塞云的感觉情调。

唐宋诗中的云意象不仅增殖了表现域的广，更增殖了表现力的深。这表现力的深，主要体现为物象形态与情志意理的契合程度。一切形象化描绘，一切比喻、比拟、隐喻、象征手段，都是为了求取更深切的意象表现。就拿比拟来说吧，这是事物的直接“人化”，其表现性的贴切是自然的，但仍有一个不断摸索、逐步深化的历史过程。《诗经》中的种种“如云”，是比喻，没有拟人；《楚辞》中的“云霏霏”“泛滥云”，是气氛渲染，也不是拟人；直到六朝时以浮云的飘荡拟游子的漂泊，方见比拟之义，但也偏于形似；而真正贴心贴肉的拟人，则体现在谢灵运的“白云抱幽石，绿筱媚清涟”、陶渊明的“云无心以出岫，鸟倦飞而知还”之类的意象中，将“抱”“媚”之类人特有的情态直接赋予景物，将“无心”“知还”之类人特有的心态直接赋予物象，其表现性才真正切入了人之内在生命律动的腠理。

但这时的拟人还局限在字句之中，规模还比较小，直到唐宋诗中，拟人化才得以从诗歌的局部到整体的全面开花。局部拟人的技艺更加娴熟，如高适“隔岸春云邀翰墨”、李白“云想衣裳花想容”、张先“云破月来花弄影”、浦翔春“孤峰欲倒乱云扶”等等，都是脍炙人口、流芳百世的名句。而以拟人法来建构篇章整体的，则不妨看看如下四则写云的诗联：

无限旱苗枯欲尽，悠悠闲处作奇峰。(来鹏《云》)

闲云莫恋山头住，四海苍生正望恩。(汪绎《咏云》)

却怪纷纷频出岫，不曾行雨却空还。(陈沂震《云》)

谁似浮云知进退，才成霖雨便归山。(王安石《雨过偶书》)

这不是用某个词来点染云的姿容，而是在描绘一个个云的行为：奇峰变幻、山头徘徊、乱云飞渡、忽进忽退；而且过程完整，态势生动。也不仅仅是一个个拟人动态，而是在模拟种种“云的心理特征”：“作奇峰”——好戏谑，“恋山头”——溺感情，“却空还”——擅欺骗，“知进退”——懂政治；而且个个城府深湛，智商超群。这里的“云行为”“云心理”“云性格”，显然是现实社会官场中形形色色人格的化身：或是漠视民瘼的贪官污吏，或是耽于逸乐的昏君佞臣，或是欺世盗名的政客禄蠹，当然也有功成身退的清官名士；而且从绘形到传神，人格与云态的契合都十分贴切而灵动。韩愈和王安石，似乎都特别喜欢吟咏这类以拟人化取胜的小诗。例如，将春风拟人化，韩愈有《风折花枝》：“春风也是多情思，故拣繁枝折赠君。”王安石有《山樱》：“赖有春风嫌寂寞，吹香渡水报人知。”将雪拟人化，韩愈有《春雪》：“白雪却嫌春色晚，故穿庭树作飞花。”王安石有《遇雪》：“风雪岂知行客恨，向人更作落花飞。”这些虽然都不是搏击风云的大手笔，但虽小却好，其奇思妙想的拟人化情趣，也可从一个侧面，见出唐宋诗拟人技艺已臻化境。

因为唐宋时禅宗的昌盛，其间诗中云意象隐逸蕴场的增殖，更多地体现在对禅机、禅境之表现的深化。说到云意象中的禅境，人们多喜以贾岛的《寻隐者不遇》为例：“松下问童子，言师采药去。只在此山中，云深不知处。”陶弘景着意于白云之“多”，贾岛特出一个“深”字，均有言外无穷之感，但仍稍显笼统，并未触着禅宗的特质。要见真佛，恐怕还要到王维的诗中去找。王氏诗中的云意象，总体看有一个明显特点，那就是喜欢在“云”字之后加一个“外”字，例如：

登高不见君，故山复云外。(《别弟缙后登青龙寺望蓝田山》)

前路白云外，孤帆安可论。(《早入荥阳界》)

唯有白云外，疏钟闻夜猿。（《酬虞部苏员外过蓝田别业不见留之作》）

空居法云外，观世得无生。（《登辨觉寺》）

君问终南山，心知白云外。（《答裴迪辋口遇雨忆终南山之作》）

但说“白云”，已觉含蕴无穷，现在又穿越到“云外”，究竟意萦何方？其实诗人已自道之，那就是“观世得无生”。前面说过，这个“无生”，是六祖禅宗的核心观念。这个“观世得无生”是说，只有用禅宗那“万有无区别”的理念“观世”，用“无生无灭”的永恒境界来界定这个“云外”，才能得其真谛。显然，这个“无生”的真谛，是虚幻得“不立文字”、不可言传的，这个“云外”的永恒时空，是玄远得只能“以心传心”、灵感冥悟的，但在《终南别业》中，王维却借助云意象将其彰显得十分具体、鲜明、生动：

行到水穷处，坐看云起时。

其一，穷者，尽也。“水穷处”，本是一物一事的尽头，但一与“云起”对接起来，整个景象就变得无穷无尽了。单看似有尽，合看是无尽，一切事物都是如此，整个天地都是如此。这个无尽的整体景象，就是禅理中那个“无生无灭”的永恒境界。其二，起者，始也。云气水面初生，姿容多端，上升为云，变幻无穷。变化是没有尽头的，一切事物都是生生不穷的，整个世界都是生生不穷的。这个变幻多端、生生不穷本身，就是禅宗那个“无区别”的永恒境界。其三，坐看，是静观。水停以鉴，镜虚则照，“静能了群动，空故纳万境”。只有这样的心态，方能从“云起”中顿悟到万物生生不穷的永恒，方能从“水穷”与“云起”的对接中体悟到“无生无灭”的永恒，方能有下联“偶然值林叟，谈笑无还期”那样随缘任运的心境。这心境，就是禅宗所一再强调的那种“无念”灵魂。可以说，“无生”是禅宗的世界观，“无念”是禅宗的人生观，这“无生无念”就是六祖禅境的精髓。王维能将云意象之表现性开发到如此深度，显然是深入到了禅宗的“虎穴”，否则怎么能得到如此灵动的“虎子”呢！

说到王维诗中的禅意，人们总是喜欢用“我家南山下，动息自遗身”“晚年唯好静，万事不关心”“山河天眼里，世界法身中”“著处是莲花，无心变杨柳”等诗句为例，其实，这些诗句还多属概念告知，说得再多，也还是不知道王维心中的禅境究竟如何。艺术表现的审美特征，诗性特质的集中体现，就是竭尽心力地要在一个个具体而生动的个象中，让人能够想见到尽可能无穷无尽的场景，能够感悟到尽可能无穷无尽的意蕴。从这个基本观念来看，“行到水穷处，坐看云起时”着实不失为一个精到的典范。或许，这就是“不着一字，尽得风流”的精义所在吧？

一切意象的表现性，都有一个不断拓展、不断深化的历史发展流变过程，一切意象之表现性的历史发展流变过程的总和，就是中国诗歌本体观念的发展史，也可以说就是中国诗歌的发展史。我们这里不惜笔墨地述说云意象的流变史，就是为了说明这个道理。

凄美的诗性悲剧意识

——张若虚《春江花月夜》的意境美

春江花月夜

春江潮水连海平，海上明月共潮生。
滟滟随波千万里，何处春江无月明。
江流宛转绕芳甸，月照花林皆似霰。
空里流霜不觉飞，汀上白沙看不见。
江天一色无纤尘，皎皎空中孤月轮。
江畔何人初见月，江月何年初照人？
人生代代无穷已，江月年年只相似。
不知江月待何人，但见长江送流水。
白云一片去悠悠，青枫浦上不胜愁。
谁家今夜扁舟子，何处相思明月楼。
可怜楼上月徘徊，应照离人妆镜台。
玉户帘中卷不去，捣衣砧上拂还来。
此时相望不相闻，愿逐月华流照君。
鸿雁长飞光不度，鱼龙潜跃水成文。
昨夜闲潭梦落花，可怜春半不还家。
江水流春去欲尽，江潭落月复西斜。
斜月沉沉藏海雾，碣石潇湘无限路。
不知乘月几人归，落月摇情满江树。

《春江花月夜》曾被闻一多先生称为“诗中的诗，顶峰上的顶峰”（《宫体诗的自赎》）。作者张若虚，生卒年不详，初盛唐诗人。《全唐诗》只录其诗二首，但因这一首，却“孤篇横绝，竟成大家”。对此诗，历来赞誉不绝于耳，但却很少涉及它在中国传统诗学史上的普遍性意义。这有些令人不解：如果没有很好地体现中国传统诗学的普遍性审美特征，能得到如许好评吗？

一

古人对《春江花月夜》的好评，主要集中在两个相邻的角度：一是意境绚烂美。如《诗数》说它“流畅婉转”；《唐诗镜》说它“微情渺思，多以悬感见奇”；《唐诗选》说它“委婉轻妙，极得趣者”；《唐诗选脉会通评林》说它“五光十色，合成一片奇锦”；《古唐诗合解》说它“情文相生，各各呈艳，光怪陆离，不可端倪，真奇制也”。如此等等，虽然多为感性直觉，比较笼统，却也贴谱。二是“化工”建构。如《唐诗归》说：“将‘春江花月夜’五字，炼成一片奇光，分合不得，真化工手。”《唐诗评选》说：“其自然独绝处，则在顺手积去，宛而成章，令浅人言格局、言提唱、言关锁者，总无下口分在。”《诗辩诋》说：“缠绵蕴藉，一意萦纡，调法出没，令人不测，殆化工之笔哉！”《而庵说唐诗》说：“此诗如连环锁子骨，节节相生，绵绵不断，使读者眼光正射不得，斜射不得，无处寻其端绪。”环环相扣，一体化工，不可端绪，确实是《春江花月夜》的建构特点。

不过，不要被外在形态的“一片浑化奇光”，遮掩了其内在所涌动着的悲剧性情感基调。诗缘情，制导《春江花月夜》的情感基调，实际上是一种千古悲慨：对人生、人情之永恒悲剧处境的无可奈何和无限伤感。

然而在古今对《春江花月夜》的评析中，竟然见不到一个“悲”字，偶尔有人用到“伤感”二字，也是轻轻一滑而过。这切合诗作的基本意蕴吗？令人质疑。

《春江花月夜》的整体意境建构，大致有四个主要环节：其一是前八句，描绘春江花月夜的美丽景色；其二是“江天一色无纤尘”以下八句，主要是叹江月无限，哀人生短暂；其三是“白云一片去悠悠”以下十二句，抒写真挚深微的离愁别绪；其四是最后八句，侧重于烘染游子深切无边的思归之愁。不难看出，这四个环节本身的情意内涵及其相互关联，就构成了贯穿《春江花月夜》的悲剧性情感基调。

“篇终见其意”。抒情诗的结句，往往最能体现意境的情感基调和意理基质。“不知乘月几人归，落月摇情满江树”，这显然是一个悲剧性结局。《围炉诗话》说：“《春江花月夜》正意，只在‘不知乘月几人归’。”一语中的。《唐诗鉴赏辞典》中对该诗最后八句的阐释，就相当贴切地描述了这一结局的悲剧性：

> 最后八句写游子，诗人用落花、流水、残月来烘托他的思归之情。“扁舟子”连做梦也念念归家——花落幽潭，春光将老，人还远隔天涯，情何以堪！江水流春，流去的不仅是自然的春天，也是游子的青春、幸福和憧憬。江潭落月，更衬托出他凄苦的寞寞之情。沉沉的海雾隐遮了落月；碣石、潇湘，天各一方，道路是多么遥远。“沉沉”二字加重地渲染了他的孤寂；“无限路”也就无限地加深了他的乡思。他思忖：在这美好的春江花月之夜，不知有几人能乘月归回自己的家乡！他那无着无落的离情，伴着残月之光，洒满在江边的树林之上……

无论是落花、流水、残月、碣石、潇湘的意象意蕴，还是“可怜”“沉沉”“无限”“不知”“尽”“斜”“摇”“满”等词语的点染，都浸满了远隔、思念、感慨、哀伤的情致，这不是悲剧性情感基调是什么？

这第四环节的悲剧情怀，是与第三环节的情调一脉相承的。第三环节的前四句，总写思妇与游子的两地相思之情，诗作由此进入了对离愁别恨的抒写。一种相思，两处离愁。于是，接下来的六句先写思妇对离人的怀念，而最后的八句则是写游子对离人的怀念。显然，第三、四两部分层次清楚，意脉绾合，情调一贯，都是对离愁别恨的悲剧性演绎。可以说，离愁别恨，这就是诗人写这首诗时的情感落脚点、聚焦点，也就是《春江花月夜》之意境的人生悲剧性情感基调。

对第二环节八句的理解，是洞察全诗情感基调的关键。“江畔何人初见月，江月何年初照人”，这是将月亮与人生联系起来展开思绪，是将人生放到奥妙无穷的宇宙中进行哲思。这哲思的意理基调是怎样的呢？大致有两种不同的理解：一种意见认为，这是在感慨宇宙永恒，人生短暂。用天地日月的永恒，来对比感叹人生的短暂、生命的危浅，古人早已有之，如曹植《送应氏》：“天地无终极，人命若朝露”；阮籍《咏怀》：“人生若尘露，天道邈悠悠”。另一种意见则认为，其大意是说，“个人的生命是短暂即逝的，而人类的存在则是绵延久长的，因之‘代代无穷已’的人生，就和‘年年只相似’的明月得以共存”。（《唐诗鉴赏辞典》）这就是说，在人生与明月的对照中，诗人所强调的，是两者的永恒“共存”一面，而不是两者的短长“反差”一面。果真如此吗？值得一辨。

“江天一色无纤尘，皎皎空中孤月轮。”这第二部分首句上承首节八句所描绘的美丽景色，次句特意标举明月的“皎皎”，是用来反照人间“剪不断、理还乱”之离愁别恨的。而“孤”字，则是与“不知江月待何人，但见长江送流水”呼应，意谓明月高悬空中已无限岁月，却始终没等到他所期盼的东西。这是假借月之孤，来寄寓人之孤。这个孤，不仅蕴藉了这第二部分八句之“譬如朝露，去日苦多”的人生短暂孤苦之意，而且启动并统摄了第三、四两部分的全部离愁别恨。“江畔何人初见月，江月何年初照人？”这两问，问得玄远：人类的产生是玄远的，明月的存在更是玄远的。在这里，诗人把人生和明月联系起来了，人望月，月照人，人月召感，似乎都在期盼着什么。期盼什么？明月是要解脱孤独吗？人类是要解脱离愁别恨吗？然而事实却是：“人生代代无穷已，江月年年只相似。”明月始终是一个“孤月轮”，冷冷清清地高挂在天空中；人类虽然能够一代接一代地繁衍下去，但却始终也摆脱不了离愁别恨的伤痛。“人生代代无穷已”，显然不是要与明月比永恒，而仍然是在喟叹个体人生的短暂，喟叹这短暂的人生总是缠结在“月明人不明、月圆人不圆”的困境之中。如果是强调人类像明月一样永恒，那怎么能过渡到后面“不知江月待何人，但见长江送流水”两句的悲剧情调呢？“江月待何人”虽然渺茫诡谲，人生期盼欢会却是一个永恒的主题，因而离愁别恨也就成为一个永恒的主题。“长江送流水”是一个传统意象，不管是“逝者如斯”“无语东流”，还是“不尽长江滚滚来”“一江春水向东流”，其基本情调，都是指向时间、年华、良辰美景、赏心乐事、壮丽事业、美好理想的流失与破灭，永远都是饱含着悲剧意味的流觞，这不正好是与后面两部分所极力张扬的离愁别恨的无缝对接吗？

至于开篇八句所极力渲染的绚烂景色，那就不仅要看到它是在“美”字上做足了文章，而且要着眼全篇，看到它的铺垫反托作用。诗人为什么一开篇就大肆铺陈春江花月夜的美色？仅仅是为了欣赏吗？不然。是欣赏，但更是铺垫，是为后面的人情抒写铺垫。铺垫的作用是什么？是反托，是用天地景物之美来反托人生、人情的不美：春天美，但也会归去；江流美，但流走的是青春、亲情；花美，但很快就会落红满地并化为尘土；月色美，但在月明中，人生却往往暗淡不明，在月圆时，人情却往往不周不圆。这都是美色意象背后的隐在意蕴。正是这些隐在意蕴，慢慢地将人情从幽美导向了忧伤，诗意也就合情合理地过渡到后面“月圆人不圆”的离愁别恨基调。同时，这里还有一种对比强化效应：天地景色愈美，就愈诱惑人、刺激人，从而也就愈让人感喟生命的短暂、人情的不圆，这就是铺垫反托所具有的愈相反愈相成的审美艺术张力。

由此不难看出，《春江花月夜》的整体建构，是一个从赞叹天地美景，借助铺垫反托，过渡到悲剧性情感基调的过程；是一个由明月圆月，经由对比反照，导引出慨叹人生短暂、人情难圆的过程；是一个由景美人伤别、月圆情难圆，通过连类生发，敷衍为无可奈何之两地相思、离情别恨的过程。全诗四个环节，从天地美色，到月圆情难圆，再到两地相思，最后收结于忧伤无边，层层推进，内在情脉清晰，过渡自然，合乎思绪绵延、情绪变化、感情流动、心理活动规律，是一个以悲剧情感为基调、内在结构严谨而自然流畅、意象描绘精密而摇曳多姿、韵外之致深微而难以穷尽的优美意境。

不过，必须说明的是，悲剧只是《春江花月夜》的情感基调，并不是它的全部情志意理，更不等于它所体现的盛唐的诗人情怀和时代精神。而我们所以首先要强调它，只是为了先澄清一个事实，主要目的则在于由此而进一步阐发《春江花月夜》的幽深意境蕴场，探讨中国传统悲剧意识的特有质性。

二

闻一多先生在赞美《春江花月夜》是“诗中的诗，顶峰上的顶峰”时，特别强调的是它那“更夐绝的宇宙意识！一个更深沉更寥廓更宁静的境界!”这确实是一个“独上高楼，望尽天涯路”的见识。深沉、辽阔、宁静的宇宙意识，这就是初唐那种“前不见古人，后不见来者，念天地之悠悠，独怆然而涕下”之悲剧性情怀的内在基质。

中国古代习惯于把宇宙划分为天、地、人“三才”。《春江花月夜》的意象象域、意境境域、眼界界域、神思思域、感悟悟域、悲慨慨域，都不是局限于某朝某代、某群某族、某时某地、某人某事，而是在极其辽阔的天、地、人三才驰骋。《淮南子·原道训》：“四方上下曰宇，往古来今曰宙。”驰骋于天、地、人三才的人文观念，就是宇宙意识。《春江花月夜》中虽然描述了春、江、花、夜、扁舟子、妆镜台、碣石篇、潇湘路等诸多人、事、物，但始终都在“似霰”月光的照耀之下，都在“皎皎”月轮的环囿之中。明月照亮了大地万物五彩缤纷的美色，圆月也窥探到人间优美凄婉的不圆满人情。在夜色中，明月圆月就是天空、天道、宇宙的代表和象征。“江月何年初照人”，“江月年年只相似”，“不知江月待何人”，这就是“天界”的悠远、永恒、辽阔、深沉、威严、神秘。而诗中所描述的种种物象，无论是春江潮水、海上光波、宛转花甸、汀上白沙，还是青枫浦、明月楼、鸿雁飞、鱼龙跃，乃至闲潭落花、江流春去、沉沉海雾、摇情江树，它们那五光十色的品类、色调、频率、质性，都从不同的角度和方面，与天界寥廓的时空、圆润的月轮、明媚的月光，相呼相应、相映相衬、互感互动、互生互长，共同构成一个辽阔而深邃、光明而美丽的境界，为人类提供了一个美好的时空境界，让人类既能够生活在丰美的大地，又可以仰望探赏苍穹的神奇玄妙，享受那“诗意栖居”的愉悦和幸福。然而也正由于此，人类的缺憾也就被彰显出来了：悲欢离合、异地相思、离愁别恨，乃至红颜易衰、青春易逝、生离死别，这种种天长地久而人命危浅、月明月圆而人情不圆的悲剧情景，也就“卷不去”“拂还来”“才下眉头”“又上心头”地遍布人间、长伴人生了。这就是《春江花月夜》充满悲剧情怀的宇宙意识。

当然，换一个视角，也可以不把人间的悲欢离合、离愁别恨看作悲剧。“大德曰生”。天地生人，是一件极其神圣的奇伟之举；而赋予人以丰富的情感，也是一件值得庆幸的美妙之事。人类有了情感，才有了深挚、优美、幸福的情感生活，才有了丰赡、多彩、动人的审美艺术。从这个意义上说，情感，无论是喜、乐、爱、悦、赏，还是怒、悲、怨、愁、恨，都是上苍赋予人类的天性、本性、本能，都应当受到尊重，获得肯定，得到表现。不能设想没有悲欢离合的人间，没有喜怒哀乐的人情，没有令人爱恨悲愁的文艺作品。从这个角度看，中国古典诗词中铺天盖地的悲欢离合主题，所极力铺陈的离愁别恨悲情，都是令人心动、令人愉悦的美感世界。这就是穿越社会功利主义的审美眼光，穿越善恶争斗现实的审美境界。中国古典诗歌中所抒写的悲剧，往往会令人觉得“悲而不悲”“哀而不伤”，原因或许就在这里吧？离愁别恨，在《春江花月夜》中升华为令人心动、令人愉悦的优美情境，从而与明月的寥廓永恒、大地的广袤无垠相呼应，形成天、地、人三才的同频共振、同调和鸣，这就是在《春江花月夜》的悲剧意识背后，所积淀的深沉、辽阔而又宁静的宇宙意识。

当人们为这种超拔而优美的艺术境界与宇宙意识所陶醉时，就不愿意用悲剧的眼光来观照它，这就是对悲剧的审美欣赏。正如《唐诗鉴赏辞典》中所说：“《春江花月夜》在思想和艺术上，都超越了以前那些模山范水的景物诗、‘羡宇宙之无穷，哀吾生之须臾’的哲理诗、抒儿女别情离绪的爱情诗。诗人将这些屡见不鲜的传统题材，注入了新的含义，融诗情、画意、哲理为一体，凭借着对春江花月夜的描绘，尽情赞叹大自然的奇丽景色，讴歌人间纯洁的爱情，把对游子思妇的同情心扩大开来，与对人生哲理的追求、对宇宙奥秘的探索结合起来，从而汇成一种情、景、理水乳交融的优美而邈远的意境。诗人将深邃美丽的艺术境界，特意隐藏在惝恍迷离的艺术氛围之中，整首诗篇仿佛笼罩在一片空灵而迷茫的月色里，吸引着读者去探寻其中美的真谛。”在这种情景中，悲剧的悲就被赞叹屏蔽到幕后去了。

当我们把这种充满“诗意栖居”意味的宇宙意识，放到中华文明的历史长河中进行考察时，就不难感悟到，其中渗透着鲜明的初盛唐时代精神。唐代历史展现了中国古代最灿烂夺目的篇章，政治、经济、军事、文化都非常强盛繁荣。特别是门阀制度的削弱，使唐代政治体制的内在机理发生了很大变化，新兴地主士子阶层的势力不断上升扩大，再加上高宗、武后大搞“南选”，确立科举，考试做官，由大批世俗进士参执政事，由此，那种“郁郁涧底松，离离山上苗，以彼径寸茎，荫此百尺条”的门阀世胄垄断局面被打破，一条充满希望前景的新道路向广大知识分子展开，于是，整个社会人文，也就很快呈现出前所未有的开放、自由、狂荡、阔大、多元、包容的局面，洋溢着青春、侠义、激情、幻想、浪漫、诗意的氛围。《春江花月夜》悲剧基调中的宇宙情怀，正是这一时代精神和人文氛围的产物。

李泽厚先生在《美的历程》中，将《春江花月夜》中的宇宙意识与盛唐精神联系起来，并特别强调“它是走向成熟期的青少年时代对人生、宇宙的初醒觉的‘自我意识’”，颇有深微体悟，值得重温一下：

> 多么漂亮、流畅、优美、轻快哟！特别是后者（指《春江花月夜》），闻一多再三赞不绝口：“更敻绝的宇宙意识！一个更深沉更寥廓更宁静的境界！在神奇的永恒面前，作者只有错愕，没有憧憬，没有悲伤。”“他得到的仿佛是一个更神秘更渊默的微笑，他更迷惘了，然而也满足了。”“这里一番神秘又亲切的，如梦境的晤谈，有的是强烈的宇宙意识。”“这是诗中的诗，顶峰上的顶峰。”
>
> 其实，这诗是有憧憬和悲伤的。但它是一种少年时代的憧憬和悲伤，一种“独上高楼，望断天涯路”的憧憬和悲伤。所以，尽管悲伤，仍感轻快，虽然叹息，总是轻盈。它上与魏晋时代人命如草的沉重哀歌，下与杜甫式的饱经苦难的现实悲痛，都决然不同。它显示的是，少年时代在初次人生展望中所感到的那种轻烟般的莫名惆怅和哀愁。春花春月，流水悠悠，面对无穷宇宙，深切感受到的是自己青春的短促和生命的有限。它是走向成熟期的青少年时代对人生、宇宙的初醒觉的“自我意识”；对广大世界、自然美景和自身存在的深切感受和珍视，对自身存在的有限性的无可奈何的感伤、惆怅和留恋。人在十六七或十七八岁，在似成熟而未成熟，将跨进独立的生活程途的时刻，不也常常经历过这种对宇宙无限、人生有限的觉醒式的淡淡哀伤么？它实际并没有真正沉重的现实内容，它的美学风格和给人的审美感受，是尽管口说感伤却“少年不识愁滋味”，依然是一语百媚，轻快甜蜜的。永恒的江山、无垠的风月给这些诗人们的，是一种少年式的人生哲理和夹着感伤、怅惘的激励和欢愉。你看，“人生代代无穷已，江月年年只相似。不知江月待何人，但见长江送流水”；你看，“年年岁岁花相似，岁岁年年人不同”；这里似乎有某种奇异的哲理，某种人生的感伤，然而它仍然是那么快慰轻扬、光昌流利……闻一多形容为“神秘”、“迷惘”、“宇宙意识”等等，其实就是说的这种审美心理和艺术意境。

三

不过，承认《春江花月夜》的悲剧意识，却不可直接套用西方悲剧美学理论来阐释它。因为西方悲剧美学是建立在古希腊英雄史诗和后世悲剧基础之上的，具有明显的“情节专属性”，而我们这里所说的悲剧意识，则是指中国古典诗词中的悲剧意识，具有明显的“情调泛指性”。两者的悲剧意识虽有相通之处，但差异是很大的。

总体说来，西方古典史诗和戏剧中的悲剧意识，是哲学理念先行的产物，以塑造有权势地位且高尚不凡的英雄人物为主体，并以惊心动魄的故事情节和戏剧冲突为意理载体，以不可逆转的神秘厄运和难以克服的性格缺憾为制导和推动悲剧情节向前发展的机杼，最终则以主人公的悲惨毁灭收场。其中的关键环节，是悲剧情节和戏剧冲突。

但中国传统文艺的历史现实，与西方有很大不同。早世没有成型的英雄史诗。后世的戏剧与小说，直到明清才真正登上历史舞台，而且在很长时间内仍然被视为不登大雅之堂的“俗物”。在中国古代文学史上，特别是审美观念史上，诗歌的诗性审美特征始终占据着主流的和统治的地位；即使是后世兴起流行至今的传统戏曲，也是以其唱段的诗词意境和抒情韵味为主要审美特征的。鉴于这种情况，如果我们要建立自己的悲剧理论，是不是应当以古典诗词中的悲剧意识为主要出发点和着眼点？如果只限于有情节的戏剧与小说，那就至少在中国丧失了它的普遍意义，特别是削弱了它在中国传统文学史上的地位和价值。我们把《春江花月夜》的悲剧意识作为阐释对象，其重要意义就在这里。

中国古典诗词中的悲剧意识，聚焦感性情致，不注重人物形象和故事情节，是把人生中所想象、体验、感受、领会到的悲剧情怀通过意象表现出来让人悟，并往往以美好的“团圆”愿望收尾，故而并不切合西方英雄悲剧理念；即使是“悲剧是把美好的东西毁灭给人看”的说法，也只有把离情别恨也看作是“把美好的东西毁灭给人看”时才能勉强成立。

纵观天、地、人全局，不难意识到，悲剧意识是人类社会的一种根本性意识，它与人类生存和生命存在同驻。“无边落木萧萧下，不尽长江滚滚来”的社会大势，“所谓伊人，在水一方”的人生困境，“不知乘月几人归，落月摇情满江树”的情致哀怨，是人世无处不在、无时不有、始终无可奈何、永远无法摆脱的悲剧情景。因此，探讨悲剧意识的审美意义，应是美学的一个重要课题。西方美学把美感划分为崇高与优美两大品类，虽不免于简单化，却也有较大涵盖性。西方悲剧美学，因有古希腊英雄史诗和莎士比亚等人的悲剧名著典型，其张扬崇高品性的特征和意义，已经得到相当充分的开发，并且得到了几乎一致的高评和赞美；但对优美品性之特征和意义的阐释，却黯然无光，有的也只是对崇高中之优美成分的补充。这很不公允，很不平衡。难道悲剧就不应当优美，或者只能处于崇高的从属地位吗？其实不然。一切文学艺术的首要特性，就是令人赏心悦目的优美。这一总体品性，在中国古典文学特别是在长期占统治地位的诗词中，体现得尤为显著。因此，应当把中国古典诗词中的悲剧意识，作为优美性悲剧意识的典型来开发。这不仅有助于深入认识中国古典诗词的审美特征，而且也能够补足和纠正西方悲剧理论的偏颇。无疑，《春江花月夜》的悲剧意识，正是优美性悲剧意识的典型。

西方英雄悲剧理念与中国古典诗词悲剧意识的显著差异集中体现为，前者强调戏剧冲突，注重斗争精神，张扬崇高，情调悲壮；后者则强调真挚感情，注重圆融境界，崇尚优雅，情调凄美。张扬崇高精神的悲剧令人感到悲壮，崇尚优雅的悲剧令人感到凄美，这是合乎人性人情的必然规律。悲壮的价值，在于把崇高美好的东西毁灭给人看，令人感到伤痛、怜悯和恐惧，从而达到宣泄、陶冶和净化灵魂的作用，这在西方悲剧理论中已多有阐述，此处不再重复。对凄美之特征和意义的阐发，却乏善可陈，或只当作艺术特点和表现方法来予以观照，因而有必要深入探讨一下。

中国古典诗词中的凄美情调，有两个要素：一是幽美情感，二是无可奈何的处境。凄美不是豪壮，情致优美才为凄；豪壮使人精神振奋，但精神一振翅，优美的感觉也飞走了。凄美也不等于悲惨，色调幽柔才为凄；悲惨使人惨痛、恐惧，但心魂一惨痛、一恐惧，美感愉悦就被窒息了。情致优美是凄美的本位、本体、本色；无可奈何的处境，则是决定凄美情景之格局及其审美价值的尺度。造成悲剧的原因多种多样，那些纯属偶然的、个人性格和行为缺陷的、本来完全可以避免的悲剧，因其能够连类生发的时空偏狭，意义并不大。而具有必然性、群体性、不可避免性的悲剧情景，才是中国古典诗词中凄美情调的基本格局。尽管凄美情景多种多样，但都不同程度地困囿在无可奈何的格局之中。花开花落，伤春悲秋，这是“意志不可逆”的自然格局；两地相思，离愁别恨，这是“此事古难全”的人情格局；天地无限，生命短暂，这是“万古如长夜”的人生格局。这由自然律令、人情难圆、人生苦短三大无可奈何格局所造成的凄美情境，就是中国古代诗词蕴场的主要时空。如果悲情不是处在这种种无可奈何的格局之中，而是通过主观努力即可改变的，那么诗意就应当聚焦主观努力，从而走上积极抗争的轨道；否则，悲情就变成了懦弱和投降，那就无所谓凄，更谈不上美了。《春江花月夜》的凄美情境，不仅是优美的，而且涵容了自然天规、人情难全、人生苦短三大无可奈何的处境，同时又用极其鲜明生动的语言、意象、意境将其从容而优雅地展现出来，故而说它是凄美诗境之“顶峰上的顶峰”并不为过。

人们习惯于用社会悲剧的理念来观照和阐发中国古代诗词中的悲剧意识，这当然是必要的，有时也是很重要的；但必须意识到，社会悲剧只是悲剧的一个方面，它在古今中外的悲剧理念中，都没有成为主流悲剧意识。西方悲剧理论，是以不可预测之命运悲剧和不可逆转之性格悲剧的名义，堂而皇之地绕过了产生悲剧的社会根源，故而在洋洋洒洒的悲剧论著中，几乎看不到“社会悲剧”这一概念。中国古代诗词绝大多数是抒情短篇，像《孔雀东南飞》那样衔冤封建礼教、《长恨歌》那样抱恨政治斗争的长篇悲剧，只是凤毛麟角；即使这样的凤毛麟角，笔墨也主要是泼洒在生死遗恨的情味之上。在浩如烟海的抒情短篇之中，像白居易“讽喻诗”直指社会弊政、杜甫“三吏”“三别”直指民生灾难那样的作品，也并不多见。主流还是在“情”字上摸爬滚打，不管是抒写春恨秋愁、生离死别，还是喟叹人生短暂、命途多舛，无不热衷于凄美情致的深挚动人。人们特别喜欢唐诗宋词，其中一个重要原因，就是与其中那深挚的凄美情致产生了同频共振。即使在凄美情致的背后，大多隐藏着某种社会弊端和腐恶，但那是诗学社会学、诗学政治学的范畴，不是诗学审美本体论；人们习惯于寻求诗情背后的社会政治根源，这本身无可非议，但把它视为必由的途径，乃至成为解读艺术作品的唯一思路，那就必定会遮掩乃至戕害诗情的审美本体，这种流弊似乎已经成为难以扭转的历史常态和精神痼疾。

在无可奈何的凄美情调上致力诗意之美，这是审美本体观念对社会悲剧理念的穿越。穿越不等于超越，更不是取消，而是在“尊重而不等于”的前提下的再度升华。就像荷花从湖底蹿到湖面盛开一样，你可以说它是由淤泥和湖水培育出来的，这是科学的生命根源学说；你也可以说它是穿越污泥和污水而净化出来的，这是审美的隐喻象征观照。《春江花月夜》的凄美情境，显然是对人生现实的穿越性审美观照。面对自然景物，它穿越了霜寒雾迷的昏暗和风刀雨剑的灾难，提纯为“何处春江无月明”的靓丽和“江天一色无纤尘”的洁净；面对空中孤月，它穿越了“阴晴圆缺”的变幻不定和“高处不胜寒”的令人惊惧，升华为“江月年年只相似”的天地永恒和“不知江月待何人”的深情期盼；面对人类情感，它穿越了个体私欲、社会腐恶、政治角逐所造成的人性异化，净化了情感中的消极悲观、庸俗鄙陋、兽性狂暴等极端情绪，提纯了情感的真挚、深切、包容、浩瀚，即使是江水无情、落花飘零、斜月西沉、潇湘路遥的悲剧情怀，也升华为坦然、舒张、中和、圆润的审美愉悦。这是一个“此曲只应天上有，人间哪得几回闻”的诗意性琼楼玉宇，一种尚未被浊世异化、充满人性天然本色的圣洁之美。

毋庸讳言，在这种凄美意境中，多的是阴柔情性和隐忍心理，因而在其外延的社会人生行为之中，就显得缺少反抗精神，缺乏自由意志。在数量最多的爱情悲剧中，悲欢离合异彩纷呈，离愁别恨凄美四溢，却很难看到追根溯源的探求和拍案奋起的抗争，倒是以死殉情和梦幻团圆的结局却屡见不鲜。在数量同样不少的文人自抒悲情的诗作中，多有山河、人民、君国的忧患意识和“天下兴亡，匹夫有责”的书生意气，但大多以知音难觅、怀才不遇的慨叹收结，乃至超脱于“复得返自然”“江海寄余生”的偷闲之境。显然，中国古典诗词中的悲剧，是以阴柔的凄美意识为主流的，虽然在这阴柔凄美意识的宣泄流动中，也时有对生命意义的追问，对道德沦丧的喟叹，对社会黑暗的怨愤，对理想破灭的哀伤，但叹来怨去，大都以悲悯起，以悲悯终，未敢向“拔剑东门去”跨进一步。应当承认，这是事实。当人们把这种悲悯情怀，放到西方英雄悲剧所张扬的崇高悲壮情调面前进行考察时，就会觉得很不自在。于是，有人就苦心孤诣地在中国古典诗词和戏曲中努力挖掘有血性的悲壮因素，以便能与西方悲剧理念合辙并流，但挖来掘去也还是不能令人信服，甚或令人丧气。仔细想想，这中间恐怕有一个错误心理，那就是认为崇高比优美高出一等，悲壮比凄美伟大。其实，在人情和审美领域，悲壮与凄美，崇高和优美，它们都是对等的，并无是非、高下之分；它们虽然都有得有失，但各自在自己的位置上，都是“物各有主”，都是美好的、不可替代的，更是不可小觑、不可凌辱的；有时它们还是我中有你，你中有我，融熔谐和，难分难解的。难道可以说，人们偏爱《春江花月夜》，而不是那么喜欢岳飞的《满江红》，是错误的情感吗？难道不可以说，《春江花月夜》中的“宇宙意识”，也是一种崇高的意识吗？

一定的悲剧意识，是一定的历史文化的产物。中国传统的悲剧意识，主要体现在古典诗词之中，而且以凄美情怀为主调，这与中国传统文化的基本特征是分不开的。周公的礼，孔子的仁，老子的道，孟子的善，这是中国传统文化的根；这些根的主要倾向都是“内敛”，经世几千年的种种人文理念，几乎都是从这个内敛的根中分蘖演化出来的。天下归仁、道法自然、天人合一、象数演天的宇宙哲思，内圣外王、中庸之道、王道仁政、礼仪兴邦的理政方略，克己复礼、推己及人、恻隐之性、良善之心的做人理念，以及忠孝节义、礼义廉耻、仁义礼智信、温良恭俭让、安时处顺、安分守己、三纲五常、三从四德、善恶报应、因果循环等社会人生规制，乃至中和之美、自然之美、本色之美、古雅之美、温柔敦厚、含蓄蕴藉、哀而不伤、怨而不怒等审美规范……这一切的一切，似乎都是沿着

“知天”必先“知人”、“立人”必先“立己”、“攘外”必先“安内”的思路推进，都是强调内敛，排斥外索，致力于探索和演绎“内修”的心法和“治内”的谋略，而回避“外索”的意理和“索外”的手段。外国人说中国是礼仪之邦，中国人则以仁义道德自居；希腊神话扑入华夏眼帘，战神阿瑞斯遭遇冷落，爱神丘比特却深入人心；佛教传入中国，人们对佛祖如来敬而远之，而对大慈大悲、救苦救难的观世音菩萨却特别亲近。这足以见出中国传统人文的心理积淀和精神导向。中国古代诗词中以凄美为基调的悲剧情怀，只是这种心理积淀和精神导向在审美领域的渗滤，而《春江花月夜》则不过是其中一个最优雅、最纯粹、最完美、最圣洁的典型。

对中国传统人文以内敛为主要导向的仁爱根基不要妄自菲薄，它是个“蒸不烂、煮不熟、捶不扁、炒不爆、响珰珰一粒铜豌豆”（关汉卿《一枝花·不伏老》），是一个蕴藏着无限能量的核反应堆。你可以痛斥它将中国的皇权专制社会容忍得延续了两千多年，特别是到了后期，积贫积弱，备受欺凌，惨不忍睹；但似乎也可以逆向思维一下：正因为这个人类史上仅有的两千多年的封建长寿，是不是也可以说明，在它的原质和灵气中，蕴藏着某些尚未得到充分开发的坚韧不拔的潜质潜能？如果能应时通变，因时制宜，会不会既能使社会实体实能突飞猛进，又能使社会管理有长治久安的功效？人类社会发展到空间、物质、技能均近于饱和且多元制衡的阶段，“克己复礼，天下归仁”也许是必然趋势。相对而言，西方的英雄悲剧意识，突出的是人类中心主义宇宙观，而中国传统的诗性凄美悲剧意识，则更倾向于万物对等的自然主义宇宙观。

四

豪壮的英雄悲剧，主要跌宕在理性时空，凄美的诗词意境，则主要蜿蜒在感性时空。在抒情诗词中，感性时空的基质是情致，不是意理，意理是理性逻辑对事物和情致的透视与升华。在诗词意象蕴场中，感性情致时空与理性意理时空是融熔谐和的：感性情致时空是诗性本色，理性意理时空只是隐蕴在这诗性本色之中、可以为任何时代任何读者所拿捏的无定质时空。

人的情致表达有两条途径，一条是概念告知，一条是意象表现。严格地说，后者能被称为诗，前者不能被称为诗。“生命诚可贵，爱情价更高；若为自由故，二者皆可抛。”概念告知，逻辑推演，只是押韵的格言，不是审美意义上的诗。《春江花月夜》三十六句二百五十二字，只有“青枫浦上不胜愁”中的一个

“愁”字，直接点击到情致，其余全是影像生动的意象表现，因而其诗性美感就特别含蓄蕴藉。这才是诗的本色。

诗词意象是人的内在生命律动的外在显现形态，描写的是景物人事，表现的是情志意理。这中间，有一个跨越物质与精神之鸿沟的过程，也就是从客观事物跨越到主观情志的审美心理过程。这个心理过程大致有两个层级：一个是原发层级，主要心理活动形态是心物感应；一个是继发层级，主要心理活动形态是心物异质相似连类。两者衔连一体，鲜明地体现出抒情诗词审美表现性思维的特质。

心物感应，这是从景物到人情的必由之路。《春江花月夜》中的种种情志意理，都是通过春江、明月、花甸、流霜、月轮、流水、白云、扁舟、青枫浦、妆镜台、玉户帘、捣衣砧、鸿雁、鱼龙、落花、斜月、海雾、潇湘等一系列物象表现出来的。这个表现过程的起点，不是心对物的物理性认知，而是心对物的情调性感应。见明月，知其亮，知其圆，只是物理认知；只有在这个基础上，进而在情致上泛起了光明感、圆满感、温润感、愉悦感，才算是对明月有了审美感应。见江水，知其流动不止，知其不能复返，也只是科学认知；只有由此而在情致上产生了流逝感、无情感、无可奈何感、哀伤感，才算是对流水的审美感应。一切审美体验、感受、领悟都是从对事物感觉情调的感应开始。没有这种对事物感觉情调的感应，就没有审美感知，就没有意象表现，就没有中国古代那么多至今仍能沁人肺腑的抒情诗词。面对《春江花月夜》前八句那既优美而又壮阔之景色的白描，如果不能进入心对物的情致性审美感应，你就不可能深切体验到江潮连海平的浩然，海月共潮生的生气，水波千万里的坦荡，月光满乾坤的磊落，江流绕花甸的温润，月色似霰珠的晶莹，清空流夜霜的沉静，白沙匿其形的纯洁。

原发性心物感应，是一种灵性未开的非自觉状态；继发性异质相似连类，则意味着思维已进入理性自觉状态。“一棵柳树所以看上去是悲哀的，并不是因为它看上去像是一个悲哀的人，而是因为垂柳枝条的形状、方向和柔软性本身就传递了一种被动下垂的表现性；那种将垂柳的结构与一个悲哀的人或悲哀的心理所进行的比较，却是在知觉到垂柳的表现性之后才进行的事。”（鲁道夫·阿恩海姆《视觉思维》）这就是心物感应与异质连类的界限。“枯藤老树昏鸦”，一扑入眼帘，就会感到衰残；如果由此联想到羁旅行役之苦，那就是穿越了原发的心物感应层级，而进入了继发的异质相似连类层级。“醉里挑灯看剑”，只要想想那情景，就会觉得悲壮；若再进而联想到辛弃疾的失意，那就是穿越了对情境的情调感应，而进入了对其中所蕴含之意理的领悟。在《春江花月夜》中，“江天一色无纤尘”，还没联想到任何人事，就感到心神明净；如果联想到爱情相思的真挚纯洁，那就是穿越了心物感应，而进入了心物异质相似连类。“落月摇情满江树”，“落”字、“摇”字、“满”字联翩闪动，顿觉四顾茫然，思丝凄韵漫溢鸿蒙；若将其连类为普遍的人间悲剧情怀，那就是穿越了心物感应的非自觉混沌状态，而进入了解剖混沌的自觉理性概括，这就是庄子所说的“凿七窍而混沌死”。《春江花月夜》的抒情着眼点，精准地聚焦于心物感应，聚焦于事物感觉情调，既不耽执于对事物的认知，也不性急于对感觉情调中所包蕴之意理进行点拨告知，于是也就很好地体现出诗意蕴场应有的原生性、全息性、无定质、含蓄性、无限性等诗性审美特质。这是诗之所以为诗的本体质性。欣赏中国古代诗词，特别是欣赏像《春江花月夜》这样充满凄美悲剧意识的优美篇章，是很能体会到这一点的。

心物感应能力，是人皆有之的一种天性。这种天性，是大自然亿万年化育的结果，是随着生命的起源和进化而慢慢培养发育的，是随着人类的诞生和发展而逐步积淀成长的。刘熙载的《持志塾言》中有一句通俗的名言：“人与天地相感应，只为元来是一个。”这就意味着，心物感应本能就潜蕴在人的生命之中，潜蕴在人的肉体和精神之中，潜蕴在人的细胞、基因之中。只不过由于后天的生活困囿和理性压制，使得许多成年人的心物感应能力还比不上儿童和原始人罢了。从根本上说，人与自然不是对立关系，而是亲缘关系、亲情关系。潜沉在人的生命中的心物感应因子因能，是一切审美感知审美创造的策源地，这是大自然对人性人情的最美妙馈赠。

异质相似连类，是心物感应的思维升华，是从非自觉到自觉、从感性到理性、从感觉情调到情志意理的飞跃。这个飞跃，发生在审美创造和作品解读的思维过程之中，大多不呈现于文本的直接描述，而潜流在景物人事的意象表现和意境拓展之中。严格地说，心物感应只是跨进了从科学认知到审美感悟的门槛，而审美创造和阅读再创造的大戏，则主要是由异质相似连类心理—思维方式来导演的。

异质相似连类穿越科学思维同质归类的规范，从而可以在不同质料、不同种类的事物中进行更广泛、更自由的连类生发。异质连类的机理是相似，无论是形态、结构、质性相似，还是频率、情调、韵味近同，都可能发生同态叠印、同构重合、同性联袂、同质类聚、同频共振、同调和鸣、同气互通、同味相投等异质相似连类生发。这是意象意蕴和意境蕴场时空拓展的主要途径。在作者和读者的想象感悟中，《春江花月夜》中的一切意象，都已经有、应当有和可能有诸多异质相似连类时空。“春江潮水”，可以连类到一切与春水、春潮、春天、春色、春情、春意相似的壮阔、旺盛、美好的事物和情境；“空中月轮”，既可以相似连类到一切情感、心愿、理想、事业、前途的光明和圆满，也可以相反连类到一切情感、心愿、理想、事业、前途的暗淡和残缺；“云浦扁舟”，可以让世间一切四处漂泊、思乡思情的游子浮想联翩；“明楼妆镜”，可以让世间一切独守空房、朱颜渐老的思妇心冷意凉；“玉帘卷不去”，“砧上拂还来”，可以想见，这“才下眉头，又上心头”“剪不断，理还乱”的情态，又能让多少至真、至深、至善、至美的思念情怀，与之发生“空谷传响，余音不绝”的同频共振、同调和鸣；“闲潭梦落花”，“落月复西斜”，更是以其衰残、衰落的象征，可以隐括世间一切青春不再、人老珠黄、年华虚度、功名无就、前途渺茫、理想破灭、事业难成、命运坎坷等种种情景，其异质相似连类天地是难以穷尽的。就是在这个意义上，我们说《春江花月夜》的意象意蕴和意境蕴场是无边无际的。可以说，这也是其“宇宙意识”的诸种投影。

异质相似连类，不仅可以横向拓宽意象意境的时空，而且能够纵向升华其中的情志意理。“在水一方”，可以横向连类到世间一切可望难即的具体现实情景；当我们把这些具体现实情景进行适当归类时，就可以升华为爱情悲剧、功名悲剧、事业悲剧、理想悲剧等综合性意理；如果再予以拓展概括，那就会升华为人类悲剧处境、悲剧心态、悲剧命运的理念。同样的道理，春、江、花、月、夜的一系列美景，可以横向连类到世间诸种各式各样的美景，而经过归类，则可以转换和升华为美丽的山景、事景、情景乃至美丽的诗境、幻境、神境，这无疑是美妙的、和谐的、诗意的、愉悦的、充满乐观精神的人生意识、天地意识、宇宙意识；而两地相思、卷拂不去、鸿雁难传、碣石虚幻、江水流春、落月摇情等一系列意象，则可以横向连类到人间一切情致难圆、意愿难足的凄美情景，若予以概括升华，就象征着人类情感中的悲剧处境、悲剧格局，这无疑是“人在大地上诗意栖居”中的悲剧情怀、悲剧意识。显然，通过异质相似连类，审美思维也能够感悟并抵达不同层次的理性意识，这就打破了科学思维特别是逻辑思维长期独霸天下的局面。其实，即使在认识领域，异质相似连类的实际功能和效用，也远远大于逻辑思维；而审美思维领域，则更是异质相似连类大展拳脚之地，甚至排斥了逻辑思维的直接介入。这显然正是从具体而凄美的春、江、花、月、夜中，能升华出宇宙意识的机理所在。

从心物感应到异质相似连类，这是审美心理—思维的主干形态、必由之路和光明大道，在中国以意象表现、意境创造为主旨的诗论中，虽然尚未凝结成如此明确的概念，但早已是贯注于其生命始终的血脉和神经之中了。

感应，说白了，就是因受刺激和影响而引起反应的意思。古人认为，物与物之间有感应。《周易·咸卦》："柔上而刚下，二气感应以相遇。"这是建筑在"阴阳二气化生万物"观念基础上的感应论。人与物之间有感应。上古"万物有灵"意识，实际上就是蒙昧时代人类对事物的非理性感应。这或许是心物感应的源头。《汉书·艺文志》："《书》云，'击石拊石，百兽率舞。'鸟兽犹且感应，而况于人乎！"这是张扬音乐的感应效应。中国古代的审美心物感应论，或许更多的是得益于对音乐感的共振共鸣。《礼记·乐记》较集中地融贯着心物感应的基本理念，如说："乐者，音之所由生也，其本在人心感于物也。是故其哀心感者，其声噍以杀；其乐心感者，其声啴以缓；其喜心感者，其声发以散；其怒心感者，其声粗以厉；其敬心感者，其声直以廉；其爱心感者，其声和以柔。六者非性也，感于物而后动。"哀、乐、喜、怒、敬、爱等诸种情致，都是人的自然天性"感于物而后动"的产物，这就是中国古代诗词以心物感应为机缘、以意象表现为主要途径的基本原理所在。孔子的"兴、观、群、怨"说，汉儒的"诗言志"说、"诗教"论，都是以心物感应为根源的。此后，无论是《文赋》所说"收视反听，耽思傍讯，精骛八极，心游万仞"、《文心雕龙》所说"寂然凝神，思接千载，悄然动容，视通万里"，还是《诗式》所说"有时意静神王，佳句纵横，若不可遏，宛若神助"、《二十四诗品》所说"素处以默，妙机其微"、《清心亭记》所说"虚其心者，极乎精微"等等，这些对于审美"神思"的描述，实质上都是对心物感应之非自觉性、进行状态和特异功能的感悟，都是对心物感应生理—心理原理的探测和深化。

连类，这个词早在西汉时就相当流行。刘熙载的《艺概·赋概》中，就有过一个小小的集成："赋欲纵横自在，系乎知类。太史公《屈原传》曰：'举类迩而见义远。'《叙传》又曰：'连类以争义。'司马相如《封禅书》曰：'依类托寓。'枚乘《七发》曰：'离辞连类。'皇甫士安叙《三都赋》曰：'触类而长之。'"这里所说的"举类""连类""依类""触类"，显然都是指向异质事物之间的同形叠合、同构相认、同频共振、同调和鸣；而"见义远""争义""托寓""离辞""长之"，则都是指向异质连类的增殖功效。这都是汉大赋的结体方式和基本特征，也是诗词意象表现的思维方式和基本特征。其实，诗歌的借景抒情、兴寄寓托、隐喻象征等种种表达方式和方法，都是异质事物之间的相似连类；所谓意在言外、言外无穷、"手挥五弦，目送归鸿"、"意不可尽，以不尽尽之"、"在有限中见出无限"等种种对诗性特质的表述，乃至对滋味、韵味、趣味、情韵、气韵、神韵等种种特有意味的追求，也都是以异质相似连类为机缘、机理、机杼的。一句话，没有异质相似连类，就没有审美思维，没有诗性特质，没有诗意，没有诗。

中国古典诗词中所体现的对心物感应和异质相似连类的深切感悟，是举世无双的。泰戈尔曾这样赞美中国传统的诗性文化："世界上还有什么事情比中国文化的美丽精神更值得宝贵？中国文化使人民喜爱现实世界，爱护备至，却又不致陷于现实得不近情理。他们已本能地找到了事物的旋律的秘密。这是极其伟大的一种天赋，因为只有上帝知道这种秘密。我实妒忌他们有此天赋，并愿我们的同胞亦能共享此秘密。"（转引自宗白华《艺境》）这里至少有三重意理值得特别注意：其一，所谓既"喜爱现实"又不能"现实得不近情理"，实际上就近似于海德格尔所说的，既"站在大地上"又"仰望着奇幻天空"的"诗意栖居"。洋洋大观的中国古典诗词意境的总和，实际上就是中华民族的一个绚烂无比的"诗意天空"。其二，所谓"只有上帝知道"的"事物的旋律的秘密"，虽然确实不可能完全得知，但其指向扑朔迷离的心物感应，指向混沌无定质的事物感觉情调，指向生发难以穷尽的异质相似连类，指向韵味沁人心脾的意境蕴场，应当是大致不错的。而这正是中国古典诗词最突出的诗性特质及其生理—心理—思维特征。其三，所谓"伟大的天赋"，显然是他已经深深地体悟到了在心物感应、异质相似连类的过程中，那些具有先天因素的非逻辑推演可理知的原生性、全息性、混沌性、体验性、感受性、领悟性、潜蕴性、无限性等"密码因素"。

中国古典诗词，是意象表现的集大成者，是事物表现性的集大成者，是上述诸种诗性密码因素的集大成者。而《春江花月夜》不仅优选了一批关于"月色"的意象及其密码，优选了一批关于"情思"的意象及其密码，并将它们和谐地建构成一个具有宇宙意识的、极其宁静优美而又极其纯真圣洁的意境蕴场，这或许是它备受推崇的根本原因所在。

五

中国诗词中的凄美悲剧意识，与西方英雄悲剧之悲壮意识的差异，恐怕是与"天人对立"和"天人合一"两种不同的世界观相联系的。

西方英雄悲剧特别强调斗争精神。正如英国学者斯玛特在《悲剧》一书中所说："如果苦难落在一个生性懦弱的人的头上，他逆来顺受地接受了苦难，那就不是真正的悲剧。只有当他表现出坚毅和斗争的时候，才有真正的悲剧……悲剧全在于对灾难的反抗……即使他的努力不能成功，但在心中却总有一种反抗。"

这说法虽然深得英雄悲剧的圭臬，却将非戏剧性的以及种种优美性的悲剧意识统统排斥在外了，显然是狭义的。

这种狭义的悲剧意识，与西方长期占统治地位的“二元对立”哲思是一致的。二元对立哲思在认识论上确立的“天人对立”观，因明定主客二分，促成了科学研究的社会潮流，有效地推动了社会的发展，功不可没，但同时也造成了人与自然的对立，形成了控制和征服自然的强烈欲望和实践风投。“人是万物的尺度”（普罗泰戈拉）；“人为自然立法”（康德）；“全部文明的进程，是以精神法则战胜战神自然法则——人战胜自然为标志的”（《英国文明史》）；“凡地上的走兽和空中的飞鸟，都必惊恐，惧怕你们；连地上一切的昆虫并海里一切的鱼，都交付你们的手，凡活着的动物，都可以作你们的食物，这一切我都赐给你们，如蔬菜一样”（《圣经》）。这些狂妄的人类中心主义宣言，不仅戕害着自然，而且由此连类扩展为物竞天择、适者生存、自由竞争、弱肉强食的社会规则和人伦风尚，同时也在人与人、国与国的关系上，滋长了以自己的标准对一切事物作出评价的傲慢和偏执。这实质上就是隐蕴在西方英雄悲剧意识背后的精神渊薮。

《春江花月夜》所体现的中国古典诗词的凄美悲剧意识，与中国传统的“天人合一”哲思有着必然的内在联系。中国古典哲学，也立意二分，但不夸张对立，而注重合一；即使在审美再造中有“对立强化”一说，那也是为了在强化要素中求得更高度的审美和谐。天人合一哲思，立“天”为神圣不可侵犯的宇宙“铁律”，强调“道法自然”，倡导“天道”（自然规律）与“人道”（社会规律）的统一。不仅亲和自然，而且将这种亲和精神融会到社会人伦：向往大同，四海一家；崇尚秩序，反对战乱；追求和谐，不尚竞争；要求知行合一，言行一致；形成尚礼、贵和的大众行为模式，包含对亲人的关爱与责任、对乡土的眷恋与归依；崇尚文以载道、情景交融、自然本色、文质彬彬的艺术风尚。显然，中国古典诗词的种种基本精神倾向，都是与天人合一哲思一脉相承的，都是天人合一哲思的分蘖和延伸。正如刘熙载《艺概·诗概》所说：“《诗纬含神雾》曰：‘诗者，天地之心。’文中子曰：‘诗者，民之性情也。’此可见诗为天人之合。”

不要把天人合一看得太神秘，也不要把它闭锁在抽象哲理的高阁。中国古代人文的各个领域，其主流都是以天人合一为旋动轴心的，种种具体人文理念和实践，也大多是不同程度地行进在通往天人合一的路途之上。就拿诗学艺术观来说吧。以意象、意象蕴场、意境、意境蕴场为主要形态的基本体制，以心物感应、事物感觉情调、异质相似连类、非逻辑推演性拓展和升华为基本线路的思维模式，以始终伴随着具体形象的想象、体验、感受、领悟为主要机杼的审美心理，以比兴、寄托、隐喻、象征为主要方式的表现手法，这一切审美创造的形态、线路、心理、方法，哪一条哪一样不是心与物、主与客的交会互动，不是景物人事与情志意理的融熔谐和，不是天与人、天道与人情的共振和鸣？当然，这一切还都是跋涉在审美天人合一的征途之上，而且还有着远近、亲疏、深浅乃至离合、真伪等种种差别。尽管整体的局部的终极天人合一境界都是不存在的，但这并不能阻遏人们对那个终极理想境界的畅想和追求。中国古代诗论特别崇尚自然美、本色美、自然天成、大巧若拙、不期然而然、锻炼而复归于自然、不工者工之极等审美创造理念，就是由于其中都包含着自然与人心、天道与人道共振合一的理想因素。王国维的“无我之境”，强调“不知何者为我，何者为物”的“以物观物”，就是审美创造心理在进入“神思”高潮时，所呈现出来的即时性天人合一状态；刘熙载所崇尚的“无为之境”，强调“无思无为，无方无体”的“神境”“逸境”，就是人的审美创造修养，在整体上达到了天人合一理想境界的体现。如果再往源头上追索，那就是植根于老子的“道”“无为”“无为而无不为”，庄子的“心斋”“坐忘”“庖丁解牛”“解衣般礴”“佝偻承蜩”等等。尽管这些神乎其神的精神、心理、技艺的天人合一境界，都未免虚幻缥缈，但却往往被人们供奉在心灵深处的神龛里，从而像“玉帘卷不去”“衣砧拂还来”的情思一样，成为种种人文思理特别是审美思理的主要机杼和归依。

《春江花月夜》的天人合一精神，虽然也像那些诗性意味特足的优美诗词一样，体现为纯然一色的意象化表现，但应当进一步看到，它的意象表现有一个共同的基本的特点，那就是其意象的形态，都呈现为自然本色，而不见主观再造；其所表现的情致，都是人世常情，而不是特殊现象；其情与景的交融，都是天然融合，而不是人工契合。本来，诗词中景物人事的形态，可以是原态的，可以是变形的，也可以完全是虚构的，这是一个从原态到变形再到完全生造的量变系列，诗人可以根据情意表达的需要而自由选择；但《春江花月夜》中的景物人事形态，却都是天然的原态、常态。本来，诗词中的情景交融形态，可以是情与景都保持原态的“融情入景”，可以是情意强行移入、景物不得不适当变形方能达成情景交融的“移情于景”，也可以是只有通过完全生造的景物方能更好地达成情景交融的“因情造景”，这是一个从融情入景到移情于景再到因情造景的量变系列，诗人可以根据情意表达的需要而自由选择；但《春江花月夜》的情景交融形态，却是一色的融情入景，几乎看不到任何情意强行移入和因情造景的痕迹。这种景物原态与世情常态的融情入景式交融，实际上就是景物的自然形态和天然质性，与情意的普遍形态和普适质性的同频共振、天然契合。显然，这就是审美创造之道的“道法自然”，也就可以说是体现着情与景、心与物、人道与天道的天人合一。

当然，移情于景，因情造景，也都是不同程度、不同水平的天人合一，但那不是自然景物与普遍情态的天然契合，而是受社会的个人的意向性制约的契合，因而具有相对的时空局限性。其物象具有特定的形态和质性，其情致具有特定的韵调和意味，其情景融合具有特定的视角和方式。这与《春江花月夜》的景物自然性、情感普遍性、融合天成性，在原生态、普适性、自由度上，是有明显差别的。《春江花月夜》是一幅上描天穹、下绘大地、中抒人情的水墨淡彩画：描月亮，是皎圆光轮和年年相似，只关注它的天然本色，而不张扬它的阴缺，也不遥寄“高处不胜寒”的感喟，更没有将“何事长向别时圆”的怨愤情绪，也强加给温馨的婵娟；绘大地，是春江连海的千里光波、花林似霰的空里流霜、白沙不见的江天一色，欣赏它那晶洁清丽的月色，而远离江潮海浪的狂暴和暗夜霜寒的孤苦；抒人情，或白云悠悠、楼月徘徊、帘卷不去、袖拂还来，专注于情思绵绵，或闲潭梦落花、残月复西斜、海雾迷沉沉、潇湘路漫漫，戚戚于情意难圆；这些情致，皆委婉于幽幽的凄美，而没有怨天尤人的激愤和呼天抢地的哀号。像这样的天、地、人的天然本色美、晶洁清丽美、幽隐凄婉美、融熔谐和美，其天人合一的意境蕴场，无疑具有涵盖天地、隐蕴乾坤的艺术魅力。《春江花月夜》是一幅高悬在无限苍穹中的天然的永恒的宇宙画卷。

天然画卷中所融蕴的情致，也必定是天然的。这就是说，《春江花月夜》的凄美情调，不仅根植于景物的天然本色，而且根植于人情的天然本性。前面说过，人的心物感应潜性是大自然亿万年培育的结果，因而其所感应的情致，也就与大自然有着诸多根本性的同频共振韵律。不难见到，众多动植物也都在演绎着与人类本性类似的凄美悲剧。大雕和鸳鸯，都是从一而终，一死，另一只或仰天长啸，或嘤嘤哀鸣，乃至以死殉情。据《世说新语》记载：“桓公入蜀，至三峡中，部伍有得猿子者，其母缘岸哀号，行百余里不去。遂跳上船，至便即绝。破视其腹中，肠皆寸寸断。公闻之怒，命黜其人。”春蚕一生勤劳，不停啃食桑叶，并将一切营养乃至内部器官都化作满腔蚕丝，精心抽吐，丝尽之时，便是身亡之时。蒲公英借助清风送走子女，让它们四海为家，伴随着两地的孤独和思念，等待着再生、成长；为了生命的延续，虽万般不舍，也无可奈何，只能心甘情愿。显然，花开花谢，瓜熟蒂落，生命尽皆如此。人的天性与动植物的天性，有着深远的亲缘关系。诗人以己度物，以物观己，遂化作充满凄美诗意的离愁别绪。这是天然、天性、天成，与其说是悲哀，不如说是愉悦，与其说是宣泄、解脱、忏悔、赎罪，不如说是共鸣、欣赏、痴迷、陶醉。《春江花月夜》不以惊心动魄取胜，而以凄美的天性诱人，这就是它魅力的永恒性。

不要漠视自然天性，它是天地万物的根本；不要轻视凄美诗情，它是人世普遍而永恒的主题；不要鄙视天人合一，它是人类文明的根本趋势；不要对儒家的“天下归仁”妄自菲薄，它可能是未来世界的必然归宿。尽管人的自然天性被理性主义压抑得透不过气来，但它却是生命的永恒基质；尽管凄美诗情不合英雄悲剧的高调，但它却是滋润人类心田最鲜美的乳汁；尽管仿佛是天人合一观念造成了中国积贫积弱的惨痛史，但实质上那是它从来就没有真正得到践行的缘故；尽管孔孟的仁心仁政在当时没有一个君王肯接受，但实际上它却统治了中华文明几千年。天旋地转，人类社会被天人对立折腾到今天，是不是已经加大了向天人合一转轨的可能？在地球上的人类生存空间已被瓜分殆毕，经济科技实力已渐趋平衡的时代，在地球村的弱肉强食战火已难以横行无忌、人类命运共同体越来越血肉相连的时候，天人合一必然会加快它的步伐，仁义礼智信必然会扩大它的市场，天下归仁至少在人心所向和总体趋势上并不是白日梦。

『艰难苦恨繁霜鬓』

——杜甫《登高》的从政谨敬之心

登高

风急天高猿啸哀，渚清沙白鸟飞回。
无边落木萧萧下，不尽长江滚滚来。
万里悲秋常作客，百年多病独登台。
艰难苦恨繁霜鬓，潦倒新停浊酒杯。

律诗是中国古代最精致的诗歌体式。它的句数、句子字数、韵律规范、偶俪讲求，都特别切合汉语语言特点、人的智能阈限和美感诉求尺度；过于简约则表现力受制，过分复杂则难以掌控，故而近体诗至今仍备受青睐。杜甫的七律被公认为中国诗歌史上的律诗高峰。其代表作大都创造于晚年流落江汉时期，尤以“雄浑丰丽、沉着痛快”的《秋兴八首》最为出彩。这首《登高》也是在那时出炉的。它曾被古人誉为“笔势雄骏奔放，若天马之不可羁”（《昭味詹言》），“复貌高耸，若凿太虚而号万窍”（《十八家诗抄》），“如海底珊瑚，瘦劲难名，深沉莫测，而精光万丈，力量万钧”（《诗薮》）。这说得虽有些夸张，但大意都是指向诸评家所说的杜诗的基本特征——沉郁。

一

诗词虽然要表现情志意理，但其所直接描写的却只有两种事物：一个是自然景物，一个是社会人事。通过描写自然景物或社会人事来隐蕴情志意理，都是意象表现。《登高》的前四句是描写景物，是借景抒情；后四句是描述人事，是借事抒情。人们习惯于说前四句是写景，后四句是抒情，不恰当。其错有二：其一，说后四句写人事是抒情，那就等于说前四句写景不是抒情，这显然不符合“一切景语皆情语”的基本诗性理念；其二，直接说后四句是抒情，那就等于说描述人事是直抒胸臆，不是意象表现，这是对“何谓意象”的认识上出了问题。必须充分肯定，诗词中的景物描写是意象表现，人事描述也是意象表现。在《登高》中，前四句的借景抒情是意象表现，后四句的借事抒情也是意象表现，只有“猿啸哀”的“哀”字和“悲秋”的“悲”字，才算是直抒胸臆。诗词中都有不少人事描述，若不算意象表现，那么，“诗词主要是由意象组合而成的”“意象表现是诗词的基本表达方式”等论断就不能成立，而古人极力推崇意象表现的诗性特质，今人特别欣赏意象表现的艺术魅力，也就成了审美意识谬误。诗词中有时会出现一些直指情志意理的成分，那只能看作是对意象表现的辅助。有人指《登高》中的“哀”字、“悲”字是“画龙点睛之笔”，这并不符合“含而不露”的诗性特有韵味，在审美导向上是有问题的。

解读《登高》，不妨先从后四句入手，这是因为后四句的人事描述，相当充分地再现了诗人当时的困苦处境，非常鲜明地表现出诗人当时的悲哀心情，从而可以直接而快速地走进该诗的意境蕴场。

“万里悲秋常作客，百年多病独登台。”在这两句人事描述中，有万里、悲秋、作客、百年、多病、登台六个意象和“常”“独”两个副词。万里：指远离京城长安，也包含有形容“悲秋”宽广无边之意。悲秋：因由“以秋为悲”的传统意念，点明“秋”是本诗所描绘的环境主体，“悲”是本诗所表现的情感基调。作客：指流落江汉船上，不能北上京城，是上联中心意象。百年：指年老，也包含有形容“多病”长期不愈之意。登台：切应诗题“登高”，借登高远眺秋色，寄托对国势残破之思，是下联中心意象。“常”字强调作客时间之长久，“独”字强调登台形态之孤零，虽然只是意象的辅助成分，但表现性能很强。两句八个层次，层层叠加，充分表达出诗人的可悲处境和可悲心情，可作如下分析：

作客——悲
常作客——更悲
悲秋常作客——更更悲
万里悲秋常作客——更更更悲

登台——悲
独登台——更悲
多病独登台——更更悲
百年多病独登台——更更更悲

这样的逐层叠加式分析方法，当然简洁清晰，但很难用来图示那些人事曲折、情感跌宕的诗词意境，因而不可随意套用。而且任何图式都是理性的简化，虽然非常有助于整体把握，但若就此打住，那就会忽略对意象背后庞杂社会人生背景和意象本身特有的诗性意味的充分想象和深入体悟，这一点必须明确。例如，在这里，如果仅仅满足上面这个一目了然的图式，那么，“作客”和“登台”的深刻内涵就会被遮蔽掉——

作客，指离家在外，寄居他乡。可这时的杜甫，离开成都，是一直和家眷一起流落在长江船上的，其所谓万里、所谓作客，显然只能是指向远在北方的京城长安。当时西北战乱未定，蜀中政局动荡，杜甫想穿越“难于上青天”的蜀道直上长安是不可能的，于是就乘船顺长江东下，以期绕道北上，再加上年老多病，故而长期羁旅江汉。此即其诗《去蜀》所云：“如何关塞阻，转作潇湘游。”然而由于种种原因，诗人那时却只能长期羁旅江汉，而不能北上入朝从事。这是诗人当时的最大心病，因而在此时的诗中也就常常可以听到“江汉思归客”“每依北斗望京华”的呼告。这显然就是包蕴在“作客”意象中的真情实境。不仅如此，还应当进一步联系杜甫的一生遭际来看。杜甫是个政治观念很强的人，但其一生真正从政的时间却很短：他 746 年入长安，到 756 年才得以在率府管了几个月的兵甲器仗，从 757 年 5 月到 758 年 6 月在肃宗身边做了一年的左拾遗，随后遭贬在华州做过不到一年的司功，764 年 6 月到次年正月初在成都严武节度使署中做了半年参谋，全部加起来还不到三年，且都是低微小官，其余时间都是在穷困、逃难、避祸、移居、羁旅的颠沛流离中度过。当诗人在“作客”前落下那个“常”字时，脑海里是否会闪动着他一生的坎坷遭遇？心灵中是否会激荡着他一生的悲情苦衷？这无疑都是“常作客”的意象蕴场。

登台，即登高，扣题，有提领全篇之意，关键在于诗人为何要登高，而且是在百年多病中独自登高。读读杜甫晚年的诗作就不难体会到，他虽然明知自己已不可能北归朝堂，而且也病体难支，但日日夜夜牵挂的还是动荡的朝政、不息的战火和乱离的民众。登高不可能是为了观赏山间的红叶和峡谷的秋水，因为在杜甫心中从来就没有“消闲”二字。他也知道，登高临远，扑入眼帘的都只能是劲秋、清秋、衰秋、肃秋，越看越伤心，但还是打消不掉他那时时萦绕心头的登临心念。这是一种发自肺腑、压抑不住的内在精神诉求：他要望望那自安史之乱以来到今天仍未消散的战火硝烟，看看大唐王朝那被长期战乱撕扯得破碎不堪的河山；而透过这战火硝烟、破碎河山，诗人想到的是朝纲不振、内乱迭乘、大厦将倾、边塞濒危、哀鸿遍野、满目疮痍。这一切凝聚在诗人胸膛，压得他透不过气来，即使形单影只地拄着拐杖，也要登上高处抒发一下，也要泼墨《登高》宣泄一通。这就是诗人当时登高的内在激情和创作冲动。

“艰难苦恨繁霜鬓，潦倒新停浊酒杯”，这是个对偶句。潦倒对艰难，新停对苦恨，浊酒杯对繁霜鬓。四联全对偶，是这首七律的特点。把“艰难苦恨”连读，理解为艰辛、困难、痛苦、怨恨四义叠加，是误读误解，那样的话就与下句的“潦倒新停”对不起来了。“繁”字是形容词，不要理解成动词，否则就与下句的“浊”字对不起来了。两句的前两字后应顿一下，读作：艰难、苦恨繁霜鬓，潦倒、新停浊酒杯。

重要的是对“艰难”的理解及其与“苦恨繁霜鬓”的关系。艰难，指的是处境、环境，可以看作是一个概括性意象，虽然也包括个人的长期羁旅和年老多病，但主要是指向国家的灾难和民生的疾苦。“苦恨繁霜鬓”，是复合意象。“苦”是副词，甚也，特别也；恨者，遗憾也，痛恨也。“苦恨繁霜鬓”，就是非常遗恨自己已经满头白发，也就是痛恨自己已经年老。为什么要痛恨自己年老？因为“艰难”，即世事艰难，也就是朝廷艰难，国家艰难，人民艰难。艰难是因，苦恨年老是果。这就是说，因为世事艰难，诗人非常悲痛，日夜哀伤，很快就煎熬得满头白发如霜。原来他“苦恨”的是在国家最需要志士仁人勠力匡扶的时候，自己却羁旅江汉，年老力衰，不能为国尽力！无疑，这“苦恨”之中，跳动着的是杜甫那颗殷殷切切的忠君爱国爱民之心！

“潦倒新停浊酒杯”与“艰难苦恨繁霜鬓”对仗，其意蕴貌似“平行”，实则“流水”。潦倒，义在失意、颓丧，其中包含有病情加重之意，在意理上，它与“艰难”不是对等关系，而是因果关系：因为世事艰难，自己不能为国尽力，才有失意之感、颓丧之情。同样，“新停浊酒杯”，是沉疴加重不得不戒酒之意，在意理上，它与“苦恨繁霜鬓”也不是对等关系，而是进层关系：因为“苦恨”自己不能为艰难的国事尽力，不仅熬白了头发，而且病情也越来越沉重，恐怕以后为国尽力的机会也不会再有了。显然，以艰难为根由，以苦恨心态融贯，从繁霜鬓，到潦倒，到病重，到戒酒，层层推进，将诗人的悲伤之情演绎得十分深切。古人曾有嫌此结句“微弱”“词意并竭”者，恐未真正体悟到当时诗人内心的真正痛楚。结句情志高扬当然好，但情志愈旋愈真切深微者，也自有其动人心弦的魅力。像《春望》以“国破山河在”的豪壮语开启，而以“白头搔更短，浑欲不胜簪”的深微句义收结一样，也是杜甫律诗结体的一种格调。

二

深切体会到杜甫写这首《登高》时的处境和心情，再回过头来解读开首四句景物意象，可能就会感悟得更加透彻。

诗中“猿啸哀”三字，当是取典郦道元《水经注·三峡》名句：“每至晴初霜旦，林寒涧肃，常有高猿长啸，属引凄异，空谷传响，哀转久绝。故渔者歌曰：‘巴东三峡巫峡长，猿鸣三声泪沾裳。’”可知此诗作于诗人羁旅三峡旁的夔州之时，而且整体基调是凄哀的。所谓“独登台”，实际上就是同期所作《秋兴八首》所说“千家山郭静朝晖，日日江楼坐翠微”“夔府孤城落日斜，每依北斗望京华”。诗题名“登高”，整体构思显然取“登高望远”传统模式。登高可以拓宽视野，故呈现出前四句的景物意象群；望远能够畅舒心念，故生发为后四句的人事意象群。先描绘景物，再抒写人事，这是中国古代诗词最常见也最具表现力的整体建构模式。

登高观景，视野开阔，景物繁多，写什么，怎么写，不仅要有选择，而且要有秩序。这秩序，往往见之于观者视线的合律移动、合理转换。《登高》观景视线的转换是相当清晰的：首句由风急、天高、猿啸三个简单意象并列组成，均在高远之处，是为仰望远眺；次句由渚清、沙白、鸟飞回三个简单意象并列组成，均在低近之处，是为俯视近观；“无边落木萧萧下”是由空间意象“无边”与复合意象“落木萧萧下”组成，而“落木萧萧下”则应当看作是“落木”与“落木萧萧下”的“套装”，这一景象见之于四面八方，故而其视线应当是环视周览；“不尽长江滚滚来”是由时间意象“不尽”与复合意象“长江滚滚来”组成，而“长江滚滚来”则应当看作是“长江”与“长江滚滚来”的套装，这一景象是从远处流到眼前，也预示着还要流向远方，故而其视线应当是由远而近又由近而远。如此清晰的视线转换，合乎景物特征与观者视觉的统一性，不仅使景物描写井然有序，而且显得特别周全丰厚。

景物的周全丰厚，彰显出意象的多元风采和情调的多元韵味。风急，狂暴呼啸；天高，苍穹玄远；猿啸，凄厉之声“空谷传响，哀转久绝”；三者情调近频呼应，共同酿造成一个强烈浓重的劲秋气氛。这也就是《秋兴八首》所描绘的“江间波浪兼天涌，塞上风云接地阴”的意境。渚清，水中小洲草枯死寂；沙白，江岸沙滩白净空冷；鸟飞回，形单影只的鸟儿，来来回回地飞着，似乎是在寻找那仅存的食物与难得的伙伴；三者情调近频呼应，共同酿造出一种空冷孤寂的清秋氛围。这也就是《秋兴八首》所点染的“鱼龙寂寞秋江冷”“清秋燕子故飞飞”的意境。落木，即落叶，是描绘秋天的典型意象。落叶飘飘，“唰唰唰”地落个不停，加上“无边”的无限空间张大，一个黄叶漫山遍野、无边无际纷纷飘落，万物衰残衰败的衰秋景象，就有声有色地展开在读者的视野之中。这也就是《秋兴八首》所形容的“玉露凋伤枫树林，巫山巫峡气萧森”的意境。万里长江从远方滚滚而来的气势，加上“不尽”的无限时间张大，一个水流汹涌、波浪滔滔、冲决一切、势不可挡的肃秋景象，就以其难以遏制的力度振荡着读者的心胸。这也就是《秋兴八首》所渲染的“闻道长安似弈棋，百年世事不胜悲”的意境。劲、清、衰、肃的四维情调基质，把浓重的秋色、秋声、秋境、秋意，张扬得铺天盖地、淋漓尽致。

面对常作客、独登台、苦恨繁霜鬓、新停浊酒杯之类社会人事意象，可以直接感知诗人所要表达的情志意理，但面对风急、鸟飞、落木、长江之类自然景物意象，却不能直接感知，这是因为社会人事与情志意理是形神同体，睹形则见神，而自然景物与情志意理则是异质连类，形在此而意在彼；即使你通过心物感应，体验到景物中的劲、清、衰、肃情调基质，也还是与诗人实际的情志意理隔着一道坎。这就是说，解读景物意象，必须借助情感基调的媒介作用，先由自然景物连类到种种社会人事，然后才能从这些社会人事中真正体悟到诗人所表现的究竟是怎样的情志。应当充分认识到，横亘在自然景物与情志意理之间那些可连类的社会人事，是一个宏观与微观都难以穷尽的天地，连类生发得愈广阔深微，对景物意象中所隐蕴之情志意理的体悟就会愈真挚深切。对诗词意蕴体悟得浅薄而僵固，大多是由于对自然景物与社会人事“在有限中见出无限”的蕴场，连类生发得过于偏狭的缘故。

劲、清、衰、肃之深秋景象的异质相似连类天地，主要包含社会景象和诗人处境两个层面。“风急天高猿啸哀”的劲急基调，可以连类到“直北关山金鼓振”“闻道长安似弈棋”等景象，这是国势的危急，令人深感政局动荡；可以连类到羁旅江汉，山高皇帝远，不能北上为国尽力，这是诗人的遭际，因而情哀而心急。“渚清沙白鸟飞回”的清冷基调，可以连类到“香稻啄余鹦鹉粒”“石鲸鳞甲动秋风”等景象，这是国家氛围死气沉沉，令人倍感清冽孤寂；可以连类到“鱼龙寂寞秋江冷”“故国平居有所思”的诗人处境心境，因而大有“绕树三匝，无枝可依”的失落感。“无边落木萧萧下”的衰残基调，可以连类到“万里风烟接素秋”“锦缆牙樯起白鸥”等景象，这是天宝盛世呼喇喇似大厦倾的景象，令人特别震惊而痛心；可以连类到飘零、羁旅、年老、多病，“匡衡抗疏功名薄，刘向传经心事违”诸多情景，这是诗人的人生悲剧境况，故而内心十分悲凉。“不尽长江滚滚来”的峻肃基调，可以连类到“回首可怜歌舞地，秦中自古帝王州”、社会变迁、朝代兴衰的严酷史实，从而产生对历史潮流势不可挡的惊惧和感喟；可以连类到岁月流逝、年华虚度、“一卧沧江惊岁晚”、“白头吟望苦低垂”的种种情景，这是诗人对自己一生的回首，故而内心充满自责和哀叹。显然，意味丰富浓郁的秋景中，不仅相当全面地包蕴着当时唐王朝由盛转衰的种种社会颓势和悲情，也相当深微地隐蓄着杜甫晚年乃至一生的可悲遭遇和痛切心境。只有这样的异质相似连类生发，景物意象的意境蕴场才算得到了比较充分的开发。

总体看来，《登高》的整体意境是“秋”。这个秋，是形，也是神。这个形，是满目秋色，是诗人处境，也是国家形势；这个神，是深秋的劲清衰肃，是诗人的艰难苦恨，也是国家的衰残危急。诗的前四句落墨季节之秋，而将诗人之秋和国家之秋蕴藉其中；后四句落墨诗人之秋，而以季节之秋为导引，以国家之秋为根由；国家之秋未着一字，但其身影却始终摇荡在季节之秋和诗人之秋的每个意象及其相互关系之中。季节之秋，诗人之秋，国家之秋，“三秋”融于一体，就构成了《登高》整体意境蕴场的“三秋图”：

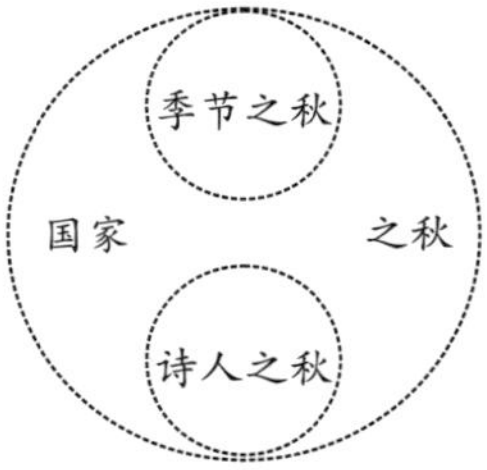

当然，任何图式都是简化模式，再合理有效，也只是一些在整体上启发人们思考的向导，其所指是有限的。但若把这种图式视同象征，那它的能指就可能无限了。这里的大小三个圈，用的都是虚线，那意思就是说，对《登高》中所描绘的季节之秋、诗人之秋及其所隐蕴的国家之秋的任何描述和概括，都仍然只能是“以不尽尽之”，其蕴场都是因“含不尽之意见于言外”而具有难以穷尽之诗性意味的。

三

为了对“三秋”蕴场的难以穷尽性有一个更深切的感悟，不妨再来看看“万里悲秋常作客，百年多病独登台”中的关系意义。前面说过，这两句中的悲事悲情有八层，不过这只是六个意象本身的表现意蕴和两个副词的辅助表现作用，尚未涉及这八个因素之间的其他诸多关系意蕴。这其他关系意蕴，更是丰富而复杂的。试想，万里与百年、与多病、与登台、与独登台有没有关系意蕴？悲秋与百年、与多病、与登台、与独登台有没有关系意蕴？常作客与百年、与多病、与登台、与独登台有没有关系意蕴？百年与万里、与悲秋、与作客、与常作客有没有关系意蕴？多病与万里、与悲秋、与作客、与常作客有没有关系意蕴？独登台与万里、与悲秋、与作客、与常作客有没有关系意蕴？显然，这八个因素之间的关系意蕴，既是递进的、叠加的，又是交叉的、互动的，其所包蕴的可以同形叠合、同频共振的实际关系内容都是难以穷尽的。这些关系意蕴，若用虚线连接起来，就构成一个“八角关系图”：

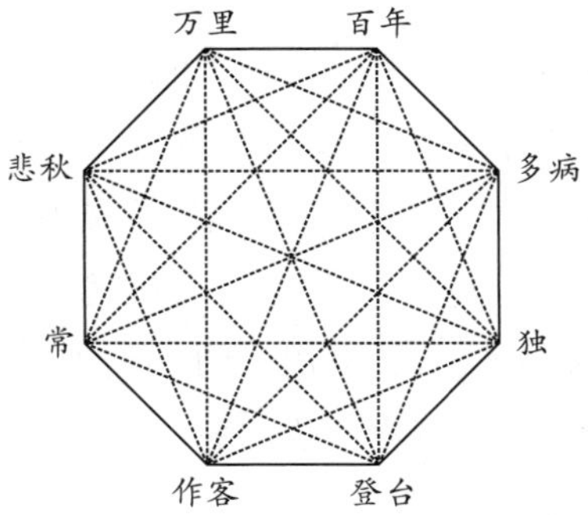

图中的八个因素之间都用线条连接起来，意味着要素之间的关系意蕴是普遍存在的；而所有关系意蕴都是用虚线连接，则意味着这些关系意蕴不仅都是多元交织的，而且都是隐在的、难以穷尽的。

这种多元交织的关系意蕴，在景物意象之间和景物意象与人事意象之间同样存在。风急、渚清、落木、长江，都在渲染着深秋的物色，都在隐喻着唐王朝的衰微，都在鼓荡着诗人的哀痛；猿啸哀、鸟飞回、落木萧萧下、长江滚滚来，都在叠加着深秋物色的浓度，都在强化着朝政的危急程度，都在旋进着诗人哀痛的深度。劲秋、清秋、衰秋、肃秋的种种景象，都在多方面地渲染着万里、百年、繁霜鬓、浊酒杯等人事意象的情感基调和意理基质，都在叠加着作客、登台的可悲处境，都在强化着苦恨、潦倒的深广程度；常作客、独登台、恨霜鬓、停浊酒的种种行为、心理，都在多方面地展现着劲秋、清秋、衰秋、肃秋等种种景象中所隐蕴的社会人事，都在多方面具体化着在猿啸哀、鸟飞回中晃动着的诗人那衰老而孤独的身影，都在多方面深切化着落木萧萧、长江滚滚中所蕴蓄着的诗人那感喟而悲哀的心情。这一切隐蓄在意象之间的种种关系意蕴，无疑都是诗歌所要表现的情志意理。

这里显然有一个问题值得深入思考：从我们日常所习惯、所常说的物理的“关系意义”来看，风急、天高、猿啸、渚清、沙白、鸟飞、落木、长江，都是风马牛不相及的，它们与万里、作客、百年、登台、霜鬓、浊酒之间，更是八竿子打不着，可是在这里为什么就有了如此紧密、复杂而又意味深长的关系呢？简要地说，这是因为这里所说的关系意义，不是词语关系意义，也不是物理关系意义，而是意象表现性之间的关系意义。

前面说过，诗词是由意象组合而成的，能够体现诗性特质的最小单位是意象，不是词语，也不是词语所指称的事物。词语的意义是指称，事物的意义是其物理属性，意象的意义则在于它的表现性。意象表现虽然借助词语指称和事物物理属性，但其意义却在于对指称意义和物理属性的穿越，而体现为对社会人事的再现和对人的情志意理的表现。因而，诗词中的关系意义，指的是意象表现性之间的关系意义，也就是意象和意象之间在再现意义上和在表现意义上的关系意义。例如，风急、天高、猿啸，三者的词语意义和物理属性都没有关系，只有那隐隐约约的雷同的劲秋感觉情调，才可以将它们联系起来，以共同再现当时国家局势的混乱和危急，共同表现诗人当时内心的哀叹和着急。无边，是一个空间概念；落木，是一种动态事物，两者没有物理关系。从语法上看，两者是状语与中心词的关系，无边是形容落木的广度，但这也不是将两者并置的诗性目的，只有穿越这落木的广度，而走进国势衰残、诗人困境的空间，才是这里所张扬的表现性关系意蕴。万里、悲秋、作客，一个指空间，一个指景物，一个指人事，没有物理关系；似乎也可以解释为状语与中心词的关系，即在万里之外作客，在可悲的秋天里作客，但这也不是三者并置的诗性目的，只有穿越这层语法关系意义以及由它所界定的事理关系，而进入对诗人羁旅江汉的困境和心境的时空联系，才是这个诗句中所包含的表现性关系意蕴。艰难，隐括一种客观状态，苦恨繁霜鬓，彰显一种心理状态，两者之间有一种因果逻辑关系：因为艰难，所以苦恨。但为什么会苦恨？苦恨的究竟是什么？只有穿越这层逻辑关系，深切意识到是由于年老多病不能为国尽力才苦恨的，并进而深刻体悟到诗人那颗谨敬自责的忠君爱国之心时，才算是真正体悟到了艰难与苦恨并置的关系意蕴。一切意象之间的表现性关系意蕴，都是对语法关系意义、物理关系意义、逻辑关系意义的穿越。

由于意象表现性关系意义的穿越性，大大减少了语法和物理对意象的束缚，使意象在表现性方面具有了很大的独立性，因而意象的组合也就有了很大的自由度。如果不考虑韵律的协调美，那么，在一句之中，“高天猿啸风急哀”与原诗句，“作客万里常悲秋”与原诗句，在表现性上并没有什么不同；在上下句之间，“沙白风急鸟飞回，渚清天高猿啸哀”与原上下句，“悲秋百年常登台，万里多病独作客”与原上下句，在整体表现意蕴上也没有太大差异。即使在一个看似结构紧密、难以拆解的复合意象中，若另有韵律需要或特殊诗境，其构成要素的重组可能性也是很大的，如“无边落木萧萧下”，可以重组成“萧萧落木下无边”，或“落木无边下萧萧”，“艰难苦恨繁霜鬓”，可以重组为“双鬓苦恨艰难繁”，或“苦恨霜鬓繁艰难”，而这个复合意象的表现意蕴也没有多少变化。这不是故弄玄虚。在中国古代诗词特别是格律诗中，因为对偶、平仄、押韵的需要，不知有多少地方打破语法、物理常规，而用了令人感觉奇特乃至不太理想的字词。当然，更多的重组是取得了相当理想之效果的，如“鸡声茅店月，人迹板桥霜”“白云抱幽石，绿筱媚清涟”“香稻啄余鹦鹉粒，碧梧栖老凤凰枝”之类，就收获了诸多的称赞。

意象组合的这种种破格情况，都是与意象的特质分不开的。意象无定质，它不是某个词语，也不是某种事物，它是一个个蕴场；它是用蕴场来说活的，是用蕴场来与其他意象蕴场交往的；因而意象与意象的关系，是蕴场与蕴场的对话，是蕴场与蕴场的窃窃私语。意象蕴场有形态、有质性、有频率、有韵调，但都具有一定的抽象性，都不是某物某事所专有的，因而都有广泛的异质相似连类性能，都可以与其他意象蕴场进行多层面而广泛的异质同形叠印、异质同性亲和、异质同频共振、异质同调和鸣。一首诗词中的诸多意象，由于都聚拢在一个整体意境之中，都有一个共同的整体性表现时空，故而无论处于什么位置，它们之间这种同形叠印、同性亲和、同频共振、同调和鸣的情况都是可能的，也是必要的，同时也就必定是多方多面、重重叠叠的。有的由于时空邻近、相似性明晰，则很自然地抱成一团，打出一套套组合拳，如“风急、天高、猿啸哀”和“渚清、沙白、鸟飞回”即是；有的虽然不在同句、同联、同章之中，但其蕴场的放射性电磁波，却能够跋山涉水进行远缘呼唤，如“风急”的气浪也是吹“繁”诗人“霜鬓”的重要因素，“长江”的波涛也是冲“停”杜甫“酒杯”的重要原因。显然，诗词的意境蕴场，就是由若干意象蕴场所交织成的一个个人文小宇宙，这些意象蕴场都闪动着自己应有的光影，放射着自己应有的电磁波，这些光影和电磁波相互吸引、呼唤、纠缠、共舞，从而形成一个个形、构、情、意川流不息、四通八达的互联网。一首诗词，实际上就是一个在组合上有一定秩序而在讯息上则难以穷尽的互联网。由此不难意识到，一切诗词的诗性特质、诗性奥妙，都隐蕴在这个意境蕴场互联网之中。

当然，诗词解读，都只能是一种理性简化模式，能比较合理地阐明其要点和大概就很好，永远不可能穷尽其蕴场的全部。这是人之智能和表达方法的双重局限。自然，也不能因此就完全否定诗词解读的价值，但必须清醒地意识到，即使你说得都对，也还可能只是一鳞半爪。水深得很，不要忘乎所以；否则，就难免片面、极端、幼稚、狂妄。

四

意境蕴场的互联网，其讯息虽然川流不息、四通八达，但却不是行行愈远、漫天扬沙，而是一个不齐之中有大齐、不一之中有真宰的审美整体，这个大齐和真宰，就是融贯不齐的情感基调和凝聚不一的意理基质，也就是中国古今诗论所一再强调的质、神、帅、内涵、主题、精神、情志意理、思想感情。一切诗词都少不了情感基调的融贯和意理基质的凝聚，《登高》也不例外。但在阐释《登高》的基调和基质时，必然会牵涉到一个棘手问题：杜甫的忠君爱国思想。现当代的诗论家，多用“忧国忧民”这一概念来总括杜诗的内涵，这当然很确切，但是不是也含有不愿用“忠君”这一暗灰色字眼污损诗圣颜面的意味？

其实，在长期的皇权专制时代，忧国始终包含两翼：一是忧君，一是忧民。《登高》中并没有抒写忧民之意。如果说“猿啸”所“哀”者也包含着民众疾苦，“落木”所“下”者也包含着民生艰难，“登台”所望中也包含着满目疮痍，“苦恨”霜鬓中也包含着遍地哀鸿，那只能说是从杜甫的一贯思想中推导出来的，并非《登高》的本体旨意。《登高》的主题，可以简括为国势“艰难”，诗人“苦恨”。国势艰难，主要体现在政局动荡、形势冷峻、国力衰残、根基动摇，这都隐蕴在前四句对劲、清、衰、肃之深秋景物的描绘之中；诗人苦恨，主要体现在羁困江汉、空望京华、遗恨年老病重不能为国尽力，这都彰显在后四句对常作客、独登台、繁霜鬓、停酒杯之可悲情境的倾诉之中。不难体会到，在这些秋景描绘和悲情倾诉背后，激荡着深挚的忧君忧国之情，跳动着一颗赤诚的忠君爱国之心。

《登高》作于羁旅三峡夔州之时，这是杜甫诗作最为丰盛、艺术水平最高、沉郁风格最浓郁的时期。这些作品，大多是围绕着忧君忧国、忠君爱国的主题展开，其中尤以备受推崇的《秋兴八首》体现得最为鲜明。该组诗的旨意集中在如下四个方面：其一，时时刻刻心系长安朝堂。困居江船，是“孤舟一系故园心”；登城远眺，是“每依北斗望京华”；病卧床榻，是“故国平居有所思”。这故园、京华、故国，都是指向远在北方的长安宫廷。这就是说，当时杜甫内心所牵挂的、登临所观望的、灵府所思虑的，都是京城、皇宫、君主、朝政，《登高》中“百年多病独登台”的远眺心神不正凝聚于此吗？其二，忧心忡忡于政局动荡。“闻道长安似弈棋，百年世事不胜悲。王侯第宅皆新主，文武衣冠异昔时”，这是对刚收复的京城中，各怀异心的军阀涌聚政坛博弈权力的忧虑；“直北关山金鼓振，征西车马羽书驰”，这是对趁机蜂起之边患的担心。如此严峻的时政危机，不正是《登高》中“艰难苦恨繁霜鬓”之“艰难”的重要内涵吗？其三，反复渲染战乱之后壮丽宫苑的残败废毁。“珠帘绣柱围黄鹤，锦缆牙樯起白鸥”“织女机丝虚夜月，石鲸鳞甲动秋风”“香稻啄余鹦鹉粒，碧梧栖老凤凰枝”，如此种种，都是在“回首可怜歌舞地”的残破，都是在哀叹“秦中自古帝王州”的衰落，这不正是《登高》中“无边落木萧萧下，不尽长江滚滚来”的深层意蕴吗？其四，不断倾诉自己不能为国尽力的悲哀。“丛菊两开他日泪，孤舟一系故园心”，这是羁旅夔州两年的痛楚；“一卧沧江惊岁晚，几回青琐点朝班”，这是对年老多病的惊惧；“匡衡抗疏功名薄，刘向传经心事违”，这是对一生壮志未酬的喟叹；“彩笔昔曾干气象，白头吟望苦低垂”，这是对不能归朝尽力的绝望。如此等等，不正是《登高》中“常作客”、特“苦恨”的实际内涵吗？总之，可以说，《秋兴八首》之具体而丰富的意境蕴场，就是对《登高》所隐蕴的忧君忧国、忠君爱国思想的最贴切诠释。

当然，揭示杜诗中的浓郁忠君思想，并非意味着否定杜诗中强烈的爱民清怀。其“三吏”“三别”以及《兵车行》《丽人行》《出塞》等诗中所描述的悲惨社会现实，所表现的高度人道主义精神和忧民爱民情怀，是前无古人的。在皇权专制时代，忠君与爱民并非完全对立，那些关心民瘼的清官廉吏、志士仁人，把希望寄托在皇帝身上，写些规劝、讽喻乃至歌功、颂德的诗作，意图推动、呼唤朝廷为民众多做些好事，显然是势所必然、合乎情理的。认为只有立意推翻皇权专制才是唯一正确思想，那是幼稚的极化思维。杜甫很早就立下两个志向：一是“致君尧舜上，再使风俗淳”，一是“穷年忧黎元，叹息肠内热”。因此在他心里，忠君与爱民始终是并存俱在而且是一体和谐的。那么，为什么在他晚年的诗歌中，更多的是忧君忧国情怀呢？这是与身陷不同处境有关系的：前期，当值安史之乱猖狂肆虐之时，战火纷飞，哀鸿遍野，杜甫处于连续不断地逃难之中，不仅亲见了民众的苦难，而且因有切身经历，对民众苦难感受颇深，故而诗人那时的情致所注，诗意所凝，都集中到对民生疾苦的关心之上；而后期，则由于困羁江汉，眼看着政局动荡，朝纲不振，而自己却病卧沧江，远离朝堂，不能北上入朝为国尽力，因而此时的情致所注，诗意所凝，也就集中到对君国的忧思和对自己的“苦恨”。此乃处境不同，势所必然，并非忠君与爱民的对立分裂。范仲淹在《岳阳楼记》中说：“居庙堂之高则忧其民，处江湖之远则忧其君。是进亦忧，退亦忧，然则何时而乐耶？其必曰：先天下之忧而忧，后天下之乐而乐乎！”杜诗中忠君爱民的一体和谐，正是这一理念的最好实践和印证。

不要只看到“艰难苦恨繁霜鬓，潦倒新停浊酒杯”的悲怆，更要感悟到其中那颗赤诚而深沉的从政态度：世事艰困，国难深重，竟煎熬得诗人白发骤多、病情日重；而正该匹夫有责、奋身报国之时，自己却远离朝堂、万般无奈，这怎能不令人痛心疾首、甚憾极恨呢！这样的“苦恨”，不仅是一股忠心耿耿、兢兢业业的忧国忧民情怀，更是一颗慎独自责、怵惕敬畏的从政为官之心。政治权力是国之重器，从政者不仅要珍惜荣誉，更要担当责任；不仅要有责任感，更要有敬畏心。这是一切称职官吏所应有的品格。而正是在这方面，鲜明彰显出杜甫作为“诗圣”的精神特质。羁旅江汉，年老多病，这是天灾人祸，他却反复自责；他兢兢业业地践行“匡衡抗疏”“刘向传经”的志向，却总是愧疚于“功名薄”“心事违”；他一生颠沛流离、未得重用，却从未流露诗坛常见的那种怀才不遇、仕途坎坷的怨愤。特别是他在临终前所写的《风疾舟中伏枕书怀三十六韵奉呈湖南亲友》中，还喟叹“淹留冠上簪”，责备自己白白地承受了皇家的簪缨之恩却始终无所作为，并由此而“愁来遽不禁”，内心时时产生一种难以遏止的痛楚。这是从政为官者难得的崇高痛楚。这才是杜甫。杜甫的后半生都是在敬畏和自责中度过的，他活得很累，但很圣洁。

五

《登高》的艺术特征，主要体现在整体上采取了“登高望远”的建构模式。

钱锺书先生在《管锥编》中说：“《招魂》：‘目极千里兮伤春心。’《高唐赋》：‘长吏隳官，贤士失志，愁思无已，叹息垂泪，登高远望，使人心瘁。’二节为吾国词章增添意境。”自此以后，以登高、登楼、登山、登临为题材，以伤高怀远为意境的诗赋词曲，遂层出不穷，蔚为大观。何以如此？钱先生解释说：“囊括古来众作，团词以蔽，不外乎登高望远，每足使有愁者添愁，无愁者生愁。”

登高望远何以能使无愁者生愁、有愁者添愁？显然与登高则眼界开阔、思虑深远相关。其中道理，李峤《楚望赋》说得相当明晰：“非历览无以寄杼轴之怀，非高远无以开沉郁之绪。……思必深而深必怨，望必远而远必伤。……故夫望之为体也，数纤惨凄伊郁，惆怅不平，兴发思虑，震荡心灵。”从登高，到望远，到思深，再到寄杼轴、开沉郁，再到怨伤、抑郁、心灵震荡，这是一个合乎心理活动、情绪变化规律的过程。颜延之《登巴陵城楼》：“凄矣自远风，伤哉千里目。”沈约《临高台》：“高台不可望，望远使人愁。连山无断绝，河水复悠悠。”柳宗元《登柳州城楼寄漳汀封连四州》：“城上高楼接大荒，海天愁思正茫茫。”杜牧《登池州九峰楼寄张祜》：“百感中来不自由，角声孤起夕阳楼。碧山终日思无尽，芳草何年恨始休。”张先《一丛花令》：“伤高怀远几时穷。”如此等等，踵履不绝，显然都是因登高望远而愁情满怀的建构。

杜诗的伤高怀远，当然不是“为赋新诗强说愁”，而是“有愁者添愁”。生逢强盛的唐王朝因安史之乱呼喇喇似大厦倾的“爆突乱世”，而自己又是个一心一意忠君爱民的仁人志士，这就决定了杜甫终生都只能在忧国忧民中煎熬苦度。于是，登高望远，胸怀天下，哀怜苍生，就成为融贯杜诗始终的主题。例如，被困长安时有《春望》：“国破山河在，城春草木深。感时花溅泪，恨别鸟惊心。”流离奔波时有《野望》：“唯将迟暮供多病，未有涓埃答圣朝。跨马出郊时极目，不堪人事日萧条。”寓居成都时有《登楼》：“花近高楼伤客心，万方多难此登临。”羁旅夔州时有《秋兴》：“江间波浪兼天涌，塞上风云接地阴。丛菊两开他日泪，孤舟一系故园心。”病卧沧江时有《登高》：“无边落木萧萧下，不尽长江滚滚来。万里悲秋常作客，百年多病独登台。”漂泊岳阳时有《登岳阳楼》：“吴楚东南坼，乾坤日夜浮”，“戎马关山北，凭轩涕泗流”。临终前还有《岁晏行》：“万国城头吹画角，此曲哀怨何时终。”这样的登临远眺，显然已经不只是应机枨触而生愁、添愁，而应当说是在主动地寻愁、惹愁，是“自讨苦吃”。诗人心里很明白，登高望远必会“忧愤总集，莫能自止”，却还是忍不住要“百年多病独登台”，这就是杜甫的情之所注、心之所在。古人赞《登高》“势若海涛”“雄骏奔放”“精光万丈”“天马无羁”“太虚万窍”“思虑邈邈”“深沉莫测”，无疑也都是得力于诗人的伤高怀远思无尽，心事浩茫连广宇。

西方文艺心理学钟情宣泄说，强调审美创作是情感宣泄，宣泄后情结发散，心态即趋于平衡。这虽然颇有积极意义，但宣泄者也须先有发散之意、消闲之心；否则，就可能因神思邈远而忧愤总集，愈陷愈深。故而，审美创作过程也往往呈现为由解忧而转为不断增忧的过程。王粲的《登楼赋》就这样描述过：其始，“登兹楼以四望兮，聊假日以销忧”；可是望着望着就变味了：“凭轩槛以遥望兮，对北风而开襟。平原远而极目兮，蔽荆山之高岑，悲旧乡之壅隔兮，涕横坠而勿禁。”闺中少妇有消闲之心，故而喜欢“春日凝妆上翠楼”，然而结果却是“忽见陌头杨柳色，悔教夫婿觅封侯”。杜甫不像陶潜那样适意自然，不像李白那样浪漫恣肆，也不像苏轼那样通脱旷达，因而在他的人生字典里几乎找不到“消闲”二字。因而，他的登高望远，只能是在忧愁的旋涡里愈旋愈深。《登高》的建构心理，从辽阔而强劲的“风急天高猿啸哀”，一直到深切而悲怆的“潦倒新停浊酒杯”，就是这样一个悲情愈旋愈深的过程。而这个忍俊不禁、愈旋愈深的过程，则更能彰显出杜甫忠君爱民之心的诚挚、忧国忧民之情的深重。古人喜欢用“沉郁”二字来形容杜诗的意境，可谓深入腠理。

最发人深思的是苏轼《登玲珑山》的结句：“脚力尽时山更好，莫将有限趁无限。”那意思是劝人“尽力就是最好的”，不要用自己的“有限”精力，去妄求

"无限"的愿景。但潜心体悟，却不难意识到，其中包含着一个"人生渺小，宇宙无限"的人文底蕴。这不是自卑，而是真理。庄子曾十分清醒地阐发过这个人文底蕴：

> 计人之所知，不若其所不知；其生之时，不若未生之时。以其至小，求穷其至大之域，是故迷乱而不能自得也。由此观之，又何以知豪末之足以定至细之倪，又何以知天地之足以穷至大之域？（《庄子·秋水》）
>
> 吾生也有涯，而知也无涯，以有涯随无涯，殆已！（郭象注曰："以有限之性，寻无极之知，安得而不困哉！"）（《庄子·养生主》）

本来都是常识，却往往被人忘记，这是因为"井蛙不可以语于海者，拘于虚也；夏虫不可以语于冰者，笃于时也；曲士不可以语于道者，束于教也"。而庄子所以能不"拘于虚"，不"笃于时"，不"束于教"，敢"少仲尼之闻而轻伯夷之义"，则是由于他"怒而飞"，而且"一飞冲天"，"扶摇直上九万里"，站得特高而望得特远。陈子昂《登幽州台歌》："前不见古人，后不见来者，念天地之悠悠，独怆然而涕下。"这是因为他仿佛高耸太空，能够"观古今于须臾，抚四海于一瞬"的缘故。虽然这样一来，会越发显得自己渺小，但也正是其眼界开阔、抱负远大的体现。杜甫晚年，反复说自己是"江汉思归客"，"天地一沙鸥"，"乾坤一腐儒"，让渺小归客、沙鸥、腐儒，与悠远江汉、广阔天地、无限宇宙同构和鸣，不正是他望远、思深、胸襟开阔、精神恢宏的写照吗？

当然，登高望远只是一种审美构思模式，并非等同于真的登临、真的远望。它是伏案进行审美创作时的一种特有心理—思维时空。《文心雕龙》把它称作"神思"："文之思也，其神远矣。故寂然凝虑，思接千载；悄焉动容，视通万里"；"登山则情满于山，观海则意溢于海，我才之多少，将与风云而并驱矣。"审美心理—思维时空是对现实时空的穿越，故而登上岳阳楼台，能望见"吴楚东南坼"；站在夔府城楼，能听到"直北关山金鼓振"；遥望北岭想峨眉，能感知"蜀道之难，难于上青天"；极目南天送瘟神，能悟得"坐地日行八万里，巡天遥看一千河"。登高望远的整体建构模式，切合天马行空的审美思维特质，切合言外无穷的诗性意境特质，是一种诗人常用、行之有效的艺术构思模式。

意象并置与审美解读

——从杜甫《江汉》看诗性意象语言

江汉

江汉思归客，乾坤一腐儒。
片云天共远，永夜月同孤。
落日心犹壮，秋风病欲苏。
古来存老马，不必取长途。

不可以说诗词是由词语和语法组合而成的，而应当说诗词是由意象和意象关系组合而成的。解读诗词，不能着意于词语和语法，而应当着意于意象和意象组合。词语和语法组合而成的是语言，意象和意象关系组合而成的才是诗词。词语是构成和体现语义的最小单位，意象则是构成和体现诗词意境的最小单位。意象虽然是由词语、物象和情志三要素构成的，但这三要素的意义、特征和功能，都不等于意象的意义、特征和功能。意象是对词语的穿越，意象关系是对语法的穿越。意象是用词语指称的，但在意象组合中，词语意义及其语法意义都发生了很大变化。我们可以把这种发生了很大变化的诗词语言，称作意象语言。意象语言的构成机理和关系意义，都具有自己鲜明的诗性特点。要更好地解读诗词，首先就必须对意象语言的构成特点和组合规律有一个比较清晰的认知。

一

作为有别于普通语言的意象语言，其明显特点是省略了许多东西："的、地、得"的定、状、补语标志普遍消失；表示方向、处所、时间、对象、目的、方式、比较、被动的"从、自、往、朝、在、当、把、对、同、相、以、按照、比、跟、被、叫、让"等介词几近匿迹；连接词、词组、句子，表示种种关系的"和、与、而且、但是、因为、如果"等连词也难觅踪影。这显然不仅仅是个为了简洁、凝练、鲜明、生动的问题。

更甚者是，主、谓、宾的应用和搭配，可以打破语法规范和客观物理事理规律。如"泉声咽危石""急雪舞回风""春风自信牙樯动""丛菊两开他日泪""无数晚山相对愁"等等，都不符合科学的物理关系；如"落日斜"，变成落斜日、日落斜、日斜落、斜日落、斜落日；"鸟飞回"，变成鸟回飞、飞鸟回、飞回鸟、回飞鸟、回鸟飞，如此等等，其诗性意味竟基本不变；如"香稻啄余鹦鹉粒"与啄余鹦鹉香稻粒、鹦鹉香稻啄余粒、鹦鹉啄余香稻粒，"听猿实下三声泪"与实下三声听猿泪、三声听猿实下泪、听猿三声实下泪，其整体意境的蕴场也没有多大差异。这种种“能指”的变异现象，恐怕也不是用审美个性化、审美陌生化所能解释清楚的。

诗性意象语言的这些变异，显然意味着普通语言之语法链条的断裂和脱落；而断裂和脱落之后，剩下来的就是一些名词、名词性词组或相当于名词性词组的短语，类同月、明月、月光、月明、月照、月光如水、明月照高楼、月有阴晴圆缺、明月照我还故乡之属，这其实也就是一些大大小小的物象、事象。由于摆脱了语法链条的捆绑和语法意义的限制，这些物象、事象也就能够穿越词语的指称意义和事物的物理事理属性，而成为具有对人的内在生命律动具有表现功能的简单意象和复合意象。由是也就可以断定，诗词主要是由意象组合而成的，而词语、词组，在这里只是单质意象和复合意象的指称符号。我们称诗性语言为意象组合语言，简称为意象语言，基本道理就在这里。

由于诗性意象组合大都脱落了关联词语，因而它们之间的关联，就呈现为此意象与彼意象的直接并置。意象并置是诗性语言的基本形态，特别是在诗性语言最精致的五七言律诗中，意象直接并置的现象就更为普遍和鲜明。就拿杜甫的这首《江汉》来说吧。首联“江汉思归客，乾坤一腐儒”，很明显，前句是“江汉”与“思归客”的并置，后句是“乾坤”与“一腐儒”的并置，两者都是两个简单意象的并置。颔联“片云天共远，永夜月同孤”，这两句的情况比较复杂。前句中，包含着“片云”和“天”两个简单意象，还有一个“天共远”复合意象，因而也就有了“片云”与“天”的两个简单意象并置以及“片云”与“天共远”的简单意象与复合意象并置；后句中，包含着“永夜”与“月”两个简单意象，还有一个“月同孤”复合意象，因而也就有了“永夜”与“月”的两个简单意象并置以及“永夜”与“月同孤”的简单意象与复合意象并置。颈联“落日心犹壮，秋风病欲苏”，这里有“落日”“心”“秋风”“病”四个简单意象，还有“心犹壮”“病欲苏”两个复合意象，因而也就有了“落日”与“心”、“秋风”与“病”两组简单意象的并置以及“落日”与“心犹壮”、“秋风”与“病欲苏”两组简单意象与复合意象的并置。尾联“古来存老马，不必取长途”，这是个判断句，在整体上不属意象语言，没有意象的直接并置；但其中也包含着“老马”和“长途”两个意象的“隔空”对话，虽然这两个意象是为整体性判断服务的，但它们的对话，却正是这个尾联的诗性意蕴所在。

由于意象是表现，一个意象就是一个由景物人事和情志意理融合而成的蕴场，因而，意象的并置实际上也就是意象蕴场的并置。对此，如果我们用一个个圆圈来代表意象蕴场的话，那么，《江汉》的意象并置关系，就可图示如下：

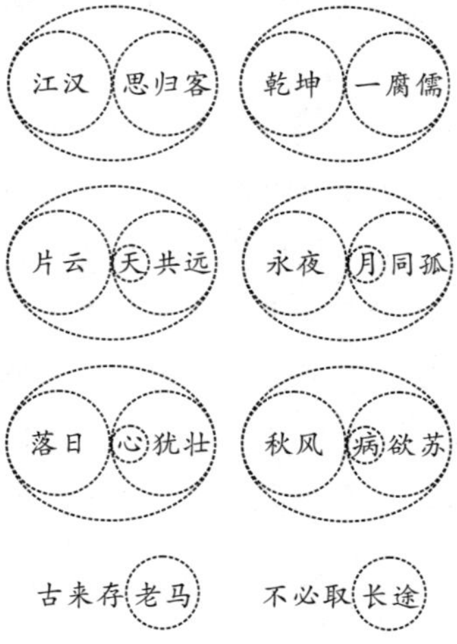

在这个图示中，一个圆圈就是一个意象蕴场；圆圈用虚线标示，是因为意象蕴场都是隐在的、无定质的、流动变化的、难以穷尽的。除尾联外，其余三联都是单重的或双重套装的意象并置组合。前六句整体上都用一个个大圆圈圈住，这是因为每一句都可以看作是一个复合意象，一个多元融合的意境蕴场。因而，前三联的每一联，也都是两个复合意象的并置，两个意境蕴场的并置；而三联六句，则是六个比较大的复合意象、六个意境蕴场的并置。显然，诗词意象有大小，其意象并置、意境蕴场并置都是多元的、多层次的。

这里所以要不厌其烦地罗列《江汉》中的多等级意象及其多层次并置关系，目的当然是通过对这些意象的蕴场及其并置关系意蕴的想象、体验和感悟，来更具体更深入地阐发诗中所蕴蓄的丰厚情志意理。

二

解读诗性意象并置语言，人们习惯于走语法关联的老路。如面对“大漠孤烟直”，总是会先解释：在大沙漠上，有一缕孤零零的炊烟，大概是由于没有风，那孤烟看起来直挺挺的。不能说这是错误，但却是把已经被诗性语言脱落掉的语法链条又都给捆绑上了。这不是审美感知，而是科学认知，至少是还没有踏上审美感知的思路。审美感知的注意力，一上来就应当凝聚到意象和意象的组合之上：先要在想象中展现这些物象、事象的形态和质性，体味它们的情感基调和意理基质，然后再进一步体悟这些情感基调和意理基质在并置中的种种关系意蕴；只有在这两个方面做足了文章，才能够真正透析、融汇、升华出诗句中所包蕴的丰厚情志意理。如对“大漠孤烟直”来说，首先要想象和体味到“大漠”的广阔、荒凉，想象和体味到“孤烟”的孤独、艰苦，进而从这两种感觉情调的“切切私语”中，体味到身处战争频仍的边塞时，那种既感到宏伟又觉得孤苦的情感基调；同时，还要进一步想象和体味到“孤烟直”中那种对抗荒凉和孤独的坚挺情绪，从而在“大漠”与“孤烟直”的并置呼应中，让壮丽感和壮伟情占了上风，从而也就非常真切地表现出盛唐时代特有的边塞诗魂。这样一层层地深入进去，才是对诗性意象语言，也就是对诗性意境的真正审美解读。

遵循这样的思路，我们就可以对《江汉》的前三联进行解剖了——

> 江汉思归客，乾坤一腐儒。

这首联是四个简单意象的两两并置，是典型的意象并置诗句。

不应当把意象并置诗句还原为语法组装的语句：在江汉岸边有一个思归的游客，在天地之间有一个迂腐的儒生。这一还原，就被语法链条牵引着迅速地走向普通语义的重点——告知人们一件事，而把每个意象的表现意义及其并置的关系意义都遮蔽了。这样做，实际上是把诗句还原为语句，从而也就忽视乃至妨害了作为诗句的特有意味。

也不应当停留在对词语意义的解释：江汉即长江和汉水，思归客是诗人自指。当时杜甫自夔州出峡，流寓江陵、公安等地，但心里还念念不忘北归长安；乾坤即天地，腐儒是诗人自我解嘲，年老多病，漂泊无依，仍想着要为国尽力，还真有点迂阔。这些解释都对，也有必要，但从江汉一下子就跳到要北归长安，从乾坤一下子就跳到要为国尽力，其间却明显少了一个过渡性审美思维过程，还很难说是对意象表现及其并置意义的审美感知。

解读意象并置诗句，首先要在每个意象上停一停，想一想，在情景的想象中，潜心体验感受它的感觉情调，努力开发它的表现意蕴。“江汉”这个意象的想象画面特征是纵横大地、源远流长，其感觉情调是悠长而广远；“思归客”这个意象的想象画面特征是漂泊不定、孤单无依，其感觉情调是短小而孤独；将这两个画面并置，其效应就是要穿越词语的地点告知功能，而在两个画面之长与短、大与小的鲜明对比中，感受到诗人当时的困苦处境和可悲心境：自感渺小和孤寂。这就是“江汉”与“思归客”两个意象在形态上的表现意义及其在两个反差很大之画面的并置中的对比性表现意义。

“乾坤一腐儒”之视觉形象的表现意义及其并置的对比性表现意义更为鲜明：“乾坤”的视觉形象是广袤无限、崇高神圣，“一腐儒”的视觉形象是身影孤单、迂腐卑微，两者并置所产生的巨大反差，更明显地彰显出杜甫当时自感孤独和渺小的悲凉处境和心情。

但视觉画面中还有蕴意，人物影像中还有神魂。上面说的只是对意象之形态的视觉感受，还应当从意和神的方面去体悟意象的表现意义和并置关系意义。在这里，首先要对“思归”的内涵作出正确理解。自安史之乱以来，杜甫流迁多地。出蜀时，是偕家眷沿江而下的。此诗作于羁旅夔州之时，当时除了暂时借居之所外，并无别的家乡可归。联系他终生不忘“致君尧舜上”“穷年忧黎元”的志向，以及当时官军已收复长安的政治形势来看，他的思归，只能是急着北上京城，回归朝堂，做官从政。身处年老多病、流离失所的困境，仍不忘忧国忧民、为国尽力乃至“艰难苦恨繁霜鬓，潦倒新停浊酒杯”，这心神显然就不是短小孤苦，而是像长江和汉水一样的辽远而伟大了。其实诗人所以要让“思归客”与“江汉”并置，就是因为他的心像江汉，他的心事是随着汹涌的江汉向着远方延伸、向着长安奔腾的。这样一来，本来视觉形象反差极大的两个意象，就在内在心意和精神境界上走到一起去了。这显然意味着，在形的相反并置中却包含着意的相似并置；而这相似之处，就是诗人的神魂所在。

解读“乾坤一腐儒”的关键，在于潜心体悟杜甫自称“腐儒”的心情，从而深切把握将“腐儒”与“乾坤”并置的关系意义。自称腐儒，是自褒还是自贬？是自傲还是自卑？恐怕都是，也都不是。“自鄙而兼自负”，“身在草野，心忧社稷，乾坤之内，此腐儒能有几人？”黄生《杜诗说》中的这几句话，着实深得杜甫自嘲心态的三昧。腐儒确有迂阔渺小的一面，因为年老多病的杜甫，此时确有“匡衡抗疏功名薄，刘向传经心事违”的自我感觉：原本心怀壮志，也终生敬业奔波，却始终沉居微官，不能力挽狂澜，济救苍生，面对浩瀚乾坤，皇天后土，怎能不惭愧？直到临终前，他还哀叹自己是“淹留冠上簪”，乃至因此而“愁来遽不禁”，能有这样的敬谨自责之心，不就更彰显出他的忠诚耿正吗？况且“腐儒”在这里还有固执之义，即终生坚执儒家的用世思想，至死不渝，而这正是杜甫之“腐”的实质。理解了“腐儒”的真正用意，那么，在乾坤与腐儒的并置中，那视觉反差的巨大，不正昭告着他的心意、志向、精神，是与乾坤异质相似、异质同构的吗？这就是说，他当时虽然自感渺小和孤独，但心里却装着乾坤，想着乾坤，其胸怀与天地一样辽阔、深远、崇高。这就是鲁迅先生所高扬的“心事浩茫连广宇”的精神境界。这样的意象并置，不也是在形态的相反对照中包含着更深沉的神理相似强化吗？

片云天共远，永夜月同孤。

这颔联两句分写白天和晚上，是对诗人流寓江汉地区那段时光之基本情景的写照：白天像一片云一样漂泊无定，夜晚只有月亮陪伴着他的孤独。

每句前三字，都是两个简单意象的直接并置：片云与天，永夜与月。这一并置，四个意象的感觉情调，就相互映衬得十分鲜明：片云是微小而漂泊不定，天是广大而永恒不动，永夜是漫长而黑暗，月是孤悬而光明。两两相并，多方比照。这四个意象及其并置中的种种感觉情调，就是诗人当时困窘处境和复杂心情的体现。一切景语皆情语。当时的杜甫，确实是像一片云，心里却又装着天，既像笼罩在漫漫长夜的黑暗之中，心中却还揣着一个高悬而又皎洁的月亮。

“浮云游子意”，杜甫当时不仅是游子，而且是一个年老病重、无所归依的游子，所以这“片云”正是诗人的自我写照。他觉得自己远离朝堂，流落江汉，就像一片小小的云朵，面对着广袤、崇高而永恒的苍天，确实倍感渺小与孤独。显然，这是片云与天这两个意象之形态的相反并置意义；然而他虽然像一片小小的云朵，心里却装着天，也就是心中始终装着社稷和民生，这显然又是在形的相反关系中包含着神的相似关系。

永夜与月的直接并置意味比较复杂。漫长与孤悬的对比，黑暗与光明的对比，都彰显着诗人当时的处境和心境。漫长而黑暗的永夜是凝重的，它似乎压倒了月的皎洁与光明，所以诗句最终落到了“孤”字上。从这里看，该句的主要表现意义似乎是诗人的自感孤独和渺小。但暗夜毕竟没有一统天下，还有月的光明在与它抗争。这样一来，诗句的意义似乎又变了。虽长夜漫漫，但因有月亮的陪同，诗人就不觉得特别孤独了。如果说长夜中包蕴着时局动荡、诗人北归无望、生计日蹙的困境，那么，月色就是诗人当时心灵的投影，其中有孤独也有光明，有失望也有希望。

然而这两句的意蕴，并不限于这两组简单并置意象的表现意义和关系意义，诗意还要积极得多，这是由于延伸和增殖了主体意象的正能量。“片云天共远”句的整体骨架是“片云远”，这个“远”字，是片云能在广阔天空自由飘浮这一特征的延展，而正是这一延展，片云那渺小与孤独的感觉情调被冲淡，而增殖了大而远的积极面。如此一来，片云与天的并置，就升格为片云远与天的并置，而原来一小一大、一孤一广的相反并置关系意义，也就变成了一样大、一样远的相似并置关系意义。这就是说，片云与天的共远，就不是诗人当时自感渺小与孤独的投影，而是他“心事浩茫连广宇”的写照。这是诗句意理上的一个明显转折。显然，诗人让“远”与片云对接，这是一种内在的对抗孤单渺小之精神力量的彰显，诗句落在“远”字上，正标示着这精神力量的胜利。

“永夜月同孤”也是这个道理。如果将句意压缩，就成了“永夜孤”；这永夜孤，虽然也是诗人当时的实际情况，但令人感到的似乎只有消极一面。于是，诗人就引进一个月亮来。有了月意象的陪同，诗句的感觉情调就大不相同了：月光可以普照整个大地，它的光辉可以与永夜一样广阔；月是光明的象征，它是一种冲破黑暗的力量；月虽然有时缺有时阴，但也会有时圆有时晴；月虽孤悬，但却永恒。月亮的这一切感觉情调，都意味着它是一种对抗黑暗和孤独的正能量。虽然诗句还是落在“孤”字上，但诗人特意让月亮来陪同着一起孤，那就不怎么孤独了，那就意味着他的心灵中还闪耀着一种未被黑暗磨灭的希望之光；这希望之光，实质上就是杜甫那始终不渝的忠君爱国、忧国忧民的精神之光。

还有一点也值得注意，那就是，按照语法常规，“片云天共远，永夜月同孤”的词序，应当是“片云共天远，永夜同月孤”；那么，为什么要变“共天远”为“天共远”、变“同月孤”为“月同孤”呢？这里除了有个让片云与天直接并置、让永夜与月直接并置，从而彰显孤小和远大、黑暗与光明同在的感觉情调外，还有一个重要作用，那就是突出天与月的主体性、主动性。“共天远”的主动者是片云，“天共远”的主动者是天，这就意味着是天主动地来对抗了片云的孤小；“同月孤”的主动者是永夜，“月同孤”的主动者是月，这就意味着是月主动地来消解了永夜的黑暗。这样一来，诗人心中那像天一样浩茫、像月一样光明的精神力量，就得到了充分的张扬。

这颔联两句似乎彰显出这样一个道理：在两个简单意象并置的诗句中，通过延伸和增殖其中某一意象的某种特征，就会构成某种更大范围的意象并置关系，从而扭转原简单意象并置的关系意义，乃至改变整个诗句的情志意理倾向。这或许是一条具有一定普遍意义的意象组合规律吧？

落日心犹壮，秋风病欲苏。

面对这个颈联，首先要理解“落日”与“秋风”的意义。黄生在《杜诗说》中指出“落日乃借喻暮齿”，这是对的。但他又说，落日“是咏怀”而“非写景”，却令人费解：诗词表达情志的一个基本途径，就是借写景来抒怀，“一切景语皆情语”，只不过有的侧重于融情入景，有的侧重于象征寄托而已，怎么能将写景和咏怀割裂、对立起来呢？黄生认为这里的“落日”不是写景的理由是：颔联写永夜、孤月，颈联写落日，在时间上“不能同见”，在时序上也不合理，若说都是写景则自相矛盾。其实，《江汉》中所写的片云、孤月、落日、秋风，无须限定为一天中所见，也不完全是按照时间顺序来排列的，而是诗人流寓江汉的一段时期内所常遇常见的景物，诗人只是选择其中最有感触、最能表达自己处境和心情的几种来寄托自己的情怀，所以都是写景，也都是咏怀，只不过片云、孤月侧重于自喻，而落日、秋风则侧重于象征而已。

这两句中，也各有一组简单意象并置：落日与心，秋风与病。落日和秋风都是最常见的传统意象，均有衰老、衰残、衰落、衰败的感觉情调和表现意义。当落日与心直接并置时，就有了心像落日一样的衰老、衰落意味；当秋风与病直接并置时，就有了病体与秋风一样的衰残、衰败意味。这显然都是由异质相似连类所生成的相似对等意义。处境艰难，年老多病，不能回归朝堂，不能为国尽力，这是杜甫晚年多所悲叹的主要原因，这两组简单意象的相似对等并置，无疑也是他自感孤独渺小的体现。

然而心可馁也可壮，病能沉也能苏。从心与落日、病与秋风的并置来看，似乎是心趋向馁，病趋向沉，但诗人的内在精神力量却是向着相反的方向导引着：心走向壮，病走向苏。这是通过延伸和增殖心与病的积极因素而造成的情调转折：使落日与心的相似对等，变成了落日与心犹壮的相反对等，使秋风与病的相似对等，变成了秋风与病欲苏的相反对等。如此一来，句意就变得相当积极了：虽然人生已处在落日般的困境，但心却仍然雄壮，大有“烈士暮年，壮心不已”的豪情；虽然病体如同秋风落叶一般，但病情却有了明显好转，颇有些“我觉秋兴逸，谁云秋兴悲”的心境。

不仅一句中有积极的转折，作为两个复合意象，上下句之间也有积极的互动。高友工、梅祖麟在《唐诗的魅力》一书中，曾通过对这两句中“犹”“欲”二字之作用的解释，将两句之间的意理关联作了很有意思的发挥：“犹”是一个表示“持久性”的副词，指明事物在时间中保持不变；“欲”是一个表示变化性的副词，表明将要发生的事情与先前不同。“犹”的持久性强调心永远年轻，而只要心保持年轻，即使身体多病，也会逐渐好转起来；“欲”的变化性强调病将要转好，而只要病体转好，就能保证壮心的持久。这就是说，“犹”与“欲”的作用已超出本句，而与另一句中象征命运的词发生对抗：“犹”字以其持久性，与下句中秋风的衰败意义对抗；“欲”字以其变化性，与上句中落日的结束意义对抗。于是，“心犹壮”“病欲苏”的积极意义得到了进一步延伸和增殖，诗人内心的强劲精神力量也就得到了更充分的体现。

三

透过对以上三联的阐释，应当对意象并置关系有了一个更深入更明确的体悟，那就是：诗词中的意象并置关系，不是语法关系，也不是物理关系，而是一种审美性对等关系。

一定要分清意象并置关系与语法关系的区别。在意象组合诗句中，只在复合意象中还保留着语法关系。例如在《江汉》中，天共远、月同孤、心犹壮、病欲苏，都是复合意象，也都是主谓关系。它们都是以一个不应当再分割的意象整体，来与片云、永夜、落日、秋风构成意象并置关系；这些并置关系是并列对等关系，都不应当被看作是状语与中心词的主从关系。至于江汉与思归客、乾坤与一腐儒、片云与天、永夜与月、落日与心、秋风与病这些简单意象并置，那也都是并列对等关系，不能用地点状语、时间状语等语法关系来解释。若用语法关系来解释，那就是把被诗性意象组合所挣断挣脱的语法链条，又重新捆绑起来，如此一来，这些意象并置就又回归为语法上的主从关系，而对等意义也就被消解了。

要充分认识对等关系的意义。从思想方法和伦理观念上看，对等关系的精神实质是自主和平等。所谓自主，是指在意象并置中，由于语法链条的脱落，物理关系退居幕后，事物的自我存在获得较大独立性，其自身的特性得到解放，从而也就能够以自身的形态、质性，与其他事物进行自主交流，于是事物的并列就成为两种形态质性的相互映照，成为两种事物之感觉情调之间的窃窃私语，成为两个意象之表现性之间的自由对话，意象并置就成为意象表达功能的“圆桌协商”。所谓平等，就是消解了语法关联中的主从关系，模糊了科学分类中的等级关系，使并置事物都有了在审美表现轨道上跑车的相同地位和共同趋势，从而也就取得了平等对话的权益。这就像人不论身份地位差异“在法律面前人人平等”一样，并置意象则是不论身形质性差异而“在审美表现面前个个平等”。

这种审美对等关系，不仅要挣脱语法的束缚，而且要穿越物理事理关系。在审美意象并置中，物理事理关系是生发感觉情调的必要条件，但它们却不是意象并置的目的。把“江汉思归客”解释为在长江汉水岸边有一个思归客，看似没错，但并没有接触到审美表现意义。将思归客与江汉并置，要的只是江汉源远流长与思归客身单影孤的映照和窃窃私语，从而体味其中的感觉情调；至于思归客是在岸边还是在船上，乃至是在楼上眺望还是在伏案畅想，都没有多大关系。说乾坤与一腐儒并置是乾坤里有个腐儒，片云与天并置是片云在天空中，永夜与月并置是暗夜里有个月亮，落日与心并置是出门望着落日还是心中想着落日，秋风与病并置是在屋外迎着秋风还是在室内躲着秋寒，就更是废话或者笑话。这就是说，对意象并置关系的感知，必须穿越物理事理关系，进入对事物感觉情调之间窃窃私语的感知，否则就还是科学认知，而不是审美感知。

对意象并置关系的审美感知，其心理—思维路线是心物感应和异质相似连类，而不是理性认识的逻辑演绎。眺望江汉，俯仰乾坤，神思飘向悠远和无限，内心忽萌孤独渺小之感；仰望天空，觉得自身就像一片飘浮不定的云朵，孤守暗夜，心中似乎透出了一缕希望的月光；看到或想到落日，内心受到刺激反生出一股抗拒衰老的情绪，迎到秋风或感到秋意，病体反而觉得有了好转，这都是心与物的互动感应。心物感应产生感觉情调。感觉情调通过异质事物之间的同形重合、同频共振、同调和鸣、同性相认，可以与当时诗人的处境和心情进行广泛连类，从而生发出种种情志意理，这就是意象并置的审美表现意义。这些表现意义，不是客观事物所固有的，也不是由理性逻辑所推导出来的，而是由心与物相互感应和相似连类拓展生发出来的，因而，这些从意象并置中生发出来的感觉情调及其连类拓展出来的种种表现意义，只存在于诗人和读者的想象、体验、感受、领悟之中；没有人的想象、体验、感受和领悟，就没有意象并置的审美表现性关系意义。

对等，包含相似和相反两个方面，意象并置对等，也大致可归纳为相似对等和相反对等两种情况。相似对等的关系意义是感觉情调的叠加，是表现性的连类增殖；相反对等的关系意义是感觉情调的反衬，是表现性的相反相成。例如，在“落日心犹壮，秋风病欲苏”中，落日与心的并置，是落日的衰落情调与心的孤苦情调的相似叠加，秋风与病的并置是秋风的衰肃感与病体的衰残感的相似叠加；而落日与心犹壮的并置，则是落日衰败与心情雄壮的相反衬托，秋风与病欲苏的并置，则是秋风衰肃与病体好转的相反衬托。所有意象并置的关系意义，都可以归纳到相似叠加蕴场或相反相成蕴场之中。

要进一步认识到，无论相似对等还是相反对等，其本身也都包含着相似和相反两个方面。上以下为条件，好以坏为参照，这是现实存在，也是思维规律。江汉与思归客的并置，在形态上是悠远与孤单的相反映衬，在意理上则是源远流长与心怀社稷的同频共振；乾坤与一腐儒的并置，在视觉形态上是寥廓与卑微的相反比照，在精神实质上则是神圣与浩茫的同调和鸣；片云与天的并置，既有大与小的对照，也隐蕴着一颗要与天一样大的心；永夜与月的并置，既有黑暗与光明的对衬，也孕育着一种要黑暗向光明转化的心力；落日与心犹壮的并置，在对抗落日衰败的积极情绪背后，显然曾有过像落日一样的衰老心情；秋风与病欲苏的并置，在对抗秋衰、病体好转的积极和愉悦情绪背后，无疑曾有过像秋风秋意一样的病沉病痛心情。意象并置关系意义的相似叠加和相反相成，是一对孪生兄弟，它们的共生互动，是审美思维连类生发的基本规律。一首诗词的意境蕴场，就是由一系列既相似叠加又相反相成的意象表现意蕴和意象并置关系意蕴融合而成的。

还要进一步认识到，对等的相似与相反情调是可以相互转化的。这转化，是通过增殖并置关系中某意象的相反特征来实现的。例如，在片云与天的并置中，若以片云的小，来与天的大相较，那就是相反对等，但由于诗人增殖了片云善于游动，天有多大云就能游多远这一特征，将片云小变成了片云远，于是原本的相反并置就变成相似并置了。永夜与月的相反并置变成永夜与月同孤的相似并置，落日与心的相似并置变成落日与心犹壮的相反并置，秋风与病的相似并置变成秋风与病欲苏的相反并置，也都是这个道理。这些转化，是抒情主体审美再创造能动性的鲜明体现，通过强化、增殖乃至生造事物的相反因素，来扭转乾坤、大做发难文章，是一种具有相当普遍意义和强劲效能的艺术创构途径。

像意象蕴场有大小一样，意象并置的关系蕴场也是有大小的。特别是在有双层意象并置关系的诗句中，注意到这一点是很重要的。因为一般说来，在同一首诗词的意境蕴场中，那个范围大的关系蕴场，在诗句乃至诗篇的意蕴之中是占有主导地位的。例如在《江汉》中，在“片云天共远”句中，片云与天共远的并置关系意蕴，就大于并主导着片云与天的并置关系意蕴；在“永夜月同孤”句中，永夜与月同孤的并置关系意蕴大于并主导着永夜与月的并置关系意蕴；在“落日心犹壮”句中，落日与心犹壮的并置关系意蕴大于并主导着落日与心的并置关系意蕴；在“秋风病欲苏”句中，秋风与病欲苏的并置关系意蕴大于并主导着秋风与病的并置关系意蕴。可以说，都是大的关系意蕴压倒乃至消解了小的关系意蕴。《江汉》诗句中的这些小的并置关系意蕴，虽然都是对当时诗人之实际情况的反映，但都有些消极情绪，而结果又都被具有积极情绪的大的并置关系意蕴所压倒和消解。显然，正是有了这些大对小、积极对消极的压倒和消解，才充分彰显出诗人那崇高而又顽强的精神光芒。

四

古来存老马，不必取长途。

从“古来……不必……”的句式看，这个尾联与前三联不同，在整体上是用理性逻辑说话，而不是用意象及其并置来隐蕴，是一个推理判断句，不是意象并置诗句。大致说来，律诗的尾联主要有两种形态：一种是意象组合表现形态，如杜甫《春夜喜雨》“晓看红湿处，花重锦官城”、《春望》“白头搔更短，浑欲不胜簪”、《漫成一绝》“沙头宿鹭联拳静，船尾跳鱼拨刺鸣”、《秋兴八首》（其七）“关塞极天唯鸟道，江湖满地一渔翁”等；另一种是逻辑推理判断形态，如杜甫

《盐井》"我何良叹嗟，物理固自然"、《去蜀》"安危大臣在，不必泪长流"、《古柏行》"志士幽人莫怨嗟，古来材大难为用"、《诸将五首》（其五）"西蜀地形天下险，安危须仗出群才"等。

逻辑推理判断性尾联的最显著功效，是收结全诗，并起到概要和升华意理的作用。这在《江汉》的尾联中体现得十分鲜明。"古来存老马，不必取长途"，这个逻辑判断句的一个重要特点，是在整体逻辑关系中包含着一个"老马识途"的典故。这个典故见于《韩非子·说林上》：齐桓公伐孤竹返，迷惑失道，后接受管仲"老马之智可用"的建议，放老马而随之，果然"得道"，顺利而归。此典的用意，主要是强调对老马要取其"智"，而不能苛求其"力"。在《江汉》中，这老马意象显然是诗人自喻，其寓意至少有三层：一是承认自己已经年老多病，不能再为国长途跋涉；二是认为自己还有经验和智慧，可以继续为国尽能；由此而彰显出其三，那就是"烈士暮年，壮心不已"的情怀。

这个尾联，虽然整体上是以逻辑说话，但其内在意理基质，却凝聚在老马识途这个典故意象之中。老马，主要有"老"和"智"两个特征。尾联对全诗情志意理的收束，就集中体现在"老"和"智"两个特征对前三联之意象表现意蕴和并置意蕴的隐括与升华。

老马的"老"，不能长途跋涉，以隐喻象征的异质同构思维方式，总收了以下几个方面的意象意蕴和意象并置关系意蕴：一是简单意象思归客、一腐儒、片云、永夜、月（孤悬一面）、落日、心（可悲一面）、病的表现意蕴，它们分别以孤零、迂腐、漂泊、黑暗、孤悬、衰落、残败、病苦等感觉情调，彰显出诗人当时流寓江汉、北归无望、无所依托、老病缠身、生计日蹙、无可奈何的处境和心情；二是江汉与思归客、乾坤与一腐儒、片云与天、永夜与月四组简单意象之视觉形象的相反并置，通过感觉情调的强烈对比，相反相成，彰显出诗人自感孤独和渺小的心境；三是落日与心、秋风与病两组简单意象的相似并置，通过感觉情调的相似叠加，彰显出诗人当时老病羁旅、无可奈何的可悲处境和心情。

老马的"智"，壮心不已，以隐喻象征的异质同构方式，总收了以下几个方面的意象意蕴和意象并置关系意蕴：一是简单意象江汉、乾坤、天、月（光明一面）的感觉情调及其连类拓展升华的种种表现意蕴，通过相似叠加，共同彰显出诗人的宽阔心胸和辽远情怀；二是复合意象片云远、天共远、月同孤、心犹壮、病欲苏的感觉情调及其连类拓展升华的种种表现意蕴，通过相似叠加，共同彰显出诗人的高远心志和浩然情气；三是江汉与思归客、乾坤与一腐儒、片云与天、永夜与月四组简单意象，在形的相反并置中包含着内在意绪的相似并置，同频共振，彰显出诗人思逐江汉、胸怀乾坤、志比天高、心同月明的崇高精神；四是片云与天共远、永夜与月同孤、落日与心犹壮、秋风与病欲苏四组简单意象与复合意象相反并置中，感觉情调与其意理基质的相反相成，垫衬托举，共同彰显出与可悲处境和命运抗衡的力量：片云以其“远”对抗渺小，月亮以其“明”对抗黑暗，心态以其“壮”对抗衰老，病体以其“苏”对抗沉重，这无疑都是充满积极精神的内在正能量。

从以上两个方面来总括《江汉》的意境蕴场，是比较全面而中肯的。但人们往往不愿顾及这个全面而偏爱强化一端，觉得说杜甫孤独、无奈，乃至自感渺小和卑微，是对“诗圣”的贬低。其实不然。其一，应当肯定，自感孤独、渺小、无奈，这是无可否定的事实。杜甫晚年，流寓江汉，老病缠身，最终病死在湘江船上，那种孤苦悲凉的情致、自卑自叹的心绪，始终压得他透不过气来。“亲朋无一字，老病有孤舟”“飘飘何所似，天地一沙鸥”“一卧沧江惊岁晚”“江湖满地一渔翁”“艰难苦恨繁霜鬓”“白头吟望苦低垂”，诸多这类诗句就是最好的证明。不能忘记历史的教训：一味地高、大、全背后，往往是危险的假、大、空。其二，正由于杜诗中如此真实、具体、深切地展现出他晚年那极度孤苦困顿的情景，才更强劲地表现出他那特别深沉而顽强的诗圣精神。人生困苦见真情，审美反托见力度。《江汉》的意理建构特点，是句句从困苦出发，而句句又都是以消解困苦收场：用江汉消解思归客的孤零，用乾坤消解一腐儒的卑微，用天消解片云的渺小，用月消解永夜的黑暗，用心壮消解落日之衰，用病苏消解秋风之残，用老马之智消解老马之老。这都是积极能量战胜消极因素的过程。梅花香自苦寒来，没有困苦，何用消解？没有消解，诗人的内在崇高精神力量何以能彰显得如此鲜明？其三，由此可以更深切地看到杜甫那颗敬畏自责的从政之心。政治是国之重器，从政为民是神圣职责。要有敬畏心理，要有自责诚意。杜甫反复说自己是“天地沙鸥”“江湖渔翁”“乾坤腐儒”，总是责备自己“抗疏功名薄”，“传经心事违”，直到临终前夕还痛心于“淹留冠上簪”，并且一想到此就“愁来遽不禁”，这才是念念不忘忧国忧民、时时刻刻敬畏自责的真正诗圣之心。古人做官讲礼义廉耻，何谓耻？就是那种时刻觉得自己没有尽职尽责、对不起国家和人民的羞愧心态。

律诗尾联是以意象并置句式收结还是以推理判断句式收结，各有短长，须应制变通，不可偏执一端。意象并置句得力于想象、体验、感悟，依凭事物感觉情调及其表现性展开蕴场，含蓄蕴藉，诗性特有韵味浓郁；但有时也会因象境过于具体而令人产生格局趋小的感觉。如杜诗《春望》，首联“国破山河在，城春草木深”，境界阔大，而以“白头搔更短，浑欲不胜簪”收结，虽情致深切，但总觉得格局缩小了。《登高》以“风急天高猿啸哀”起首，而以“潦倒新停浊酒杯”收尾，也有同样的感觉。推理判断句得力于概念、逻辑、判断，依凭事理逻辑和语法关联得出结论，简洁明快，理性告知性能特强；但也往往由于结论的唯一性和明确性而排斥、遮蔽了诗意的多元性、隐蓄性、无尽性。例如，杜诗《绝句》有联“泥融飞燕子，沙暖睡鸳鸯”，意象两两并置，意蕴隐蓄丰赡。你可以驰骋想象：泥土解冻了，燕子飞来衔泥筑巢了，沙滩变暖了，鸳鸯相依相偎睡着了，春天来了，万物苏醒，春意盎然，蓬蓬勃勃，喜气洋洋……由此进入景、物、人、事、情、志、意、理连类生发，就能够酿成难以穷尽的意境蕴场。但你也可以强调时间地点：在泥融的时候（或地方），燕子飞来了，在沙暖的时候（或地方），鸳鸯睡着了；或者强调因果关系：只有泥土解冻，燕子才能飞来，只有沙滩变暖，鸳鸯才能睡着。这实际上就是将原来的意象并置诗句，变成了逻辑判断语句。不过，一旦进入这样的理性判断理解，其他种种情致殷殷的审美体验和感受，也就都被关到诗性大门外面去了。过分者，像“生命诚可贵，爱情价更高；若为自由故，二者皆可抛”那样，自始至终都是逻辑推理判断，那就不应当算是诗，而只能说是押韵的格言了。

『幽咽泉流冰下滩』

——李商隐《锦瑟》的迷离惝恍意境

锦瑟

锦瑟无端五十弦，一弦一柱思华年。
庄生晓梦迷蝴蝶，望帝春心托杜鹃。
沧海月明珠有泪，蓝田日暖玉生烟。
此情可待成追忆，只是当时已惘然。

古今对这首《锦瑟》的解读，可以说汗牛充栋，能使洛阳纸贵。不过是一首五十六字的七言律诗，何以能酿成如此洋洋大观的研发盛筵？这恐怕是得益于它那朦胧凄美的意境、迷离惝恍的情调，以及令人读后百端交集、四顾茫然的美感效应。这样的诗性韵味，借用白居易《琵琶行》中的一句诗来形容，那就是"幽咽泉流冰下滩"。

一

律诗四联，大多呈起、承、转、合之势。首联起下，尾联合上，起合的内容则大都体现在中间颔、颈二联。这两联均要求对偶，无论平行，还是流水，都是四个复合意象形散而神聚的并置。这四个复合意象所描述的种种景物人事，奠定了整首诗之意境蕴场的情感基调和意理基质，其可异质连类生发之时空的广狭，则在很大程度上决定着该诗整体意境的深广度，在很大程度上体现着该诗审美韵味的浓淡。诗之所以为诗的一个基本特征，就是要含蓄多蕴，所谓"含不尽之意见于言外""在有限中见出无限"是也。从这个角度看，《锦瑟》颔颈二联的四个复合意象，都应当算是上上乘。

这四个意象都是用典，简括来说就是蝴蝶梦、望帝心、明珠泪、暖玉烟。它们各自都是情致殷殷而意味浓郁的意境蕴场，这四个蕴场潜气内转，秘响旁通，共同奠定了《锦瑟》多元而丰赡的底蕴。

先看"庄生晓梦迷蝴蝶"的多元底蕴。

这个典故见于《庄子·齐物论》："昔者庄周梦为胡蝶，栩栩然胡蝶也。自喻适志与？不知周也！俄然觉，则蘧蘧然周也。不知周之梦为胡蝶与，胡蝶之梦为周与？周与胡蝶，则必有分矣。此之谓物化。"依据这个典故，后世诗人抽绎出诸多相关的诗意媒质，如胡蝶、梦、迷梦、晓梦、胡蝶梦、庄周梦、蘧蘧梦、梦蘧蘧、胡蝶梦迷、胡蝶梦醒、庄生化蝶、蝶化庄生等等，并进行了广泛而深入的异质连类。这里不妨沿着"互文性"的思路，"以诗证诗"，看看古人的诗作中是如何借此典而生发开去的：

总体上看，以庄周梦蝶、庄周化蝶来寄托人生境况者居多。如黄庭坚《寂住阁》："庄周梦为胡蝶，胡蝶不知庄周。当处出生随意，急流水上不流。"辛弃疾《念奴娇·和赵录国与韵》："怎得身似庄周，梦中蝴蝶，花底人间世。"又《兰陵王·己未八月二十日夜》："寻思人间，只合化、梦中蝶。"陆游《睡觉作》（其一）："但解消摇化蝴蝶，不须富贵慕蚍蜉。"

也有以梦蝶、蝶梦来抒写思乡伤别、思贤怀人之情者。如崔涂《春夕》："胡蝶梦中家万里，子规枝上月三更。"吴融《杏花》："愿作南华蝶，翩翩绕此条。"谢宗可《睡燕》："金屋昼长随蝶化，雕梁春尽怕莺啼。"韦庄《春日》："旅梦乱随蝴蝶散，离魂渐逐杜鹃飞。"陈人杰《沁园春·同前韵再会君鼎饮，因以为别》："六代蜂窠，七贤蝶梦，勾引客愁如酒浓。"清江《上都酬章十八兄》："寓蝶成庄梦，怀人识弥贤。"

当然，更多的是着眼人生的某些困厄境遇，对功名无就、理想难达、人生如梦、前途暗淡的悲鸣喟叹。如白居易《疑梦二首》（其二）："鹿疑郑相终难辨，蝶化庄生讵可知。"骆宾王《同辛簿简仰酬思玄上人林泉四首》（其二）："有蝶堪成梦，无羊可触藩。"李商隐《偶成转韵七十二句赠四同舍》："战功高后数文章，怜我秋斋梦蝴蝶。"又《秋日晚思》："枕寒庄蝶去，窗冷胤萤销。"张祜《华清宫和杜舍人》："杜鹃魂厌蜀，蝴蝶梦悲庄。"范成大《寒夜观雪》："可怜胡蝶梦，翩作蠹书蟫。"刘兼《江楼望乡寄内》："梦魂只能随蛱蝶，烟波无计学鸳鸯。"陆游《吾年过八十》（其一）："化蝶有残梦，焦桐无赏音。"又《遣兴》："听尽啼莺春欲去，惊回梦蝶醉初醒。"又《冬夜》："一杯罂粟蛮奴供，庄周胡蝶两俱空。"

既然理想难达，人生如梦，那就不能不令人有所觉悟，于是又有了对迷梦初醒的抒写。如崔涂《金陵晚眺》："千古是非输蝶梦，一轮风雨属渔舟。"杜牧《寄浙东韩八评事》："梦寐几回迷蛱蝶，文章应解伴牢愁。"李群玉《昼寐》："正作庄生蝶，谁知惠子鱼。"又《半醉》："渐觉身非我，都迷蝶与周。"李中《暮春吟怀寄姚端先辈》："庄梦断时灯欲烬，蜀魂啼处酒初醒。"赵翼《漫兴》："虫赓永叔秋声冷，蝶去庄生晓梦蘧。"

既然胡蝶梦断，大梦初醒，那就清心致性，忽忽悠悠、栩栩蘧蘧地走进庄周那淡泊、天真的人生境界中去了。如刘禹锡《览董评事思归之什因以诗赠》："欹枕醉眠成戏蝶，抱琴闲望送归鸿。"苏轼《次韵答元素》："蘧蘧未必都非梦，了了方知不落空。"又《腊日游孤山访惠勤惠思二僧》："兹游淡薄欢有余，到家恍如梦蘧蘧。”黄庭坚《古风次韵答初和甫二首》（其二）：“道人四十心如水，那得梦为胡蝶狂。”钱起《衡门春夜》：“寄言庄叟蝶，与尔得天真。”范成大《立秋月夜》：“行藏且付蘧蘧梦，明发还亲雁鹜群。”又《次韵时叙赋乐先生新居》：“纷纭觉梦不可辨，蘧蘧栩栩知谁欤。”又《晓枕三首》（其二）：“卧闻赤脚鼾息，乐哉栩栩蘧蘧。”陆游《开岁愈贫戏咏》：“涧底饱观苗郁郁，梦中聊喜蝶蘧蘧。”又《九月一日未明起坐》：“坐久屡传鸡喔喔，梦残犹化蝶蘧蘧。”又《连夕熟睡戏书》：“蝶入三更枕，龟支八尺床。昏昏君莫笑，差胜醉为乡。”

在《锦瑟》的蕴场中，是不是也缭绕着类似这些梦幻迷离、理想难达、人生如梦、怀故伤别、无可奈何等种种蝴蝶梦般的处境、情思、意绪？

再看“望帝春心托杜鹃”的多元底蕴。

这个典故见于《华阳国志·蜀志》：“蜀王曰杜宇”。《禽经》：望帝称王于蜀，得荆州人鳖灵，立为相。“后数岁，望帝以其功高，禅位于鳖灵，号曰开明氏。望帝修道，处西山而隐，化为杜鹃鸟，亦曰子归鸟，至春则啼，闻者凄恻。”阚骃《十三州志》：“有一死者名鳖令，其尸亡至汶山而更生，见望帝，以为蜀相。时巫山壅江，蜀地洪水，望帝使鳖令凿巫山治水，有功。望帝自以德薄，乃委国于鳖令，号曰开明。遂自亡去，化为子规。故蜀人闻鸣云：‘我望帝也’。”又云：“望帝使鳖令治水而淫其妻，令还，帝惭，遂化为子规。”李时珍《本草纲目》引唐陈藏器《本草拾遗》云：“人言此鸟，啼至血出而止。”综合典籍之意，主要有望帝春心、托化杜宇、杜鹃啼血三个方面的相似连类媒质。若以后世诗作为证，其诗心则主要集中于体现追怀古帝美好心魂、托思亲人送别挚友、感时伤怀喟叹悲鸣三大走向。

追怀古帝美好心魂者，如左思《蜀都赋》：“碧出苌弘之血，鸟生杜宇之魂。”杜甫《杜鹃》：“杜鹃暮春至，哀哀叫其间。我常见再拜，重是古帝魂。”周霆震《杜鹃行》：“我不暇自哀古帝魂，春来却念今王孙。”李商隐《井泥四十韵》：“蜀王有遗魂，今在林中啼。”又《井络》：“堪叹故君成杜宇，可能先主是真龙。”杜牧《杜鹃》：“杜宇竟何冤，年年叫蜀门。”杜荀鹤《闻子规》：“楚天空阔月成轮，蜀魄声声似告人。”

托思亲人痛别挚友者，如李端《送夏侯审游蜀》：“石滑羊肠险，山空杜宇悲。”武元衡《送柳郎中裴起居》：“望乡台上秦人去，学射山中杜魄哀。”李频《过长江伤贾岛》：“到得长江闻杜宇，想君魂魄也相随。”雍陶《闻杜鹃二首》（其二）：“蜀客春城闻蜀鸟，思归声引未归心。”姚揆《村行》：“乱山啼蜀魂，孤棹宿巴陵。”李中《钟陵禁烟寄从弟》：“交亲书断竟不到，忍听黄昏杜宇啼。”

汤显祖《牡丹亭·二十出》:“则怕女儿呵，他望帝魂归不可招。”

但不管借杜鹃吟咏何物何事，都离不开感时伤怀喟叹悲鸣的主调。如鲍照《拟行路难》:“中有一鸟名杜鹃，言是古时蜀帝魂，声音哀苦鸣不息，羽毛憔悴似人髡。”白居易《琵琶行》:“其间旦暮闻何物，杜鹃啼血猿哀鸣。”张祜《华清宫和杜舍人》:“杜鹃魂厌蜀，蝴蝶梦悲庄。”雍陶《蜀中战后感事》:“岁积苌弘怨，春深杜宇哀。”李频《送于生入蜀》:“况又将冤抱，经春杜魄随。”郑谷《游蜀》:“不忿黄鹂惊晓梦，唯应杜宇信春愁。”李中《暮春吟怀寄姚端先辈》:“庄梦断时灯欲烬，蜀魂啼时酒初醒。”来鹏《寒食山馆书情》:“蜀魂啼来春寂寞，楚魂吟后月朦胧。”赵翼《愍忠寺石坛相传唐太宗葬战骨处》:“归随辽鹤迹，啼有蜀鹃痕。”王令《送春》:“子规夜半犹啼血，不信东风唤不回。”洪昇《长生殿·三十八出》:“可怜那抱幽怨的孤魂，只伴着呜咽咽的望帝悲声啼夜月。”

这种种时蹇、运厄、伤怀、喟叹、呕血、哀鸣的悲怆遭际和凄美情调，是否也环绕在诗人的生平、诗作特别是《锦瑟》的蕴场之中?

再看“沧海月明珠有泪”的丰赡底蕴。

这里亦关联多个典故。《淮南子·览冥训》“随侯之珠”高诱注:“随侯见大蛇伤断，以药敷之。后蛇于江中衔大珠以报之，因曰随侯之珠，盖明月珠也。”晋干宝《搜神记》:“哙参养母至孝。曾有玄鹤为弋人所射，穷而归参。参收养，疗治其疮，愈而放之。后鹤夜到门外，参执烛视之，见鹤雌雄双至，各衔明珠，以报参焉。”后世诗文辞赋，多以此二典称赏才德之美，赞美报恩之德。

称赏才德之美者，如张衡《西京赋》:“流悬黎之夜光，缀随珠以为烛。”曹植《与杨德祖书》:“人人自谓握灵蛇之珠，家家自谓抱荆山之玉。”司马迁《报任少卿书》:“虽才怀随和，行若由夷，终不可以为荣。”萧纲《与刘孝绰书》:“雕龙之才本传，灵蛇之誉自高。”李白《代寿山答孟少府移文书》:“产随侯之明珠，蓄卞氏之光宝。”骆宾王《上司列太常伯启》:“片言之重，鱼目轶于灵蛇。”罗隐《秋日汴河客舍酬友人》:“烦君更枉骚人句，白凤灵蛇满袖中。”李中《叙吟二首》(其一):“往哲搜罗妙入神，隋珠和璧未为珍。”马臻《寓意二首》(其二):“鱼目笑随珠，三复逍遥篇。”

赞美报恩之德者，如卢谌《答魏子悌》:“恨无随侯珠，以酬荆文璧。”萧衍《孝思赋》:“灵蛇衔珠以酬德，慈乌反哺以报亲。”江总《山水纳袍赋》:“谢衔珠之有报，荷坠履之无捐。”王昌龄《留别司马太守》:“黄鹤青云一当举，明珠吐著报君恩。”骆宾王《上瑕丘韦明府启》:“则沉骸九死，终望衔珠；殒首三泉，徒希结草。”

另有“鲛人泣珠”典故，见晋张华《博物志》：“南海外有鲛人，水居如鱼，不废织绩，其眼能泣珠。从水出，寓人家，积日卖绢。将去，从主人索一器，泣而成珠，满盘以与主人。”后世诗文，或借此典歌唱水底人鱼，如孟浩然《登江中孤屿赠白云先生王迥》：“鲛人潜不见，渔父歌自逸。”刘禹锡《伤秦姝行》：“冯夷蹁跹舞渌波，鲛人出听停绡梭。”或借此典赞美轻绡薄绢，如温庭筠《张静婉采莲歌》：“掌中无力舞衣轻，剪断鲛绡破春碧。”段成式《柔卿解籍戏呈飞卿三首》（其二）：“最宜全幅碧鲛绡，自襞春罗等舞腰。”黄遵宪《香港感怀十首》（其六）：“龙女争盘镜，鲛人斗织绡。”而更多的是借此典来形容泪滴如珠，如左思《吴都赋》：“泉室潜织而卷绡，渊客慷慨而泣珠。”杜甫《雨四首》（其四）：“神女花钿落，鲛人织杼悲。”顾况《送从兄使新罗》：“帝女飞衔石，鲛人卖泪绡。”方干《题故人废宅二首》（其一）：“举目凄凉入破门，鲛人一饭尚知恩。”钱惟演《荷花》：“泪有鲛人见，魂须宋玉招。”刁衎《代意》：“休道鲛人落珠泪，微波还拟托陈王。”苏曼殊《以诗并画留别汤国顿》：“国民孤愤英雄泪，洒上鲛绡赠故人。”黄遵宪《羊城感赋六首》（其四）：“袄庙火焚氛更恶，鲛人珠尽泪犹多。”

另有“探骊获珠”典故，见《庄子·列御寇》：“河上有家贫恃纬萧而食者，其子没于渊，得千金之珠。其父谓其子曰：‘取石来锻之。夫千金之珠，必在九重之渊而骊龙颔下。子能得珠者，必遭其睡也。使骊龙而寤，子尚奚微之有哉！’”后世诗文，或以“骊珠”喻指贵重难得之物，如李白《赠丹阳横山周处士惟长》：“抱石耻献玉，沉泉笑探珠。”陆游《六峰项里看采杨梅连日留山中》：“未爱满盘堆火齐，先惊探颔得骊珠。”或以“骊龙颔”喻指难境险途，如元好问《赠答平阳仇舜臣》：“沧海骊珠能几见，鄷城龙剑不终藏。”马戴《中秋月》：“冷搜骊颔重，寒彻蚌胎深。”贯休《拟君子有所思二首》（其一）：“扑碎骊龙明月珠，敲出凤凰五色髓。”或以“骊龙睡”喻指侥幸获得机遇，如李白《送蔡山人》：“采珠勿惊龙，大道可暗归。”元稹《出门行》：“弟沉沧海底，偷珠待龙睡。”刘骘《代意》：“翡翠巢成珠树密，骊龙睡起玉渊深。”

还有“明珠暗投”典故，见《史记·邹阳列传》，邹阳于狱中上书梁孝王曰：“臣闻明月之珠，夜光之璧，以暗投人于道路，人无不按剑相眄者。何则？无因而至前也。故无因至前，虽出随侯之珠，夜光之璧，犹结怨而不见德。”意在喻比布衣之士无人引荐，难为君主所用。后世诗文多用以咏叹怀才不遇。如张子容《璧池望秋月》：“似璧悲三献，疑珠怯再投。”李白《留别贾至舍人二首》（其一）：“远客谢主人，明珠难暗投。”高适《送魏八》：“此路无知己，明珠莫暗投。”薛据《古兴》：“投珠恐见疑，抱玉但垂泣。”

这明珠才德、明珠洒泪的种种寓意中，是否同频共鸣着李商隐自诩才高、英气满满，但却明珠投暗、命运坎坷，因而一生“才命相妨”、郁郁不得志的可悲命运和悔恨交加、自哀自叹的凄美心境？

再看“蓝田日暖玉生烟”的丰赡底蕴。

这里的主要典故是“和氏之璧”。《韩非子·和氏》：“楚人和氏得玉璞楚山中，奉而献之厉王。厉王使玉人相之，玉人曰：‘石也。’王以和为诳而刖其左足。及厉王薨，武王即位，和又奉其璞而献之武王。武王使玉人相之，又曰：‘石也。’王又以和为诳而刖其右足。武王薨，文王即位。和乃抱其璞而哭于楚山之下，三日三夜，泪尽而继之以血。王闻之，使人问其故，曰：‘天下之刖者多矣，子奚哭之悲也？’和曰：‘吾非悲刖也，悲夫宝玉而题之以石，贞士而名之以诳，此吾所以悲也。’王乃使玉人理其璞而得宝焉，遂命曰‘和氏之璧’。”

后世诗文用此典，或以之称誉才德之美，如《后汉书·班固传》：“和氏之璧，千载垂光；屈子之篇，万世归善。”萧子良《与南郡太守刘景蕤书》：“养志南荆，可与卞和争价；韬光梵服，故同隋照共明。”苏颋《授陈贞节太常博士制》：“卞宝辉光，楚材翘秀。”或以之呼唤识才的伯乐，如高启《感旧呈宋军咨见寄》：“齐竽不解奏，楚璞何由呈。”牟融《寄周韶州》：“山中荆璞谁知玉，海底骊龙不见珠。”何景明《赠张合之秀才二首》（其二）：“卞生怀楚璧，郭隗待燕金。”但更多的是咏叹怀才不遇、忠贞见疑、蒙冤被黜，如李白《赠范金卿二首》（其一）：“徒有献芹心，终流泣玉啼。”杜甫《舟中出江陵南浦寄郑少尹》：“滥窃商歌听，时忧卞泣诛。”王昌龄《为张债赠阎使臣》：“哀哀献玉人，楚国同悲辛。泣尽继以血，何由辨其真。”陆畅《下第后病中》：“献玉频年命未通，穷秋成病悟真空。”贾岛《古意》：“眼中两行泪，曾吊三献玉。”苏轼《梦中作寄朱行中》：“哀哉楚狂士，抱璞号空山。”元好问《古意二首》（其一）：“寂寥抱玉献，贱薄倡优陈。”

关于“玉生烟”，有两种解释。其一，说蓝田山位于陕西蓝田，自古为产玉胜地，有“玉山”之称。传说此山在阳光下，蕴藏其中之美玉的精气，会冉冉升腾，因有“玉烟”之名。但此美玉的精气，远观之如在，近视之则无，所以司空图品诗，曾借用戴叔伦的话——“诗家美景，如蓝田日暖，良玉生烟，可望而不可置之眉睫之前也”，来形容诗歌意境的迷离惝恍、可望难即。其二，说玉质温润，似烟似云；若洁白中蕴透他色，烟升云飘，依稀朦胧，更是天然氤氲，自在逍遥。另有“紫玉化烟”传说，见于干宝《搜神记》，大意说：吴王夫差爱女紫玉，爱上穷生韩重。韩向夫差求婚未果，外出游学。紫玉相思成疾而亡。韩归至墓前祭奠，紫玉忽出，二人结婚于墓中。临别，紫玉赠珠，韩持之以见夫差，夫差怒韩为盗墓者，欲处死。于是紫玉再现，向夫差言明原委。此时，母怜而欲抱之，紫玉遂化烟而去。后人多借此传说以悼念亡故之情人。

这暖玉生烟是否是诗人对自己怀才不遇、美梦化烟的追悼？

以上，不惮厌烦，搜寻铺陈典事，罗列诗文例句，目的只有一个，就是彰显《锦瑟》意境蕴场底蕴的多元复杂性。意象，特别是好的复合意象或者说诗句，其应当有的、可能有的，乃至只有在“读者具体化”中才有的，种种完形的、隐喻的、连类的事物和意蕴，都是隐蓄多藏、意绪纷纭、难以穷尽的；这也就意味着，好的意象之中所包蕴的、可以进行广泛异质连类的相似媒质，都是多元而复杂的。在这里，任何单向度的阐释，都只是整个意境的一个侧面、一个方面而已，任何独尊一个说法的理念都是片面的，都只能是对意境蕴场的阉割。只有充分认识到这一点，才能够更清晰地认识到，能够把意境统摄为一个有机整体的情感基调和意理基质也往往是多角度多层次的，而这也正是造成《锦瑟》意境朦胧多元无定质、情调迷离惝恍多端绪的基本原因。

二

由于诗词意境是由若干意象组合而成的，而每个意象又都有自己的底蕴，故而能把这些底蕴统摄成一个相对独立之有机整体的机缘、机杼、基质，就显得特别重要。但这个具有统摄性能的机缘、机杼、基质，却也往往是多元的。从不同的角度“统”起来，就有不同的机杼。刘熙载《艺概》说“贯一为拯乱之药”“不齐中自有大齐者存”，但对一首诗来说，这“贯一”的“一”、“不齐”中的“大齐”，却可以是某种物象场景、某种情志意理、某种心理定势、某种思维格局、某种美感情趣，乃至某种结构模式、某种表现方法，而且往往体现为多方面的融熔谐和。例如，统摄李清照《声声慢》意境蕴场的“大一”“大齐”，就体现为深秋景物、晚境孤苦、绵绵情思、求衡心态的和谐，乃至可以说是寻寻觅觅、冷冷清清、融情入景、婉约风调的和谐。对《锦瑟》的整体性认知和把握，更是众说纷纭、莫衷一是。但归结起来，能够把上述诸典故意象的种种底蕴、首联和尾联所点染的构思意向和倾诉心态，乃至诗人的生平遭遇和思想状态以及其全部诗作的基本内涵和总体风格，都比较合乎情理地统摄为一个有机整体的说法，主要有三种，那就是“华年思”说、“诗集序”说、“锦瑟韵”说。

先看“华年思”说。

《锦瑟》首联开明宗义：“锦瑟无端五十弦，一弦一柱思华年。”显然，这是借咏锦瑟以抒发对往昔华年之思，“思华年”就是统贯全诗之意理的基质，这是后世的主流解读。《唐诗笺要》：“此义山年登五十，追溯平生而作也。”《诗学纂闻》：“《锦瑟》乃是以古琴自况。”现当代论者归纳此诗意蕴时，大都持此说。

那么，这“思华年”是否真的能够统摄制导《锦瑟》全诗的意境呢？这是此说是否成立的关键。对此，古人点染笔墨颇多。如《玉溪生诗意》说：“以‘无端’吊动‘思华年’。中四紧承。七‘此情’紧收‘可待’字、‘只是’字，遥应‘无端’字。”又说：“一，兴也。二，一篇主句。中四皆承‘思华年’。七八总结。”《李义山诗集辑评》引何焯曰：“感年华之易迈，借锦瑟以发端。‘思华年’三字一篇之骨。三四赋‘思’也。五六赋‘华年’也。末仍结归‘思’字。”又引纪昀曰：“以‘思华年’领起，以‘此情’二字总承。盖始有所欢，中有所恨，故追忆之而作。中四句迷离惝恍，所谓‘惘然’也。韩致光《五更》诗云：‘光景旋消惆怅在，一生赢得是凄凉。’即是此意。”

对此，王蒙先生的《一篇〈锦瑟〉解人难》中，有一段精彩的阐说，不妨录以共享：

> “锦瑟无端五十弦，一弦一柱思华年”，这两句朗朗上口，文字幽雅却绝不艰深。从锦瑟起兴，回忆起过往的年华，这个基本立意实在并不费解。“庄生晓梦迷蝴蝶，望帝春心托杜鹃”，回忆之中产生了（或弥漫了、笼罩了）类似庄生化蝶不知己身何物的迷惑，回忆之中又萌芽了类似化为杜鹃的望帝的春心。或解为去回忆那种类似庄生梦蝶杜宇化鹃的内心经验，也可以。就是说，这里表达的是一种失落感与困惑感，更是一种幻化感：庄生化蝶，望帝化鸟，幻化不已。失什么感什么化什么？诗人没有说，一般读者亦不必强为之说。华年之思化为诗篇，生化为死，青年化为老年，胸有大志化为一事无成，爱情的追求化为失却，都说得通。“沧海月明珠有泪，蓝田日暖玉生烟”，神游沧海蓝田，神交明月暖日，神感珠泪玉烟，又辽阔又寂寞，又悲哀（泪嘛）又温暖，又高贵（珠、玉、月、日）又无奈（有泪、生烟，都是自在的与无奈的啊），又阔大（海、蓝田）又幽深（泪也烟也，转瞬逝去也终无用场也），又艳丽，又迷离，又生动（孤立地解释中间四句着实是生动的），又阻隔（神秘），又亲切。这是什么呢？当然不是咏田咏海，咏珠咏玉，不是咏瑟咏物，而是吟咏自己的内心世界，自己的精神生活，自己的内心感

受，内心不过方寸之地，所以此诗虽有海田日月字样，却并不令人觉得诗人在铺陈扩张。此诗并无宏伟气魄，内心又是包容囊括宽泛的，其中不但有庄生望帝、蝴蝶杜鹃、沧海日月珠玉，而且有爱情，有艺术有诗，有生平遭际，有智慧有痛苦有悲哀，其核心是一个情字，所以结得明明白白："此情可待成追忆，只是当时已惘然"，写惘然之情。为什么惘然？因为困惑、失落和幻化的内心体验，因为仕途与爱情上的坎坷，因为漂泊，因为诗人的诗心及自己的诗的风格。更因为它把诗人的内心世界写得太幽深了。一种浅层次的喜怒哀乐是很好回答是为什么的，是"有端"可讲的：为某人某事某景某地某时某物而愉快或不愉快，这是很容易弄清的。但是经过了丧妻之痛、漂泊之苦、仕途之艰、诗家的呕心沥血与收获的喜悦及种种别人无法知晓的个人的感情经验内心经验之后的李商隐，当他深入再深入到自己内心深处再深处之后，他的感受是混沌的、一体的、概括的、莫名的，只可意会不可言传因而是略带神秘的；这样一种感受是"惘然"的与"无端"的，这种惘然之情惘然之感是多次和早就出现在他的内心生活里，如今以锦瑟之兴或因锦瑟之触动而"追忆"之抒写之吗（我倾向于此说）？或是从锦瑟（不论是一件乐器，两个字，类似"玉琴"的一个借喻典故或一个女子的名字，一个女子）得到即时——"当时"的灵感冲击从而获得了幽美婉转的惘然之情？对这两种可能的解释各人又如何能是此非彼呢？

在"一弦一柱思华年"之"无端"而"惘然"的思绪中，涵容着李商隐一生的遭际和坎坷，浸润着诗人一生的情感经验和内心体味，全诗统摄于"华年思"这一意理基质是毫无疑问的。

再看"诗集序"说。

此说的基本意思，最早见诸何焯《义门读书记》：程湘衡认为"此义山自题其诗以开集首者。首次联言作诗之旨趣，中联又自明其匠巧也"。

钱锺书先生在《谈艺录》中认为"程说殊有见"，遂进行了更为具体的阐发：

义山《谢先辈防纪念拙诗甚多，异日偶有此寄》有云："星势寒垂地，河声晓上天。夫君自有恨，聊借此中传"，乃直白自道其诗也。《锦瑟》之冠全集，倘非偶然，则略比自序之开明宗义，特匆同前篇之显言耳。"锦瑟"喻诗，犹"玉琴"喻诗，如杜少陵《西阁》第一首："朱绂犹纱帽，新诗近玉琴"，或刘梦得《翰林白二十二学士见寄诗一百篇，因以答贶》："玉琴清夜人不语，琪树春朝风正吹。"锦瑟、玉琴，正可俪偶。……《锦瑟》一诗借此器发兴，亦正睹物触绪，偶由瑟之五十弦而感“头颅老大”，亦行将半百。……首两句“锦瑟无端五十弦，一弦一柱思华年”，言景光虽逝，篇什犹留，毕世心力，平生欢戚，“清和适怨”，开卷历历，所谓“夫君自有恨，聊借此中传”。三四句“庄生晓梦迷蝴蝶，望帝春心托杜鹃”，言作诗之法也。心之所思，情之所感，寓言假物，譬喻拟象；如庄生逸兴之见形于飞蝶，望帝沉哀之结体为啼鹃，均词出比方，无取质言。举事寄意，故曰“托”，深文隐旨，故曰“迷”。……五六句“沧海月明珠有泪，蓝田日暖玉生烟”，言诗成之风格或境界，犹司空表圣之形容“诗品”也。《寄谢先辈》以“星势”“河声”品其诗，此则更端而取“珠泪”“玉烟”。《博物志》卷二记鲛人“眼能泣珠”，《艺文类聚》卷八四引《搜神记》亦言之；兹不曰“珠是泪”，而曰“珠有泪”，以见虽凝珠圆，仍含泪热，已成珍饰，尚带酸辛，具宝质而不失人气。《困学纪闻》卷十八早谓“日暖玉生烟”，本司空图《与极浦书》引戴叔伦论“诗家之景”语；《全唐诗》卷八百二十吴融《奠陆龟蒙文》赞叹其文，侔色揣称，有曰：“触即碎，潭下月；拭不灭，玉上烟。”唐人以此喻诗文体性，义山前有承、后有继。“日暖玉生烟”与“月明珠有泪”，此物此志言不同常玉之冷、常珠之凝。喻诗虽琢磨光致，而须真情流露，生气蓬勃，异于雕绘汩性灵、工巧伤气韵之作。匹似挦扯义山之“西昆体”，非不珠圆玉润，而有体无情，藻丰气索，泪枯烟灭矣。珠泪玉烟，亦正诗风之“事物当对”也。……七八句“此情可待成追忆，只是当时已惘然”，乃与首二句呼应作结，言前尘回首，怅触万端，顾当年行乐之时，即已觉世事无常，抟沙转烛，黯然于好梦易醒，盛筵必散。登场而预有下场之感，热闹中早含萧索矣。朱行中《渔家傲》云：“拼一醉，而今乐事他年泪”，“而今”早知“他年”，即“当时已惘然”也。

钱先生对《锦瑟》“诗集序”说的解析阐发，援例佐证，十分精辟。而“诗集序”的说法所以仍遭冷遇，恐怕分歧并不在细节而在大局。作为两个概念，“华年思”与“诗集序”确实是种差类别，似乎是风马牛不相及的。然而，诗集“集”的是什么？不就是生平所作之诗吗？生平所作之诗抒写的是什么？不就是生平的所历、所感、所思、所悟吗？“一弦一柱思华年”，不就是一字一句一联一篇的华年思吗？诗集序“序”的又是什么？主要是集中诗作的缘起、内涵、特点之类，不是也离不开华年思吗？程湘衡提出“诗集序”之说，强调“一言一诺俱足追忆生平”，“或自伤其出处，或托讽于君亲”，而且“语多激映，又有根柢”，皆与华年思同旨，怎么能将两者割裂开来呢？钱先生诠析“诗集序”说，反复彰言：“由瑟之五十弦而感‘头颅老大’，亦行将半百”；“景光虽逝，篇什犹留，毕世心力，平生欢戚，‘清和适怨’，开卷历历，所谓‘夫君自有恨，聊借此中传’”；“心之所思，情之所感，寓言假物，譬喻拟象”；“虽凝珠圆，仍含泪热，已成珍饰，尚带酸辛，具宝质而不失人气”；“前尘回首，怅触万端，顾当年行乐之时，即已觉世事无常，抟沙转烛，黯然于好梦易醒，盛筵必散”……这说的也都是《锦瑟》的深切内涵，也是李商隐全部诗作的基本内涵、蕴场，怎么能把这些诗集序的“序意”与华年思割裂、对立起来呢？

无论是李商隐自己把《锦瑟》放在诗集之首，还是别人把它放在诗集之首，这都无关宏旨，重要的是，《锦瑟》是否真的能够涵盖统摄诗人全部诗作的基本内涵。这一点，古人今人都是肯定的。正是从这方面看，“华年思”与“诗集序”两说是一致的。而钱先生所以特别欣赏“诗集序”说，恐怕是因为此说不仅包含着“思华年”即“自伤生平”的内在意蕴，而且还包含了“寓言假物”“譬喻拟象”“体态品味”“风格境界”等诗性特质，如此体性互融、形质兼备的“诗集序”说，不是更能体现诗之为诗的多元风貌吗？不是更能体现李商隐诗作的总体特点和成就吗？不是更切合《锦瑟》的朦胧意境、迷离情怀和难尽意味吗？诗论不能单相地简单地等同于思想论、道德论、哲思论、理念论，这就是“诗集序”说不能淹没于“华年思”说，而可以另立一说而又与“华年思”说不矛盾的根本道理所在。

再看“锦瑟韵”说。

《苕溪渔隐丛话》前集卷二十二引宋黄朝英《缃素杂记》曰：“山谷读此诗（指《锦瑟》），殊不解其意，后以问东坡，东坡云，此出《古今乐志》，云：‘锦瑟之为器也，其弦五十，其柱如之，其声也适、怨、清、和。’案李诗，‘庄生晓梦迷蝴蝶’，适也；‘望帝春心托杜鹃’，怨也；‘沧海月明珠有泪’，清也；‘蓝田日暖玉生烟’，和也。一篇之中，曲尽其意。”

此说有内伤，但遭遇全面否定，却有因噎废食之嫌。

其一，“适、怨、清、和”应作整体观。山谷是否真的请教过东坡无关紧要，重要的是，这里所说的“适怨清和”是否可以拆开来与《锦瑟》的颔颈联四句一一对应。东坡说古琴锦瑟的音韵是“适怨清和”，是概说，并没有问题。而黄朝英或黄山谷的“案李诗”，将其引申为《锦瑟》诗的颔、颈联四句分别与“适、怨、清、和”一一对应，则未免牵强。琴韵与诗境，都是多元融熔谐和的整体，

"适怨清和"是综观，是理性简化概要，一般不宜拆解死磕，更不宜将其所比兴的诗境情调拆开来一一派对。这就像孔夫子所说的，诗可以兴、可以观、可以群、可以怨，这是对《诗》之功能的综观概说，兴观群怨是一个融合体，任何一首诗词都可能具有兴观群怨多种功能，即使有所侧重，也不宜说这首诗是兴，那首诗是观，更不宜说这句诗是群，那句诗是怨。《锦瑟》中联四句，无论从琴韵上品味，还是从诗情上感悟，总体上都是适怨清和，虽各有主从，也是你中有我，我中有你，是无法截然分开的。"晓梦迷蝴蝶"，"蘧蘧"然，"栩栩"然，确实是"适"，但梦就是梦，迷而后醒，适而后破，能不"怨"吗？"春心托杜鹃"，啼到出血也是枉然，确实该"怨"，但毕竟是"春心"，而且有所"托"，不也是"怨中有适""适而更怨"吗？"月明珠有泪""日暖玉生烟"，珠泪是圆的，玉烟是润的，珠圆玉润，再融合着沧海之大、蓝田之峻、月之明、日之暖，可谓适之极、清之极、和之极、美之极、妙之极；然而，毕竟珠泪是心血凝成的，玉烟终归会灰飞烟灭，再裹挟着鲛人泣珠之伤、明珠暗投之痛、卞和献玉之悲、紫玉化烟之哀，岂不是适中有怨、清中有浊、和中更多的是"无可奈何花落去"吗？

其二，"咏物""寄情"应作一体观。《诗薮》云："观此诗结句及晓梦、春心、蓝田、珠泪等，大概无题中语，但首句略用锦瑟引起耳。宋人认作咏物，以适、怨、清、和字面附会穿凿，遂令本意懵然。且至'此情可待成追忆'处，更说不通。"这是说《锦瑟》应视同"无题"诗，只是"首句略用锦瑟引起"，并非真的是咏锦瑟。若不是真的咏锦瑟，那"一弦一柱思华年"将如何着落？当然，这也可算是一说，不必过分计较；但必须计较的是，这段话里藏着一个更大的问题，那就是将"咏物"与"此情"对立起来，似乎咏锦瑟音韵的"适怨清和"，就不是"追忆""华年"的喜怒哀乐；若果真如此，一切咏物诗不就都不能有"缘情""言志"的功能和价值了吗？对此，必须有一个坚执的理念，那就是一切咏物都是意象表现，都是为了抒情写意，在这里，永远是物我互动、情景交融，永远是不可以也不可能将咏物与抒情割裂开来的。《锦瑟》，是咏物，也是抒情，是咏物寄情，是通过咏锦瑟之音韵来寄托华年之思、自伤之情。其中，"一弦一柱"，既是音韵的一音一节一章一曲，也是生平的一坎一坷一经一历，既是情感的一喜一忧一慨一叹，也是心念的一痴一迷一感一悟。中联四句，既是音韵的适怨清和，也是生平的坎坷遭际，既是心态的迷离惝恍，也是意念的茫然无绪。庄生、望帝、沧海、蓝田，晓梦、春心、月明、日暖，蝴蝶、杜鹃、珍珠、美玉，痴迷、寄托、泪珠、烟云，何音何韵、何人何事、何情何意、何感何悟，千缕情致，万般意绪，迷迷茫茫，戚戚惶惶，真是“嘈嘈切切错杂弹，大珠小珠落玉盘，间关莺语花底滑，幽咽泉流冰下滩”。这如何能一一划界定格呢？

其实，意境中的景物人事、情志意理，乃至想象感悟、隐喻寄托，都是一个互为因缘的有机整体，将华年思、锦瑟韵、诗集序三者分述，只是为了显示其凝聚整体之意理基质的三个观照角度。“华年思”说，着眼意境的精神内涵；“锦瑟韵”说，着眼意境的审美构思；“诗集序”说，则合二者以统观李商隐全部诗作的基调基质。同一个多元整体，三个视角，各是其是，各宜其功，虽各有得失，却并无是非。一般说来，究意理应重华年思，论诗艺须重锦瑟韵，而综论诗人的诗作全貌，就自然会顺着诗集序的思路捭阖开去了。

凝聚意境整体的意理基质，是一种涵盖性可大可小的情调、心态、意念，是一种包容性可广可狭的结构、模式、格局，它不仅有多元视角，而且每个视角都还有多元层面，这在诗词意境内涵的读者具体化解读中，体现得尤为明显。“在水一方”的意理思绪，可以在追寻周礼、追寻贤人、追寻恋人诸层面上徘徊，也可以在事业难成、理想破灭、前途暗淡诸层面上周旋，还可以在人类悲剧处境、悲剧命运、悲剧心态诸高度上驰骋。在《锦瑟》之意理的探求中，除了“自伤生平”说之外，还有政治诗、爱情诗、悼亡诗等说。诸说互相攻否，莫衷一是。其实，这些解读都是在“思华年”的大格局中割据一方，只是“自伤生平”的一些不同层面而已。

政治诗说的主要观点，是把李商隐的仕途命运放在牛李党争的背景中考察。认为他才华出众，但一直沉沦下僚，郁郁不得志，主要是由于他做了党争夹缝中的牺牲品。由此他的诗歌，像“锦瑟无端五十弦，一弦一柱思华年”“相见时难别亦难，东风无力百花残”等类诗句中，都隐含着政治忧愤而又不得不婉转表达之。正如朱鹤龄《笺注李义山诗集序》中所说：“唐至太和以后，阉人暴横，党祸蔓延。义山厄塞当涂，沉沦记室。其身危，则显言不可而曲言之；其思苦，则庄言不可而谩言之。莫若瑶台玉宇、歌筵舞榭之间，言之可无罪，而闻之足以动。其《梓州吟》曰，‘楚雨含情皆有托’，早已自下笺解矣。吾故为之说曰：义山之诗，乃风人之绪音，屈宋之遗响，盖得子美之深而变出之者也。”从义山诗总体看，此说不无一定道理；但必须明确，隐蕴有政治社会情愫，只是其诗底蕴的一个方面，若遽将《锦瑟》之属定为政治诗，恐怕那思绪还要再翻过几重山才行。如果诗人真的也有影射政坛党争之意，那也是与爱情说、悼亡说一样，都只是“思华年”的一个层面而已。

爱情说与悼亡说是连体胎婴。《批点唐音》云：“此诗自是闺情，恐不泥在锦瑟耳。”《唐诗鼓吹评注》云：“或忆少年之艳冶，而伤美人之迟暮。”此明指闺情。纪昀说：“盖始有所欢，中有所恨，故追忆之而作。”这是闺情的委婉说法。《诗薮》云：“锦瑟是青衣名，见唐人小说，谓义山有感作者。”《唐音癸签》云：“以锦瑟为真瑟者痴”，“以为令狐楚青衣”。这是将闺情具体化。因《锦瑟》明言“追忆”，说明昔日情人已逝，于是，“思”华年艳情，遂成“悼”华年情人。《李义山诗集辑评》引朱彝尊曰：“此悼亡诗也。意亡者善弹此，故睹物思人，因而托物起兴也。”此说一出，呼应者颇多。应当承认，闺情—悼亡说也有一定道理，美人迟暮，壮夫畹晚，总体上切合《锦瑟》诗意的基调；然而这并没有超出“思华年”“自伤生平”的圆环广阈，以此一端来攻否其他诸端，那就未免有失“大体”了。

这个“大体”，就是对诗性意蕴之特质的把握。诗性意蕴不等于客观的、真理的、固定的、规范的科学定律，它的特质是原生态、全息胚、体悟性、生发性、无定质和无限性。将任何一个理性认识、逻辑概括说成是诗性意蕴的“唯一”，都必然是对诗性“无边”蕴场的阉割和窒息。从诗词创造的缘起看，大都可能是由某人、某事、某物、某景所引发的，追寻考证这些具体的触发物，对理解诗词有很大作用，即使有分歧，也不宜非此即彼，轻易否定，这是符合诗性特质的；但同时，触发物不等于意境的再现时空，缘起之意也不等于意境的意理时空。一篇优秀的诗作，往往包蕴着难以言表的深广内涵，它不仅包蕴着人的理性时空，还潜沉着人的感性混沌，它不仅蕴含着诗人本身的人生经验、人格修养和人生追求，还融积着诗人所处地域、民族、国家、时代的许多特征，其容量乃至大大超出诗人的自觉意识，这应当已经成为常识。就拿“锦瑟”的一个小小的争议点来说吧，“究竟今天谁能论证清楚令狐家有还是无这样一个丫鬟呢？即使确有这样一个丫鬟，又怎样论证《锦瑟》一定是为她而写的呢？即使令狐家绝无此婢，又怎能论证李商隐毕生不可能遇到一个名‘锦瑟’的女子，引起他爱情上的怅然惘然之情呢？”（王蒙《一篇〈锦瑟〉解人难》）即使能证明《锦瑟》的缘起确实是一个丫鬟，那就能否定其中也寄托着他对另一个或几个亡故情人的追悼吗？如果确认诗的缘起是一个女人、一张旧琴、一支适怨清和的乐曲，那么《锦瑟》意境的意理基质，就没有更为广泛的连类时空了吗？它的蕴场就不再是深广难尽的社会人生了吗？这道理是不言而喻的。

三

《锦瑟》首句言“无端”，尾句言“惘然”，首尾呼应，融和全篇，从审美心理的角度看，统摄《锦瑟》意境的基质，也可以说是“无端—惘然”心态。这个无端—惘然心态，不仅体现出《锦瑟》的创作心理，也在很大程度上体现着李商隐全部诗作的基本情致韵味。

“无端”多解。有没起点、没终点、没头绪之意，如《淮南子·俶真训》：“狡猾钝惛，是非无端，孰知其所萌。”葛洪《抱朴子·对俗》：“错综六情，而处无端之善否。”也有无缘、无故、无来由之意，如《商君书·修权》：“下信其刑，则奸无端矣。”《楚辞·九辩》：“蹇充倔而无端兮。”王逸注：“媒理断绝，无因缘也。”还有无心、无意、莫奈何之意，如欧阳修《玉楼春》：“游丝有意苦相萦，垂柳无端争赠别。”柳永《尾犯》：“秋渐老，蛩声正苦。夜将阑，灯花旋落。最无端处，总把良宵，只恁孤眠却。”将这些“无端”的诠释意义及其例句中的无端心境综合起来，无疑就是《锦瑟》中无端意念、无端心绪的注脚。这心绪的内在触角无疑是多元而复杂的。

“惘然”亦多解。有迷离不清貌，如苏轼《与谢民师推官书》：“自还海北，见平生亲旧，惘然如隔世人。”有迷惑不解貌，如《新唐书·李林甫传》：“林甫惘然，私语中人曰：‘天子家事，外人何与也?’”有心神恍惚貌，如《后汉书·边让传》：“惘然若酲，抚剑而叹。”有空无所有貌，如王世贞《赠李伯承之新喻令》：“宓子风流竟惘然，遥传清响下吴天。”有失意貌，如江淹《无锡县历山集》：“酒至情萧瑟，凭樽还惘然。”有忧思貌，如徐霖《绣襦记·共宿邮亭》：“回首乡关，望断孤云惘然。”将这些“惘然”的诠释意义及其例句中的惘然心境综合起来，显然就是《锦瑟》中无端意念、惘然心态的注脚。这心态的内在蕴含显然是多元而复杂的。

还有，在对尾联“此情可待成追忆，只是当时已惘然”的认读中，因大都忽略乃至曲解了“已”字的意义，故而至今难见对整联意蕴的通畅阐释。首先，已，即已经，意味着在写这首诗之前的种种人生情事发生之时，诗人的心态就已经是惘然的。同时，“已”字中还蕴含着“现在”和“此后”的时间性，意味着不仅在人生种种情事发生之时他的心态是惘然的，而且直到现在，他对那些往事的追忆和解读也是惘然的，乃至今后，在他的心中，这些事也还会是惘然的。如果不作“一直这样”的解读，那“只是”就没了着落，“已”字也就成为画蛇添足了。这就意味着，如果我们承认“一弦一柱思华年”是《锦瑟》的意理基质的话，那么，惘然，就不仅是统摄《锦瑟》这首诗的心态基质，而且是诗人自认的贯穿自己一生的基本心理状态。

因意绪无端，故造成心态惘然；因心态惘然，故见出意绪无端。无端、惘然，在诗人的心灵深处是难解难分的，故合称为无端—惘然心态。在《锦瑟》中，中联四句所隐蕴的万缕无端意念、万般惘然心绪，也就是缠绕李商隐一生始终也无法摆脱的基本心理势态。这正如《一瓢诗话》所云："此诗全在起句'无端'二字，通体妙处，俱从此出。……全是埋怨锦瑟无端有此多弦柱，遂使无端有此怅望。即达若庄生，亦迷蝴蝶；魂为杜鹃，犹托春心；沧海珠光，无非是泪；蓝田玉气，恍若生烟。触此情怀，垂垂追溯，当时种种，尽付惘然。对锦瑟而兴悲，叹无端而感切，如此体会，则诗神诗旨，跃然纸上。"

这无端—惘然心态，与李商隐的时代、身世、处境、人格、个性乃至审美心理、艺术修养、美感情趣是分不开的。其形成原因，无疑是多元而复杂的。其一是生逢晚唐衰腐末世，理想幻灭，这就是"万里相逢欢复泣，凤巢西隔九重门"（《赠刘司户》）所描述的人生遭际。其二是误落党争夹缝，困厄难张，这就是"楚雨含情皆有托，漳滨多病竟无憀"（《梓州罢吟寄同舍》）所隐喻的艰难处境。其三是身世孤寒飘零，无力回天，这就是"内无强近，外乏因依"，"玉珰缄札何由达，万里云罗一雁飞"（《春雨》）所形容的失意与孤苦。其四是师去友亡妻丧，情怀失落，这就是"来是空言去绝踪""梦为远别啼难唤""刘郎已恨蓬山远，更隔蓬山一万重"［《无题四首》（其一）］渲染的冷寂和远隔。其五是个性因循内向，犹疑不决，这就是"中路因循我所长，古来才命两相妨"（《有感》）的自艾自怨。当然，也不要完全忽略怀才不遇难释怀、执迷情爱难自拔、文心墨意难自弃等因素的缠绵浸染作用。

不要寻觅到一两个诗句，就认为李商隐也有杜甫一样深沉的忧国忧民情怀，也有李白一样狂放的汪洋恣肆个性，也有陶潜一样朴拙的适意自然心境；有才无命，悲情悱恻，这才是他一生的整体风貌。由此，在他身上看不到盛唐诗人的乐观、豪放、洒脱与慷慨，而只有内心世界的缠绵内省和幽怨独白，品味人生成为他弹拨心弦的主要曲调。于是，在他的内心深处，就回漩着太多晚唐知识分子的心灵微波，太多有才无命的人生感慨，太多落泊无助的情思意绪，太多对美好事物衰退的哀挽，太多无力回天的悲慨迷惘，太多间离远隔的心理时空，太多解不开去不掉的忧心情结，太多缥缈恍惚的悲情迷雾，太多无以聊赖的思绪潜流，太多难以诉说的私情幽怨。这是否都应当是和可能是荡漾在《锦瑟》那朦胧无端意境、迷离惘然思绪中的蝴蝶梦、望帝心、明珠泪、暖玉烟？

当这样的情态、意绪，在悲摧灵台凝聚为诗心、诗意、诗情、诗格之时，就形成了在晚唐独树一帜的李商隐诗歌的诗性美感，那就是人们常说的朦胧迷离的意境，宛转起伏的诗脉，跳荡错落的意象，缠绵悱恻的诗情，感慨悲怨的格调，光焰绮美的诗语。而从意境整体建构的角度看，这中间有如下三点还是有必要特别强调一下的：

其一是兴寄寓托，隐蓄深微。这是义山诗歌的主要特征。无论从《锦瑟》看，还是从他诗歌的整体风格看，都是如此。这一点，古人多有言简意赅之论。如，《韵语阳秋》："包蕴密致，演绎平畅，味无穷而炙愈出，镇弥坚而酌不竭。"《臞翁诗评》："如百宝流苏，千丝铁网，绮密瑰妍。"《瀛奎律髓》："感事托讽，运意深曲。"《木天禁语》："微密闲艳。"《唐诗品汇》："造意幽深，律切精密。"《漫堂说诗》："造意幽邃。"吴乔《西昆发微序》："深远幽曲。"叶燮《原诗》："寄托深而措词婉。"冯浩《玉溪生诗集笺注》："设采繁艳，吐韵铿锵，结体森密，而旨趣之遥深者未窥焉。"《石洲诗话》："微婉顿挫，使人荡气回肠。"《读雪山房唐诗序例》："意理完足，神韵悠长。"这韵味，用白居易描绘琵琶语的诗句来形容，那就是"间关莺语花底滑，幽咽泉流冰下滩"。《射鹰楼诗话》说"诗外有诗，寓意深而托兴远，其隐奥幽艳，于诗家别开一洞天"。在兴寄寓托、幽隐深微方面，说李商隐诗"得子美之深而变出之"，从而"别开一洞天"，这并非溢美之言。这些说辞，显然都很贴合《锦瑟》。

其二是多元融汇，和而不同。一般说来，诗歌讲求情调贯一、意理专著。但李商隐的诗歌却有所不同，往往呈现为意旨多元、情致错落而又融熔谐和之美。这从《锦瑟》中可以看得很清楚。以无定题、无定质之抽象而缥缈的琴韵旋律起兴，加上"五十弦"的错杂繁复，而且是"一弦一柱"、一年一岁、一桩一件地"追忆"开去，致使整个意境荡漾着多元交会之声。借典故寄托，每一典题都是流传中相似相近多典的综合，而每一典意又都是多层指向意味的协同：如"晓梦"虽迷幻，却美艳似"蝴蝶"；"杜鹃"虽啼血，却真挚如"春心"；"珍珠"虽似泪，却有"明月"来相照；白玉虽生烟，却得白日暖心田。这里的每种事物，每个意象，每个意象的多重情愫意味，都有兴、寄、寓、托多种相似媒质可以连类生发，而整个意境，又有象、情、韵、味多重意蕴基质来协调统摄，故而其整体蕴场就在无端一惘然心态的融熔中，显现出既丰富多彩而又一体和谐的难得美感。品读李商隐诗，往往具有"嘈嘈切切错杂弹，大珠小珠落玉盘"的声韵感受，往往令人产生"百端交集、四顾茫然"的心理体验，其中道理或许就在这里。

其三是情意温厚中庸，给读者留有再想象的余地。莱辛曾在美学著作《拉奥孔》中强调：艺术描绘必须能够"让人想出更多的东西来"，而"在一种激情的整个过程里，最不能显出这种好处的莫过于它的顶点。到了顶点就到了止境，眼睛就不能朝更远的地方去看，想象就被捆住了翅膀”，因而，“艺术家应当懂得，选出哪一点才可以使观众不是看到而是想象到顶点”。这是强调，艺术描绘不要走极端，要留有余地，蕴蓄张力，让读者在想象、体验、感受中达到理想境界。在李商隐的诗歌中，见不到剑拔弩张的情绪放纵，听不到声嘶力竭的激情哀号，多的是对情感的调控、对意绪的节制，从而在温婉敦厚、含蓄氤氲的笔墨格调中，让读者在想象中体味到情致的深微和意理的完足，这或许就是通过非顶点的描述来让人想象到体味到顶点的艺术表达吧？这是李商隐诗歌的一个基本审美特征。不妨再以他的几首绝句为证：

上面提到《重过圣女祠》中的名句：“一春梦雨常飘瓦，尽日灵风不满旗”。这“梦雨常飘”“灵风半旗”，是借景渲染圣女被贬谪后“得归迟”的虚寂情景，但却不动声色地融进了诗人一生沉沦下僚、有才无命的清冷遭际，而这一切又只存在于读者的想象和感悟之中。李商隐虽然处于党争的夹缝，一直难以屈伸转圜，但始终没有直接搅进政坛的暴风骤雨，虽然一生压抑郁闷，但其诗作中却始终也没有对“风雨交加”和“灵风满旗”的呼号，而只是在默默承受煎熬中，潜心经营、委婉润色着他那韵味悠长的诗意星空。诗歌不是激情的迸发，而是激情的反刍。李商隐对自己的怀才不遇满怀幽怨，但始终“不犯本位”，“不落言荃”，只是将其深微地隐蕴在爱情相思和古迹咏怀之中。他虽然反复声言自己的社会人生心态是“无端”“惘然”“远隔”“无奈”，但只要体味一下他那爱情诗的深挚和怀古诗的敏锐，就不难意识到，他决不是没有怨愤，更不是心智懵懂，而只是在无可奈何之中，让自己沉湎于那些“让人不是看到而是想到更多东西”的审美视觉点，并以此尽可能地保持心态的自我平衡而已。

请看他的《有感》：“中路因循我所长，古来才命两相妨。劝君莫强安蛇足，一盏芳醪不得尝。”“中路因循”，具体指遵从命运、彷徨犹豫，升华则为恪守中庸之道，这是诗人的性情，也是他的处世之道；“所长”，显然不是自夸，而是自嘲。“才命相妨”，指才气过高者命运必定坎坷，这是诗人对自己的人生定位，自负中注满酸楚；“古来”，表面上是说才命相妨是天妒英才，从来如此，不可违，但内心里却充满怨愤。这怨愤就潜蕴在后两句中。“安蛇足”化用了两个典故成语，一个是画蛇添足，一个是杯弓蛇影。前者意在自责：当初强攀权贵姻亲，不想竟成画蛇添足，以至于终生落在政争夹缝不能自拔而只能自认“才命相妨”；后者意在惊惧：党争残酷暴虐，致成杯弓蛇影，以至于让诗人身危心惊而不得不终生“中路因循”。如此含蓄多藏的意境，如此婉转微妙的表现，是否也颇有些《锦瑟》蝴蝶幻梦、望帝吐血、明珠垂泪、暖玉化烟的迷离惝恍韵味？

再看他的《东阿王》：“国事分明属灌均，西陵魂断夜来人。君王不得为天子，半为当时赋洛神。”曹植被封为东阿王，但实权掌握在曹丕派去监视他的灌均手中，曹植完全处在名为王侯实为囚徒的悲惨境地，所以他在夜祭曹操陵墓时不禁黯然销魂。兄弟相残，这是残酷政治斗争的常见现象。诗人说曹植所以只能封王而不得为天子，多半是因为他当时做了一篇《洛神赋》。其实曹植写此赋时曹丕已做了四年皇帝，两者并无直接关联。无疑是另有寄托，故纪昀说是“自喻之作”，邓廷桢说是“有托而言”。但喻托的是什么？显然前两句中已有所昭示：那就是政治斗争的奥秘性和残酷性！曹植虽然能写出充满爱情深挚、意境幻妙、色彩浪漫的《洛神赋》，但缺乏政治心机，虽然文才超拔，但那是书生意气，因而在政争中只能是被刀俎的鱼肉。这样的味外之旨、韵外之致，是不是与诗人在党争夹缝中的遭遇也能发生共鸣共振？福柯认为，“无孔不入”的政治权力，不仅是一种“建设力量”，更是一种“无所不在的压抑力量”，信夫！

再想想那首脍炙人口的《嫦娥》：“云母屏风烛影深，长河渐落晓星沉。嫦娥应悔偷灵药，碧海青天夜夜心。”在云母屏风的烛影沉星中，诗人所看到的月亮，不同于李白“我歌月徘徊，我舞影零乱”的月亮，也不是苏轼“月有阴晴圆缺，此事古难全”的月亮，而是穿越阴晴圆缺直接走进了嫦娥奔月的神话。但这个美丽的神话在诗人笔下却变了味：月宫不是琼楼玉宇神仙境，而是清冷孤寂令人悔恨不该来的高寒地带，嫦娥不是曼妙舞姿舒广袖的仙女，而是一个碧海青天夜夜苦熬到天明的囚徒。这真是打破月宫千年仙境理想、直捣嫦娥痛楚神经的翻案诗章！而所以能有如此洞识，显然还是由于触景移情，诗人的心与嫦娥的心发生了同频共振效应：在“嫦娥应悔偷灵药”中，是不是也融进了诗人对自己因当初攀附权贵而终生命运坎坷、无法转圜的悔恨？在“碧海青天夜夜心”中，是不是也包蕴着诗人在权势倾轧中无力突围而只能一生悃愊懦弱、因循中道的苦衷？这就是神韵，就是那种“不是让人看到而是让人想到更多东西”的艺术境界。

透过这些微妙小诗，我们不难想见李商隐那悔恨自己画蛇添足、惊恐党争杯弓蛇影，而又深感书生无用、无力回天，从而只能在哀鸣才命相妨的懦弱中道上抑郁彷徨的清冷人生，只能在缠绵悱恻的诗作中假借爱情宣泄和怀古隐喻来安慰自己的那颗孤寂心魂。

李商隐诗歌的审美造诣，验证了刘熙载在《艺概》中对艺术特征所作的论断：“意不可尽，以不尽尽之。”就是说，意理表达，无论是意象表现还是直抒胸臆，都是“不可能尽”，也是“不可以尽”的，艺术美的特质，就是要在“不尽”的描述中，让人们在想象和感悟中达到“无尽”的效果。这或许正是李商隐的诗心所在吧？

《锦瑟》是体现李商隐诗心、诗情、诗韵、诗味、诗格、诗才的代表作。虽然它仿佛是给后人留下的一个难倒古今学者的迷宫，但也确实不失为一首极尽诗性特有韵味的千古绝唱。

『打通墙壁说话』

——苏轼《水调歌头》的穿越精神

水调歌头

丙辰秋，欢饮达旦，大醉，作此篇，兼怀子由。

明月几时有，把酒问青天。不知天上宫阙，今夕是何年。
我欲乘风归去，又恐琼楼玉宇，高处不胜寒。
起舞弄清影，何似在人间。

转朱阁，低绮户，照无眠。不应有恨，何事长向别时圆。
人有悲欢离合，月有阴晴圆缺，此事古难全。
但愿人长久，千里共婵娟。

李泽厚先生在《美的历程》中说："苏轼一生并未退隐，也从未真正'归田'，但他通过诗文所表达出来的那种人生空漠之感，却比前人任何口头上或事实上的'退隐''归田''遁世'要更深刻更沉重。因为，苏轼诗文中所表现出来的这种'退隐'心绪，已不只是对政治的退避，而是一种对社会的退避；他不是对社会杀戮的恐惧哀伤，也不是'一为黄雀哀，涕下谁能禁'（阮籍）、'荣华诚足贵，亦复可怜伤'（陶潜）那种具体的哀伤（尽管苏也有这种哀伤），而是对整个人生、世上的纷纷扰扰究竟有何目的和意义这个根本问题的怀疑、厌倦和企求解脱与舍弃。这当然比前者又要深刻一层了。"

如何理解苏轼对人生的"空漠之感"和"对社会的退避"？为什么说这是对人生和社会"根本问题的怀疑、厌倦和企求解脱与舍弃"？为什么说苏轼的这些"心绪"，比阮籍、陶潜"又要深刻一层"？我们觉得其中有一个关键意识，那就是苏轼对传统观念、世俗观念的穿越精神。

一

这首中秋词的中心意象是月亮。这个中心意象包含若干子意象——明月、月宫、月影、圆月、阴月、晴月、缺月、月光，从而构成一个月亮家族意象群。这些意象既有丰富的自身蕴含，又有广远的连类效能，其蕴场是相对独立而又交融一体的。大致说来，这个月亮家族意象群可划分为四组：一是明月、圆月，在人们心中，这是月亮的最理想状态；二是月宫，包括琼楼玉宇宫殿、嫦娥奔月传说以及吴刚折桂、玉兔金蝉等，这是一个充满幻想的神话世界；三是具有阴、晴、圆、缺多种形态的形象，这是月亮的自然常态；四是月光、月影，这是月亮家族中与人类最亲和的因素。这四组月意象的蕴场及它们之间的关系，就构成了这首咏月词丰赡而深邃的意境蕴场。

体悟这四组月意象的基本意蕴并不难，但更重要的是诗人对它们的态度。

首先看对明月、圆月的态度。

这首词作于中秋佳节，当夜是月亮最大最圆最亮的时刻。这首词主要是针对着“明月”“圆月”立意的。明月象征着光明，圆月象征着圆满，是社会、人生、事业、前途一切事物的理想境界，因而被人们所普遍向往和追求，这是明月、圆月意象所以始终能在人们心里和诗词中闪闪发光的主要原因。但社会人生现实却总是不那么光明、圆满，乃至常常与黑暗、灾难、痛苦相伴，于是人们就不免对明月的光明象征和圆月的圆满象征产生了怀疑，这怀疑也渗透到诗词之中。《春江花月夜》：“江天一色无纤尘，皎皎空中孤月轮。江畔何人初见月，江月何年初照人？人生代代无穷已，江月年年只相似。不知江月待何人，但见长江送流水。”这种以明月永恒、人生短暂为底蕴的怀疑，是人世普遍心理。

开篇以“明月”领起，连发疑问：“明月几时有？把酒问青天。不知天上宫阙，今夕是何年。”这是对明月的追问，对其所昭示光明的怀疑。这怀疑基于诗人当时的处境：本在朝中为官，现外放密州（今山东诸城）知州；虽是“自请外放”，却也是对朝堂政争的厌恶。显然，这怀疑的实质是“月明人不明”，是对人生的喟叹，对自身前景的疑虑。

下片以“圆月”领起，也是疑问：“转朱阁，低绮户，照无眠。不应有恨，何事长向别时圆？”这是对圆月的追问，对其昭示圆满的怀疑。这怀疑也基于诗人当时的处境：他与弟弟苏辙同时中进士，又同时中制举科，但先因母丧，后因照养父亲，弟弟十多年大都在家守孝，故而当诗人望着圆月咏叹人生时，恐怕是更动情于他那命途多舛的弟弟。此即小序所谓“兼怀子由”之意。显然，这怀疑的实质是“月圆人不圆”，主要是对弟弟的感喟和思念。“何事长向别时圆”，月亮不会因为怨恨而总是向离别痛苦中的人瞪着圆眼，问得奇谲，也比“明月几时有”的疑虑更深切。总之，这首词之意境蕴场，起端都是对明月—光明、圆月—圆满的怀疑、追问乃至疏离。

再看对月宫的态度。

“我欲乘风归去，又恐琼楼玉宇，高处不胜寒。”这是对月宫的态度。琼楼玉宇，壮丽，难免有向往、登临之想。“乘风归去”，似自认谪仙而欲重新羽化归回，造语诙谐。月宫，仙境，人皆向往，遂有嫦娥奔月神话，反映到文字中，就有了升天成仙、艳羡“美人”、幻化理想等寓意，如李昌祺《剪灯余话》：“寄语风流攀桂客，直教今夕见姮娥。”杨维桢《修月匠歌》：“羿家奔娥大轻脱，须臾踏破莲花瓣。”月宫，历来都是世俗世界心目中的天堂。

当然，对这个世俗天堂进行反思的意识潮流也从未间断过。清冷，孤寂，是它不难想见的基本特征。人是高级群体物种，对此产生畏惧是必然的。在让嫦娥奔月后，又给她配置了桂花香树、吴刚酿酒、玉兔捣药、祛病金蟾，然而增殖再多，也都不过是对清冷、孤寂的心理补偿而已。这反映到诗词中，就有了“嫦娥应悔偷灵药，碧海青天夜夜心”（李商隐《嫦娥》）、“偷桃窃药事难兼，十二城中锁彩蟾”（李商隐《月夜重寄送华阴姊妹》）、“嫦娥桂独成幽恨，素女弦多有剩悲”［杨亿《无题三首》（其三）］、“欲诉青天销积恨，月娥孀独更愁人”（刘筠《泪二首》）等深情喟叹。不过在苏轼的这首中秋词中，反思则不仅是喟叹，而是穿越喟叹，升华为“高处不胜寒”的社会人生哲思。这哲思，对苏轼来说，大致有两个走向：一是顺着月宫—仙境的思路连类生发开去，那就会导致避险忘世、羽化登仙、“一蓑烟雨任平生”的意向，这时，那“高处”的“琼楼玉宇”，就是道观、佛堂、蓬莱仙境、世外桃源，这是一条出世退隐之路；一是沿着朝堂—知政的思路连类生发开去，那就会焕发出奋志政坛、坚执乘风破浪济苍生的意向，这时，那“高处”的“琼楼玉宇”，就是京城、皇宫、宦海蜃楼、高官厚禄，这是一条功名耀世之路。两条路都很诱人，但诗人却用“高处不胜寒”一句箴言，就把两者都否定了：前者是古寺青灯，仙佛渺茫，难；后者是伴君伴虎，官场险恶，也难。所谓居高风险大，着实具有普遍意义。

再看对阴晴圆缺的态度。

“人有悲欢离合，月有阴晴圆缺，此事古难全。”人有欢合之时，也有悲离之时，这是人生常道。月有晴圆之时，也有阴缺之时，这是自然常规。两者异质同构，形成一个不可改变的宇宙常数。自然按照这个常数运行，人们也要依顺这个常数生存。态度很明确，“此事古难全”，只能承认，只能遵循。

上片说月宫是“高处不胜寒”，是说不要强求虚幻的琼楼玉宇、空中楼阁；这里说阴晴圆缺“此事古难全”，是说应当承认天地常规、人生常道。一个从反面切入，一个从正面来说，其实两者意理一样：那空中的琼楼玉宇，与明月、圆月同构相应，不正是人们所热衷、妄逐的种种不切实之白日梦的象征吗？那变化多端的阴晴圆缺与高处的不胜寒同频共振，不正是人们时时所面对之复杂社会、多难人生的象征吗？正说反说，都是强调人生要脚踏实地、不可妄求。然而由于欲望的驱使，人们往往把虚幻的空中楼阁作为追逐目标，把不可回避的阴天缺月视同不应有的灾祸，于是也就常常陷入怨天尤人、哀恨痛苦之中。其实这都是怨由己出、恨由心生，庸人自扰。诗人坦诚直白“人有悲欢离合，月有阴晴圆缺，此事古难全”，显然是在用这种宇宙常数来宽解自己、安慰胞弟、警策世人。

最后看对月光、月色、月影的态度。

“起舞弄清影，何似在人间。”这两句的意思，可作两种解释：或谓在月宫里伴着月光起舞，与清影相弄，会不会与在人间一样？比较中应当含有比不上在人间之意；或谓在人间伴着月光起舞，与清影相弄，哪里像是在人间！比较中显然有和在天上一样之意。后解或许比前解好，因为原本就在月宫里，似乎无所谓伴月光弄月影之事。不过，两解都是说在人间伴着光影跳舞更好，也就是李白《月下独酌》所描绘的意境：“举杯邀明月，对影成三人。我歌月徘徊，我舞影零乱。”这是本词上片的落脚点，也正是诗人所要肯定和宣扬的旨意。

“但愿人长久，千里共婵娟。”婵娟，本意是形容女人姿态柔美，后来多用来指代月亮，这里则更注重月光的柔和、月色的明媚。两句的意思是说，只要人人都健康快乐，只要人间像月光普照一样充满爱心，即使相隔千里，也会“天涯若比邻”，也会比天上宫阙温暖。这显然是秉承“兼怀子由”和圆月象征团圆的意蕴，表达对弟弟苏辙的怀念和安慰。这是本词下片的意理落脚点，也是诗人所肯定和张扬的旨意。月光、月色，是月亮家族意象群中与人最亲近的意象，因而在诗词中可以用来烘染种种情致意绪，例如，“月儿弯弯照九州，几家欢乐几家愁”，这是普世情怀；“举头望明月，低头思故乡”，这是思乡之念；“我寄愁心与明月，随君直到夜郎西”，这是送别心意；“此时相望不相闻，愿随月华流照君”，这是相思之苦；“料得年年断肠处，明月夜，短松岗”，这是亡故之痛；如此等等，显然都是从月光、月色中蒸发出来的诗性柔情蜜意。

对明月、圆月的疑虑，对月宫的畏惧与舍弃，对阴晴圆缺的坦然承受与无可奈何，对月光、月色、月影的亲近与融和，这就是诗人对月亮家族意象群中诸意象的不同态度。这些不同态度，或相似共振，或相反相成，共同建构了这首词的情感基调、心理流程和意理基质。特别是落脚于对月光、月色、月影的亲和，更能见出诗人的情之所之、心之所向、意之所往。

这种种不同态度，是不是可以见出苏轼穿越精神的某些端倪？

二

诗词整体讲求意境。意境是一个景物人事与情志意理多元融合的整体。这个整体的融合性，人们往往直接归结为中心思想，也就是意理凝聚。其实对艺术作品来说，更重要的熔合剂是情感流。在一首首诗词表层的物象链下，都有一条合乎心理变化的情感流。情感是创作的动力，是意象表现的重要内涵，是意境整体建构的融合剂，是打动读者的主要力量，也是诗性特质的鲜明体现。因此，在解读诗词时，是否能深切体验到跳荡在意象链下的情感波流，往往成为是否真正走进其意境蕴场的重要标志。不过要注意的是，在那些理性意识比较突出的诗词中，情感流下的心理活动则更为突出，因而在解读这类意理基质占主导地位的诗词时，深入体悟情感流下的心理活动流程，就显得更为重要。苏轼的这首中秋词，就是一首在意境整体建构中，心理活动比情感流动更显要的词作。如果不能体会诗人从把酒问天到落脚光影的心理变化过程，不能把握他从怨恨圆月到共沐婵娟的心理变化机杼，那就很难真正体悟到这首中秋词的深层意理。

这首词明显是以心理变化为建构锁链的。大致说来，这个心理建构锁链，在上下片中都有三个环节，那就是追问、破解、抉择。这三个环节是一个合乎心理活动规律的转化过程，是一个从追问到破解再到抉择的自问自答、心态演变、思维穿越、精神升华的过程。

上片针对明月，一开始就是联翩追问："明月几时有？把酒问青天。不知天上宫阙，今夕是何年。"这是因处境坎坷、心中有疑惑而提出的问题。表面上是追问青天、明月，实际上是自问问人，骨子里则是在探求天地、自然的奥秘，追寻社会、人生的规程。然而天和月是不会回答的，于是也就有了自我破解性心理活动，"我欲乘风归去，又恐琼楼玉宇，高处不胜寒"。虽然也有向往"高处"、悦慕"琼楼玉宇"之意，但由于畏惧广寒宫之"寒"，也就打消了"归去"的念头。这"广寒"，虽然指的是月宫仙境，但有"居高风险大"的普遍象征意义。就诗人当时的实际处境来说，这不仅包含有对出世之清冷孤寂的感喟，也浸蕴着对入世之官场险恶的哀叹。破解了对明月的疑虑和对月宫的妄念，于是心中也就自然而然地生发出这样的抉择："起舞弄清影，何似在人间。"脚踏实地，伴着不用一钱买的月光和明媚氤氲的月色饮酒起舞，不是更像清丽娴雅、自由自在的仙境嘛！这样的人生抉择，无疑是明智而切实的。

下片针对圆月，一开始是带着怨愤情绪的诘问："转朱阁，低绮户，照无眠。不应有恨，何事长向别时圆。"由自己的官场坎坷，联想到更不幸的弟弟，心情沉重，而圆月却好像故意作对，刺激得他整夜睡不着觉。于是，疑虑变成了诘问。这诘问的底蕴，是对种种仙境圆满、社会圆满、人情圆满、人生圆满、理想圆满的怀疑。由是也就导发出自我化解的法宝："人有悲欢离合，月有阴晴圆缺，此事古难全。"月亮不会常阴常缺，也不会常晴常圆，这就是自然常规、社会常理、人生常道。这常规、常理、常道，是人情、人意的最大圆环，无可逾越，不能违拗，于是也就有了虽不得已却很明智的心理抉择：“但愿人长久，千里共婵娟。”退一步天地宽，月光可以寄真情，月色可以送温暖，只要健康长寿，只要爱心永在，这就是最好的安慰，最大的幸福。

望着明月圆月，畅舒神思，反复流荡着从追问到自我破解再到人生抉择的心理活动，这就是本词的创作心理。西方审美心理学钟情创作心理宣泄论，大意是说，艺术创作的心理动因，在于内心某些被压抑情感的长期积累、偶然得机爆发，创作过程就是情感宣泄过程；创作宣泄完成，心态恢复平衡，那就享受到了审美愉悦。这说法具有一定普遍意义，当然也适合于这首中秋词。不过需要注意的是，诗词意境建构主要有情感流贯和意理凝聚两种机理，这两种机理虽然大多同时存在，但还是有主次之别的。苏轼这首中秋词显然是以意理凝聚为主的，但也浸润着情感的流贯：上下片的追问，都是情绪激动、心态不平衡的体现，破解中的心理活动过程，也都是激动情感的宣泄过程，而明智的抉择，则无疑意味着激动情绪的消解、心态恢复了平衡。不过应当明确，以意理凝聚为主轴所建构的诗词，其宣泄的方式和质性，与以情感流贯为主轴所建构的诗词是有明显差异的。苏轼的这首中秋词的宣泄方式和质性，与其说是情感宣泄，显然不如说是意理反思。诗人是在写意寓理，而且是反躬自问：问自己为什么会心情激动、会心态不平衡？怎样才能想得通、恢复心态平衡？今后应当怎样看待自然社会、安顿自己的人生？这首词的意境建构，就是这样一个自问自答、反躬自省、自问问人、自慰慰人、自娱娱人的心理过程。

在总体上，这当然属于自我精神疗救。但不要因为它的这种自我精神疗救就否定它，至少它在个体心理调节方面的积极作用是不容漠视的。在几千年的专制统治中，凡心智健全的人，不随时进行自我精神调节和疗救，几乎就无法生存。探人生，讲人道，析人性，话人学，不能只讲人的社会性，只讲社会功利，而不讲人的个体性，不讲人的个体福祉。个体人生和个体福祉，归根结底是社会治理的根本出发点和归宿。偏废一端，另一端也不会长治久安。只有以人为本，让社会功利和个体人生相辅相成、一体共赢，才是人间正道。像苏轼那样，既善于用儒家入世之道治国平天下，又善于用佛老出世之道调节心态平衡，既治国又治心，心平国治，国治心平，不是两全其美吗？中国传统的内圣外王、反求诸己、修身养性、日省吾身、反躬自责等为政为人之道，并非没有道理，关键在于怎么理解、怎么运用和用来做什么。为什么强调社会功利，就一定要否定自我精神疗救？难道真有月亮永远晴圆而没有阴缺的世界吗？不要自欺欺人。

以月亮永远晴圆的眼光看问题，苏轼这种人生哲学似有其保守乃至消极一面，这无须讳言。但要进一步看到，这不是个人问题，它在一定程度上体现着宋代的时代心理。宋代与唐代不同，长期处在内忧外患交加、表面繁荣而内里虚弱的病态之中，因而也就铸成了士大夫阶层普遍的封闭内倾心态。边塞军功，消失在一败再败、割地赔款的屈辱之中；科举进士，在经学、理学、心学的按部就班、幽絷追圣中熬白了少年头；游侠仗义，已被愈来愈森严庸碌的伦理道德所禁锢、吞噬。在这样的社会氛围中，他们不可能像盛唐士大夫那样充满希望、进取、自信、自由、狂放，不可能像唐人那样毫无顾忌地用自己的心神和力量去扫视、拥抱、征服世界，而更多地只能是用自己的心智去抚摸、体验、咀嚼、思考外部事物，调节自我情感和心态的平衡，寻找心灵的寄托和美感的愉悦，细细琢磨宇宙、社会和人生的哲理。人们常说唐人开放，宋人保守；唐人豪迈，宋人细腻；唐人外向，宋人内倾；唐人多气，宋人多理。这无疑是两种时代精神的投射。这种心性反映到诗词中，就明显体现为唐宋诗的基本差异：唐诗以气象胜，宋诗则以意理胜；唐诗的意境建构多以意象飞扬、情感流贯为主要机杼，宋诗的意境建构则多以心理活动、意理凝聚为主要机杼。苏轼的这首中秋词，反躬自省，心智盘旋，显然可以作为体现宋人心理特征和宋诗意境特质的代表。

当然，更重要的是，要透过这反躬自省，看到苏轼那种“打通墙壁说话”的穿越精神，也就是那种对传统社会观念、人生观念的穿越精神。

三

不要把苏轼诗词中的这种自我疗救心理，视同明哲保身、不求进取的消极人生态度。重要的不是他在自我疗救，而在于他在用怎样的精神进行疗救。人人都说苏轼心胸旷达，但重要的是他旷达的精神内涵是什么。为此，我们不妨先看看刘熙载《艺概》中对苏轼的一些评价：

> 东坡文虽打通墙壁说话，然立脚自在稳处。譬如舟行大海之中，把柁未尝不定，视放言而不中权者异矣。
>
> 东坡诗打通后壁说话，其精微超旷，真足以开拓心胸，推倒豪杰。
>
> 东坡诗推倒扶起，无施不可，得诀只在能透过一层及善用翻案耳。

打通墙壁、打通后壁、精微超旷、开拓心胸、推倒豪杰、推倒扶起、无施不可、透过一层、善用翻案，一股脑用这么多赞叹语来形容苏轼的诗文，刘熙载是第一人，也是唯一一人。细细体味这些赞语的内涵，似乎能领悟到贯注其间的一种意理基质，那就是穿越精神。苏轼诗文中的穿越精神，处处触著，在在可见，体现在其世界观、人生观、艺术观的各个方面。若从思想方法层面看，则主要体现为穿越极化思维，而回归和坚执中道理性。

一分为二，对立统一作为一种思想方法，近年来遭遇不少非议。其实它是古今中外人类最基本最常用的思维方式，尽管在实践中容易产生简单化、片面性的弊端，但那大多是由于人之智能的局限所造成的对对立统一规律的误解和偏见，不能完全归结为二分法本身的问题。用二分法说世界，本意只是在于寻求一种认识客观事物的简化式方便法门，并非说它是一种包治百病的灵丹妙药。既然只是一种简化式方便法门，那就不是唯一的方便法门，或许还不是理想的方便法门，因而也就难以顾及和包容事物多元构成、千方关联、万般变化的复杂性，因而既不能取代科学实验和逻辑推理，更不能代替大数据和云计算，如果肆意随处乱套，那就等于自捆手脚乃至自挖坟墓。或许，无论过去、现在和将来，根本就不可能有万能的方便法门。另外还有一种幼稚病，不理解一分为二的“二”，是指向一切自然的和合乎自然规律的事物，并不包括那些破坏自然、灭绝人性的东西，如果不讲是非，无论对错，将它们也纳入一分为二的“二”中，那就连一分为二的“一”也否定了，还谈什么二分。当然，危害最普遍的问题，则是在对二分法的阐释中，过分强调二端而忽视一体，过分强调对立而忽视统一。其实，进行二分是为了更好地认识事物，重视对立是为了达到更稳健的统一，这本身就是一个人之认识的穿越规程和事物发展的穿越过程。就拿苏轼的这首咏月词来说吧，上片既说月宫有琼楼玉宇，又说它不胜寒，这是否就是穿越了只倾心于其光明一面的偏颇，而又重视了它那不光明的一面？是否意味着穿越了人们常常追求的高官厚禄和天堂仙境，而体悟到了人生的任何高处都是寒气更重、风险更大？下片同时说月有晴圆，也有阴缺，说人有悲离，也有欢合，这是否是承认了自然的和社会的天然形态和必然规律？是否意味着穿越了妄求事事圆满因而常常陷入不圆满的心理困局，而在尊重自然常态和社会常规中获得了心态的平衡？很明显，上片从拷问明月，到破解月宫，再到自娱月影，下片从拷问圆月，到破解对月亮和人生的偏执，再到共沐月光，都是一连串儿“打通墙壁”“透过一层”，破解极端、消解极端的精神穿越过程。“退一步天地宽”，在这首咏月词中，在苏轼的超旷心胸中，不是倒退，而是穿越，而且是质性穿越。

或许是由于欲望作怪，人们总是容易将自己追求的东西想象得特别美好。于是在进行一分为二时，也就往往会漠视两者的对等关系而张大其中的主次、优劣、好坏关系，并由此也就常常把其中的一端作为自己情之所之、意之所向的理想境界，且在想象中极力将其优化、美化。这就是极化思维。极化思维是对一分为二思想方法的最常见误解和偏废。中秋朗月，永远炫耀着前途的光明和理想的圆满，但却不是自然、社会、人生的现实写照和普适理念，把它作为观天阅地、安身立命的标的，那就必然会常常陷入偏激的思想和不平的痛苦之中。苏轼这首词，一反赞美明月、圆月、月宫的世俗常情常调，而张扬对它们的拷问、破解和穿越，这显然是对世俗观念的穿越，意味着对极化思维的否定。

应当对极化思维的严重危害性有一个清醒的认识。西方早在古希腊哲学中，就有了比较成熟的对立统一观念，但在后世接受中却过分张扬了其中的相互对立、相互争斗意识，并将其与达尔文“物竞天择，适者生存”的生物理念相结合，形成了以个人奋斗和对外掠夺为核心机理的人生观和世界观，因而不仅以侵略扩张发了家，而且至今仍然继续以人类中心主义观念破坏着人与自然的和谐，继续以弱肉强食的行径搅扰着业已初成的人类命运共同体。而在中国极“左”思潮泛滥时期，则更是将二元论之“主导面决定事物性质”的哲思推向非此即彼、你死我活的极端。例如，强调要用唯物主义铲除唯心主义，于是就连心理学也成了伪科学；极力要用无产阶级思想消灭资产阶级思想，于是姑娘们就连花衣服也不能穿；强制要用大公无私精神战胜个人主义，于是就连奖金、稿酬也都取消了。如此等等，终至酿成了惨绝人寰的所谓“文化大革命”。这所谓革命，其实是极化思维精神病毒所导演的社会大爆裂的典型事例。事物演变，历史发展，社会进步，究竟是不断打倒打出来的，还是不断穿越穿出来的，这恐怕是个值得认真思考的问题。

消解极化思想的有力武器是中道理性。中道理性的实质和价值，是个方兴未艾、尚待深入开发的概念。我们从中国传统的中庸之道理念中似乎可以窥测到它的一些端倪。中庸之道是中国传统一分为二、对立统一思想方法的核心，其基本理念是“执两端而用其中”：强调阴阳和合，两极相生，合二而一；这个一，包容二端，而不落于任何一端；这个一，通过“泄过”和“补不及”，穿越极化思想而修炼“中”、成就“中”；这个中，就是中和、中庸，就是多元融合、对立统一、和而不同，就是“皇极”“太乙”。在传统至尊的《论语》《孟子》《大学》《中庸》“四书”中，《中庸》主要是讲思想方法的。一部《中庸》，实际上就是一套阐发以至诚之心，坚持“执两用中”，以求在不断“泄过”“补不及”的过程中，修成中道理性“正果”的心法。

长期以来，由于与天斗、与地斗、与人斗的斗争哲学被奉为革命精神，因而中庸之道就被视为折中主义、消极妥协乃至投降主义而被打入冷宫。这里有许多误解和偏执。中庸的“中”，在空间上有中间之义，在时间上有中期之义，但也有中标、中的、中彩之义，更有中心、中轴、中坚之义。特别是在伦理精神领域，似乎都是指向核心理念与切中要害，没有人会把质量和程度的半瓶醋当作好东西。所以朱熹《中庸章句集注》说“中也者，天下之大本也”“中者，天下之正道”，刘熙载《持志塾言》说“有万世无弊之道，中是也”“处世者，自当省其德之中不中”“礼乐之道，中而已矣”。这样的“中”，就是中道理性之中，明明是透过一层，周全大局、切中腠理，怎么能是折中、妥协呢？

中庸的“庸”，本义为用，但不是一般的用，而是包含着切实、高功、长久诸真善美意义的大用。《尚书·大禹谟》：“舜生三十征庸。”这个庸含“而立足用”之义。韩愈《进学解》：“名一艺者无不庸。”这个庸含“因才制宜”之义。《左传·隐公元年》：“无庸，将自及。”这个庸含“必要”之义。《左传·昭公四年》：“告之以文辞，董之以武师，虽齐不许，君庸多矣。”杜预注曰：“庸，功也。”《尚书·益稷》：“明庶以功，车服以庸。”孔颖达疏曰：“赐车服以旌别其人功能事用。”这“功勋”和“酬功”之庸，显然指向理想大用。庸的普遍、长久用意中，包含有“常”之义。常，不仅有日常、平常之义，还有普遍、不变、长久等义。如《左传·昭公元年》：“疆场之邑，一彼一此，何常之有？”这个“常”就是固定不变之义。《尚书·咸有一德》：“天难谌，命靡常。常厥德，保厥位。”这个“常”就是长久之义。老子《道德经》：“道可道，非常道。”这个“常”，恐怕只能是指向普适的永恒的自然常规、社会常理、人生常道。后世俗念，庸、常二字只取平常、平庸、无能之义，显然是在词义分蘖、分工中走了偏锋。朱熹《中庸章句集注》说：“不易之为庸”，“庸者，天下之定理”。显然，中庸之用，是普遍的用，是崇高的用，是体现天下之“大本”“至德”的大用，这无疑就是中道理性的精神实质，怎么能与消极、投降挂上钩呢？

当苏轼把酒问天，思维穿越明月、圆月，已经没有更光明、更圆满的上升空间时，其心念会倒退向阴月、缺月吗？当他既向往晴圆与欢合，又尊重阴缺与悲离的时候，其意向会停留于不晴不阴、半圆半缺吗？当他的心神舒适于自娱舞姿月影、共享月光月色之时，你不觉得他的精神已经迈进一个超旷达、极通脱的境界，形神中均散发着“透过一层”的中道理性的特有意味吗？

中道理性是一种通达心胸、明智态度，是一种体现天地之“大本”“正道”“至德”的理性，但要将其具体形态和质性名实化，却是人的智能所难以透知尽得的。古希腊哲学家亚里士多德在他的伦理学著作中，曾意识到了“中”的普遍存在及其价值，并以“中道”为德，以过度和不及为恶，力图把这个中道——确认表明：如说鲁莽与怯懦的中道是勇敢，挥霍与吝啬的中道是慷慨，放纵与拘谨的中道是节制，矫情与好名的中道是淡泊，暴躁与蔫弱的中道是温和，吹牛与自贬的中道是真诚，虚荣与自卑的中道是自重，奉承与慢待的中道是好客，谄媚与傲慢的中道是友谊，羞怯与无耻的中道是谦和，嫉妒与乐祸的中道是义愤，戏谑与木讷的中道是机智，如此等等，但最终却因为“意不可尽”和“难以言传”而中途作罢。不过从这里至少能看出两点：其一，中道不是折中、妥协，而是精神穿越、理想境界；其二，中道近于老子所说“不可道”的“常道”。这两点是把握中道理性的要领。《中庸》的执笔者子思很聪明，他没有直言什么是中道，而只是反复用“泄过”与“补不及”的方法，来匡正中道、探求中道、修炼中道、启发中道。苏轼也很聪明，他深知中道理想境界的难以言传性，于是就借助“含不尽之意见于言外”的审美象征手段，运用“尊重而不等于”的思想方法，穿越月亮的阴晴圆缺和人生的悲欢离合，让人们在感悟中走进中道理性的精神家园，从而获得安身立命的基本法门。这是一种诗性智慧。

四

从人与自然的关系看，中道理性是中国传统天人合一观念的体现。

《草堂诗余》评这首《水调歌头》说：“此等词翩翩羽化而仙，岂是烟火人道得只字。”《左庵词话》说：“此老不特兴会高骞，直觉有仙气缥缈于毫端。”刘熙载《艺概》说：“东坡词具神仙出世之姿。”《游艺约言》又概言之曰：“东坡诗文有与天为徒之意。前此，则庄子、渊明、太白也。”本词中“我欲乘风归去”的“归”字，也让人觉得诗人本来就是个仙人。这说明人们普遍认为，苏轼的诗文中散发着一种飘然欲仙的精气神。

这种精气神，不是嫦娥奔月，不是道教羽化，不是佛禅涅槃，而只是“与天为徒”、向老天学习而已。这个“与天为徒”，看是平常过话，实际上却体现着中华民族传统文化的核心意识，那就是天人合一理念。“与天为徒”的“天”，不是中国的玉皇大帝和西方的天主上帝，也不是董仲舒的神授君权和世俗的万能天意，而就是大自然及其天然规律。“人有悲欢离合，月有阴晴圆缺”，这就是天然规律。哲学家往往把天人合一理念阐发得特别深奥玄妙，其实，用天然之眼来看待天地万物，用天然规律来破解社会人生难题，把适意自然作为安身立命的基石，这就是行进在天人合一的道路之上。

适意自然的“自然”，是有不同指向的。或指向具体天然事物，或指向抽象天然规律，差异还是很明显的。隐逸，似乎是一种传统的高雅风尚，人们喜欢用适意自然来标举他们的心态。但所适意的究竟是怎样的自然，也还是有分别的。陶弘景隐居茅山，修道炼丹，以“山中多白云”自诩，委身真正的山川草木；陶渊明归隐田园，种豆南山，与邻里“把酒话桑麻”，委身拙朴的小农生活。两者寄意的自然虽有所不同，但大致都侧重于天然事物；而且一个是皇诏不赴，一个是愤然辞官，都是脱离社会污浊和争斗而在山水田园中找到了归宿。由是，他们被政治眼光视为消极而非进取，被哲思眼光视为超脱而非穿越，应当是合乎情理的。苏轼也崇尚适意自然，但他的这个自然明显与两位陶氏有所不同。他虽然与道师禅师交往甚密，对玄禅经典研究颇深，在遭贬时也有过“小舟从此逝，江海寄余生”的遐想，但从未流露出真要辞官归隐、啸傲山林的意念，且在外放他地时还均颇有政声政绩。显然，他所适意的，是蕴融在具体天然事物中的自然规律，是包括社会人生在内的天然韵律，这是真正意义上的“与天为徒”，真正意义上的“大隐隐于市”，真正合乎天人合一理念的心智情性自然。诗人望月寄意，不妄求永明永圆，不怨怒阴晦残缺，而是伴着光影自娱，沐着光色相望，这不是退缩、超脱，而是洞识、穿越。即使都是行进在通向天人合一的路途之上，但在“三观”上，超脱与穿越还是有很大差异的。

在审美创造观念上，苏轼的天人合一色彩更加浓郁。对此，刘熙载的《艺概》中有一个颇有意味的评判：“东坡最擅于没要紧地题说没要紧的话，未曾有的题说未曾有的话。抑或谓‘君从何处看，得此无人态’耶?”这“没要紧的”题和话，“未曾有的”题和话，实际上就是“打通墙壁”，“推倒豪杰”“透过一层”“放言中权”“远想出宏域”“高步超常伦”的题和话。何以能说出这样的题和话？答案就在“君从何处看，得此无人态”中。这两句诗见于苏轼《高邮陈直躬处士画雁二首》（其一），意思是赞美陈氏所画的大雁呈现出“无人态”，也就是捕捉到了大雁在无人干扰时的自然状态，认为这体现出一种难得的自然天成艺术境界。所谓自然天成，实质上就是“无方无体”“无思无为”的“无我之境”，就是“山中无人，水流花开”，就是审美创作心理富有天人合一成色的体现。苏轼特别崇尚审美创造的自然天成，如他欣赏“返朴归真”“自然平淡”的质朴之美，强调“生而有之”“本性真态”的天然情意，追求“充实不可以已”“有所不能自已”的创作冲动，倡导“未尝敢有为文之意”“初无意于佳乃佳”的物化心态，张扬“非能为之为工，乃不能不为之为工”的无为之境等，都体现出审美创作心理的天人合一造诣。这些造诣的精神走势，都是趋向于天然本色，显然不是高哉美也之琼楼玉宇的隐喻象征意蕴，而是阴晴圆缺之月光月影的异质同构物色。

要把人们习惯于在空中追逐琼楼玉宇的心灵，拉回到承受阴晴圆缺的现实、沾溉月光月影的大地，是个相当艰难而痛苦的穿越过程。现实就是现实，虽然“江山如画，一时多少豪杰”，也还是要终归于“人生如梦，一樽还酹江月”。庄子说：“既雕既琢，复归于朴。”苏轼说：“锻炼复归于自然。”这个“朴”和“自然”，就是自然本色和自然天成；这个“雕琢”和“锻炼”，就是艰苦卓绝的穿越过程。这个穿越过程，刘熙载《艺概》中有多方面的描述：

学书者始由不工求工，继由工求不工。不工者，工之极也。

词之为物，色香味宜无所不具。以色论之，有借色，有真色。借色每为俗情所艳，不知必先将借色洗尽，而后真色见矣。

古乐府中，至语本只是常语，一经道出，便成独得。词得此意，则极炼如不炼，出色而本色，人籁悉归天籁矣。

我们不能遽然指称，苏轼破解明月圆月而钟情月光月色，破解琼楼玉宇而坦承悲欢离合，就是“不工→工→不工”“真色→借色→真色”“不炼→炼→不炼”“天籁→人籁→天籁”的艰苦卓绝穿越；也不能遽然认为，苏轼所自娱娱人的月光月影，自解解人的阴晴圆缺，就是指向“工之极”的“不工”“真色”“不炼”“天籁”；但在实质上，在穿越精神上，在锻炼复归自然意义上，在追求天然自得理想上，在天人合一理念上，它们却是可以同频共振、同调和鸣的。

从巧构美饰到质朴自然，不是庸退，而是新进，不是从阳春白雪贬降为下里巴人，而是“平中见奇”“瘠而实腴”，是由人工雕琢美升华为自然本色美。《艺概》说：“品居极上之文，只是本色。”信夫！

五

在艺术上，这首中秋词鲜明地体现出苏轼诗词的理趣特点。

《艺概》说：“东坡长于趣。”趣，作为一个审美概念，古代文论多有阐释，以严羽《沧浪诗话》的说法最得要津：“诗有别趣，非关理也。”所谓“非关理”，主要是指“诗者，吟咏情性也”，故而“不涉理路、不落言筌者，上也”。所谓“别趣”，主要是指“盛唐诸人惟在兴趣，羚羊挂角，无迹可求，故其妙处透彻玲珑，不可凑泊，如空中之音，相中之色，水中之月，镜中之象，言有尽而意无穷。”显然，总体看来，这个“趣”，主要指的是“兴趣”，赋比兴之“兴”的兴发之趣，实际上也就是意象化、无定质、含不尽之意见于言外的诗歌特有质性。这是广义的趣，所有的成功诗词均在这兴发之路上竞奔，只是水平不同而已。

对苏轼来说，这个趣，应当主要指的是“理趣”。前面说过，唐诗以气象胜，宋诗以意理胜；在整体建构上，苏轼的诗词大多是以意理凝聚的。在这种情况下，如果肯定苏轼的诗词比别人更有趣味，那就应当是理趣。所谓理趣，就是说，虽然所要表达的是意理，但表达方式却应当是非意理的，也就是“不犯本位”“不参断语”，而且要力求空灵蕴藉、隐秀多蓄。所谓不犯本位、不参断语，意思都是不要把所要表达的意理用概念和逻辑直接指称告知出来。对此，冯煦《蒿庵论词·论苏轼词》特别对举了苏轼自己的两个例子：

> 词以不犯本位为高。东坡《满庭芳》：“老去君恩未报，空回首，弹铗悲歌”，语诚慷慨，然不若《水调歌头》：“我欲乘风归去，又恐琼楼玉宇，高处不胜寒”，尤觉空灵蕴藉。

苏轼外放时，在以上两首词中均流露有回望京城、念怀君王之意。但前者明言“老去君恩未报”，犯了本位，遂落入下乘；后者则以向往月宫而又恐其高寒来隐喻，含蓄蕴藉，似花非花，确实十分微妙。无怪乎宋神宗在读到“我欲乘风归去，又恐琼楼玉宇，高处不胜寒”时，也点头叹曰：“苏轼终是爱君。”诗词不可能不涉意理，但必须尽可能地“不涉理路，不落言筌”，也就是不走逻辑推演的思路，不做概念性指称判断。这是避免理障气短、增殖言外之意、强化感染魅力的基本保证和有效途径。苏轼这首中秋词，堪称理趣的典范。借助一组月亮家族意象的质性及其相互关系，就能表达出那么丰厚、那么多层次、那么多意味的情志意理，就连宏观得无从下手、抽象得没有抓手的自然常规、人生之道、神思之迹、天成之路、中道理性、天人合一等哲思悬念境界，也都能蕴藉在它们的蕴场之中，确实是前无古人，也难有来者的。

苏轼曾多次说到审美创造中的“精能之至”。精能之至，这是指“人能”的最高境界，良非易到。首先就是要有透底识见，做到“远想出宏域”，成竹在胸；否则，理而不精，何能生趣。《艺概》说：“东坡诗善于空诸所有，又善于无中生有，机括实自禅悟中来。以辩才三昧而为韵言，固宜其舌底澜翻如是。”从艺术表现的基本途径看，一切情志意理都隐蕴在物象、事象、意象、意境之中，这就是空诸所有，因而只有善于空诸所有，才能无中生有，才能包诸所有。但这是有前提的，那就是诗人的心胸必须是已经包诸所有的。胸中有，笔下才能有；胸中充实不可以已，笔下才能不期然而然、如有神助般流出。古人特别推崇艺术创造的神境、逸境：“神，无方无体；逸，无思无为。”这充实不可以已、不期然而尽然的创作心理状态，就是最富有理趣的审美创造境界。苏轼所谓“有所不能自已”“乃不能不为之为工”，这是不是也是坦然自诩？不过是一个举杯追问明月的题头，竟滴溜溜旋转出这么多宏关自然、社会、人生的意理哲思，这算不算是意出尘外、生生不穷的理趣？

精能之至的理趣，不仅要识见充盈，还要能别出心裁，做到“高步超常伦”，反常合道。《苕溪渔隐丛话》引《冷斋夜话》云：“‘渔翁夜傍西岩宿，晓汲清湘燃楚竹。烟消日出不见人，欸乃一声山水绿。回看天际下中流，岩上无心云相逐。’东坡云：‘诗以奇趣为宗，反常合道为趣，熟味此诗有奇趣，然其尾两句虽不必亦可。’”《围炉诗话》说：“子瞻云‘诗以奇趣为宗，反常合道为趣’，此语最善。无奇趣何以为诗？反常而不合道，是为乱弹；不反常而合道，则文章也。”这就是说，只有穿越“反常而不合道”与“不反常而合道”两道藩篱，做到既反常而又合道，才能进逼奇特而精能的理趣。望月舍弃晴圆、贬抑仙境，教人自乐舞影、安心流光，却能彰显中道理性、天人之合，令人脚踏实地、心平气和，似这等推倒扶起的翻案文章，不正是反常合道的奇趣吗？

精能之至的理趣，还要心手相应，既见得到，又说得出。《艺概》说：“东坡读《庄子》，叹曰：‘吾昔所见，口未能言；今见是书，得吾心矣。’后人读东坡文，宜当有是语。盖其过人处在能说得出，不但见得到已也。”宇宙无限，意理无穷，奥秘无尽，而人的视域有限，智能有穷，言辞有尽，故而圣贤也哀叹“书不尽言，言不尽意”。于是，能想见难达之域，感悟难得之意，披发难测之奥，就成为一切审美创造者竞相争奔的终极目标。庄子文所阐发的意理，玄而又玄，奥而又奥，但经由“寓真于诞，寓实于玄”的特有表达，却能够“意出尘外，怪生笔端”，虽“看似胡说乱道，骨子里却尽有分数”，也正如他在《山木》中所说：“猖狂妄行而蹈乎大方。”这就是中国文学史上真正既见得透又说得妙的理趣祖师爷。《艺概》说“东坡则出于《庄》者十之八九”，那意思大概也在这里：其意理既能够打通墙壁、透过一层、精微超旷、推倒豪杰，其表达又能够机括来自禅悟、深得辩才三昧、极尽舌底翻澜、一转便见主意，这恐怕也能算是既见得透又说得出的一位理趣大师吧？

理趣，体现为一种旷达自得、悠然自乐的人生心态。庄子妻死，鼓盆而歌，李白离京，邀月共饮，苏轼外放，望月起舞，这是一脉相承的理趣心胸。与明月、圆月、月宫说“拜拜”，而回归光影自娱共享，合乎常理却并不合乎常情。“起舞弄清影，何似在人间”，究竟是疑惑于天上与人间会不会有所不同，还是自得于在地上伴月起舞比在天上更快乐？据《铁围山丛谈》记载：“东坡公昔与客游金山，适中秋夕，天宇四垂，一碧无际，加江流澒涌，俄月色如画，遂共登金山顶之妙高台，命绹歌其《水调歌头》曰：‘明月几时有，把酒问青天……’。歌罢，坡为起舞，而顾问曰：‘此便是神仙矣！’”此乃闲笔逸闻，不可作字句解读的确证，然而人们所以津津乐道此逸闻，读者亦能见而付之粲然一笑，也足见后世对东坡旷达心胸的钦羡和对其诗文之乐感理趣的共鸣。

苏轼望月问天的意境，令人联想到海德格尔的“诗意栖居”。这是个近年来比较热门的话题。但由于存在主义哲学家把它阐释得特别玄奥，故而人们往往忘记了它的原胎，那就是德国抒情诗人荷尔德林的诗歌《人，诗意地栖居》：

如果人生纯属劳累，
人就会仰天而问：难道我如此艰辛也要甘于生存？
是的。只要善良的纯真与人心相伴，
他就会欣喜地用神性来度量自己。
神模糊难测不可感知？
还是像天空那样清澄明净一望而知？
我宁愿相信后者。
神是人的尺度。
人充满劳绩，但还是诗意地栖居在这片大地上。
我要说，就连璀璨的星空也比不上人的纯洁，
人是神性的形象。
大地上存在限制人的尺度吗？
绝对没有！

诗的大意，是说人生存在大地上，虽然终生劳累，但仍然愿意且欢乐地活着，是因为人的善良、纯真、纯洁天性所产生的灵性、灵气，能在精神上创辟出一个“清澄明净”的“诗意天空”；这个充满诗性意味的精神家园，是人对“生存限域”的穿越，是人的“神性”，是人类生存的“神性尺度”。海德格尔以其深湛的哲思，充分地掘扬了这首诗的意境，并从而认定：诗之所以为诗，是因为它“便是对神性尺度的采纳”，便是一种“自由性”“穿越性”的生成，便是一种“自然的”“天性的”“自为的自在”。在这里，我们所以要提到海德格尔的这个“诗意天空”，是因为：如果剥落存在主义那些玄奥的哲思及其难解的术语，这神性的“诗意天空”，仿佛可以与中国传统的天人合一理念同频共振、同调共鸣；而且那“诗意栖居”，到了苏轼这首中秋词中，似乎又“透过一层”，对那个“天空”的“神性”进行了反思：如果说明月、圆月、月宫与诗意天空同构，那么，那高处不胜寒、伴着月影起舞、借着月光遥祝，就是对天空之诗意的再穿越；如果说海德格尔是在热情地发掘人的神性潜能和超现实的精神灵异，把人往天上

拉，那么，苏轼就是在冷静地诉说人的有限智能和不可逆的生存环境，劝人回归大地，这就是对神性尺度的反思。当然，海德格尔不是要人拔地升空、羽化登仙，他只是强调诗性精神家园是人类安生和欢乐的源泉。苏轼也不是要人抛弃理想，他只是要人始终稳健地挺立在阴晴圆缺、悲欢离合的现实大地，不要被虚拟的幻象所忽悠。他们都既要大地，又要天空，而特别令人惊喜的是，两者的思理归宿竟然还有很大的一致性，那就是都崇尚自然、崇尚人的自然天性。也许这也正是社会常理、人生常道的终极归宿吧？

『天地之间，物各有主』

——苏轼《赤壁赋》的对等理念

赤壁赋

壬戌之秋，七月既望，苏子与客泛舟游于赤壁之下。清风徐来，水波不兴。举杯属客，诵明月之诗，歌窈窕之章。少焉，月出于东山之上，徘徊于斗牛之间。白露横江，水光接天。纵一苇之所如，凌万顷之茫然。浩浩乎如冯虚御风，而不知其所止，飘飘乎如遗世独立，羽化而登仙。

于是饮酒乐甚，扣舷而歌之。歌曰："桂棹兮兰桨，击空明兮溯流光。渺渺兮予怀，望美人兮天一方。"客有吹洞箫者，倚歌而和之。其声呜呜然，如怨如慕，如泣如诉。余音袅袅，不绝如缕。舞幽壑之潜蛟，泣孤舟之嫠妇。

苏子愀然，正襟危坐，而问客曰："何为其然也？"客曰："'月明星稀，乌鹊南飞'，此非曹孟德之诗乎？西望夏口，东望武昌，山川相缪，郁乎苍苍，此非孟德之困于周郎者乎？方其破荆州，下江陵，顺流而东也，舳舻千里，旌旗蔽空，酾酒临江，横槊赋诗，固一世之雄也，而今安在哉？况吾与子渔樵于江渚之上，侣鱼虾而友麋鹿，驾一叶之扁舟，举匏樽以相属。寄蜉蝣于天地，渺沧海之一粟。哀吾生之须臾，羡长江之无穷。挟飞仙以遨游，抱明月而长终，知不可乎骤得，托遗响于悲风。"

苏子曰："客亦知夫水与月乎？逝者如斯，而未尝往也，盈虚者如彼，而卒莫消长也。盖将自其变者而观之，则天地曾不能以一瞬，自其不变者而观之，则物与我皆无尽也，而又何羡乎？且夫天地之间，物各有主，苟非吾之所有，虽一毫而莫取。惟江上之清风，与山间之明月，耳得之而为声，目遇之而成色，取之无禁，用之不竭，是造物者之无尽藏也，而吾与子之所共适。"

客喜而笑，洗盏更酌。肴核既尽，杯盘狼籍。相与枕藉乎舟中，不知东方之既白。

宋神宗元丰二年，苏轼遭御史弹劾而被捕入狱，罪名是作诗"谤讪朝廷"，史称"乌台诗案"。后经多方营救，才得以被贬为黄州团练副使。坎坷的处境、低回的心情，酝酿出了这篇千古传诵的文赋——《赤壁赋》。

文赋是一种古雅的抒情小赋，体式介于韵文与散文之间。这篇《赤壁赋》，多用排比，善用对偶，句式骈散相间，用韵疏密和谐，行文舒卷自如，声调和谐优美，诗意丰赡浓郁，故而在这里我们是把它作为一首散文诗来解读的。

这是一篇颇富哲理性的散文诗。谢枋得《文章轨范》评价其意境说："潇洒神奇，出尘绝俗，如乘云御风而立乎九霄之上，俯视六合。”不要把这评价看作是言过其实的溢美之词，因为他虽然形容得比较笼统，但却真正触悟到了这篇文赋之意境的宏阔和思理的精到。时至今日，哲学、思维学、心理学、文艺学等均已发展得极其深湛，为何不能借此而把潜蕴在《赤壁赋》中的哲思，也就是其意境的宏阔和思理的精到，阐发得更具体、更深入、更明确些呢？

一

这篇文赋从泛舟畅游大江之乐写起，转到顾念人生的可悲，再归于精神解脱的愉悦，在乐—悲—乐的心态转换中，不仅表现出苏轼身处逆境仍能保持心态平衡的气量，而且彰显出一种旷达通脱的人生态度。而潜蕴在这超旷气量和通达态度之中，并作为其思维方式和精神支柱的一个基本理念，就是天地万物既自主而又谐和的对等意识。

对等理念是由美国语言学家尤金·奈达提出的，其理论视域局限于不同语种的翻译问题。他虽然认为对等有形式上和功能上的区别，但他特别注重的是功能对等，即不强求语法关系和语句结体上的形式对等，而要求意义内容和精神实质上的功能对等。我们认为，奈达的对等理念，可以穿越语言视域，而进达人文视野。如果把形式对等归结为种种建构格局，那它就可以成为具有广泛异质同构意义的心理—思维模式，成为一种思想方法；如果把功能对等归结为种种意理基质，那它就能够走进广泛的富有某种哲理意味的精神领域，成为一种世界观、人生观。故而，我们是否可以把这个穿越语言视域的对等理念，特称之为“人文对等理念”？这也许能够成立一个新概念，而且内涵或许能极其丰厚和深邃，这里只不过是借助苏轼的诗文来略做窥测而已。

总体上说，苏轼诗文中的人文对等理念，首先体现为万物对等意识。万物对等意识，是一切人文对等伦理的基石。《赤壁赋》中有一句话，可以帮助我们体会这个万物对等意识的基本含义——

且夫天地之间，物各有主，苟非吾之所有，虽一毫而莫取。

“物各有主”是万物对等意识的意理基质。“物各有主”的“主”，一般解释为“归属”，这是科学分类意识，而不是人文质性观念，虽不能说错，但走了偏锋，并没有真正掘出并抓住它的神理。《周易·系辞上》：“言行，君子之枢机；枢机之发，荣辱之主也。”《晏子春秋·杂下》：“廉者，政之本也；让者，德之主也。”曹丕《典论·论文》：“文以气为主。”这些“主”，显然是事物之根本、中心、主体、神理、精魂之意。《墨子·尚贤中》：“今王公大人之君人民、主社稷、治国家，欲修保而勿失。”李绅《赠韦金吾》：“自报金吾主禁兵，腰间宝剑重横行。”陈继儒《珍珠船》：“齐桓公为三官都禁郎，主生死、简录。”这些“主”，无疑是主宰、执持、掌控、定夺之意。由此不难意识到，苏轼所说的“物各有主”的“主”，虽然也有归属之意，但其神理则在于“此物之所以为此物”的本体、天性、本质、要素、根本、真宰、灵魂，也就是“我之所以为我”的“天然本体”“天然质性”。

正因为万物均有自己的“天然本体”和“天然质性”，所以它的存在就具有产生的必然性和存在的独立性，从而也就呈现出一种不可忽视、不容侵犯的天佑性和神圣性。宗教领域内所谓“神主”“佛主”“天主”“真主”等敬称，虽然往往走极端，但都含有某种天然资质的神圣意味。由此，人们在面对天地万物时，就应当秉持一种平视、尊重乃至敬畏、审慎的态度。《论语·学而》：“主忠信，无友不如己者。”这是人际间应有的尊重态度。梅尧臣《林和靖先生诗集序》：“其辞主乎静正，不主乎刺讥。”这是立言时应有的敬畏态度。王端履《重论文斋笔录》卷八：“乡先生某公，论诗主温柔敦厚，素不喜庸腐说理之谈。”这是创艺时应有的审慎态度。面对天地万物，苏轼明确表示：“苟非吾之所有，虽一毫而莫取。”不要把这种态度仅仅看作是一种礼仪行为和道德修养，其实质，是一种天然律令，一种具有神圣意味的信仰。

这种天地万物各有其“天然本体”“天然质性”的意识，这种天地万物天然对等的理念，这种对天下万物应有的平视、尊重态度，应当是世界观、人生观、价值观的一块重要基石，它潜蕴在人与自然、人与社会、人与人的多重关系之中，它无所不在而又难以一一言称理定。而与这种天然资质意识、天然对等理念、平视尊重态度相悖谬的意识、理念、态度，则是长期泛滥人间的掠夺自然资源、破坏生态平衡的人类中心主义，张扬生存竞争法则、播撒弱肉强食病毒的社会达尔文主义，固执国家利益至上、妨害人类共同发展的种族中心主义，恣肆个体自由和私享利益、撕裂群体和谐与公共休戚的个人中心主义。这都是违背“天地之间，物各有主”意理基质，酿造并助推人类世界始终处于紧张、混乱、争斗、血腥状态的主要意识形态。

《赤壁赋》主要是在彰显以“物各有主”意识和“万物对等”理念为根基的人生哲理，但这哲理没有用概念来指称和逻辑来推导，而自始至终是通过江水、明月和清风这三个主要自然意象来隐喻的。从开端的江船游乐，到接踵而来的人生悲情，再到解脱这悲情的哲思，终至达到心态平衡的安宁，全部哲理的演绎彰显过程，都是隐蕴在自然景物的天然态势、天然韵律之中。这就昭示出融贯整个作品内涵的一个意理基质，那就是自然、自然规律、自然韵律。这个基质，是中华民族传统人文精神的源发点、聚焦点和最高理想。这一观念，早已被古人隐括在一个神圣的符号之中，那就是“天”。天元、天道、天轨、天则、天经、天纲、天律、天理、天时、天机、天缘、天意、天命、天性、天德、天佑、天王、天子、天珍、天荒，如此等等，“天”是冠绝一切最崇高最完美境界的终极尺度；天才、天资、天分、天赋、天工、天功、天成、天得、天德、天慧、天能、天巧、由人复天、自然天成、巧夺天工、义薄云天、豪气冲天，如此等等，“天”是衡定一切“与天为徒”、人能之至的终极标的。这就在整体上凝定了中国传统人文精神尊崇自然律的精魂，确立了中国传统人文理念不断旋进的轴心。统摄中国人文全局的天人合一理念，在基本倾向上是自然中心主义，不是人类中心主义，是人向自然化去，不是自然向人化来。中国特色的《易经》八卦，实质上是用阴、阳、象、数的要素建模及其连类通变，来演绎天然律令，推测人事祸福，是人类史上产生最早、规模颇大、系统颇为健全的宇宙建构学说和人伦模拟实验。老庄的“无为”主义，是透底的自然完美论；庄子的“齐物”论，是极端的万物对等观；孔子的核心理念“仁”，孟子的“恻隐”之心，都是以“天真而人伪”意念为根基的；程朱理学，说白了就是要用天理来规范人为；陆王心学，说穿了就是要人心物化为自然之心。正是这样的以“物各有主”之天然律令为神圣的主流人文精神，使自然律成为中华民族的“上帝”，使种种以“类人意志而又超人意志”为神主的宗教始终未能在中国大地上扎根；正是这样的人文精神，不仅使那些道士和尚，就是那些以忠君爱民为信条的士大夫，以“天下兴亡，匹夫有责”为己任的知识分子，内心深处也都藏着一颗适意自然、清静无为的心，一旦仕途受阻、情场失意，就会不自觉地流泻出来；中国诗词，以借景抒情、情景交融为主要表现途径，以物我浑化、自然天成为理想创作心态，以“锻炼复归于自然”的本色美为理想艺术意境，虽也标榜自由精神，强调审美再造，却始终没跳出自然律的环囿；中国绘画，以山水画的水墨淡彩为主调，在其整个画幅、整体意境中，人物只是崇山峻岭、云水烟树中的点点灵动生机，鲜明地彰显出人不仅只是大自然的一小部分，而且是大自然怀抱中的婴儿，因而也就必须与大自然相依为命的关系。

至少可以说，中国“礼仪之邦”的冠冕和“诗意王国”的特质，是与这种“物各有主”的自然观分不开的。

二

“物各有主”的意识，强调了万物自成一体、独立自主、神圣天佑、不容侵犯的一面，由此也就顺理成章地导向了万物对等理念。《赤壁赋》中下面一段话，是全文意理的转关枢纽，而这枢纽的内核，就是对等理念。

> 客亦知夫水与月乎？逝者如斯，而未尝往也，盈虚者如彼，而卒莫消长也。盖将自其变者而观之，则天地曾不能以一瞬，自其不变者而观之，则物与我皆无尽也，而又何羡乎？

在这里，苏轼是以水和月为例来喻说对等理念。其中包含两种事物的两种具体对等：从江水看，是“逝”与“未尝往”的对等；从月亮看，是“盈虚”与“卒莫消长”的对等。由此而又推导出两种具有抽象性的对等：一个是“变”与“不变”的对等，一个是“一瞬”与“无尽”的对等。相对而言，前两者是形而下的特殊对等意识，都只在有限的事物中有意义；后两者是形而上的一般对等意念，都具有普遍的哲理意义。对等理念主要指的是后者。

《赤壁赋》的意理建构，是以具有普遍意义的对等理念为机理的。文章采用赋体传统的主客问答、抑客伸主的说理方式。所谓主与客，实际上只是作者所预设的两种思想、两种人生态度。所谓抑客伸主，就是让主方用“正理”批驳客方的“反义”，从而彰明作者所要宣扬的“正道”。在这篇文赋中，这个正理、正道，就是以“物各有主”为根基的具有普遍哲理意义的对等理念。

作为被批驳的靶子，文中客方的非对等意识表达得相当鲜明。“渺渺兮于怀，望美人兮天一方。”这是由江船游乐转为人生之悲的根源。从朝堂显官沦为贬谪罪人，其心情怎能不“如怨如慕，如泣如诉”？“美人”，遥承屈原《楚辞》之意：实指君王，象征美好理想；蕴含有“处江湖之远，则忧其君”的心意，流溢出宦海颠沛、前途渺茫的喟叹，由此而启动了心中的无限哀思。感慨“一世之雄”曹操的灰飞烟灭，融合《念奴娇》“大江东去，浪淘尽，千古风流人物”的意境，含历史无情，“不以尧存，不以纣亡”之意。“渺沧海之一粟，羡长江之无穷”，哀叹人生的渺小、生命的短暂。“挟飞仙以遨游，抱明月而长终，知不可乎骤得，托遗响于悲风”，意谓仙佛虚幻，晴圆有时，呼应《水调歌头》“我欲乘风归去，又恐琼楼玉宇，高处不胜寒”的意境，隐蕴理想难达、不可妄求的意念。显然，这些现实的流行心念、意识，在思想方法上属于好与坏、得与失之类的浅俗二分，遵循的是二元对立、二者选一、非此即彼的思路，因而在实质上是单向度的极化思维，习惯于以完美理想、神圣人格、永恒生命、无边幸福乃至得道飞仙、涅槃成佛为人生追逐目标，因而也就难免常常处于欲壑难填、“托遗响于悲风”的哀怨境地。

文章的基本意图，就是要用变与不变同在、瞬间与永恒共存的对等理念，来化解客方的单向度极化思维，从而打消这些相当流行的消极“三观”。虽然客方的“反义”、主方的“正理”都是从中外传统的一分为二理念入手的，但其内涵却至少有如下三个层面的差异：

其一是二元的一体性问题。一分为二，这二必须是一体的，没有统一体的随意两个方面的关系，不属二元论范畴。更重要的是，这个二元一体性，不管是自然的、社会的、人生的，都必须是合乎天然规律的，否则，就是对一体性的撕裂。江水有流逝一面，又有不尽一面，其间的流动性，就是两者一体性的自然机理；如果像李白那样“抽刀断水”，那就是要取消流动性，从而也就破坏了两者的一体性。曹操有“一世之雄”一面，也有“灰飞烟灭”一面，其间的兴亡代谢，就是两者一体性的社会机理；如果像秦始皇那样，要“万世嬴姓一统”，那就泯灭了兴亡二元代谢，从而也就无所谓一体了；人生有“寄蜉蝣于天地”一面，也有“心事浩茫连广宇”一面，两者若不一体共存，那就会真的成了蜉蝣。在人的思维范畴中，是与非、好与坏是相互依存的，相对而言的，单纯的非、单纯的坏，已经穿越了这个一体性的底线，就不在这个一体性之中；若强认其还在，那就是倒行逆施，是破坏，不在一分为二的伦理之中。

其二是对立与对等的问题。二元共存，有对立一面，也有相依一面。人们往往或注重对立，或注重相依。注重对立，势必强调斗争，乃至走向非此即彼，你死我活；注重相依，势必强调对等，于是趋向多元和谐，和而不同。注重对立，其思想耽于等级意识；注重对等，其思想注重平等意识。对等的实践价值在共存、尊重、相依、和谐、互动、共赢。人与自然要对等，生态平衡是机杼；民族之间、国家之间、人之间更要对等，主权尊重、平等协商、互利共赢是机要。争权夺利易强调对立斗争，守成发展须讲求对等和谐。人类已经对立争斗了几千年，大地的恩泽已抢夺分割完毕，是不是还要在海洋、太空再争斗几千年？今天，贸易物流已通联万国亿家，网络信息已瞬间环球数匝，人类命运共同体已经初步进抵“一损俱损、一荣俱荣”境地，一切阴谋诡计均已难以寻觅到藏身之所，是不是到了该冷静下来，让对等和谐理念来主导新的人类历史了？

其三是个“透过一层”看对等的问题。一分为二，如果只看到一是一、二是二，此是此、彼是彼，那就容易被对立面挡住视线，如果能多想想背后隐蕴着的一体存在、共有质性、统一机缘，那就会倾向于对等观。这就须有苏轼那样“打通墙壁”“透过一层”的眼光和思力。透过逝与不逝，意识到江水的流动性，就能找到统一的基因；透过阴晴圆缺，意识到它们都是月亮本体因素，就能进而认识到月球与地球的互动运行轨迹；透过一世之雄及其灰飞烟灭，意识到历史的无情，就可以进而探测社会发展的规律；透过生与死，意识到生命之短暂与永恒的转环，就可以进而透识“不以物喜，不以己悲”的人生观基质；透过“在水一方”，升华出“可望难即”格局，就能连类共鸣到人生的种种悲剧处境；透过“天地一沙鸥”，意识到“乾坤一腐儒”的身心两极融合，就不难体悟到杜甫的伟大“诗圣”精神。心胸旷达，这是人们对苏轼诗文的普遍感受。这旷达，显然不像屈原“虽九死其犹未悔”那样的以死殉志，也不像杜甫“艰难苦恨繁霜鬓”那样的忠贞不渝，更不像李白“我且为君捶碎黄鹤楼”那样的狂放恣肆，他的思维，鲜明地体现为一种以“物各有主，万物对等”理念为内在根基，以对一切均“平和而不在意”为外在形态的从容自在的中道理性。

这种中道理性，是对种种极化思想的穿越。这穿越，大致可归结为一个基本模式，那就是吴炫先生在否定美学及其穿越理论中所倡导的“尊重而不限于”。这一思维模式，体现在苏轼诗文创作和人生实践的各个方面，值得深入探讨。例如，当用月亮来隐喻人生境界时，他向往晴、圆、琼楼玉宇，也直面阴、缺、高处孤寒，既不妄求极致，也不消极避世，而是在尊重的同时而又穿越了它们，从而在月光、月色、月影中找到了稳定而愉悦的家园。当用江水来象征生命的意义时，他赞美“江山如画，一时多少豪杰”，也感喟“大江东去，浪淘尽，千古风流人物”，既肯定英雄辈出、豪杰气概，也正视历史无情、人生如梦，从而也就能既珍爱生命而又能穿越个体生命的有限，在“一樽还酹江月”的宽宏大量中，让灵魂得到安宁和永恒。面对词体质性，他写了不少豪放词，也唱了不少婉约调，虽说过自己的词“别有一种风格”，却未见藐视柳永等婉约风格的片言只语，这就是在万物对等意识基础上，“尊重而不限于”地穿越了晚唐五代偏于艳情靡丽的词风，彰显出“文无定质，法无定则”“通其变，遂成天地之文”的有容度量和创辟精神。苏轼也写了不少爱情词，既不谈性色变，也不沉迷色欲，既不张扬圣洁化，也不偷窥世俗态，而是在欣赏亲近性爱、挚情的同时，又能平和而潇洒地穿越而过，从而既摆脱了传统单向度伦理枷锁的束缚，又跳出了庸俗的性欲泥潭，而让婉约词风也能自由而从容地行进在健康美丽的情韵道路之上。苏轼的审美创作观，既倡言“静能了群动，空故纳万境”“非能之为工，乃不能不为之为工”“山中无人，水流花开”的自然天成境界，又强调“锻炼而复归于自然”

"精能之至，反倒疏淡""无法者，法之至""不工者，工之极"的自然本色之美，从而既破解了唯天才论，又穿越了唯学力说，让创作心态无障无碍地徜徉在"充实不可以已""落笔若有神助""无不从容流出"的逸境、神境。苏轼的世界观，有儒家精粹，也有道禅玄理，但许多作品所体现的深层意理和独立品格，却是儒、道、佛所难以完全涵盖的，总是用"儒道互补"的模式来诠释，那就可能丧失了苏轼之穿越精神的实质，难免有"套版思维"和"小禅自缚"之弊。如此种种，这就是在万物对等世界观中悠然自得的苏东坡！

三

不能简单地用"欲穷千里目，更上一层楼"来诠释苏轼的"打通墙壁""透过一层"，因为"更上一层楼"，给人的感觉只是一味地步步登高，那是很容易好高骛远，从而导向单向度极化思想的。站得高，固有荣位高、眼界宽、收获大的功效，但这是人人心里都明白的道理，种种欲望都追逐的方向，似乎谈不上什么思理独到之"通"和精神穿越之"透"。苏轼的"打通墙壁""透过一层"，不是一味登高，而是"精微超旷"，虽然其中也包蕴有登高望远之意，但主要是向着更精辟更深微的方向拓展，其思理的线路方向，则呈现为一个重大的转折，因而看起来好像是"更下一层楼"，乃至一直下到底；但实质上却是一种超凡脱俗、去伪存真、反常合道的穿越，穿越了极化思维，抛弃了种种不切实际的幻念，踏踏实实地站在了融真、善、美于一炉的大地之上。

《赤壁赋》的收结，确实是踏踏实实地站在了大地之上：

> 且夫天地之间，物各有主，苟非吾之所有，虽一毫而莫取。惟江上之清风，与山间之明月，耳得之而为声，目遇之而成色，取之无禁，用之不竭，是造物者之无尽藏也，而吾与子之所共适。
>
> 客喜而笑，洗盏更酌。肴核既尽，杯盘狼籍。相与枕藉乎舟中，不知东方之既白。

顺着物各有主、万物对等的思路，苏轼从虚幻的琼楼玉宇上走下来，一下子就扑到清风明月的怀抱之中，而且感悟到其中的诸多好处：不仅"不用一钱买"，而且没有专制政治礼法的羁绊；不仅取之不尽、用之不竭，而且借以悠游于诗文书画琴乐之间，还享受到种种沁人肺腑的审美愉悦，以至不知今夕何夕。《赤壁赋》中所展现的由喜转悲，再回到喜的心理变化，实际上就是作者的意理思绪到楼上兜了一圈，而又一层层走下楼来的过程。这是一个颇有意味的心理转折，一个充满理趣的“下楼”过程。

这样的下楼意念，早在几年前苏轼自请外放时就有了。例如，那时写的《水调歌头·明月几时有》，就是以下楼的思理过程为旋动轴心的：上片从追问明月开始，经过对琼楼玉宇之月宫的破解，最后落脚于伴着月影翩翩起舞；下片从怀疑圆月开始，用阴晴圆缺并存的月亮常态破解，最后落脚于借着月光遥祝安康。显然，否定了明月、圆月和月宫，已经没有了再向上攀登的余地，因而也只有下楼了。但如何下楼，下到何处，这时就成了问题的关键。说月宫虽美却高寒，说月亮是晴圆与阴缺并存，人生是欢合与悲离共在，这是以对等理念为下楼的阶梯；而以月影自娱、月光共享为落脚点，那就是下楼后稳稳地站在了“造物者之无尽藏”的大地上；而觉得伴着月影起舞和借着月光遥祝比羽化登仙还安宁自在，那就是享受到了“耳得之而为声，目遇之而成色”的审美愉悦。这样的意理建构，这样的下楼意念，与《赤壁赋》是完全一致的。

因乌台诗案而被贬黄州后，也就是在写这篇《赤壁赋》之时，苏轼的这种“下楼”意识已经相当深固，这从当时的诸多诗词中都可以看得出来。例如，在《定风波·莫听穿林打叶声》中，以路遇风雨隐喻仕途坎坷，将骑马坐轿与“竹杖芒鞋”对等，也就是将高官厚禄与躬耕草民等量齐观，甚至还觉得无官一身轻，于是也就走下高楼，避开高寒，不仅能够从从容容地“吟啸徐行”，而且心灵仿佛进达了一个“也无风雨也无晴”的超旷境界。在《念奴娇·大江东去》中，直面“浪淘尽千古风流”的无情历史，将“一时多少豪杰”与“樯橹灰飞烟灭”对等，将“江山如画”与“人生如梦”齐观，从而走下楼来，并在对天地无私、历史无情的敬畏和感喟中，“一樽还酹江月”，让自己的心魂融于流而未逝、变而不变的江水和月色之中，从而仿佛感悟到只有在质朴的大地上才有的安宁韵致。在《临江仙·夜饮东坡醒复醉》中，即使遇到“敲门都不应”的困境，也不急不躁不怨不怒，反而能优雅地“倚杖听江声”，如此“有容乃大”的心胸，无疑是对人伦对等理念的真诚尊重；不仅如此，还能由此而憎恶长期被功名利禄所“物役”的“非我”，并走下楼来，设想在“忘却营营”乃至“江海寄余生”中，重新找回无羁无碍、自由自在的真正“自我”。

决不能把苏轼的“下楼”，理解成消极、滑坡、倒退，他是在穿越，而且是精神大转折性穿越，说得再明确些，也就是穿越了种种单向度极化思想，而反转来踏上了中道理性的坦途。如果说这是“退一步，天地宽”，那么，这个“天地宽”的意义则在于：极化思维必将走进死胡同，而中道理性则能够越走越踏实、坦荡、稳健、充实、长久。由此，这个所谓“退一步”，则实际上是突破、穿越、转折、升华。这层意理，《艺概·诗概》说得最为透底：

东坡诗打通后壁说话，其精微超旷，真足以开拓心胸，推倒豪杰。

说苏轼的诗文常常打破政治的、伦理的、世俗的困囿和障隔，因而特别“精微超旷”，特别能够“开拓心胸”，这很切合实际；但说它足以“推倒豪杰”，却似乎只能理解为是对“高超”的一种象征。其实不然，因为在刘熙载那里，这个豪杰却是指向人们心目中真正的英雄豪杰。例如，《艺概·词曲概》中有一段颇有趣味的“词三品”说：

“没些儿媻姗勃窣，也不是峥嵘突兀，管做彻元分人物。”此陈同甫《三部乐》词也。余欲借其词以判词品：词以“元分人物”为最上，“峥嵘突兀”犹不失为奇杰，“媻姗勃窣”则沦于侧媚矣。

《史记·司马相如列传》：“媻姗勃窣上金堤。”司马贞索引：“媻姗，匍匐上下也。”勃窣，亦作勃屑，后人注有“匍匐而行”“跛行”“膝行貌”等。显然，“媻姗勃窣”者，是猥琐逢迎的小人；“峥嵘突兀”者，不失为奇异拔世的英杰；而“元分人物”，则是刘氏心目中的理想人格。

《艺概·诗概》中还有个“诗三品”说，用语比较直接：

诗品出于人品。任贫悃款朴忠者最上，超然高举、诛茅力耕者次之，送往劳来、从俗富贵者无讥焉。

悃款，忠实诚恳、真心待人貌。诛茅力耕，比喻豪杰行为。无讥，不在话下之意。大致看来，这个“诗三品”与“词三品”是一一对应的：“送往劳来、从俗富贵”，是不入流、不足挂齿的卑猥品格；“超然高举、诛茅力耕”，是峥嵘突兀、奇异拔世的豪杰品格；而“任贫悃款朴忠”，则是至高无上的元分品格。

显然，刘熙载把元分品格放在英杰品格之上，这不仅打翻了人人崇拜豪杰的世俗流觞，也颠覆了历来高居人文顶峰的精英理念。这就是刘熙载说苏轼诗文“善做翻案文章”“推倒扶起”“推倒豪杰”的精神实质。“推倒豪杰”，对苏轼来说，不是空话大话，也不是美饰夸张。在《赤壁赋》中，他追问“舳舻千里，旌旗蔽空”的“一世之雄”曹孟德：“而今安在哉?”在《念奴娇》里，他又让“雄姿英发”的周公瑾、“羽扇纶巾”的诸葛亮，也被滚滚东去的大浪“淘尽”，从而迸发出“人生如梦”的千古喟叹！

其实，苏轼的“推倒豪杰”意念，往往以各种似花非花的象征意蕴，流溢在其诗词的诸多意境蕴场之中。例如，在月亮意象中，他不仅从人人仰慕的明月、圆月、月宫及其所幻化的种种完美境界中走了下来，而且用一个“高寒”意象，把居高风险大、林秀风必摧、盛名之下其实难副、登高易跌重等连类蕴场也都收入囊中。在江水意象中，他不仅让滚滚波涛，“淘尽”了英雄豪杰千古风流，而且借助“逝者如斯”的共振共鸣，走进了“美人”渺茫、仙境难达、人生渺小、生命短暂等连类无穷的意境蕴场。在途中遇雨的意境中，他漠视“穿林打叶声”，穿越骑马坐轿，乃至让心灵进入“也无风雨也无晴”的透底超旷境界，这无疑是在仕途坎坷时，背转身来，要与官场争雄、高官厚禄说一声“拜拜”。在醉酒归家敲门不应之时，他不仅不跟僮仆计较，反而由此责难自己为什么不能“忘却营营”，不能浮槎烟海，这无疑是在前路渺茫时，要与功名富贵、光宗耀祖说一声“再见”。这种种“含不尽之意见于言外”的意理思绪，几乎可以连类到世界观、人生观、价值观的各个方面，而且大都是把世俗的极化理想境界从神龛上拉下来，因而也就处处弥漫着“推倒豪杰”的意味。

刘熙载说苏轼“舌底翻澜”，特别善于“推倒扶起”。这个“推倒”，主要指的就是“打通墙壁”“推倒豪杰”；这个“扶起”，就是“物各有主”“万物对等”“也无风雨也无晴”“浪淘尽千古风流”“何时忘却营营”，就是“起舞弄清影”“千里共婵娟”“一樽还酹江月”“一蓑烟雨任平生”“倚杖听江声”。评论家们大多不愿多说这些被苏轼扶起的东西，总觉得它们似乎都与消极出世思想粘连在一起，与斗争哲学、革命意志格格不入，让人提不起精神来。这是误解，乃至是对中华民族传统人文基质的误解。中国传统文化的人文基质，主流不在斗争哲学，而在中道理性。俗话说：“人往高处走，水往低处流。”可惜人们往往只记住前一句，而忘了后一句。前者虽然能够激人奋发，但由于性欲、名欲、财欲、权欲的膨胀，往往将人导入苦苦挣扎的个人奋斗污泥潭；后者虽然貌似软弱无力，但由于其能够因地制宜、应时变通，因而反倒行进得更加从容、稳健、长远。这里显然包孕着一个重要机理，那就是在“水往低处流”中流动着的自然律。自然律，这是一切人文理念的最高律令，所谓自然常规、社会常理、人生常道的终极目标，也都是指向这个自然律。老子的“常道”“无为而无不为”，庄子的“心斋”“齐物”，乃至孔子的“仁”、孟子的“民本”，在根基上都有个自然律令。至于阴阳太极、天人合一、中道理性、中和之美等理念，就更是在努力演绎自然律。即使是修身养性、内圣外王、礼义廉耻、仁义礼智信、温良恭俭让等道德礼仪，也都要做出合乎天经地义也就是自然律的阐释。只不过这些演绎和阐释，由于皇权专制的困逼，往往走上违背自然律的歧路而已。

不要轻易地将苏轼的适意自然，与陶渊明的适意自然等量齐观。苏轼是穿越，陶渊明是超脱，穿越与超脱有不少差别，从“采菊东篱下”到“大隐隐于市”恐怕还有相当一段距离。也不能简单地用佛禅的自然观来解释苏轼的自然观。苏轼深谙佛理，但从未有真心出家之念，即使在外放地方下僚时，也多有显著政绩。大佛虚幻，小禅自缚，苏轼既“入乎其内”，又“出乎其外”，似乎都能不经意地穿越而过。老子倡导以“无为”的心态，来达到“无所不为”的效果；朱光潜先生标举“要以出世的精神做入世的事业”；海德格尔倡导“人在大地上的诗意栖居”。在这些看似“反常”，实乃“合道”的世界观、人生观、文艺观视域中，我们仿佛都能见到苏轼那从容自在的身影。

「这次第，怎一个愁字了得」

——李清照《声声慢》的建构心理

声声慢

寻寻觅觅，冷冷清清，凄凄惨惨戚戚。
乍暖还寒时候，最难将息。
三杯两盏淡酒，怎敌他、晚来风急？
雁过也，正伤心，却是旧时相识。

满地黄花堆积，憔悴损，如今有谁堪摘？
守着窗儿，独自怎生得黑？
梧桐更兼细雨，到黄昏、点点滴滴。
这次第，怎一个愁字了得！

词，虽然有婉约与豪放之分，但两者并无截然界限。说“柳郎中词，只合十七八女郎，执红牙板，歌‘杨柳岸、晓风残月’；学士词，须关西大汉，铜琵琶，铁棹板，唱‘大江东去’”，这是审美夸饰，而且只是个内容和风格问题。五七言诗有定律，长短句词有定格，本来就都可以既歌婉约辞，又唱豪放调，其体式与内容和风格并无必然联系。

李清照等人强调婉约是词的本体、本色，主要是由于宋词兴起时，多出于青楼歌女之口，多涉男女爱恋之情，故而是处弥漫着婉约韵调。由此而认定苏、辛的豪放，是由于不懂音律所造成的“变调”，恐怕是一种偏见。刘熙载《艺概·词曲概》说：“太白《忆秦娥》，声情悲壮，晚唐五代惟趋婉丽，至东坡始能复古。后世论词者，或转以东坡为变调，不知晚唐五代乃变调也。”这说法颇有些拨乱反正味道，值得深思。

李清照是柳永后的婉约派大师。晚年的词作，因社会离乱，融进了较多人生喟叹，境界有所扩大，这在本篇《声声慢》中有鲜明体现。但吴小如先生说：“此词以豪放纵恣之笔，写激动悲怆之怀，既不委婉，也不隐约，不能列入婉约体。”（《唐宋词鉴赏辞典》）这说法似乎更模糊了婉约与豪放的界限。本文并不着意于对这个问题进行正面论辩，只是想对该词的整体建构心理做些探讨，特别是通过对其情思中的象外之象、心理活动的基本模式以及其潜在生态平衡机制的分析，从侧面来体悟一下婉约词的一些基本特征。

一

在诗词意境创造中，以部分昭示整体、以个别隐蕴“完形”是必由之路，空灵蕴藉、含不尽之意见于言外是意境的诗性特质，描绘越少而隐蕴越多，则标志着意境的审美成色越高。而诗词意境解读，则是一个从局部到整体、从非完形到完形、从非全息到全息的生发过程。

诗词是由若干意象组合而成的，整体意境蕴场则是由这若干意象蕴场组合而成的。整体意境蕴场和意象蕴场都有含不尽之意见于言外的诗性特质。一般说来，在意象蕴场中，词语所直接指称描述的事物，往往只是想象、联想、体验、感悟的触发点，而由此所引发的种种情思，以及在情思中所牵动的种种隐在景物人事，以及由这些隐在景物人事所包蕴的情志意理，才是意象的全息性时空。意象创造的主要着力点，不在景物人事的量多，而在努力增强景物人事的蓄势张力。蓄势张力的主要效能，在于激发情思，通过激发情思来冲破即时即地、此景此事的时空限制，冲破“书不尽言、言不尽意”的语言表达困局。因而，解读意象的主要功力，则在于是否能设身处地地进入抒情主体的那些情思天地，是否能充分发掘其中的蓄势张力，从而在想象、联想、体验和感悟中充分揭示那些虽未写到，却应当有乃至可能有的全息性蕴场时空。这个应当有和可能有的全息性蕴场时空，就是意象和意境中的象外之象。

李清照写这首《声声慢》的时候，不仅早已随着北宋的灭亡而流落江南，而且丈夫也在不久前去世，故而晚境十分孤寂，心情十分凄苦。该词的意境，主要由乍暖还寒气候、三杯两盏淡酒、晚来风急、北雁南飞、旧时相识、黄花残损、梧桐细雨诸意象组合而成。要把握这首词的全息性意境蕴场，就必须首先融入抒情主体当时的情思活动，充分开发这些意象所已经有、应当有和可能有的种种景物人事和情志意理。

乍暖还寒时候，最难将息。

“乍暖还寒”究竟指向何时？有分歧。吴小如先生在《唐宋词鉴赏辞典》中说：“此词作于秋天，但秋天的气候应该说‘乍寒还暖’，只有早春天气才能用得上‘乍暖还寒’。我以为，这是写一日之时，而非写一季之候。秋日清晨，朝阳初出，故言‘乍暖’；但晓寒犹重，秋风砭骨，故言‘还寒’。”此说似亦说得通。但我们更倾向于“秋老虎”说：深秋，气候本来应当是比较寒冷的（“还寒”），但也会有气温突然升高、空气十分闷热的时候（“乍暖”），俗称“秋老虎”。这俗称本身就足以见出，这样的气候突变是特别令人胸闷、烦躁、难熬的，故而词人禁不住直言呼告：“最难将息！”据专家考证，李清照写这首《声声慢》时，丈夫赵明诚新丧不久，因而作为一个独守空房、情感丰富的女词人，对“秋老虎”的突袭特别敏感是完全可以理解的。

这个“乍暖还寒”意象很重要，因为它是全词主体行为和心理活动的总开关。也就是说，由“秋老虎”的突袭所造成的最难熬心境，是造成词人坐卧不宁、四处“寻寻觅觅”的心理动因，是引发后面淡酒、晚风、过雁、残菊等一系列意象，从而建构全词整体意境的导火线。甚至可以说，正是为了宣泄和排解这种烦闷难熬的心情，才有了这首清冷孤凄的悲秋慢词。

三杯两盏淡酒，怎敌他、晚来风急。

这个意象组合中有三层情景生发空间。其一是因烦闷难熬，故借酒浇愁。“三杯两盏”是不定数，走过来喝一口，走过去喝一杯，说明其意不在喝酒、品味，而在舒缓郁闷、排解烦愁。“淡酒”不是真的酒味淡，而是说由于愁情深重，饮酒难解。其二是“晚来风急”，引发秋愁。秋风背后的景象，是风寒雨冷，万木凋零，乃至可以异质连类到人老珠黄、晚境孤苦。秋愁是诗词传统意境，其蕴含是难以穷尽的，因而总体上看，可以说这是一首悲秋词。其三是借酒浇愁之力敌不过秋风所带来的秋愁之力，结果不仅烦闷之情未解，而且又增添了新愁，于是愁情就愈加深重了。

“晚来风急”的“晚”，《草堂诗余别集》、《词综》、张惠言《词选》作“晓”。俞平伯《唐宋词选译》注云：“‘晓来’，各本多作‘晚来’，殆因下文‘黄昏’云云。其实词写一整天，非一晚的事，‘晚来风急’，则反而重复。上文‘三杯两盏淡酒’是早酒，即《念奴娇》词所谓‘扶头酒醒’。”古人晨起于卯时饮酒，称“扶头卯酒”，由此而认为“晚来”为“晓来”，并由此而断定“词写一整天”，虽亦可存一说，但均为以假设证假设，可信度不高。还是“词写一下午”的说法更为贴谱：“乍暖还寒”的闷热感，以午后一段时间最为强烈难熬，放到早晨未免与早寒晨爽唐突；“晚来”的“晚”，也不是夜晚，而是傍晚，与下文的黄昏，还是有点距离的。全词所描述的种种情景，都发生在从午后闷热，到傍晚风急，再到黄昏细雨这一过程之中，时序是清晰而合理的。俗话说，“春冷秋热，必多雨节”，这就是本词意境“一个下午”的闷热及其带来细雨的特定时空。

雁过也，正伤心，却是旧时相识。

这是一个复合意象，由“雁过”“旧时相识”两个意象和“正伤心”的抒情主体构成。“正伤心”是在两个意象之间承上启下的转关枢纽：词人为什么看到“过雁”就伤心？为什么正伤心时“过雁”又幻化为“旧时相识”？毫无疑问，这两个问号，就是一个引而不发、充满蓄势张力的启示性结构。

词人看到“雁过”所以伤心，是由于大雁是候鸟，这候鸟的特性所引发的词人的想象、连类和感悟空间，是能够联翩叠起、层出不穷的。首先，北雁南飞，宣告了深秋的到来，于是随着时间统一性联想，一片秋风萧瑟、万木凋零的肃杀景象在词人脑屏幕上展开，并随即还可能由季节之秋相似连类到对人生之秋、生命衰老的惆怅。更令人伤心的是，大雁从哪里飞来？北方！当这“北方”二字跳进词人的意念时，她的身世、遭遇，决定了她的情思必定会随着地点统一性联想而向北方驰去，因为那里是她的故土、家园。然而故土已经沦陷，家园已经败毁，此时此刻，映现在她脑屏幕上的，只能是一片片被战乱铁蹄蹂躏的荒凉景象，一幕幕拖儿带女南逃的生离死别悲剧，这怎能不令人满怀“凄凄”呢！同时，又会经由习惯性对比联想，时隐时现地浮动出往昔家园的亭台阁榭、良辰美景，跳跳荡荡地闪现出大家闺秀的生活情趣、金石雅兴，令她忘情在一阵阵的美好回忆之中。然而随着大雁的鸣叫声渐渐远去，她又会从美梦中惊醒，一下子跌回到冷冷清清、孤苦无依的现实中来，于是这天上人间的反差，又使她不能不更加心境“惨惨”了！

“正伤心，却是旧时相识”，是说词人在伤心得神情恍惚、泪眼模糊之时，竟把当下的这群过雁，误认为是往昔所交往的那些旧相识。这当然是错觉，所谓“情之所注深，幻象所由生”是也。这个幻觉意象的产生，本身就彰显出当时词人对丈夫情思的深切。而在这幻觉之中，又隐蕴着多方面的情景：其一，大雁美称“信使”，早有“鸿雁传书”的典故，由此勾起了词人对往昔夫妻两地相思以诗词往来传情寄意那既深情又雅致之幸福情景的追怀。那时，他们的诗词中就常以大雁这个传统意象来兴寄寓托，如“云中谁寄锦书来？雁字回时，月满西楼”，就是历来为人传诵的名句。其二，赵明诚刚过世，“旧时相识”这个幻觉意象的产生，无疑也包蕴着词人对当时那令人悲怆的丧葬情景的反刍，而这恰恰刺中了词人心中那根最敏感最痛楚的神经。其三，这丈夫新丧的情景，以及丧后自己独守空房那冷清孤苦的情景，与往昔夫妻伉俪、“月满西楼”情景的强烈对比，宛如火上浇油，怎能不让词人那“正伤心”的情思，更加“戚戚”难熬呢？

满地黄花堆积，憔悴损，如今有谁堪摘？

这是典型的残秋景象，因而也最能引发人们的秋思，从而也就给词人的痛楚心灵又涂上了一层浓烈的秋愁。但更重要的还在于它的隐喻象征意蕴：写菊实际上就是写人，问菊实际上就是问人，菊与人的异质同构联想，才是这一意象蕴场的真正时空。

南渡前，李清照曾有“莫道不消魂，帘卷西风、人比黄花瘦”之叹，但那只是闺阁少妇的相思之情。如今，孤身流落江南，这黄花的感慨无疑要深重得多。你看，难得落英的菊花，竟至于“满地堆积”，足见西风之烈，霜寒之重，这不能不令人联想到词人南逃时的种种遭遇和漂泊江南后的坎坷生涯。“憔悴损”，干枯的茎叶落英，被风吹来卷去，让人足踏脚碾，已经残破碎损，不堪入目，这又怎能不令人联想到词人在饱经风霜后人老珠黄、两鬓飘雪的影像，联想到她那破碎得已无法弥合的心灵呢？盛开的美菊，令人赏心悦目，女人容易让人怜爱，何况是才华风流的女词人呢！然而如今青春已过，容颜失色，家园败毁，亲人亡故，旧友星散，新朋难觅，即使那才女的荣耀也黯然无光，又有什么人情、什么乐趣会光顾呢？“如今有谁堪摘？”这一问中，包含着多少社会风雨，多少人世炎凉，多少人情辛酸，多少苦闷孤独！

不仅如此。当词人面对憔悴的黄花，意识到已人老珠黄的时候，又不能不想到自己往昔青春貌美、楚楚动人的青春光彩；当词人追问残花“有谁堪摘”、喟叹自己晚年孤独无依的时候，也不能不想到往昔家园亲朋满座、诗酒为乐的欢畅情景。因“伤今”而导致“追昔”，这“追昔”的时空，也是黄花意象的重要蕴场。因而可以说，黄花的盛衰，也正是词人一生巨变的写照，黄花意象的隐喻意义，就在于它指向词人的身世变迁，触发了李清照对自己一生沧桑命运的痛苦反刍。这真是“流水落花春去也，天上人间”！

梧桐更兼细雨，到黄昏、点点滴滴。

这是个表达离情别苦的传统意象，明显脱胎于温庭筠《更漏子》下片：“梧桐树，三更雨，不道离情正苦；一叶叶，一声声，空阶滴到明。”“点点滴滴”一语用连绵词，聚焦声响，在黄昏人寂之时，颇有情感冲击力。站在窗前，静听着雨滴砰砰地打在梧桐叶上，啪啪地落到台阶上，就好像敲击在词人那已经破碎的心上，已有的种种痛楚又随着雨声往心灵的深处钻去。黄昏之后就是漫漫长夜，这对一个独守空房、百感交集的女词人来说，怎能不对被冷衾凉、通宵难眠的暗夜心生畏惧呢？这黄昏似乎还能够与人命危浅、孤苦无依同频共振，于是此后人生那“凄凄惨惨戚戚”的晚境也就浮动于脑海、透袭上心头了。如此随着种种情思连绵不断地生发拓展开去，篇终那句“这次第，怎一个愁字了得”的痛切呼告，也就势所必然地脱口而出了。

《声声慢》是一首慢词，这种长调词的一个基本表达特点，就是多用赋体。赋者，铺也，手法长于铺陈。景物层层推移，联翩而来；情思如浪推涌，连绵不断。于是，这联翩景物所触发的缕缕情思，也就借助相同、相近、相似乃至相反的联想和感受，一波一波地向四面八方拓展开去。例如，看到大雁是从北方飞来，就想到北方的失地和家园，从而引发出一系列关于往昔家国的思念，这是地点同一性联想。李清照出生于济南的一个官宦家庭，那里有她大半生的富贵荣华记忆，故而溅到一点火星，这联想就会燃烧起来。望见大雁由北向南飞，看到黄花衰败，就想到秋天，想到秋风落叶、霜寒枯草，并油然连类生发出肃杀的秋愁，这是时间统一性联想。画一叶而类全秋，描一斑而见全豹，寓整体于局部，由个别到一般，这是艺术创造和欣赏的基本路数。见黄花憔悴残损，想到人老珠黄；见残菊无人堪摘，想到孤苦无依，这是相似联想。这是审美思维最基本最重要的连类生发方式，格式塔文艺心理学称之为异质同构；按照中国传统概念，亦可称之为异质相似连类；如用物理学术语来表述，则不妨称之为同频共振、同调和鸣。由现在已经败毁的家园，想到往昔家园的美好；由丈夫新丧，想到往昔夫妻的幸福；由往昔的荣华富贵，想到今日的飘零孤苦，这都是对比联想。这也是最基本最重要的审美生发方式。这种对比联想，不仅能大大增殖意境蕴场的时空，而且在相反更相成的相互映衬中，能够把所要表现的东西彰显得更鲜明更强劲。

总体看来，这首词所直接描述的，只是词人在某个秋天下午（主要是傍晚）的所见所感，时空很小，但就其在情思中所联想生发出来的事物看，却是极为广阔的，如气候多变、酒味变淡、秋风秋雨、万木凋零、家园败毁、流落江南、往昔荣华、今时衰残、夫妻唱和、丈夫新丧、青春貌美、人老珠黄、长夜难眠、晚境孤苦等等。有评论者认为这首词只是“抒写词人一时一地的一己私情”，这恐怕是囿于已经有的直叙之景和言内之意的缘故。若把其情思中应当有和可能有的事物都容纳进来，那全词的整体意境蕴场就必定是象外有象、言外无穷了。你看，由急风、过雁、黄花、细雨所引发的自然景观，是一个无边无际的秋色、秋意和秋愁；由过雁和“旧时相识”所引发的社会景观，是十多年来国破家亡的遭遇、流离和痛苦；由黄花所引发的人生景观，则是反差极大的人生身世的变迁和喟叹；由梧桐细雨所引发的长夜难熬景观，则预示着词人整个晚境的凄苦。这四大景观已经够广阔，如果再加上后世读者接受中所可能有的种种具体而多变的联想、体验和感悟，那就更是无可穷尽了。

显然，诗词中所直接描述的事物，只是情思的触发物，只有在情思中想象、联想、体验、感悟到的象外之象和言外之意，才是意象和意境的真正时空天地。这就是说，诗词意境蕴场的时空，主要在情思中的象外之象，主要在象外之象中所蕴含的情志意理。由此可见，意象创设和意境建构的主要功力，在于善于创造“启示性结构”以引发情思，而借助情思的生发张力，冲破特定景物人事的时空局限，一索千钧，一以寓万，让蕴场在有尽中包蕴无尽，在有限中包蕴无限；而诗词解读的主要功力，则在于设身处地，走进意象和意境的情思天地，借助情思的张力，努力开发和拓展其中的象外之象和言外之意，从而在有尽中感受无尽，在有限中见出无限。

二

上面主要解读的是《声声慢》中几个具体意象的心理活动时空，下面则要进一步看看，这些意象时空是怎样组合成一个具有某种普遍意义的诗词意境整体建构模式的。

建构模式，或称建构模型，或称建构图式，简称建模，都是研究各种系统的基本手段。凡运用建构模型、建构图式的方式，来研究系统的要素组合以及其中的因果关系和生发过程，都属于系统建模。任何一首诗词的整体建构模式，都可以看作是一个系统建模。

结构、建构、建模，都是系统研究方式中的重要概念，三者有联系，又有差别。从结构主义到建构主义，再到现代常用的要素动态建模，可以看作是系统研究方式不断发展、不断深化的过程。

结构主义和建构主义都注重系统的组合，但结构主义往往侧重于对组合要素的认知和分析，而建构主义则更强调要素之间的联动生发关系。系统建构是一个生产、生发、生长过程，是动态的，乃至有生命的，不是“尸体解剖”，而是“活体建造”。系统建构往往被视同客观事物的内在运动规律，但在人文领域，它其实是一种人的心理—思维活动，它离不开认知主体和创造主体，是主体对系统乃至对世界的一种认知、理解、思考方式。动态建构理念的发展，体现着人类认知能力、思维能力、创造能力的提高和发展。

系统建模是系统建构的模型化、模式化，它的主要概念是模型、图式。这建模是系统建构的基本流动框架，是认知、理解、思考系统整体生发过程的起点、方式、精要。它主要有实体模型和书面图式两种形态，一般都包含有构成要素、动态关系、生发机理三大要素。由于书面图式形态受平面点线符号的限制，其中的动态关系和生发机理，须加上文字说明方能得以周全。

诗词意境建构是一个以要素为基础、以情志为动力和经纬的审美创造性动态心理活动过程，只能采用书面图式的形态。这图式虽然难以尽显其内在的生发活力和机杼，但大致能勾画出它的基本动态骨架。

诗词意境是一个虚幻时空，这个虚幻时空是由一连串意象不断横向扩散、不断纵向延伸而成的。不难想见，这个虚幻时空的任何一个横断面，都是一个意象时空，都是一个意象蕴场。

这些意境的横断面，都是一个个多元融合体，如果作微观分解，其构成因素的全息是难以一一厘清和条分缕析的，因而要进行建模，一般只能抓住要素。意境蕴场的要素，大致可综合归纳为三者：客观环境、审美主体、情志内涵；简化之，即为环境、主体、情志。这是一个“意象三角”：

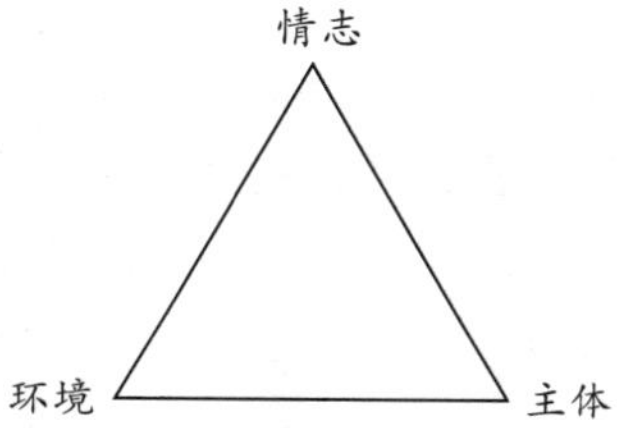

要把这个意象三角看作是一个互动的循环的心理生发过程。诗词的每个横断面都是这样一个具有联动生发张力的“意象三角”。人们习惯于把意象分为意与象两个部分，在两者关系的解剖中打转转，而忽视其内在的生发主体。只有在象与意之间加上审美主体，注入主体的能动作用，注入深邃微妙的心物感应，注入丰赡的异质相似连类，意象才能活起来，静态的结构才能变成动态的建构。这就意味着，无论从意象创造还是从意象接受的角度看，意象的横断面都是一个以主体为机杼的环境、主体、情志三者相互作用、循环生发的动态过程：意象创造，是客观环境刺激创造主体从而生发情志的心理过程；意象接受，是文本所描绘的环境刺激接受主体从而生发情志的过程。这两个过程虽然起点有差异，但基本心理过程和内在机理是一致的。

不要小看这个动态的“意象三角”，因为它不仅显示着意象构成的基本要素，体现着意象蕴场空间的基本架构，而且串联起来，就成了意象空间拓展的动态模式，进而也就成为整首诗词意境大蕴场的时空建模。由此还可以进一步意识到，意象创造的机理，意象蕴场空间拓展的奥秘，乃至诗词意境整体时空建构的机要，意境大蕴场空间拓展的奥秘，几乎都蕴含在这个环境、主体、情志三者的相互作用、循环生发之中，都蕴含在全部意象蕴场空间的连绵推进、联动生发、步步融合、不断和谐之中。

不妨看看李清照这首《声声慢》之意境蕴场横断面三要素的动态循环：

《声声慢》的开头用了七个叠词：“寻寻觅觅，冷冷清清，凄凄惨惨戚戚。”

都说好，但说来说去都是在“奇”字上打转转。若果如此，那与文字游戏又有多大差别？应当肯定，任何出奇笔墨，都必须与意象表现或整体建构有关系，才能奇得有价值，否则就很可能成为赘瘤。《声声慢》开头叠字奇句的价值，就在于它是统领全词意境建模的总纲。

“寻寻觅觅”描述主体的行为，“冷冷清清”指向环境的基本感觉情调，“凄凄惨惨戚戚”抒写主体的心情，从而形成由主体、环境、心情三要素构建的意象三角，这三要素形成一种具有因果性的恶性循环关系：因燥热烦闷而寻寻觅觅，因寻寻觅觅而感到冷冷清清，因冷冷清清而心情就更加凄凄惨惨，因心情更加凄凄惨惨就更要进一步地寻寻觅觅……

这行为、环境、心情的层进性循环，就是《声声慢》意境整体建构的全部横断面。无论在它的哪个意象表现处切上一刀，都可以看到这三要素心理循环的“年轮”：“乍暖还寒”是坐卧不宁（行为）、气候反常（环境）、烦闷难熬（心情）三者的循环；“淡酒”是自斟自酌、酒味淡薄、愁情深重三者的循环；“晚来风急”是听觉、晚风、秋愁三者的循环；“雁过”是遥听远望、北雁南飞、国破家亡三者的循环；“旧时相识”是泪眼错觉、鸿雁传书、丧夫之痛三者的循环；“满地黄花”是低头俯视、菊花凋残、身世之叹三者的循环；“梧桐细雨”是枯坐闷听、梧桐细雨、晚境之惧三者的循环。

正是在这些要素的相互作用、循环生发中，情思穿越了所描述的物象，穿越了即时性空间限制，通过各种心理途径向四面八方放射，从而拓展出诸多难以言传意尽的象外之象、言外之意。如前面所说，由“过雁”所引发的秋风萧瑟、万木凋零、国土沦丧、家园败毁、战火纷飞、生离死别、往昔美景、闺阁欢乐等种种回忆；由“旧时相识”所引发的心神恍惚、幻影联翩、鸿雁传书、诗词寄情、夫妻和美、情致殷殷、丈夫新丧、孤苦伶仃等种种情致；由“黄花”所引发的昔日荣华、招人怜爱、今日衰残、人老珠黄、亲人亡故、朋友离散、身世沧桑、天上人间等种种哀痛；由“梧桐细雨”所引发的独守空房、没着没落、阴雨绵绵、心灵撞击、夜幕降临、长夜难熬、孤苦无依、晚境何堪等种种忧惧。

对这些意境横断面三要素循环的认识，不要总是停留在借景抒情、情景交融的泛泛之谈上，而要深入进去，看到其中种种复杂、深微而又富于创造、富有美感的心理—思维活动过程。正是在这些微妙的心理活动中，内在的心血脉搏、情思琴弦，扬起了种种心物感应、异质连类的风帆，在物海情波中荡开了意境的全部时空。这里有触景生情，也有因情造景；有潜意识的心物感应，也有理性的异质连类；有隐在的融情入景，也有显在的移情于景；有想象增殖，也有联想生发；有体验、感受，也有领悟、升华；有白描蕴藉，也有隐喻象征；有相似连类生发，也有相反相成强化；有意象表现，也有直抒胸臆。总之，这个意境横断面的三要素循环，是多种审美心理功能的协同作战，包含着诸多审美心理创造的要津，体现着诗词意境建构心理的主要机制。

在诗词意境整体建构过程中，随着景物人事的不断转换，意境的横断面也就是主体行为、环境、心情的循环也不断推进，于是也就有了意境整体建构之纵剖面的三要素不断延伸。

诗词是语言的艺术，不管是口头表达还是书面表达，都有个依次展开的时间过程。如果将这个过程进行纵向解剖，就会发现，贯穿意境建构过程始终的有三条主干线：一条是客观环境的不断转换线，一条是主体行为的不断推移线，一条是主观情志的不断拓展线。所有诗词意境的纵剖面，都是由这三条干线贯穿而成的。这是一个有叠加、有转折的情感流动和意理聚合过程。

这三条干线的存在形态和建构功能有所不同。环境线是诗词所直接描述的事物，是一条明线，它是情志的载体，意境的视频，是意境大蕴场的整体性外在显现形态。情志线是作者所要表现的内在生命律动，是一条暗线，它蕴蓄在环境线之中，是意境大蕴场的内涵。行为线指向审美主体的体态行为和心理活动，大多是一条半明半暗的线，地位重要，作用重大，但却往往被人忽视。

人们习惯于把意象意境划分为象与意两个部分，从而形成了一系列关于情景互动、情景交融的观念，但这种思路往往偏侧于静态要素解剖，而忽视了审美主体的“主宰”性能动作用。其实，诗词中的任何景物人事，都是主体的行为对象，都是借助主体行为、情思的推进，才得以登台亮相的；意境中的任何情志意理，也都是主体与环境际遇、兴会的产物，借助主体的情思，客观事物才融进了丰富的情致和意蕴。可以说，进观意境蕴场堂奥的必由之路，就是顺着所描述之物象的推移，在想象中理清抒情主体的行为推移线，使其历历在目，并进而走进主体的心理活动线、情思线，才能与创造主体的情致共振共鸣，才能全面而深入地打开意境的蕴场。不过还应当意识到，这里所说的意境蕴场，还都是在以主体为轴心的意境“小三角”关系中打转转，若再进一步追问，这个意境建构为什么要采用这些事物为意象？这些意象中为什么会融进这样的情志意理？那就必须走进以创造主体为轴心的社会、人生、意志“大三角”关系中去了。显然，这已经超出了本文的论题。

有一点是很明显的，主体的行为线和情思线，正是意境建构的动因，正是意境之所以能够成为一个融熔谐和整体的机杼所在。一首诗词中的物象，可以是景物，也可以是人事，可以大小不论，也可以远近皆宜，可以接近真实，也可以完全虚拟，而且大多不在同一个具体的时间和空间之中，如若无组织无修饰地堆砌出来，就会呈现为风马牛不相及的一盘散沙。是什么把它们联袂为一个有机整体的？不论你认为是“情贯”的功劳，还是“意聚”的效果，其实都是主体行为线的串联，都是主体情思线的绾合。说得再大一点，任何诗词意境中，环境、主体、情志的三点循环和三线延伸，都是审美主体呕心沥血的创造。

不妨仍以《声声慢》的意境纵剖面为例：

《声声慢》意境整体纵剖面的三条干线，正是开首“冷冷清清”环境、“寻寻觅觅”行为、“凄凄惨惨戚戚”心情三要素的不断推移、延伸：乍暖还寒、酒味淡薄、晚来风急、北雁南飞、旧时相识、黄花堆积、梧桐细雨的依次转换，是贯穿全词的环境线；独守空房、自斟自酌、听到风声、仰望过雁、泪眼错觉、俯视黄花、枯坐听雨的依次推移，是贯穿全词的行为线；闷热难熬、愁情难解、秋思秋愁、家国之思、夫丧之痛、身世之叹、晚境之惧的依次彰显，则是贯穿全词的心情线。

在这三条纵线中，环境线中气候、淡酒、晚风、过雁、黄花、细雨的转换，既没有一定的物理关系，也没有必然的思路逻辑，靠的全是主体行为和情思的导引；而一个个景物的刺激，又不断地增殖着新的行为、新的情思天地，于是，全词的整体大蕴场也就一步一步地展开了。当你顺着这三条纵线，真正沉浸在对一层层意象蕴场的想象、体验、感悟中时，你的脑海里就会清晰地呈现出抒情主体的行为身影，你的想象就会展现出抒情主体一幕一幕的活动情景，你的情思就会跟着抒情主体一起去周游那些象外之象、境外之境，你的感受就会随着抒情主体的感受而跌宕起伏，你的体悟就会随着三线的延伸而层进层深。这时，你就真的能感应到什么叫作与事物的感觉情调融为一体，从而“不知何者为我，何者为物”，什么叫作与意境的情感流荡同频共振，从而处于“内不有己，外不见人”的心态境地。此时，如果你又能从抒情主体所设定的困境中超脱出来，拓展开去，那么，《声声慢》意境中的三线循环延伸，就会走进词人李清照的生平、思想，从而透视到她的心理状态和精神境界，从而更深切地把握到她的创作特色和审美情趣。当然，在这里，我们并不想无边际地跳脱出去，故而还是回到《声声慢》的整体意境建构模式上来。

将上面所说的《声声慢》横断面环境、行为、心情三要素的循环生发，及其纵剖面三要素的延伸拓展结合起来，就可以形成全词意境整体建构的要素生发图式，也就是意境要素建模。这个图式大致如下：

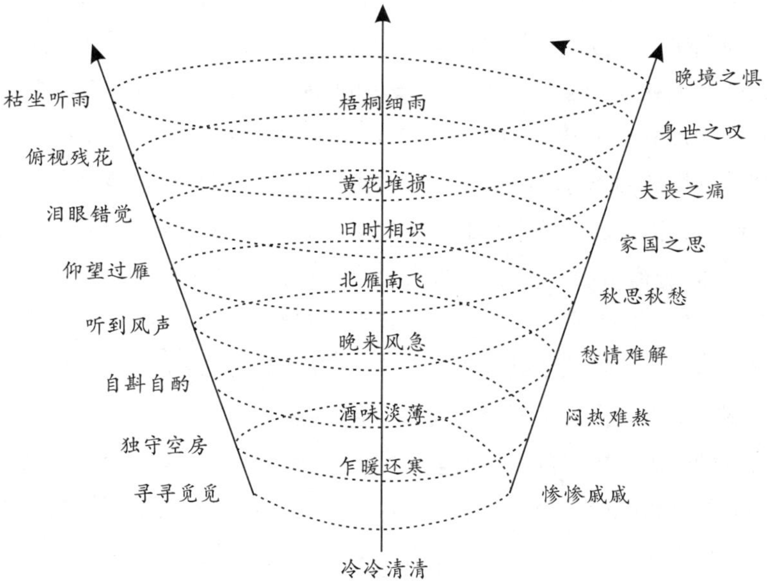

这是一个因象外之象不断增多、内在蕴含不断拓展，因而上口逐层增大的螺旋上升体。它的每个螺旋，都是一个行为、环境、心情三要素联动生发的过程。每经过这样一个过程，就由一个新行为引出一个新事物，又由这个新事物引发一种新情思，并在情思中展开一些新的象外之象，增殖一些新的愁情恨意；而增强的愁情恨意又促使主体进行新的寻觅，引发新的事物，开拓新的象外之象，增殖新的愁情恨意……如此不断地恶性循环，螺旋上升，《声声慢》的意境整体建构也就彰显无遗了。

这种诗词意境建模的要点和要领，虽然具有普遍意义，但也有很多局限，须有明确认识与合理运用：

其一，这个螺旋推进体只是意境整体建模的基本构架，它的主要局限在于：行为、环境、心情三要素的联动循环，是意境建构中最重要的审美心理活动，其间包容着种种心物感应的因缘、途径和方式方法，包容着种种异质连类的因缘、途径和方式方法，审美思维的奥妙几乎都隐蕴在这一循环之中，但在这个只由线条和箭头组成的螺旋图式中，却无法具体显示出来，只能由观者借助以上的文字说明生发开去，神而明之了。

其二，虽然诗词意境整体中都贯穿着主体行为、环境和情志三条主干线，但这主干线的走势，却各有自己的特点，因而整体建模也就有很大的不同。诗词表达，意象一个一个地跳出，有一个时间序列，因而主体的行为和景物的呈现，都可以看作是一步步直线向前推移。但情志意理线却不同，它是一种多元而复杂的心理—精神现象，大多是有起伏、跌宕、曲折、往复的，因而那线条的走势就各有姿态，同时也就连带着行为线和环境线也都呈现为同样的姿态。由于《声声慢》的情感内涵只是一味地愁上添愁，情绪是直线上升的，所以它的行为、环境、心情的三线延伸都是不断向上升腾的直线。但大多数诗词意境的情感流程却并不是直线的，因而那三条干系的走势也必须是因“诗”制宜、随机应变的。如李白《行路难·金樽清酒斗十千》的三干线走势，就只能是时起时伏的，而辛弃疾《破阵子·醉里挑灯看剑》的三干线走势，则前后必定会有两次断崖式突转。如此等等。当然，不管三条纵线曲折、弹跳、间离为何种形状，意境建模整体三点循环的螺旋式空间推进是不会缺失和不会改变的。

在科技已经步入数码世界和全息时空的今天，解构主义、建构主义及其建模图式，都显得颇为陈旧和笨拙。但也不可否认，它在呈示复杂系统的基本构架和主要动态形势方面，还是特别具有拨开雾障、一目了然之效能的，至少，其全局启蒙之功是不可抹杀的。

三

诗词意境，不是干瘪空洞的理性逻辑世界，而是一个个有血有肉、有情有义的生命之躯。特别是那些动人的婉约词，更是一幕幕情致殷殷的感觉情调天地，甚至还融蕴着一些非自觉的生理—心理之根系。因而，解读诗词必须设身处地，走进主体自觉乃至非自觉的抒情心理，才能与主体的情绪、心理、感悟、意念发生多方位的共鸣共振。

总体说来，《声声慢》的抒情心理，是一个因失落而寻求解脱，并在寻求解脱中走向更加失落的心路历程。简言之，就是一个“有意消愁愁更愁”的过程。这其中的奥妙，则在于将自觉的意境整体建构匠心，潜蕴在事物感觉情调的非自觉流动之中，而这个潜在的非自觉情绪流动的机理，则是隐蕴在不断推进的感觉情调流中那个不变的失落心态及其生理根系。

《声声慢》一开头就掷出“寻寻觅觅”四个动态字，耐人咀嚼。这是否意味着这首词自始至终都是在描述抒情主体的寻觅举动？我看是的。喝酒、听风、望雁、看菊、听雨，就是她寻觅举动的具体体现。问题在于，词人为什么要寻寻觅觅？她究竟在寻觅什么？

有人说，她是在寻找失地、家园、亲人、金石书画和青春年华，这虽然不能算错，但不仅太落实，而且一下子就冲出诗性特有韵味而跳到理性观念中去了。应当把词人的寻觅举动，主要看作是一种非自觉的下意识行为。由国破家亡、漂泊异乡、丈夫新丧、孤苦无依所造成的深重创伤，是这种寻觅行为的心态基础；乍暖还寒、气候多变、独处空房、烦闷焦虑的具体处境，是引发这种寻觅行为的直接原因。孤独、烦闷、焦灼到了极点，而又无从排解，就会淤积成一种难以平复的失落心态。处在这种失落心态之中，往往会呈现出一些东看看、西寻寻、东摸摸、西弄弄的举动。倘若问她究竟在寻觅什么，恐怕连她自己也回答不出来。然而仔细体味一下，就会发觉她的寻觅行为是有一定指向的，那就是在捕捉种种机会、机遇，通过种种方式方法来试图转移视听，消除萦绕心头的剪不断、理还乱的愁绪，以求得内心苦楚的解脱。你看，她“三杯两盏”地喝酒，不是在不停地借酒浇愁吗？她望雁、看花，难道真的是有意于美景欣赏吗？这只有一种合理的解释，那就是她在通过下意识的视听转移，来排解愁绪，平复失落心态。

这种心理活动是不自觉的，其机理，则可以从生理—心理方面得到解释。人的生理活动中有一条基本规律，就是随时自动地维持自身生命力的生态平衡。心理生态的平衡也是如此。当人的知觉、感情、心态、情绪，因某种原因而失去常态的平衡时，生命本身就会生发出一种抵御不平衡以恢复平衡的力量。这种恢复平衡的潜在能力，称作心态趋衡律。这趋衡力、趋衡律，在很大程度上来源于无意识的生理机能，是生命本身维持自我的一种本能。当心态失衡而一时又不能恢复时，在这种趋衡力的支配下，人们就会做出一些表面上看似无目的，而实际上却基于同一动因、趋向同一目标的下意识行为，如坐卧不宁、东张西望、摸摸这个、弄弄那个等等。《声声慢》中的寻寻觅觅举动，就是在这种心态趋衡力驱动下，所产生的虽非自觉却又合乎生理—心理天然逻辑目的的行为。

显然，只要失衡的心态得不到恢复，这种寻求解脱的举动就不会停止。李清照就是顺应这一心理平衡规律来编辑《声声慢》之整体建构的：喝酒不能解脱再望雁，望雁不能解脱再看花，如此辗转推移，环境、行为、心情三者循环的意象一个接一个地被引领出来，整体意境也就一步一层地建构起来了。这种以非自觉心态为机杼的谋篇思路，无疑是十分自然的。

但词人还不满足，她还要再翻进一层：让寻求的结果不是一步步趋向心态平衡，而是相反，愈寻求心态愈不平衡。一件件看是转移视听的事物迎面扑来，产生了一系列感觉情调，但实际上却总是在原有的愁情上又增添了新愁。只要设身处地体悟一下，这条愈寻求愈不平衡的心态轨迹还是相当清晰的。这里不妨试着大致描述一下——

这是词人流落江南、丈夫新丧不久的某个秋天的下午，她独自待在空荡荡的大屋子里。本该是寒凉的气候，却突然反常地闷热起来，她的心情顿时十分烦躁。她坐卧不宁，在屋里走来走去，时不时地拿起酒杯来喝个一口两口。由于心不在酒上，自己也不知道喝了几次几杯。她觉得酒味太淡，根本抵挡不住那烦闷的重压。这时，屋外的西风渐渐大了起来。她知道，秋天来了。于是，她的脑海中不由自主地掠过一片万木凋零的景象，她烦闷的心头上又蒙上了一层秋思秋愁。

忽然，她仿佛听到了雁叫声，于是赶忙走到窗前，探身向天空望去，只见一行雁阵缓缓地从北方飞来。啊，北方，严寒的北方，那里是我的故土，那里有我日夜思念的家园；可是，它现在已经成了沦陷区，不知已经破败成什么样子了。于是，往昔那幽美的亭台楼阁，又在眼前浮动起来，而且还夹杂着一些家破人亡、奔波难逃的断章残片，这种种影像交替闪现，怎能不令人伤心落泪呢！望着望着，不知是由于泪水模糊了视线，还是由于往事扰乱了心神，不知是由于鸿雁传书典故的启示，还是由于往昔夫妻两地诗词唱和之回忆的导引，她忽然觉得那群大雁，就是往昔给她与丈夫传递唱和诗词、遥寄相思之苦的那些“旧时相识”。这当然是心中痴想、视觉幻化的错觉，但随着这错觉涌动而来的，却是丈夫的面影、丈夫新丧的悲况和往昔夫妻恩爱的情景，一桩桩，一幕幕，拂不去，抹不掉——她的心更加痛楚了。

大雁不忍再望下去，她低下头来。可是，那满地堆积的黄花又扑进了她的眼帘。触物伤情，心物同构，她觉得那可怜的菊花仿佛就是自己：衰菊被秋风卷来扯去，不正是自己的坎坷命运吗？残花的憔悴破损，不正是自己的人老珠黄吗？败花的无人肯摘，不正是自己的亲朋离散、孤苦无依吗？菊花的今昔对比，不正是词人自己的人生变迁吗？于是，抚今追昔，一种“落花流水春去也，天上人间”的沧桑巨变之哀又弥漫了心头！

她仿佛有些明白了：什么也不能再寻，什么也不能再觅，因为无论触及何物，都不仅不能消解旧愁，而且还会增添新恨，如此下去，那颗已经破碎的心如何能够承受得了呢！于是，她回过身来，瘫软地落到椅子上，并发出一声忧惧之叹：这等境况，如何能熬到天黑？可是正哀叹间，窗外又传来雨声，那雨点敲打在梧桐叶上，跌碎在台阶上，一滴滴，一声声，就好像撞击在她那已经破碎不堪的心上，使她不能不心怀忧惧地想到被冷衾凉的漫漫长夜，想到今后更加孤苦无依、凄凄惨惨的晚年。这时，她的心颤抖了，终于忍俊不禁，爆发出一声来自心灵深处的呼告：这百感交集、撕肝裂肺的痛楚，一个“愁”字怎么能表达得了呢！

这种想象、体验、感受性意境描述，仿佛梦游在一系列相互关联的感觉情调之中，颇能见出当时词人的内在心理演进过程。透过这个过程不难看出，词人的一系列寻觅举动，不管有意无意，本来都是为了摆脱愁情的困扰，但结果却总是旧愁未解而又增添新愁，于是消愁的举动愈向前推进，愁的天地就愈大，痛苦也就愈深，从而也就自然而巧妙地铸成了“有意消愁愁更愁”的整体意境建构艺术。这种通过描述消解愁情的失败过程，来反托愁情深重难解的构思方法，无疑收到了愈相反愈相成的艺术效果。

或许是由于《声声慢》的意境，是在非自觉的心态趋衡力推动下展开的，故而看不到斧凿的痕迹，整体情势气流十分顺畅。

词的情感基调比较单纯，集中写愁，一路愁到底，既没有喜怒哀乐的迭乘，也没有时起时伏的变化。但就在这愁情层层叠加、情绪直线上涨的过程中，却彰显出作者安排层次，使其合乎心理活动、情绪发展自然规律的艺术匠心。

全词除开头总领全篇的叠字句外，还有七个层次。前四层依次写气候、秋风、过雁、黄花，无间隔地通过写景来渲染愁情，是一个愁情逐层增加、情绪缓起渐进的过程：气候反常是愁情的起点，淡酒不敌秋风引起了秋思，过雁又展开国破家亡、丈夫新丧之痛，黄花则再进一步将愁情扩大到天上人间般身世沧桑之悲；如此层层推进，生愁的天地不断扩大，情绪也就由低到高步步升腾。其中第二、三两层，间隔使用了“怎敌他、晚来风急”和“如今有谁堪摘”两个反诘句，以加强语气，这是情绪上涨在语式上的体现。到看过黄花，生愁天地已开发殆尽，情绪逼近高潮，于是也就引发出第一声呼告：“守着窗儿，独自怎生得黑?”这呼告是愁情满盈的必然外溢，水到渠成。至此，愁情似乎已无以复加，但诗人却又匠心独运，透进一层，让难以遮掩的点点雨声再来敲打她的听觉，刺激那已经痛楚不堪的心灵；这无疑是火上浇油，点火引爆，于是也就势所必然地导发了更加强烈的第二声呼告：“这次第，怎一个愁字了得!”词作也就在这愁情满涨的峰顶戛然而止，令人的共振之心久久不能平复。

显然，这是一个由缓到急、难以阻遏的必然情势和合理程序。前四个层次缓进，没有直抒胸臆的呼告句，后三个层次情急，三句中有两个呼告句，而且在两个呼告句之间，还有个点火引爆的机缘，这一切，无不合乎心理活动特别是情绪上涨的必然规律。试想，如果把呼告句放到别的部位，或者把梧桐细雨句移到前面，整个过程还能收到如此合情合理的建构效果吗？

抒情诗词，不论写什么、怎么写，都应当是一股股情感的流动、一阵阵情绪的波澜。因而它的层次安排、建构机理乃至手法运用，都应当体现为人的内在生命律动的自然天成。否则，再好的套路和手段，也难免人工斧凿的伤痕。《声声慢》的成功，就在于它依顺了真情实感的自然流淌，特别是依凭了生命自身的潜在趋衡力，故而能真正步入自然天成的艺术境界。

『肝肠似火，色貌如花』

——辛弃疾《摸鱼儿》的隐喻时空

摸鱼儿

淳熙己亥，自湖北漕移湖南，同官王正之置酒小山亭，为赋。

更能消、几番风雨，匆匆春又归去。
惜春长怕花开早，何况落红无数。
春且住！见说道、天涯芳草无归路。
怨春不语。
算只有殷勤，画檐蛛网，尽日惹飞絮。

长门事，准拟佳期又误。蛾眉曾有人妒。
千金纵买相如赋，脉脉此情谁诉。
君莫舞！君不见、玉环飞燕皆尘土。
闲愁最苦。
休去倚危栏，斜阳正在、烟柳断肠处。

这首慢词写于宋孝宗淳熙六年暮春。此时词人的处境和心态如何？请注意“小序”中的一句话：“自湖北漕移湖南”。这是说，当时辛弃疾是被从湖北路转运副使，调任为湖南路转运副使。表面上看是平级调动，实际上却是把他调离了抗金前线，意味着朝廷对他的不信任，也意味着当政之主和派对抗战派的排挤。辛弃疾 21 岁即在山东参加了抗金义军，而且作战英勇。归附南宋后，他一直坚持抗金收复的主张，但不仅不被采纳，而且一直被投放在一些微官闲官的位置上，十几年中竟被平调了十多次。即使如此，他还总能在任职期间，采取积极措施，招集流亡，训练军队，奖励耕战，注意安定民生，打击贪腐豪强。但这一切却往往被污指为“乱政”“有异意”，故而也就招致了更多的猜忌和打击。这次从前线调到后方，仿佛是在他的抗金热情上又浇了一盆冷水，勾起他对国事和自身的诸多感喟，痛切而愤懑，于是也就借着送别的酒劲在填词中倾泻了出来。

夏承焘先生评这首词为“肝肠似火，色貌如花”，十分精当。

一

历来对这首《摸鱼儿》的解读，有一个逐步深入的过程。起初，古今论者多囿于春怨、宫怨之意，在伤春、惜春、怨春上做文章，赞叹其“尽态极妍、哀怨缠绵”的情调。这不能说错，但回避了社会内涵，并没有触及妍态的灵魂、哀怨的实质。后来逐步增殖了自喻说，先是说“蛛网”自喻，后又说到“长门事”自喻，但也主要是强调对诗人个人遭遇的感慨。进一步穿越这一格局的是夏承焘先生，他说：“这首词上片主要写春意阑珊，下片主要写美人迟暮。有些选本以为这首词是作者借春意阑珊来衬托自己的哀怨。这恐怕理解得还不完全对。这首词中当然有作者对个人遭遇的感慨，但更重要的，是他以含蓄的笔墨，写出了他对南宋朝廷暗淡前途的担忧。作者把个人感慨纳入国事之中。春意阑珊，实兼指国家大事，并非像一般词人作品中常常出现的绮怨和闲愁。”（《唐宋词鉴赏辞典》）顺着这条思路走下来，如今，整体比兴、整体隐喻、整体象征的说法，已成为对这首《摸鱼儿》的共识。

“肝肠似火，色貌如花”的说法中，已经包含着整体隐喻的意思，即在“色貌如花”的景、物、人、事中，包蕴着“肝肠似火”的情、志、意、理。这就是隐喻意象。《摸鱼儿》自始至终都是由隐喻意象组合而成的。不过，时至今日，对这些似花的隐喻意象中，究竟包蕴着哪些具体的似火肝肠，却始终没有作具体而深入的探究，这恐怕是由于对隐喻意象的整体建构和表现性能尚缺乏充分认识的缘故。

大致说来，诗词意象有“本体”与“借体”之别。当抒情主体的内在情志意理，主要是直接渗透在诗人所描述的景物人事中时，就形成了本体意象。这大致相当于赋比兴的赋。如马致远用“枯藤老树昏鸦，小桥流水人家，古道西风瘦马”系列景物来表达秋思之情，就都是本体意象。当抒情主体的内在情志意理，主要是间接地渗透在诗人直接描述之景物人事所隐喻的另外的景物人事之中时，就构成了借体意象。这大致相当于赋比兴的比兴。凡比喻、比拟、象征、暗示、典故等意象，都属借体意象。显然，如果我们承认《摸鱼儿》是整体隐喻的话，那么，词中所描述的种种景物和典故，就都是借体意象。

借体意象的构成要素主要有三个方面：一是借体，二是被借体，三是其中所包蕴的情志意理。整体看来，在《摸鱼儿》上片中，借体是暮春景象，也就是“匆匆春又归去”，被借体是南宋国势衰微，而情意基调则是诗人对国家命运的担忧；在《摸鱼儿》下片中，借体是后宫悲剧，也就是“准拟佳期又误”，被借体是辛弃疾屡遭排挤打击，而情意基调则是诗人对被投闲置散的怨愤。

但这只是本词上片和下片意境蕴场的基本构成要素，尚未接触到意象、意境建构的心理过程。“春归去”为什么会与“王朝衰微”联系起来并产生忧虑情怀？“长门事”为什么会与“屡遭打击”联系起来并产生怨愤情绪？其间包蕴有景与情、景与事、事与意之间诸多互动生发的心理—思维活动。这些心理—思维活动，十分复杂而微妙，但总括起来，则主要是异质事物之间的相似连类，也就是格式塔心理学所说的异质同构；若用量子力学来解释，那就是量子波能之间的同频共振、同调和鸣。

这异质同构有物物同构和心物同构两个层次。具体来说，在《摸鱼儿》上片中，见暮春景色，意识到春天又归去，因而产生忧伤情绪，这是心与物的相似连类，即心物异质同构；见到暮春景物，连类到南宋国势衰微景象，这是自然景物与社会人事的异质相似连类，属物物异质同构；想到国势衰微的种种社会人事，内心产生深重忧虑，这是从人事到情志的意理升华，属于心与事的相似连类。从审美心理学的角度看，当我们从暮春景色中看出国势衰微并感到十分担忧时，应当深切地感悟到其中自觉或不自觉地经历了诸多心物感应、相似连类和意理升华的心理活动过程。

把上述借体意象构成三要素，用它们之间的这些异质相似连类生发关系组合起来，就可以大致形成借体意象的心理动态建构模式。

上片的心理动态建构模式：

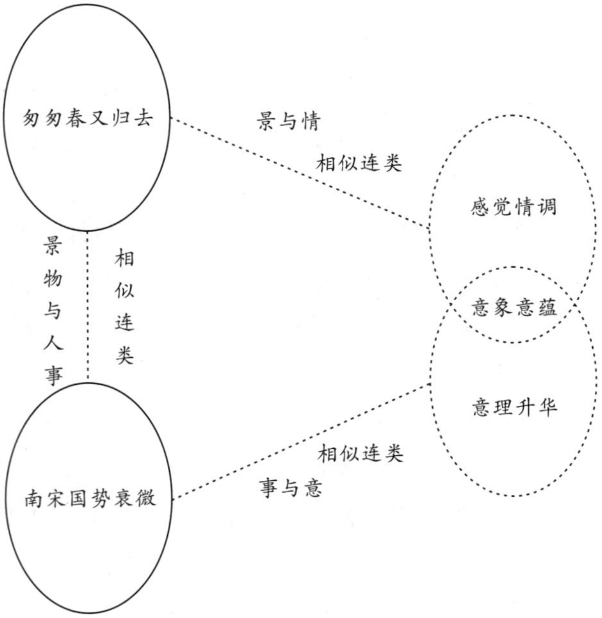

下片的心理动态建构模式：

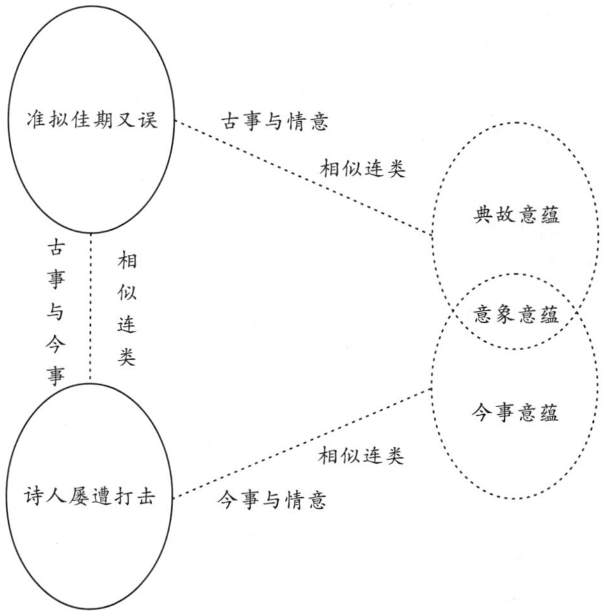

从这两个建构模式中可以看出：其一，除了三要素及其相互连类的具体内容有所差异外，整体构架是完全一致的，因此，这个心理动态建构模式适用于一切借体意象。其二，整个图示中，只有借体圆圈用了实线，因为只有它是作者直接描述的；其余一切全用虚线，因为它们都是隐蕴的、无定质的，都只存在于诗人和读者的想象、体验、感受和领悟之中。其三，借体意象的意蕴——情志意理内涵，用两个圆圈的重合部分来表示，是因为无论是所直接描绘之景物的感觉情调，还是所直接描绘之典故的内在含义，其指向都可能是多元而难以限定的，而只有能与诗人当时特定的处境和心情相吻合的那些社会人事所体现的情志意理，才属于“这个”借体意象的意蕴。因此，上片的意象意蕴，应当是景物与人事两方面之意蕴的重合部分，而下片的意象意蕴，则是古事与今事两个方面之意蕴的重合部分。

解剖借体意象的建构心理，是为了对借体意象有一个更充分的认识，从而更深入地走进诗词的蕴场时空。不过，以上两个图式，只是《摸鱼儿》上片和下片的整体构架，还很笼统。“匆匆春又归去”中，还有风雨、落红、芳草、蛛网、飞絮等意象，“准拟佳期又误”中还有佳期、蛾眉、相如赋、玉环、飞燕、斜阳、烟柳等意象，它们是否也都是借体意象？如果是，那它们的相似连类生发时空又是怎样的？几乎全部《摸鱼儿》的赏析文章都在这里发生了短路，难道这些意象的蕴场本来就不应当继续深入开发吗?

其实，所谓整体比兴、整体隐喻、整体象征，意味着诗人在创作这首词时，心理是完全处于“写眼前景，想心中事”的状态之中。在落墨暮春景物和后宫情事之时，心中萦绕的却是他最关注的种种社会景象；这些社会景象与暮春景物和后宫情事之间，无疑都是异质同构关系。因此，是否能深入地走进这首词之意境蕴场的关键，在于能否把这些隐蕴在直接描述之景物和典故背后的社会景象，无论是应当有的还是可能有的，都尽可能充分地在脑屏幕上展现出来，从而形成一个相对比较完整的社会景观。如果“犹抱琵琶半遮面”，只认识到其中的局部乃至个别事物有自喻或象征，那就不仅谈不上整体隐喻，而且把这首词整体建构的有机性也撕扯得支离破碎了。

二

词的上片着墨于暮春景象。“春归去”是中心意象，具有整体涵盖意义。围绕着这一中心意象，词人选择了最有代表性的四种暮春景物来渲染衰残景象：风雨、落花、芳草、飞絮。这就是上片的表层结构。

春，本来只是自然界的一个季节，但由于它呈现出万物萌动、充满生机的特征，所以人们借助异质同构相似连类，赋予了它青春、春情、希望、理想、光明、欢乐等一切生机勃勃、前程似锦等美好事物的象征意义；而“春归去”，则成为种种美好事物衰残、消亡的象征。联系辛弃疾当年的时代、处境和心情来看，这个“春归去”无疑是南宋国势衰微的写照。“匆匆春又归去”，匆匆，叹惜归去之快；又，哀婉归去的多次。这不能不令人联想到究竟是什么东西一天天、一次次地很快失去？是收复时机吗？是抗金志士吗？是大好河山吗？这疑问随即从“落红无数”中渗透出来了。

鲜艳的花瓣一片片飘落，这是“绿肥红瘦”的“红瘦”，是“春归去”的鲜明景象。历代词人，无不感伤于落花，但他们真正伤心的并不是落花，而是隐蕴在背后的那些人生的社会的困厄和无奈。在辛弃疾的心灵中，能与落花片片同态叠印、同势齐趋、同频共振、同调和鸣的社会景象，恐怕只能是收复时机的一误再误，大好河山的一片片丢失，抗金英雄的一个个被排挤、打击、迫害！这些现实影像，在词人心头早已堆积如山，压得他透不过气来，如今借暮春景色将它们倾泻出来，也算是长舒了一口怨愤之气；而“落红无数”，只不过是个“色貌如花”的借体而已。

那么，“春归去”“落红无数”的可悲局面又是怎样造成的呢？作为自然现象，是“风雨送春归”，故而词作劈头一句就是“更能消几番风雨，匆匆春又归去”；但这时在词人心中翻卷着的，则是造成王朝衰微的政治风雨：强悍金兵的反复南侵打击，腐弱朝廷的再三妥协议和；如果再联系下片中对权奸的诅咒，那这风雨恐怕还包蕴有权奸当政的内里蛀空。金兵打击，朝廷腐弱，权奸当道，用这样的眼光来观照南宋王朝的风雨飘摇、危在旦夕，这才是为国担忧、力主抗战之辛弃疾的英杰本色。

芳草萋萋，布满阡陌，这是“绿肥红瘦”的“绿肥”，也是春归去的典型景象。但若在“落红无数”之后，仍然敷衍于这一传统意蕴，就未免会因原意重复而平庸寡味。于是词人就缘情造境，别出心裁，换了一个全新的角度来重铸芳草意象：“春且住！见说道、天涯芳草无归路。”不是芳草萋萋送春归去，而是芳草萋萋遮掩了阡陌，断绝了春天归去之路，要把春天归去的脚步挡住！芳草有了意志，它在急切呼告。轻松地用“留春”二字来概括这个呼告句的内涵，未免太辜负词人对芳草意象的这一创意了。无论从立意看，还是从语气看，这里都是向当政者发出的呼告：不要再妥协退让了！已经没有退路了！那潜台词就是，再这样下去，整个国家民族都要被葬送了。这是词人的心声，也是一切爱国志士仁人的呼声。芳草的传统寓意中，本来就常常指向民众，故而这呼告中应当也包蕴有民众的心声。由此，当这天涯芳草拦路呼告的奇异景象在你脑海中萌动生发、往复盘旋的时候，你似乎会觉得芳草变成了人影，是包括词人在内的一个个志士仁人站在那里，是北方沦陷区的义军和老百姓站在那里，是一切有爱国心民族义的人们站在那里，你仿佛可以看到他们带着泪痕的脸上那痛心而殷切的表情，仿佛可以听到他们那发自肺腑的呼喊。

然而这呼声并没有得到回应：“春不语。”于是，剩下来的也就只有那无尽的哀怨了：“算只有殷勤，画檐蛛网，尽日惹飞絮。”蛛网是自喻。词人被调来调去，总是微官闲官，就像南宋王朝雕梁画檐角落上的一个小小的蛛网，虽然是尽职尽责、勤勤恳恳地结网效劳，但结果却只能像蛛网只兜住几片飞絮一样，终究挡不住春天匆匆归去的大势，可怜于事无补。在这里，我们不仅能够联想到南宋王朝徒有雕梁画栋而内里已经蛀空的朝政，以及像满天飞絮一样的种种衰残景象，而且可以联想到辛弃疾的几十年“只有殷勤”：参加义军，冲锋陷阵；投奔南宋，矢志收复；虽历任闲官，却屡次请缨；虽不被重用，却招练军队；虽屡遭排挤打击，却多次上书献策。这蛛网自喻，也包含喻人。不难联想到当时有多少志士仁人，也在为抗金收复奔波，也在遭受排挤打击，也在无可奈何的哀叹声中怨愤度日。只有透过诗句，把这些活生生的社会现实景象，都尽可能充分地迭乘到脑屏幕上，你才能真正体验到词人以蛛网自喻时那愤懑而又悲凉的心境。

如果说以上借助自然景物的异质相似连类，对《摸鱼儿》上片意境蕴场的开发思路是大致合理的，那么，我们就可以较充分地看到，由风雨、落红、芳草、蛛网、飞絮所构成的春意阑珊景象背后，潜隐着一个庞大的南宋王朝国势衰微、政局殆危的社会景观。这个社会景观，虽然不免于想象形态的朦胧，但却具有广涉国事内外、朝政上下的涵盖性和颇得国情事理要津的深刻性。而且应当意识到，我们的这些相似连类和缘情推想，只是建筑在大事记式的历史知识基础上的归纳概要，离全息性亲身感受还相差甚远；而对词人来说，却都是亲见、亲闻、亲历、亲受，那全面性、具体性、清晰性、复杂性、深刻性是后人无法比拟的。在辛弃疾满怀激情地孕育构思这首词的前前后后，在他未落墨成诗的过程之中，他脑海里闪现和翻腾过的社会人事，恐怕比我们所可能连类到的东西不知要多出多少。如果有人指责上面的同构联想还有顾此失彼、挂一漏万的地方，那我们是会诚恳接受的。

三

词的下片落墨于宫怨，所采用的表达方法是借用典故。据司马相如在《长门赋序》中所说，汉武帝时，陈皇后失宠，被废长门宫，愁闷悲思。听说司马相如文才超群，就奉送黄金百斤，请他作赋以解悲愁，于是就有了著名的《长门赋》。据说，后来汉武帝读了这篇赋后有所感动，就把陈皇后从长门宫中解放出来，陈皇后又得到了一些宠幸。当然，词人主要是假借这个典故来发泄积压在自己胸中的怨愤块垒。

凡用典，都是用古人古事来写照今人今事，在建构模式和表现功能上，与隐喻、象征并没有本质差异，都是言在此而意在彼，也属于借体意象。因此，解读典故意象的关键，就在于充分开发古人古事究竟应当和可能与哪些今人今事相关联。很明显，《摸鱼儿》下片的用典有自喻义，总体上是指向自己长期遭受排挤、不得重用的怨愤处境；当然，其中也融进了诸多仁人志士长期被压抑、壮志难酬的可悲命运。至于陈皇后重新得宠的事，则被忽略不计了；如果说其中也保留着词人和志士们的一线希望，那也未尝不可。

下片的核心意象是“准拟佳期又误”，与上片的核心意象“匆匆春又归去”恰相对应，只不过前者的着意点是国势衰微，后者的着意点是志士哀怨。这志士哀怨的实际体现，则具体隐蕴在佳期又误、蛾眉遭妒、虽有相如赋衷情也难诉等几个“长门事”典故的“门市部”之中。能否深入地走进这些具体意象应当有和可能有的相似连类时空，无疑是能否透底解读下片意境蕴场的关键。诸多赏析文章，也都是在这一层面上短了路。

“佳期”，多指爱情期许，美好幽会，对陈皇后来说，是皇帝临幸，重新得宠；而对辛弃疾来说，则是渴望朝廷能理解他的心意，得以重用，跃马扬刀，驰骋疆场，为国立功。这心志，这“佳期”，在他的《破阵子·为陈同甫赋壮词以寄之》一词中宣泄得十分鲜明：“醉里挑灯看剑，梦回吹角连营。八百里分麾下炙，五十弦翻塞外声。沙场秋点兵。马作的卢飞快，弓如霹雳弦惊。了却君王天下事，赢得生前身后名。可怜白发生。”虽然他一直被淹留于微官闲官，但在勤勤恳恳做事、颇有政绩之时，在积极训练军队、梦回沙场之时，在反复上书献策、幻想采纳之时，总还是抱有一线微弱而殷切的希望，这样的梦想陪伴了他大半辈子；然而，这“佳期”却总是“又误”，总是一次次地落空，一次次地破灭。为什么？

“蛾眉曾有人妒”，蛾眉，眼眉描画成粗短蛾蛹状，是唐代女子审美流行特色。这是说陈皇后所以被打入冷宫，是因为她长得太美、皇宠太专而遭人嫉妒、谗陷。当然，也是词人的自喻。辛弃疾文武全才，意气风发，大有挽南宋王朝于既倒的气概。其词作中曾多次表示要为君王“重绘河山”“了却天下事”。在《水龙吟·渡江天马南来》中，他极力褒扬“平戎万里”“风云奔走”“整顿乾坤”的“经纶手”，虽属呼唤，却也有自励自诩之意，至少是一种满怀抗金收复的抱负。然而他“把吴钩看了，栏杆拍遍”，却始终“无人会、登临意”。不仅如此，还招致了诸多谗陷，如污蔑他“用钱如泥沙，杀人如草芥”“残酷贪墨，奸脏狼藉”等等，其实都不过是主和派打击抗战派的借口而已。

确实，南宋朝政的大多数时期是掌控在主和派手中，皇帝周围有一群庸奸小人，他们把持朝政，对外妥协退让，对内妒贤害能，因而也就阻绝了抗战英才、治国贤能与皇上的沟通，于是词人也就只能带着绝望的口气呼告：“千金纵买相如赋，脉脉此情谁诉。”这里的“相如赋”，当然不能直解为辛弃疾的《美芹十论》和《九议》，但在异质相似连类的心理—思维影像中，它们却是可以在想象形态中相互叠印的，在意理感悟中相互融合的；不仅是辛弃疾的《美芹十论》《九议》，也包含了当时诸多志士仁人雪片般的上书献策。然而，这一切“殷勤”却没有得到正面回音。“春不语”，虽然是皇帝昏庸，但也与奸佞当道、巧言令色、断绝言路、瞒天过海是分不开的。于是，词人愤懑难抑，遂将一腔怒火泼洒到权奸身上：“君莫舞！君不见、玉环飞燕皆尘土。”

在词作中，这是罕见的棒喝声气和愤极诅咒。舞，指向奸小得意忘形之态，含有群魔乱舞的嘲讽。杨玉环是唐玄宗的宠妃，赵飞燕是汉成帝的宠后，两人皆曾风光一时，但最终都没有好下场：前者被迫赐死于马嵬坡，后者则被废为庶人而自杀。“皆尘土”，用《赵飞燕外传》附《伶玄自叙》中的语意：“斯人具灰灭矣。当时疲精力驰骛嗜欲蛊惑之事，宁知终归荒田野草乎！”这不是自喻，而是“他喻”，借诸这后宫春苑的悲惨结局，来诅咒当时趾高气扬、专权跋扈的权奸绝无好下场，憎恶、愤恨之情溢于言表。

“闲愁最苦”承上启下：奸佞当道，志士仁人热血无处抛洒，忠心无路上达，多被投闲置散，日夜在郁闷中煎熬。于是，无可奈何，只能在凭栏远眺中对景伤怀：“休去倚危栏，斜阳正在、烟柳断肠处。”危者，高也。为何不要登上高栏？因为登高望远，满目都是夕阳烟柳、失地山河，心情会更加痛苦。这个结尾，既照应了上片，又总收了全局——“烟柳”，形容柳树枝盛叶满，远望如一簇簇烟笼雾罩，是暮春“绿肥红瘦”之“绿肥”的典型景象，回应上片“春又归去”的自然景观；“斜阳”，傍晚正在西沉的太阳，是象征衰落的传统意象，照应上片寓意南宋国势衰微的社会意蕴；“断肠”，痛断肝肠，内心极苦的形象化说法，总括了全词的情感基调。收束得典雅而圆满。

这下片，虽然明显是隐喻词人（当然也包括一切因主张抗战而遭受打击的志士仁人）的可悲遭遇，但透过这遭遇让我们看到的则是南宋朝政的腐败；而在这朝政腐败中，词人的怨愤之情又集中发泄在权奸当道之上。上片写国势衰微，渲染实情，下片说朝政腐败，揭示国势衰微的祸根，顺理而成章。看起来下片的视域比上片窄了些，但思绪却是在往深处钻探。南宋王朝长期处于风雨飘摇的境地，其中一个主要原因，就是由于皇帝昏庸，往往被妥协投降派窃掌大权，牵着鼻子走。这是大半个朝代的灾难。辛弃疾目睹和亲历了这场灾难，因此说他在“长门事”“佳期又误”“蛾眉曾有人妒”“脉脉此情谁诉”的一系列具体典事情节中，都熔铸有几十年来南宋朝政腐败羸弱的种种历史事实的投影，并非肆意牵合。只有将此时此刻词人的心理时空，深深地根植在他亲身所经所历、所见所闻的历史现实之中，我们才能真正理解这下片的情绪何以那么激愤。

四

《摸鱼儿》上片表层形象是暮春景色，隐在意理是国势衰微，这两者之间原本并没有科学的物理关系和事理关系。那么，能够将这两者紧密联系成一个有机整体的能量是什么呢？显然，这能量来源于审美主体，是词人的一种发自肺腑、意志顽强的精神力量，一种怨愤满腔、难以遏止的烈烈激情。这激情，不仅点染了暮春景物的衰残，融汇了国势朝政的衰败，而且其怨愤矛头指向了社会最高层，说得直接一点，就是怨皇帝。

从句式上看，这烈烈激情体现得相当鲜明。开篇就是“更……又……”的进层激宕，接着又是“长怕……何况……”的反跌升腾，终至忍俊不禁，爆发出“春且住！见说道、天涯芳草无归路”的呼喊。用“更”“又”“长”“何况”等副词来编织意念跌宕的长句，以反复强化和推进激动情绪，特别是还在上片中用了“春且住”，在下片中用了“君莫舞”这样的强力棒喝短语，更是将激情推向了高潮；这样的句式、语气，不仅在相对比较柔和的词作中，就是在慷慨激昂的诗歌中也是很少见的。尽管审美心理学家们常常告诫我们，诗歌不是产生于激情的高潮时刻，而是酿成于激情后的潜心反刍之时，但这首词之激情的层层推进和强力渲染，却显得周流自然而合乎情理，这是不是高手多有自得心裁的体现？

从意理内涵上看，值得注意的是上片中的四个“春”字。第一个是“匆匆春又归去”之“春”，这个正在“匆匆归去”之春，是南宋国势衰微的整体象征；第二个是“惜春长怕花开早”之“春”，这个“落红无数”之春，则隐蕴着南宋国势衰微的诸多具体体现。这两个“春”，从全局到主要方面，已经把国势殆危的情势渲染殆尽，于是也就有了忍俊不禁的大声呼告：“春且住！”这作为呼告对象的第三个“春”，究竟指向何方？虽然也有“广而告之”的呼唤民众之意，但主要应当是对南宋朝堂的告警；那被疾呼“且住”的东西，究竟指的是什么？无疑主要指的是长期左右朝政的妥协苟安路线；至于那“无归路”的严词警策，其潜台词明显是：再继续这样下去就要亡国了！显然，这一切虽然都蕴含在“色貌如花”的自然景物及其“似花非花”的隐喻象征之中，但那荡气回肠的烈烈激情，却力透纸背，是无法遮掩得住的。然而这样的疾呼却仍然得不到回应：“怨春不语”。这“不语”的第四个“春”，你当然也可以异质连类到一直没有改变的殆危国势和妥协路线，但“不语”是拟人，这不能不令人联想到对这一切握有予夺之权的皇帝。最高统治者无动于衷，一切呼告也就都没有戏了。如果再问一句：如此国政大事，皇帝为何无动于衷？对此，人们当然也可以给出金兵强悍、奸佞专权、国库空虚等种种理由，但有一个已经戴在皇帝头上的帽子是摘不掉的，那就是：昏庸无能！怨皇帝，这是不是上片中词人哀怨的聚焦点？可以这样说。“怨春不语”是上片词意的转折点，也是全词意蕴的转折点：上片收结在词人蛛网惹飞絮的可悲自喻，下片聚焦于权奸断了志士仁人上达朝堂的言路，这不都是“怨春不语”、皇帝昏庸的恶果吗？

宋人罗大经在《鹤林玉露》中说：“辛幼安晚春词‘更能消几番风雨’云云，词意殊怨。……闻寿皇见此词颇不悦。”用“殊怨”来界定《摸鱼儿》的情感基调，还联想到“寿皇见此词颇不悦”，这说明罗大经和寿皇都真正读懂了这首词。寿皇指宋孝宗。辛弃疾自渡淮归宋到写这首《摸鱼儿》，历时十七载，其武功文才名声很盛，曾得多人举荐，也受到过皇上的赞许，但终因是金地投来的“归化人”，一直不得重用。辛弃疾颇自负，个性很强，因而在词作中宣泄强烈的愤懑感情，乃至流露哀怨皇上的情绪，是完全可以理解的。此后不久，或许是由于对朝廷的猜忌和自己的处境有了更清醒的认识，词人也就长期退居江西上饶一带，学起五柳先生来。应当说，这个选择还是比较明智的。在皇权专制时代，讪谤朝廷是“逆龙鳞”的重罪，苏东坡的先例犹在眼前，辛弃疾没有重蹈覆辙，恐怕已经是“皇恩浩荡”了。

下片骂权奸的情绪是一步步推上去的：“佳期”为何“又误”？由于权奸当道；坚执抗战的志士为何屡遭打击？由于权奸当道，“蛾眉曾有人妒”；即使有了深情的“相如赋”，为何还是“脉脉此情谁诉”？还是由于权奸当道，阻断了正气伸张的言路。如此层层进逼，情绪不断上涨，终于忍俊不禁，“君莫舞”的棒喝，“玉环飞燕皆尘土”的诅咒，也就冲口而出了；这虽然不免于直露，但却是水满则溢，箭在弦上，不得不发。“闲愁最苦”，与上片的“怨春不语”对应，不仅分别是上下片情绪突转的机杼，而且是全词潜气内转的引擎：“怨春不语”开启了下片权奸当道、志士遭殃的悲剧命运，“闲愁最苦”倒挽了上片皇帝昏庸、风雨飘摇的殆危国势，前呼后应，上启下挽，内在意理建构十分严谨、畅达。

值得注意的是，上片的情气是哀而怨，下片的情气是愤而怒，这恐怕与中国传统的诗教精神有关。孔子认为诗歌“可以怨”，但应当“怨而不怒，哀而不伤”；汉代强调“大一统”，将诗教浓缩为政教，改讽刺为讽谏，这是政治第一，只准补台；曹丕也说，“欢怨非贞则，中和诚可经”。这是千年皇权专制一以贯之的铁律，辛弃疾虽然“肝肠似火”，也不敢公开逾越。对皇帝是怨，而且特别隐曲，强忍着也要不怒不伤，这多少也有一些自我保护作用。但对权奸就不同了，尽可以放肆宣泄，因为即使破口大骂，在封建舆论中，也已经被贴上了或忠君，或爱国，或爱民的标签，乃至有了“清君侧”的意味，是无理由公开反对的。诗词中已有不少这样的先例。从这方面看，辛弃疾这首词还是有些分寸的，只不过他似乎已经把这种舆论保护膜用到了极致，稍有疏忽就不可收拾了。

五

“肝肠似火，色貌如花”，是这首《摸鱼儿》的总体特征。从艺术表现的角度看，就是将“肝肠似火”的情志蕴含，与“色貌如花”的表现形态结合得十分贴切、紧密，从而既艺术地彰显出外在形象的鲜明、生动，又隐蓄地强化了内在意蕴的深切、充盈。而所以能有这样的审美效应，则主要是得益于词人对暮春意象的充分运用和开拓。

在中国古代诗词中，最典型的以乐景写哀主题就是“伤春”。《管子·形势解》：“春者，阳气始上，故万物生。”按理说，这万物兴发、繁荣隆盛的景象，应当是令人兴奋和欢乐的，但在诗词中，更多的却是以哀怨情感为主调的伤春意象，此之谓相反更相成。这或许也不奇怪，因为人生本来就多悲剧，而悲剧情调又是最容易打动人心的。

最早的伤春意象，见于屈原的《楚辞·招魂》：“目极千里兮伤春心。”陆机《悲哉行》：“游客芳春林，春芳伤客心。”杜甫《登楼》：“花近高楼伤客心。”皆本于此。作为一种动人的美感体验，伤春意境具有很强的吸附力和生发力。正如黑格尔在《哲学史演讲录》中所说：“这种传统并不是一尊不动的石像，犹如一道洪流，离开它的源头愈远，它就膨胀得愈大。”伤春意象在宋代之前并不显眼，而在宋词中却膨胀为一个指涉万端、艺态缤纷的意象家族。在这个家族的膨胀过程中，辛弃疾扮演了一个重要角色。

其一，春天与情感交融的心理—思维通道有两条，一条是美好景物与兴奋之情的相似连类，如“万紫千红总是春”“红杏枝头春意闹”“踏花归去马蹄香”等即是；另一条是美好景物与悲哀之情的相反相成，上面所举屈原、陆机、杜甫诸诗句即是。但春色又有早春、仲春与晚春的不同。早春、仲春花木欣欣向荣，因而它与悲伤感情的交融就是情与景互映对衬的相反相成；而晚春的花木是日益衰残，因而它与悲伤感情的交融就是情与景同调和鸣的相似连类。显然，《摸鱼儿》上片中暮春景物与国势衰败的景事叠印、与词人怨愤的情景交融，都是相似连类，或称异质同构。

辛弃疾与陈亮是诗词应答好友，均坚执抗金收复，也都擅长以伤春寄意。但陈亮多以仲春美景反托其伤痛国事之悲。如其《水龙吟·春恨》上片说“恨芳菲世界，游人未赏，都付予莺与燕”，言因国破家亡而无人有心赏游美景；下片云“正销魂，又是疏烟淡月，子规声断”，说国恨深重，每念及此，便星月暗淡，内心呕血。良辰美景反而更加刺痛了志士的破碎之心，这种反迭构思，与李煜“春花秋月何时了，往事知多少”的反常呼告，与杜甫“感时花溅泪，恨别鸟惊心”的揪心痛楚，均出同一机杼，都有相反更相成之妙。而辛弃疾与陈亮却有所不同，他恨的不是春天，而是暮春，是“春归去”，因而其思维特点也就不是相反相成，而是同频共振，相似连类。总体看来，至少在展现南宋国势衰败方面，辛词比陈词显得更具体贴切，这恐怕与辛词多采用暮春与国势相似连类的表达方式是分不开的。因此，《摸鱼儿》在艺术上的成就，首先就在于它充分拓展了暮春景象与国政大事的同构关系。

其二，伤春意象的内涵，大多是宣泄男女情思，而用以隐喻国政大事，则必经过层层穿越。江淹《别赋》：“青草碧色，春水绿波，送君南浦，伤如之何?”用暮春景色反激依依难舍的送别之情。“料应是春负我，我非是辜负了春。为着我心上人，对景越添愁闷。”借春色归去之意托举离别之后的内心煎熬。《牡丹亭》中，杜丽娘因有感于“良辰美景奈何天，赏心乐事谁家院”，而导发出“游园惊梦”一场大戏。《红楼梦》里，林黛玉《葬花吟》：“闺中女儿惜春暮，愁绪满怀无释处”；因无释处，故而积淀为怨与恨：“可怜杨柳伤心树，可怜桃李断肠花”。显然，这些春恨都是在男女情思中周流。由此同构拓展，略加穿越，就有了故乡之念：“喧鸟覆春洲，杂英满芳甸……有情知望乡，谁能鬒不变。”（谢朓《晚登三山还望京邑》）进而又同构拓展，再加穿越，就有了故国之思：“暮春三月，江南草长……见故国之旗鼓，感平生于畴日，抚弦登陴，岂不怆悢。”（丘迟《与陈伯之书》）这似乎已经离政治不远了。而真正穿越拓展到以伤春隐蕴国政大事，则应首推豪放词派的功劳。

将全部词作分为婉约与豪放两大派别，并认为婉约是词之本色，乃是一种耽于词史的偏见。词发轫于民间俚曲，兴盛于酒楼歌肆，内容沉湎于爱情，情调偏侧于婉约，有其成长的历史必然性，与文体、句式、格律并没有定则关系。长短句式与五七言句式一样，本来就只是一些容器，都有资格表达各种内容，并根据内容选择各种情调，何言诗擅国事，词专爱情，诗须豪放，词应婉约？苏、辛以文为诗，以诗为词，穿越爱情，突破婉约，在词作中达成“无意不可入，无事不可言”的局面，是纠正了此前词苑的偏颇，开拓了词意的天地，完善了词格的应有风貌，将词体送上了与诗、文并驾齐驱的地位。刘熙载《艺概·词概》说：“太白《忆秦娥》，声情悲壮，晚唐五代惟趋婉丽，至东坡始能复古。后世论词者，或转以东坡为变调，不知晚唐五代乃变调也。”“复古”说虽不恰当，但基本意理可以借鉴。豪放与婉约的分野之根，不在形式，而在内容；苏、辛词作的主要历史功勋，亦复如此。

其三，在用暮春景物隐喻国政大事方面，《摸鱼儿》的成就是无可比拟的。一般伤暮春词作，或只总言春归，或点到风雨、落花、草长、飘絮、烟柳之一种两种，便借题在情思上生发开去，意象之“象”比较单薄；而这首《摸鱼儿》则不仅将这些典型的暮春景物囊括殆尽，呈现出一派物色具体而多彩的风貌，而且连类机缘丰富深微，象征意味含蓄而悠长：如“更能消几番风雨”，背后是金兵不断打击和权臣反复作奸之风雨交加的政治风浪；“落红无数”的连类蕴场，则更是重重叠叠地闪动着时机屡误、志士多难、国土频失等无数惨痛影像；如此等等，几乎可以融蕴南宋衰败国势的全部现实。

特别是对芳草和蛛网两个意象的构想，更具创辟精神。芳草是暮春景色中的“绿肥”，多与离愁别恨连类：如“王孙游兮不归，春草生兮萋萋”“离恨恰如春草，更行更远还生”“倚危亭，恨如芳草，萋萋刬尽还生”等等。“野火烧不尽，春风吹又生”，将春草与母爱，乃至与革命连类起来，这已经是把芳草的意境开拓得难以复加。但辛弃疾却能够再创辟出一个“芳草拦路”的新蹊径：“见说道、天涯芳草无归路”，将志士的警告、民众的呼声也都含蕴其中，真是别出心裁。这并非生拉硬扯，因为芳草本来就有志士仁人和草民大众之意，而且也完全合乎词人当时愤情高涨的必然走势。蛛网的寓意则多元而贴切：蛛网，自喻，其蜷局檐角的卑微存在，犹如词人被长期投闲置散；画檐，装饰之美，再加上漫天飞絮，仿佛就是南宋王朝表面靡丽而内里虚空的投影；殷勤，蜘蛛结网扑飞虫，令人联想到词人的勤奋功业和忠耿之心；尽日惹飞絮，日日夜夜只做些无关国政大局的琐事，这无疑就是词人当时的可悲处境。这一切，用“尽管（算）……也……”一个反迭性句式关联一体，不仅构思奇巧，而且意蕴丰赡，怨愤曲尽。

其四，大概是由于“声音发于男女者易感”的缘故，女子的伤春伤时，离愁别恨，也往往用来隐喻臣见失于君，士见失于世。这样的异质相似连类，其源头可追溯到《周易》《诗经》和《楚辞》。《周易》是个以天地万象类比吉凶祸福的“原始意象海洋”，其中不少卦象含慕贤思君之意。《诗经》出现十多次“思美人”意境，也多与贤人圣君有关，如《简兮》中的“西方美人”，指的就是“西周圣君”。屈原《离骚》中有一个“美人香草”喻比系统：美人，多喻君，也有自喻成分；香草与恶草相对，喻比政治斗争中的正邪分野。这都是在开启以男女之情喻比君臣关系的大门。朱彝尊《红颜词序》说：“善言词者，假闺房儿女之言，通之于《离骚》、变雅之义。”《摸鱼儿》下片以宫怨自喻喻人，就是沿着这条相似连类之路积淀—穿越而来。

当然，到了宋代豪放词中，先秦“香草美人”的“套版模式”早已被突破，其中闺怨、宫怨与人生遭遇、国政大事的异质同构关系，无疑变得越来越具体、贴切、精到而蕴藉。就拿《摸鱼儿》下片中对陈皇后被废这一典故的运用来说吧：其中冷宫幽闭、佳期又误、美而遭妒、千金买赋、诉告无门几个主要情节，均被攫取揭橥，利用得可谓充分而精细。更耐咀嚼的是，经词人用“准拟”“蛾眉”“纵买”“脉脉”略一点染，这几个情节的固有意味，就与辛弃疾（包括诸多同样遭受排挤打击的志士仁人）投闲置散、机缘再失、屡受猜忌、殷勤献策、上达路断等种种坎坷遭际隐隐约约地挂起钩来，若即若离，似花非花，含不尽的言外之意于象外象之中。从闺怨宫怨意境，到社会政治意境，这是一种质性相差很大的远程连类融合，融合得如此和谐、丰满而有韵味，足见辛弃疾那力挽千钧之弓的审美创造功力。

主要参考书目

1．钱锺书．管锥编［M］．北京：中华书局，1979．

2．钱锺书．谈艺录［M］．北京：中华书局，1984．

3．李泽厚．李泽厚十年集：第一卷［M］．合肥：安徽文艺出版社，1994．

4．臧克和．钱锺书与中国文化精神［M］．南昌：百花洲文艺出版社，1993．

5．臧克和．说文解字的文化说解［M］．武汉：湖北人民出版社，1995．

6．臧克和．汉字单位观念史考述［M］．上海：学林出版社，1998．

7．徐复观．中国艺术精神［M］．沈阳：春风文艺出版社，1987．

8．朱立元．当代西方文艺理论［M］．上海：华东师范大学出版社，1997．

9．高友工，梅祖麟．唐诗的魅力［M］．上海：上海古籍出版社，1989．

10．阿恩海姆．艺术与视知觉［M］．北京：中国社会科学出版社，1984．

11．阿恩海姆．视觉思维［M］．北京：光明日报出版社，1987．

12．郭绍虞，王文生．中国历代文论选［M］．上海：上海古籍出版社，2001．

13．刘熙载．刘熙载集［M］．刘立人，陈文和，点校．上海：华东师范大学出版社，1993．